TILLIE COLE

All Your Kisses

Liebe Leser*innen,

dieses Buch enthält potenziell triggernde Inhalte.
Deshalb findet ihr am Ende des Buches eine Triggerwarnung.

Wir wünschen uns für euch alle
das bestmögliche Leseerlebnis.
Euer LYX-Verlag

TILLIE COLE

ALL YOUR KISSES

Roman

Ins Deutsche übertragen
von Silvia Gleißner

LYX

LYX in der Bastei Lübbe AG
Dieser Titel ist auch als E-Book erschienen.

Die Bastei Lübbe AG verfolgt eine nachhaltige Buchproduktion. Wir verwenden Papiere aus nachhaltiger Forstwirtschaft und verzichten darauf, Bücher einzeln in Folie zu verpacken. Wir stellen unsere Bücher in Deutschland und Europa (EU) her und arbeiten mit den Druckereien kontinuierlich an einer positiven Ökobilanz.

MIX
Papier | Fördert gute Waldnutzung
FSC® C014496
FSC www.fsc.org

Die Originalausgabe erschien 2016 unter dem Titel
»A Thousand Boys Kisses«.

Textredaktion: Dorothee Cabras
Umschlaggestaltung: © Zero Werbeagentur, München
unter Verwendung von Motiven von © popovartem.com © shutterstock
Satz: Greiner & Reichel, Köln
Gesetzt aus der Adobe Caslon
Druck und Verarbeitung: GGP Media GmbH, Pößneck
Printed in Germany
ISBN 978-3-7363-1191-6

8 10 12 11 9

Sie finden uns im Internet unter lyx-verlag.de
Bitte beachten Sie auch: luebbe.de und lesejury.de

Für alle, die an wahre, epische und seelenerschütternde Liebe glauben. Das ist für euch.

Prolog

Rune

Es gab exakt vier Momente, die mein Leben bestimmten.
Das hier war der erste.

Blossom Grove, Georgia,
Vereinigte Staaten von Amerika
Vor zwölf Jahren
Fünf Jahre alt

»Jeg vil dra! Nå! Jeg vil reise hjem igjen!«, *rief ich so laut, wie ich konnte, um Mamma klarzumachen, dass ich wieder wegwollte, sofort! Ich wollte zurück nach Hause!*

»Wir gehen nicht zurück nach Hause, Rune. Und wir gehen nicht *von hier weg. Unser Zuhause ist jetzt in Georgia«, antwortete sie auf Englisch. Sie ging vor mir in die Hocke und sah mir direkt in die Augen. »Rune«, sagte sie sanft, »ich weiß, du wolltest nicht weg aus Oslo, aber dein Pappa hat einen neuen Job hier in Georgia.« Sie strich mit der Hand über meinen Arm, doch davon fühlte ich mich auch nicht besser. Ich wollte nicht hier sein, in Amerika.*

Ich wollte wieder nach Hause.

»Slutt å snakke engelsk!«, *fauchte ich. Ich hasste es, Englisch zu sprechen. Seit wir von Norwegen nach Amerika aufgebrochen waren, redeten Mamma und Pappa nur Englisch mit mir. Sie meinten, ich müsse üben.*

Ich wollte aber nicht!

Mamma stand auf und hob eine Kiste vom Boden auf. »Wir sind in Amerika, Rune. Hier spricht man Englisch. Du sprichst ebenso lange Englisch wie Norwegisch. Es ist Zeit, die Sprache zu gebrauchen.«

Ich rührte mich nicht vom Fleck und schaute Mamma finster an, als sie an mir vorbei ins Haus ging. Ich sah mich in der kleinen Straße um, in der wir jetzt wohnten. Es gab hier acht Häuser. Alle groß, doch jedes sah anders aus. Unseres war rot gestrichen, mit weißen Fensterrahmen und einer riesigen Veranda. Ich hatte ein großes Zimmer im Erdgeschoss. Das *fand ich schon cool. Irgendwie. Ich hatte noch nie im Parterre geschlafen; in Oslo war mein Zimmer in der oberen Etage gewesen.*

Ich sah mir die Häuser an. Alle waren in leuchtenden Farben gestrichen: helle Blau-, Gelb- und Pinktöne … Dann blickte ich zum Haus nebenan. Direkt *neben unserem – wir teilten uns ein Stück Rasen. Beide Häuser waren groß, unsere Gärten auch, aber es gab weder einen Zaun noch eine Mauer zwischen den Grundstücken. Wenn ich wollte, konnte ich in den Garten der Nachbarn laufen, und nichts würde mich aufhalten.*

Das Haus war strahlend weiß und hatte eine Veranda, die rundherum verlief. Es gab Schaukelstühle und eine große Hollywoodschaukel gegenüber meinem Zimmerfenster. Genau gegenüber! Das gefiel mir nicht. Es passte mir nicht, dass ich in das Schlafzimmer der Leute schauen konnte und die in meins.

Auf dem Boden lag ein Stein. Ich kickte ihn mit dem Fuß weg und sah zu, wie er auf die Straße kullerte. Dann drehte ich mich um, um Mamma zu folgen, doch da hörte ich ein Geräusch. Es kam vom Haus nebenan. Ich schaute zur Haustür des Nachbarhauses, aber niemand kam heraus. Als ich die Stufen zu unserer Veranda hinaufstieg, bemerkte ich an der Seite des Hauses eine Bewegung – am Schlafzimmerfenster, das meinem gegenüberlag.

Meine Hand auf dem Geländer erstarrte, als ich sah, wie ein Mädchen in einem leuchtend blauen Kleid aus dem Fenster kletterte. Sie sprang hinunter auf das Gras und wischte sich die Hände an den Oberschenkeln ab. Ich runzelte die Stirn und zog die Augenbrauen nach unten, während ich darauf wartete, dass sie den Kopf hob. Sie hatte braunes Haar, das wie ein Vogelnest auf ihrem Kopf aufgetürmt war, und an der Seite eine große weiße Schleife.

Als sie aufsah, fiel ihr Blick direkt auf mich. Da lächelte sie. Ein ganz breites Lächeln. Sie winkte mir zu, und dann rannte sie los und blieb vor mir stehen.

Sie hielt mir die Hand hin. »Hi, mein Name ist Poppy Litchfield, ich bin fünf Jahre alt, und ich wohne nebenan.«

Ich starrte das Mädchen an. Sie hatte einen komischen Akzent. Damit klangen die englischen Wörter anders, als ich sie in Norwegen gelernt hatte. Das Mädchen – Poppy – hatte einen Schmutzfleck im Gesicht. An den Füßen trug sie leuchtend gelbe Gummistiefel mit einem großen roten Ballon an der Seite.

Sie sah seltsam aus.

Ich schaute von ihren Füßen hoch, und mein Blick fiel auf ihre Hand. Sie hielt sie mir immer noch hin. Ich wusste nicht, was ich tun sollte. Ich wusste nicht, was sie wollte.

Poppy seufzte. Kopfschüttelnd nahm sie meine Hand, schüttelte sie zweimal auf und ab und erklärte: »Händeschütteln. Meine Grandma sagt, es ist richtig, wenn man Leuten, die man neu kennenlernt, die Hand schüttelt.« Sie zeigte auf unsere Hände. »Das war Händeschütteln. Und es war höflich, weil ich dich nicht kenne.«

Ich sagte gar nichts; aus irgendeinem Grund wollte meine Stimme nicht. Als ich nach unten sah, wurde mir klar, dass es daran lag, dass unsere Hände immer noch verschränkt waren.

An den Fingern hatte sie auch Dreck. Genau genommen hatte sie überall Dreck.

»Wie heißt du?«, fragte Poppy. Sie hatte den Kopf schief gelegt. Ein kleiner Zweig hing in ihrem Haar. »Hey«, sagte sie und zog an unseren Händen, »ich habe nach deinem Namen gefragt.«

Ich räusperte mich. »Mein Name ist Rune, Rune Erik Kristiansen.«

Poppy zog eine Grimasse und schob ganz lustig die großen rosafarbenen Lippen vor. »Du hörst dich merkwürdig an«, platzte sie heraus.

Ich zog meine Hand weg. »Nei det gjør jeg ikke!«, *schimpfte ich.*

Sie verzog das Gesicht noch mehr. »Was hast du gesagt?«, fragte Poppy, als ich mich umdrehte, um ins Haus zu gehen. Ich wollte nicht weiter mit ihr reden.

Wütend fuhr ich herum. »Ich sagte: ›Nein, tue ich nicht!‹ *Das war Norwegisch!«, antwortete ich, diesmal auf Englisch. Poppys grüne Augen wurden ganz groß.*

Sie kam näher und noch näher und fragte: »Norwegisch? Wie die Wikinger? Meine Grandma hat mir ein Buch über die Wikinger vorgelesen. Da drin stand, sie kamen aus Norwegen.« Ihre Augen wurden noch größer. »Rune, bist du ein Wikinger?« Ihre Stimme wurde ganz piepsig.

Das gab mir ein gutes Gefühl. Ich streckte die Brust raus. Pappa sagte immer, ich sei ein Wikinger, wie alle Männer in meiner Familie. Wir waren große, starke Wikinger. »Ja«, *antwortete ich, »wir sind echte Wikinger aus Norwegen.«*

Ein breites Lächeln erschien auf Poppys Gesicht, und ein lautes Mädchenkichern platzte aus ihrem Mund. Sie hob die Hand und zupfte an meinen Haaren. »Deswegen hast du langes blondes Haar und kristallblaue Augen. Weil du ein Wikinger bist. Zuerst dachte ich, du siehst wie ein Mädchen aus …«

»Ich bin kein Mädchen!«, fiel ich ihr ins Wort, aber Poppy schien es nicht zu kümmern. Ich fuhr mit der Hand durch mein langes

Haar. Es reichte mir bis zu den Schultern. Alle Jungs in Oslo trugen ihr Haar so.

»… aber jetzt sehe ich, dass es daran liegt, dass du ein ganz echter Wikinger bist. Wie Thor. Der hatte auch langes blondes Haar und blaue Augen! Du bist genau wie Thor!«

»Ja«, stimmte ich zu. »Thor sieht so aus. Und er ist der stärkste Gott von allen.«

Poppy nickte und legte mir dann die Hände auf die Schultern. Ihr Gesicht war ganz ernst geworden, und ihre Stimme wurde flüsterleise. »Rune, ich erzähle das nicht jedem, aber ich gehe auf Abenteuerreisen.«

Ich zog eine Grimasse. Das verstand ich nicht. Poppy kam noch näher und sah mir in die Augen. Sie drückte meine Arme und legte den Kopf schief. Dann sah sie sich um und beugte sich vor, bevor sie sagte: »Normalerweise nehme ich niemanden mit auf meine Reisen, aber du bist ein Wikinger, und jeder weiß, dass Wikinger groß und stark werden und dass sie wirklich gut sind in Abenteuern und Erforschen und in Lange-Wandern und Bösewichte-Fangen und … alles Mögliche!«

Ich war immer noch verwirrt, doch dann trat Poppy zurück und hielt mir wieder die Hand hin.

»Rune«, sagte sie mit ernster und kräftiger Stimme, »du wohnst gleich nebenan, du bist ein Wikinger, und ich liebe Wikinger einfach. Ich denke, wir sollten beste Freunde sein.«

»Beste Freunde?«, fragte ich.

Poppy nickte und streckte die Hand noch weiter aus. Langsam tat ich es ihr nach, nahm ihre Hand und schüttelte sie zweimal, so, wie sie es mir gezeigt hatte.

Händeschütteln.

»Dann sind wir jetzt beste Freunde?«, fragte ich, als Poppy den Arm wieder zurückzog.

»Ja!«, rief sie aufgeregt. »Poppy und Rune.« Sie legte den Finger *ans Kinn und sah auf. Dann schob sie wieder die Lippen vor, als würde sie angestrengt nachdenken. »Das klingt gut, findest du nicht? ›Poppy und Rune, beste Freunde für unendlich!‹«*

Ich nickte, denn das klang wirklich gut. Poppy legte ihre Hand in meine. »Zeig mir dein Zimmer! Ich will dir erzählen, was für ein Abenteuer wir als Nächstes erleben können.« Sie zog mich mit sich, und wir rannten ins Haus.

Als wir in mein Zimmer kamen, lief Poppy schnurstracks zu meinem Fenster. »Das ist ja genau das Zimmer gegenüber von meinem!«

Ich nickte, und sie quietschte und kam zu mir zurück, um wieder meine Hand zu nehmen. »Rune!«, rief sie aufgeregt, »wir können in der Nacht miteinander plaudern und uns Walkie-Talkies mit Dosen und Faden bauen. Wir können uns Geheimnisse zuflüstern, wenn alle anderen schlafen, und wir können Pläne machen und spielen und …«

Poppy redete weiter, aber das machte mir nichts aus. Ich mochte den Klang ihrer Stimme. Ich mochte ihr Lachen, und ich mochte die große weiße Schleife in ihrem Haar.

Vielleicht ist Georgia ja doch nicht so schlimm, *dachte ich.* Nicht wenn ich Poppy Litchfield als allerbeste Freundin habe.

Und genau das waren Poppy und ich von diesem Tag an.

Poppy und Rune.

Beste Freunde für unendlich.

Dachte ich zumindest.

Schon komisch, wie sich Dinge ändern können.

I

Gebrochene Herzen und Gläser voller Jungsküsse

Poppy
Vor neun Jahren
Acht Jahre alt

»Wo gehen wir hin, Daddy?«, fragte ich, als er mich sachte bei der Hand nahm und zum Auto führte. Ich schaute zurück zur Schule und fragte mich, wieso ich früher aus dem Unterricht geholt wurde. Es war erst zweite große Pause. Da sollte ich noch bleiben.

Daddy sagte nichts zu mir, als wir gingen, sondern drückte nur meine Hand. Ich schaute suchend am Schulzaun entlang und hatte ein komisches Gefühl im Bauch. Ich liebte die Schule, ich lernte gern, und in der nächsten Stunde hatten wir Geschichte. Mein absolutes Lieblingsfach. Ich wollte es nicht verpassen.

»Poppy!« Rune, mein allerbester Freund, stand am Zaun. Seine Hände packten die Metallstäbe ganz fest. »Wo gehst du hin?«, rief er. Ich saß im Unterricht neben Rune. Wir waren immer zusammen. Die Schule machte keinen Spaß, wenn einer von uns nicht da war.

Ich drehte den Kopf zu Daddy, um eine Antwort zu bekommen, aber er sah mich nicht an und sagte auch nichts. Ich blickte wieder zu Rune und antwortete: »Ich weiß nicht!«

Rune sah mir den ganzen Weg zum Auto nach. Ich stieg hinten ein, kletterte auf meinen Kindersitz, und Daddy schnallte mich an.

Ich hörte die Trillerpfeife auf dem Schulhof, die das Ende der Pause anzeigte. Ich schaute aus dem Fenster und sah, wie alle Kinder wieder ins Schulgebäude liefen, nur Rune nicht. Er blieb am Zaun stehen und beobachtete mich. Sein langes blondes Haar wehte im Wind, als er lautlos fragte: »Alles okay?« Aber Daddy stieg ein und fuhr los, bevor ich Rune eine Antwort geben konnte.

Rune lief am Zaun entlang und folgte unserem Auto, bis Mrs Davis kam und ihn hineinscheuchte.

Als die Schule außer Sicht war, sagte Daddy: »Poppy?«

»Ja, Daddy?«

»Du weißt doch, dass Grandma schon eine Weile bei uns lebt?«

Ich nickte. Grandma war vor einiger Zeit in das Zimmer gegenüber meinem eingezogen. Mama hatte gesagt, das war, weil sie Hilfe brauchte. Mein Grandpa war gestorben, als ich noch ein Baby gewesen war. Danach hatte Grandma jahrelang allein gelebt, bis sie gekommen war, um bei uns zu wohnen.

»Weißt du noch, was Mama und ich dir über den Grund erzählt haben? Wieso Grandma nicht mehr allein wohnen kann?«

Ich atmete durch die Nase ein und flüsterte: »Ja. Weil sie unsere Hilfe braucht. Weil sie krank ist.« Mir krampfte sich bei diesen Worten der Magen zusammen. Grandma war meine allerbeste Freundin. Na ja, sie und Rune standen felsenfest ganz oben an der Spitze. Grandma sagte immer, ich sei genau wie sie.

Bevor sie krank wurde, unternahmen wir viele Abenteuer. Jede Nacht las sie mir über die großen Entdecker der Welt vor.

Sie erzählte mir alles über Geschichte – über Alexander den Großen, die Römer und über meine Lieblinge, die Samurai aus Japan. Die mochte auch Grandma am liebsten.

Ich wusste, dass sie krank war, aber sie benahm sich nie wie jemand, der krank war. Sie lächelte immer, umarmte uns ganz fest und brachte mich zum Lachen. Sie sagte immer, sie habe Mondlicht im Herzen und Sonnenschein im Lächeln. Grandma erklärte mir, das hieß, dass sie glücklich sei.

Sie machte auch mich glücklich.

Aber in den letzten paar Wochen hatte Grandma viel geschlafen. Sie war zu müde, um recht viel anderes zu tun. Im Gegenteil, an den meisten Abenden las ich jetzt ihr vor, während sie mir übers Haar strich und mir zulächelte. Und das war okay, denn ein Lächeln von Grandma war das beste Lächeln, das man bekommen konnte.

»Richtig, Dreikäsehoch, sie ist krank. Tatsächlich ist sie sehr, sehr krank. Verstehst du?«

Ich runzelte die Stirn, nickte aber. »Ja.«

»Deshalb fahren wir früher nach Hause«, erklärte er. »Sie wartet auf dich. Sie will dich sehen. Ihre kleine Freundin.«

Ich verstand nicht, wieso Daddy mich früher nach Hause bringen musste, um Grandma zu besuchen, wenn ich doch jeden Abend nach der Schule als Erstes in ihr Zimmer ging und mit ihr plauderte, während sie im Bett lag. Es gefiel ihr immer, alles über meinen Tag zu hören.

Wir kamen in unsere Straße und parkten in unserer Auffahrt. Ein paar Sekunden lang rührte mein Daddy sich nicht, doch dann drehte er sich zu mir um und sagte: »Ich weiß, du bist erst acht, Dreikäsehoch, aber heute musst du ein großes, tapferes Mädchen sein, okay?«

Ich nickte. Mein Daddy schenkte mir ein trauriges Lächeln. »Das ist mein Mädchen.«

Er stieg aus und ging um das Auto herum zu meinem Rücksitz. Daddy nahm meine Hand, half mir aus dem Wagen und ging mit mir zum Haus. Ich konnte sehen, dass mehr Autos dastanden als sonst. Ich wollte gerade fragen, wem die alle gehörten, als Mrs Kristiansen, Runes Mama, über den Hof zwischen unseren Häusern kam, mit einem großen Tablett voll Essen in den Händen.

»James!«, rief sie, und Daddy drehte sich um, um sie zu begrüßen.

»Adelis, hey«, gab er zurück. Runes Mama blieb vor uns stehen. Sie trug ihr langes blondes Haar heute offen. Es hatte dieselbe Farbe wie Runes. Mrs Kristiansen war wirklich hübsch. Ich liebte sie. Sie war freundlich und nannte mich die Tochter, die sie nie hatte.

»Das habe ich für euch gekocht. Bitte sag Ivy, dass ich an euch denke.«

Daddy ließ meine Hand los, um das Tablett zu nehmen.

Mrs Kristiansen ging in die Hocke und drückte mir einen Kuss auf die Wange. »Sei ein braves Mädchen, Poppy, okay?«

»Ja, Ma'am«, antwortete ich und schaute zu, wie sie über den Rasen zurück zu ihrem Haus ging.

Daddy seufzte und bedeutete mir mit einem Nicken, dass ich ihm nach drinnen folgen solle. Als wir durch die Tür traten, sah ich meine Tanten und Onkel auf den Sofas sitzen, und meine Cousins und Cousinen hockten im Wohnzimmer auf dem Boden und spielten mit ihren Spielsachen. Tante Silvia saß da mit meinen Schwestern Savannah und Ida. Sie waren jünger als ich, erst vier und zwei Jahre alt. Sie winkten mir zu, als sie mich erblickten, aber Tante Silvia behielt sie auf dem Schoß.

Niemand sagte etwas, doch viele wischten sich die Augen; die meisten weinten.

Ich war ganz verwirrt.

Ich lehnte mich an Daddys Bein und umklammerte es fest. Jemand stand in der Küchentür – Tante Della. DeeDee, wie ich sie immer nannte. Sie war meine absolute Lieblingstante. DeeDee war jung und lustig und brachte mich immer zum Lachen. Meine Mama war älter als ihre Schwester, aber die beiden sahen ganz gleich aus. Beide hatten langes braunes Haar und grüne Augen, so wie ich. Doch DeeDee war besonders hübsch. Eines Tages wollte ich genauso aussehen wie sie.

»Hey, Pops«, sagte sie, aber ich konnte sehen, dass ihre Augen rot waren, und ihre Stimme hörte sich komisch an. DeeDee schaute Daddy an. Sie nahm ihm das Tablett ab und meinte: »Geh nur mit Poppy, James. Es ist fast so weit.«

Ich wollte mit Daddy gehen, blickte aber noch einmal zurück, als DeeDee nicht mitkam. Ich wollte nach ihr rufen, doch plötzlich drehte sie sich um, stellte das Tablett auf den Tresen und verbarg den Kopf in den Händen. Sie weinte, und das so heftig, dass ich laute Geräusche aus ihrem Mund kommen hörte.

»Daddy?«, flüsterte ich mit einem komischen Gefühl im Bauch. Daddy legte den Arm um meine Schultern und führte mich weiter. »Es ist okay, Dreikäsehoch. DeeDee braucht nur einen Moment allein.«

Wir gingen zu Grandmas Zimmer. Bevor Daddy die Tür öffnete, sagte er. »Mama ist da drin, Dreikäsehoch, und Grandmas Krankenschwester Betty ist auch da.«

Ich runzelte die Stirn. »Wieso eine Krankenschwester?«

Daddy öffnete die Tür zu Grandmas Zimmer, und Mama stand vom Stuhl neben Grandmas Bett auf. Ihre Augen waren rot, und ihr Haar war ganz unordentlich. Dabei war Mamas Haar doch nie unordentlich.

Hinten im Zimmer sah ich die Krankenschwester. Sie schrieb etwas auf ein Klemmbrett. Als ich hereinkam, lächelte sie und winkte mir zu. Dann schaute ich zum Bett. Grandma lag darin. Mein Herz machte einen Satz, als ich eine Nadel in ihrem Arm stecken sah, mit einem durchsichtigen Schlauch, der zu einem Beutel an einem Metallhaken neben ihr führte.

Ich stand ganz still da und hatte plötzlich Angst. Dann kam Mama zu mir, und Grandma schaute mich an. Sie sah anders aus als am vergangenen Abend. Sie war blasser, und ihre Augen leuchteten nicht mehr so.

»Wo ist meine kleine Freundin?« Grandmas Stimme war leise und klang komisch, aber ihr Lächeln gab mir ein Gefühl von Wärme.

Ich lachte Grandma zu und lief an ihr Bett. »Hier bin ich! Ich bin früher von der Schule gekommen, um dich zu sehen!«

Grandma hob den Finger und tippte mir auf die Nasenspitze. »Das ist mein Mädchen!«

Ich lächelte ganz breit.

»Ich wollte einfach, dass du mich ein wenig besuchst. Ich fühle mich immer besser, wenn das Licht meines Lebens neben mir sitzt und ein wenig mit mir plaudert.«

Ich lächelte wieder. Denn *ich* war das ›Licht ihres Lebens‹, ihr ›Augapfel‹. Sie gab mir immer solche Namen. Grandma erzählte mir im Geheimen, dass das bedeutete, dass ich ihr Liebling war. Aber sie hatte mir gesagt, dass ich das für mich behalten müsse, damit meine Cousins, Cousinen und meine kleinen Schwestern sich nicht ärgerten. Es war unser Geheimnis.

Plötzlich griffen mich Hände an der Taille, und Daddy hob mich auf das Bett, damit ich neben Grandma sitzen konnte. Grandma nahm meine Hand. Sie drückte meine Finger, doch ich merkte nur, wie kalt ihre Hände waren. Grandma atmete tief ein, aber es klang komisch, als knackte etwas in ihrer Brust.

»Grandma, geht es dir gut?«, fragte ich und beugte mich vor, um einen sanften Kuss auf ihre Wange zu drücken. Normalerweise roch sie von all den Zigaretten, die sie rauchte, nach Tabak. Aber heute nahm ich keinen Rauchgeruch an ihr wahr.

Grandma lächelte. »Ich bin müde, Mäuschen. Und ich bin ...« Grandma holte erneut Luft und kniff kurz die Augen zu. Dann öffnete sie sie wieder und sagte: »... und ich werde eine Weile fort sein.«

Ich runzelte die Stirn. »Wo gehst du denn hin, Grandma? Kann ich mitkommen?« Auf Abenteuerreise gingen wir *immer* zusammen.

Grandma lächelte, schüttelte jedoch den Kopf. »Nein, Mäuschen. Da, wo ich hingehe, kannst du nicht mit. Noch nicht. Aber eines Tages, viele Jahre später, wirst du mich wiedersehen.«

Mama schluchzte hinter mir auf, doch ich starrte nur Grandma an und war verwirrt. »Aber wo gehst du hin, Grandma? Ich verstehe das nicht.«

»*Heim*, Süße«, sagte Grandma. »Ich gehe *heim*.«

»Aber du bist doch daheim«, widersprach ich.

»Nein« – Grandma schüttelte den Kopf –, »das hier ist nicht unser wahres Daheim, Mäuschen. Dieses Leben ... na ja, das ist nur ein ganz großes Abenteuer, solange wir es haben. Ein Abenteuer, um mit ganzem Herzen Spaß zu haben und zu lieben, bevor wir auf die größte Abenteuerreise von allen gehen.«

Meine Augen wurden rund vor Aufregung, doch dann fühlte ich mich traurig. *Wirklich* traurig. Meine Unterlippe fing zu zittern an. »Aber wir sind beste Kameradinnen, Grandma. Wir gehen immer zusammen auf Abenteuerreise. Du kannst doch nicht eine ohne mich machen.«

Inzwischen liefen mir Tränen über die Wangen. Grandma hob ihre freie Hand, um sie wegzuwischen. Sie war genauso kalt wie die Hand, die ich hielt. »Ja, wir gehen immer zusammen auf Abenteuerreise, Mäuschen, doch nicht dieses Mal.«

»Hast du denn keine Angst, wenn du allein gehst?«, fragte ich, aber Grandma seufzte nur.

»Nein, Mäuschen, da gibt es nichts zum Angsthaben. Ich habe überhaupt keine Angst.«

»Aber ich will nicht, dass du weggehst«, flehte ich, und langsam tat mir die Kehle weh.

Grandmas Hand blieb an meiner Wange. »Du wirst mich immer noch in deinen Träumen sehen. Das hier ist kein Lebewohl.«

Ich blinzelte ein paarmal. »So wie du Grandpa siehst? Du sagst immer, er besucht dich in deinen Träumen. Er redet mit dir und küsst dir die Hand.«

»Genau so«, sagte sie. Ich wischte meine Tränen weg. Grandma drückte meine Hand und sah Mama hinter mir an. Dann schaute sie mich wieder an und fügte hinzu: »Ich habe ein neues Abenteuer für dich, während ich weg bin.«

Ich wurde ganz still. »Wirklich?«

Hinter mir war zu hören, wie ein Glas auf einen Tisch gestellt wurde. Am liebsten wollte ich mich umdrehen und nachsehen, doch bevor ich es konnte, fragte Grandma: »Poppy, ich habe es dir so oft erzählt: Was ist mir die liebste Erinnerung aus meinem Leben? Das, was mich immer zum Lächeln gebracht hat?«

»Grandpas Küsse. Seine süßen Jungsküsse. Die Erinnerungen an alle Jungsküsse, die du je von ihm bekommen hast. Du hast mir erzählt, dass das deine liebsten Erinnerungen sind. Kein Geld oder Sachen, sondern die Küsse, die du von Grandpa bekommen hast – weil die alle etwas Besonderes waren und dich zum Lächeln gebracht haben. Du hast dich geliebt gefühlt, weil er dein Seelengefährte war. Dein Immer und Ewig.«

»So ist es, Mäuschen«, antwortete sie. »Also, dein Abenteuer ...« Grandma sah wieder Mama an. Als ich mich diesmal umdrehte, bemerkte ich, dass sie ein großes Einmachglas in den Händen hielt. Das Glas war bis zum Rand voll mit jeder Menge rosa Papierherzchen.

»Wow! Was ist denn das?«, fragte ich aufgeregt.

Mama legte es mir in die Hände, und Grandma tippte auf den Deckel. »Das sind eintausend Jungsküsse. Oder zumindest werden sie das sein, wenn du sie alle ausgefüllt hast.«

Meine Augen wurden ganz groß, als ich versuchte, alle Herzchen zu zählen. Aber ich schaffte es nicht. Eintausend war eine Menge!

»Poppy«, sagte Grandma, als ich aufsah, und ihre grünen Augen glänzten. »*Das* ist dein Abenteuer. So sollst du dich an mich erinnern, während ich weg bin.«

Ich schaute wieder zu dem Glas. »Aber ich verstehe nicht.«

Grandma streckte die Hand zum Nachtschränkchen aus und nahm einen Stift. Den gab sie mir und sagte: »Ich bin jetzt schon eine ganze Weile krank, Mäuschen, doch die Erinnerungen daran, wie dein Grandpa mich geküsst hat, sind die, bei denen ich mich immer besser fühle. Nicht nur normale Alltagsküsse, sondern die besonderen, die, bei denen mir fast das Herz zersprungen ist. Die, bei denen Grandpa dafür sorgte, dass ich sie nie vergesse. Die Küsse im Regen, die Küsse bei Sonnenuntergang, unser Kuss auf dem Abschlussball … die, bei denen er mich ganz fest hielt und mir ins Ohr flüsterte, dass ich das hübscheste Mädchen im Saal sei.«

Ich hörte allem zu, und mein Herz fühlte sich voll an. Grandma zeigte auf die Herzchen im Einmachglas. »Das Glas ist dazu da, dass du deine Jungsküsse aufschreibst, Poppy. Alle Küsse, bei denen dir fast das Herz zerspringt, die ganz besonderen, die, an die du dich noch erinnern willst, wenn du so alt und grau bist wie ich. Die, die dich lächeln lassen, wenn du an sie denkst.«

Dann tippte sie auf den Stift und fuhr fort: »Wenn du den Jungen findest, der dein Immer und Ewig sein soll, dann nimm jedes Mal ein Herz heraus, wenn er dir einen ganz besonderen Kuss gibt. Schreib auf, wo ihr wart, als du geküsst wurdest. Und dann, wenn du auch eine Grandma bist, kann dein Enkelkind – dein bester Freund – alles über sie hören, so wie ich dir alles über meine ganz besonderen Küsse erzählt habe. Dann wirst du ein Schatzglas mit all den kostbaren Küssen haben, die dein Herz fliegen ließen.«

Ich starrte auf das Glas und hauchte: »Eintausend ist wirklich viel. Das sind eine Menge Küsse, Grandma!«

Sie lachte. »Nicht so viele, wie du denkst, Mäuschen. Vor allem nicht, wenn du deinen Seelengefährten findest. Du hast noch eine Menge Jahre vor dir.«

Grandma holte tief Luft und verzog das Gesicht, als hätte sie Schmerzen.

»Grandma«, rief ich und hatte plötzlich große Angst.

Sie drückte meine Hand. Dann öffnete sie die Augen, und da fiel eine Träne auf ihre blasse Wange.

»Grandma?«, fragte ich, diesmal leiser.

»Ich bin müde, Mäuschen. Ich bin müde, und es ist fast Zeit für mich zu gehen. Ich wollte dich nur ein letztes Mal sehen und dir dieses Glas schenken. Und dir einen Kuss geben, damit ich jeden Tag im Himmel an dich denken kann, bis ich dich wiedersehe.«

Meine Unterlippe begann wieder zu zittern.

Grandma schüttelte den Kopf. »Keine Tränen, Mäuschen. Das ist nicht das Ende. Es ist nur eine kleine Pause in unserem Leben. Und ich werde über dich wachen, jeden einzelnen Tag. Ich werde in deinem Herzen sein. Und im Blütenwäldchen, das wir so sehr lieben, in der Sonne und im Wind.«

Grandmas Augen zuckten, und Mama legte mir die Hände

auf die Schultern. »Poppy, gib Grandma einen dicken Kuss. Sie ist jetzt müde und muss sich ausruhen.«

Ich holte tief Luft, lehnte mich vor und drückte Grandma einen Kuss auf die Wange. »Ich hab dich lieb, Grandma«, flüsterte ich.

Sie streichelte mir übers Haar. »Ich habe dich auch lieb, Mäuschen. Du bist das Licht meines Lebens. Vergiss nie, dass ich dich so sehr geliebt habe, wie eine Grandma ihr Enkelchen nur lieben kann.«

Ich hielt ihre Hand fest und wollte sie gar nicht mehr loslassen, doch Daddy hob mich vom Bett, und schließlich lösten sich meine Finger von ihren. Ich hielt mein Glas ganz fest umklammert, während meine Tränen auf den Boden tropften. Daddy ließ mich herunter, und als ich mich umdrehte, um zu gehen, rief Grandma mir nach: »Poppy?«

Ich blickte zurück, und Grandma lächelte. »Denk daran: *Mondlichtherzen und Sonnenscheinlächeln* …«

»Ich werde immer daran denken«, sagte ich, doch ich fühlte mich nicht glücklich. Ich war nur traurig. Hinter mir hörte ich Mama weinen. DeeDee ging im Flur an uns vorbei. Ihr Gesicht war auch traurig.

Ich wollte nicht hier drin bleiben. Ich wollte nicht mehr im Haus sein. Ich drehte mich um und schaute zu Daddy auf. »Daddy, kann ich zum Blütenwäldchen gehen?«

Er seufzte. »Ja, Baby. Ich komme später und sehe nach dir. Sei nur vorsichtig!«

Ich sah, wie Daddy sein Handy nahm und jemanden anrief. Er bat jemanden, nach mir zu sehen, während ich im Wäldchen war, doch ich rannte los, bevor ich herausfinden konnte, wen. Ich lief zur Haustür und drückte das Glas für die eintausend Jungsküsse fest an mich. Ich rannte aus dem Haus und von der Veranda. Ich rannte und rannte, ohne stehen zu bleiben.

Tränen liefen mir übers Gesicht. Dann hörte ich jemanden meinen Namen rufen.

»Poppy! Poppy, warte!«

Ich blickte zurück und sah, dass Rune mich beobachtete. Er stand auf seiner Veranda, lief aber sofort hinter mir her über den Rasen. Doch ich blieb nicht stehen, nicht einmal für Rune. Ich musste zu den blühenden Kirschbäumen, den Kirschblütenbäumen, wie wir sie nannten. Es war Grandmas Lieblingsplatz. Ich wollte an ihrem Lieblingsort sein. Denn ich war traurig, weil sie wegging. In den Himmel.

Ihr wahres Daheim.

»Poppy, warte! Lauf nicht so schnell!«, rief Rune, als ich um die Ecke zum Wäldchen im Park bog. Ich rannte durch den Eingang; die großen Bäume standen in voller Blüte und formten einen Tunnel über meinem Kopf. Das Gras unter meinen Füßen war grün, und über mir war blauer Himmel. Leuchtend rosa und weiße Blütenblätter bedeckten die Bäume. Dann, ganz am Ende des Wäldchens, kam der größte Baum von allen. Sein Stamm war der dickste im ganzen Wäldchen.

Er war der absolute Liebling von Rune und mir.

Und von Grandma.

Ich war außer Atem. Als ich unter Grandmas Lieblingsbaum ankam, sank ich zu Boden und umklammerte mein Glas, während mir die Tränen über die Wangen liefen. Ich hörte, dass Rune neben mir stehen blieb, aber ich sah nicht auf.

»*Poppymin?*«, fragte Rune. Das war sein Name für mich. Es bedeutete »meine Poppy« auf Norwegisch. Ich liebte es, wenn er Norwegisch mit mir sprach. »*Poppymin*, nicht weinen«, flüsterte er.

Doch ich konnte nicht anders. Ich wollte nicht, dass Grandma mich verließ, auch wenn ich wusste, dass sie gehen musste.

Ich wusste, wenn ich wieder nach Hause kam, würde Grandma nicht da sein: nicht jetzt und nie mehr.

Rune setzte sich neben mich und umarmte mich. Ich schmiegte mich an ihn und weinte. Ich liebte Runes Umarmungen, denn er hielt mich immer ganz fest im Arm. »Meine Grandma, Rune, sie ist krank, und sie verlässt uns.«

»Ich weiß. Mamma hat es mir erzählt, als ich eben von der Schule kam.«

Ich nickte an seiner Brust. Als ich nicht mehr weinen konnte, setzte ich mich auf und wischte mir über die Wangen. Ich sah Rune an. Er beobachtete mich, und ich versuchte zu lächeln. Darauf nahm er meine Hand und presste sie an seine Brust.

»Es tut mir leid, dass du so traurig bist«, sagte Rune und drückte meine Hand. Sein T-Shirt war warm von der Sonne. »Ich will nicht, *niemals*, dass du traurig bist. Du bist *Poppymin*; du lächelst immer. Du bist immer glücklich.«

Ich schniefte und lehnte den Kopf an seine Schulter. »Ich weiß. Aber Grandma ist meine beste Freundin, Rune, und jetzt habe ich sie nicht mehr.«

Rune sagte erst nichts, und dann antwortete er: »Ich bin auch dein bester Freund. Und ich gehe nirgendwohin. Versprochen. Für immer und ewig.«

Mein Herz, das so wehgetan hatte, schmerzte plötzlich weniger. Ich nickte. »Poppy und Rune für unendlich«, sagte ich.

»Für unendlich«, wiederholte er.

Wir schwiegen eine Weile, bis Rune fragte: »Wofür ist denn das Glas da? Was ist da drin?«

Ich zog die Hand zurück, hielt das Glas fest und hob es hoch. »Grandma hat mir ein neues Abenteuer gegeben. Eins, das mein ganzes Leben lang dauern wird.«

Rune runzelte die Stirn, und das lange blonde Haar fiel ihm über die Augen. Ich strich es zurück, und er schenkte mir sein halbes Lächeln. Alle Mädchen in der Schule wollten, dass er sie so anlächelte – das erzählten sie mir immer. Aber er schenkte sein Lächeln nur mir. Ich sagte ihnen, dass ihn sowieso keine von ihnen haben konnte, denn er war mein bester Freund, und ich wollte ihn nicht teilen.

Rune deutete auf das Glas. »Ich verstehe nicht.«

»Weißt du noch, was die allerliebsten Erinnerungen meiner Grandma sind? Ich habe es dir schon einmal erzählt.«

Ich konnte sehen, dass Rune angestrengt nachdachte, und dann plötzlich fragte er: »Küsse von deinem Grandpa?«

Ich nickte und pflückte eine blassrosa Kirschblüte von dem Ast, der neben mir herabhing. Ich starrte die Blüte an. Die mochte Grandma am liebsten. Sie mochte sie, weil es sie nicht lange gab. Sie sagte, eine Kirschblüte sei zu schön, um das ganze Jahr zu überdauern. Sie war etwas extra Besonderes, weil ihr Leben so kurz war. Wie bei den Samurai – extreme Schönheit und rascher Tod. Ich war mir immer noch nicht ganz sicher, was das alles bedeutete, doch Grandma sagte, ich würde es besser verstehen, wenn ich älter wurde.

Aber ich denke, sie hatte recht. Denn Grandma war nicht sehr alt. Sie verließ uns jung – zumindest hatte Daddy das gesagt. Vielleicht war das der Grund, warum sie Kirschblüten so sehr mochte. Weil sie ganz genauso war.

»Poppymin?«

Runes Stimme ließ mich aufblicken.

»Habe ich recht? Waren die Küsse mit deinem Grandpa die Lieblingserinnerungen deiner Grandma?«

»Ja«, antwortete ich und ließ die Blüte fallen, *»alle* Küsse von ihm, bei denen ihr fast das Herz zersprang. Grandma sagte, dass seine Küsse das Allerbeste auf der Welt waren. Weil sie bedeuteten, dass er sie so sehr geliebt hat. Dass sie ihm wichtig war. Und er mochte sie *genau* so, wie sie war.«

Rune schaute finster auf das Glas und schnaubte. »Ich verstehe es immer noch nicht, *Poppymin*.«

Ich lachte, als er die Lippen vorschob und das Gesicht verzog. Er hatte hübsche Lippen; sie waren wirklich voll mit einem perfekten Amorbogen. Ich öffnete das Glas, holte ein leeres rosa Papierherz heraus und hielt es zwischen Rune und mir hoch. »Das ist ein leerer Kuss.« Ich deutete auf das Glas. »Grandma hat mir eintausend Stück gegeben, die ich in meinem Leben sammeln soll.« Ich legte das Herz zurück ins Glas und nahm Runes Hand. »Ein neues Abenteuer. Eintausend Jungsküsse sammeln, bevor ich sterbe, von meinem Seelengefährten.«

»Ich … was … Poppy? Ich bin durcheinander!«, sagte er, doch ich konnte den Zorn in seiner Stimme hören. Rune konnte wirklich mürrisch sein, wenn er wollte.

Ich nahm den Stift aus meiner Tasche. »Wenn der Junge, den ich liebe, mich küsst und es sich so besonders anfühlt, dass mir fast das Herz zerspringt – *nur* die *extra* besonderen Küsse –, dann soll ich die Einzelheiten auf eins der Herzen schreiben. Für dann, wenn ich alt und grau bin und meinen Enkelkindern von den ganz besonderen Küssen in meinem Leben erzählen will. Und von dem süßen Jungen, der sie mir gegeben hat.«

Ich sprang auf, als mich die Aufregung überwältigte. »Das wollte Grandma von mir, Rune. Also muss ich bald anfangen! Ich will das für sie tun.«

Auch Rune sprang auf. In diesem Augenblick wehte ein Windstoß durch die Kirschblüten, genau da, wo wir standen, und ich lächelte. Aber Rune lächelte nicht. Tatsächlich sah er geradezu irre wütend aus.

»Du willst einen Jungen küssen, für dein Glas? Einen ganz besonderen? Einen, den du liebst?«, fragte er.

Ich nickte. »Eintausend Küsse, Rune! *Eintausend!*«

Rune schüttelte den Kopf und schob wieder die Lippen vor. »NEIN!«, schrie er dann.

Mein Lächeln verschwand. »Was?«, fragte ich.

Rune kam einen Schritt näher und schüttelte den Kopf noch heftiger. »Nein! Ich will nicht, dass du einen Jungen küsst für dein Glas! Das lasse ich nicht zu!«

»Aber …«, wollte ich einwenden, doch Rune nahm meine Hand.

»Du bist *meine* beste Freundin«, sagte er, streckte die Brust raus und zog an meiner Hand. »Ich will nicht, dass du Jungs küsst!«

»Aber ich muss«, erklärte ich und deutete auf das Glas. »Ich muss, für mein Abenteuer. Eintausend Küsse sind ganz schön viele, Rune. Eine Menge! Du wärst immer noch mein bester Freund. Niemand wird mir je mehr bedeuten als du, du Dummie.«

Er starrte erst mich, dann das Glas an. Wieder tat mir das Herz weh; an seinem Gesicht konnte ich sehen, dass er nicht froh war. Er war wieder ganz mürrisch.

Ich ging näher auf meinen besten Freund zu, und Runes Blick hielt meinen fest.

»*Poppymin*«, sagte er, und seine Stimme klang tiefer – hart und stark. »*Poppymin!* Das bedeutet ›*meine* Poppy‹. Für unendlich, immer und ewig. Du bist *MEINE* Poppy!«

Ich machte den Mund auf, um zurückzuschreien und ihm zu sagen, dass das ein Abenteuer war, das ich einfach unternehmen *musste*. Aber da beugte Rune sich vor und presste ganz plötzlich seine Lippen auf meine.

Ich erstarrte. Ich konnte keinen Muskel rühren, als ich seine Lippen spürte. Sie waren warm, und er schmeckte nach Zimt. Der Wind wehte sein langes Haar über meine Wangen, und es kitzelte in meiner Nase.

Rune löste sich von mir, aber sein Gesicht blieb nah an meinem. Ich wollte Luft holen, doch ich hatte ein komisches Gefühl in der Brust, irgendwie leicht und luftig. Und mein Herz klopfte ganz schnell. So schnell, dass ich meine Hand darauf drückte, um es pochen zu spüren.

»Rune«, flüsterte ich, hob die Hand und legte die Finger an meine Lippen. Rune sah mir blinzelnd zu. Dann streckte ich den Arm aus und drückte die Finger auf seine Lippen.

»Du hast mich geküsst«, flüsterte ich verblüfft. Rune hob die Hand, um meine zu halten, und senkte unsere verschränkten Hände dann neben sich.

»*Ich* werde dir eintausend Küsse geben, *Poppymin*. Alle. Keiner wird dich *jemals* küssen außer *mir*.«

Meine Augen wurden groß, doch mein Herz wurde nicht langsamer. »Das wäre ja für immer, Rune. *Niemals* von jemand anders geküsst zu werden bedeutet, dass wir für immer zusammenbleiben, für immer und ewig!«

Rune nickte und lächelte dann. Rune lächelte nicht viel. Normalerweise zeigte er so ein halbes Lächeln oder ein Schmunzeln. Aber er sollte lächeln, denn dann war er echt hübsch. »Ich weiß. Weil wir für ewig und immer sind. Für unendlich, weißt du noch?«

Ich nickte langsam und legte dann den Kopf schief. »Du wirst mir alle meine Küsse geben? Genug, um das *ganze* Glas vollzumachen?«, fragte ich.

Rune schenkte mir noch ein kurzes Lächeln. »Alle. Wir machen das ganze Glas voll und noch mehr. Wir werden noch viel mehr als eintausend Küsse sammeln.«

Ich schnappte nach Luft, und plötzlich fiel mir das Glas wieder ein. Ich zog die Hand zurück, damit ich meinen Stift nehmen und das Glas öffnen konnte. Ich holte ein leeres Papierherz heraus und setzte mich hin, um zu schreiben. Rune kniete sich vor mich hin, legte die Hand auf meine und hielt mich vom Schreiben ab.

Verwirrt schaute ich auf. Er schluckte, schob sich das lange Haar hinters Ohr und fragte: »Ist denn … als ich … dich geküsst habe … ist da … ist dein Herz da fast zersprungen? War das ganz extra besonders? Du hast gesagt, nur ganz extra besondere Küsse kommen ins Glas.« Seine Wangen wurden leuchtend rot, und er senkte den Blick.

Ohne nachzudenken, beugte ich mich vor und schlang die Arme um den Hals meines besten Freundes. Ich drückte meine Wange an seine Brust und lauschte auf seinen Herzschlag.

Sein Herz pochte genauso schnell wie meins.

»Ja, Rune. Das war so besonders, wie besonders nur geht.«

Ich spürte Runes Lächeln an meinem Kopf und ließ ihn wieder los. Ich überkreuzte die Beine und legte das Papierherz auf den Glasdeckel. Rune setzte sich auch mit überkreuzten Beinen hin.

»Was willst du schreiben?«, fragte er. Ich tippte mit dem Stift an meine Lippen und dachte angestrengt nach. Dann setzte ich mich aufrecht, beugte mich vor und schrieb auf das Papier:

Kuss eins
Mit meinem Rune.
Im Blütenwäldchen.
Mein Herz wollte fast zerspringen.

Als ich fertig war mit Schreiben, legte ich das Herz ins Glas und machte den Deckel fest zu. Ich schaute zu Rune auf, der mir die ganze Zeit zugesehen hatte, und verkündete stolz: »Da. Mein allererster Jungskuss!«

Rune nickte, doch sein Blick fiel auf meine Lippen. »*Poppymin?*«

»Ja?«, flüsterte ich.

Rune griff nach meiner Hand und fing an, mit der Fingerspitze Muster auf meinen Handrücken zu malen. »Kann ich … kann ich dich noch einmal küssen?«

Ich schluckte und hatte Schmetterlinge im Bauch. »Du willst mich noch mal küssen … jetzt schon?«

Rune nickte. »Ich wollte dich schon eine ganze Weile küssen. Und na ja, du gehörst zu mir, und es hat mir gefallen. Ich fand es schön, dich zu küssen. Du schmeckst nach Zucker.«

»Ich habe am Anfang der zweiten großen Pause einen Keks gegessen. Butter mit Pekannuss. Grandmas Lieblingssorte«, erklärte ich.

Rune holte tief Luft und lehnte sich zu mir. Sein Haar wehte nach vorn. »Ich will es noch mal tun.«

»Okay.«

Und Rune küsste mich.

Er küsste mich und küsste mich und küsste mich.

Bis zum Ende des Tages hatte ich noch vier Jungsküsse mehr in meinem Glas.

Als ich nach Hause kam, sagte Mama mir, dass Grandma in den Himmel gegangen sei. So schnell ich konnte, rannte ich in mein Zimmer und beeilte mich einzuschlafen. Und wie Grandma versprochen hatte, war sie in meinen Träumen da. Also erzählte ich ihr alles über die fünf Jungsküsse von meinem Rune.

Grandma schenkte mir ein breites Lächeln und küsste mich auf die Wange.

Ich wusste, das würde das beste Abenteuer meines Lebens.

2

Musiknoten und Lagerfeuerflammen

Rune
Vor zwei Jahren
Fünfzehn Jahre alt

Es wurde still, als sie sich auf der Bühne niederließ. Na ja, nicht ganz still – das Donnern, mit dem das Blut in meinen Adern rauschte, brüllte mir in den Ohren, als Poppy sich anmutig setzte. Sie sah wunderschön aus in ihrem ärmellosen schwarzen Kleid, das lange braune Haar nach hinten zu einem Knoten gebunden, mit einer weißen Schleife oben.

Ich hob die Kamera, die immer um meinen Hals hing, und hielt die Linse ans Auge, als Poppy gerade den Bogen an die Saiten ihres Cellos legte. Ich liebte es immer, sie in diesem Augenblick aufzunehmen. In dem Moment, wenn sie die großen grünen Augen schloss. Wenn der absolut perfekte Ausdruck über ihr Gesicht huschte – der, den sie immer hatte, kurz bevor die Musik begann. Ein Ausdruck reiner Leidenschaft für die Klänge, die nun folgen sollten.

Ich schoss das Foto im perfekten Moment, und dann begann die Melodie. Ich senkte die Kamera und konzentrierte mich nur auf Poppy. Während sie spielte, konnte ich keine Fotos machen. Ich wollte nicht riskieren, auch nur einen Augenblick davon zu verpassen, denn ich liebte es, wie sie auf der Bühne aussah.

Meine Lippen verzogen sich zu einem kleinen Lächeln, als ihr Körper sich im Takt zur Musik wiegte. Poppy liebte dieses Stück und spielte es schon, solange ich denken konnte. Sie brauchte kein Notenblatt dafür: *Greensleeves* strömte direkt aus ihrer Seele durch ihren Bogen heraus.

Ich konnte nicht aufhören, sie anzustarren, und mein Herz schlug wie eine Trommel, als Poppys Lippen zuckten. Ihre tiefen Grübchen zeigten sich, als sie sich auf die schwierigen Passagen konzentrierte. Ihre Augen blieben geschlossen, aber man konnte sehen, welche Stellen der Melodie sie besonders liebte. Dann legte sie immer den Kopf schief, und ein Lächeln breitete sich auf ihrem Gesicht aus.

Den Leuten war es unbegreiflich, dass sie nach all der Zeit immer noch mir gehörte. Wir waren erst fünfzehn, doch seit dem Tag, an dem ich sie im Blütenwäldchen geküsst hatte, mit acht Jahren, hatte es nie jemand anders gegeben. Bei jedem anderen Mädchen hatte ich Scheuklappen auf. Ich sah nur Poppy. In meiner Welt existierte nur *sie*.

Und sie war anders als alle anderen Mädchen in unserer Klasse. Poppy war eigen, nicht cool. Sie machte sich keine Gedanken darüber, was andere von ihr hielten – das hatte sie nie. Sie spielte Cello, weil sie es liebte. Sie las Bücher, sie lernte, weil es ihr Freude bereitete, und sie wachte mit der Morgendämmerung auf, einfach um sich den Sonnenaufgang anzusehen.

Deshalb war sie mein Ein und Alles. Mein Immer und Ewig. Weil sie einzigartig war. Einzigartig in einer Stadt voller Durchschnittstussis. Sie wollte weder um jeden Preis auffallen noch Zicke spielen oder Jungs hinterherjagen. Sie wusste, sie hatte mich, ebenso sehr wie ich sie hatte.

Wir waren alles, was wir brauchten.

Ich rutschte auf meinem Stuhl nach vorn, als ihr Cello leiser wurde und Poppy das Stück zum Ende brachte. Wieder hob ich die Kamera und schoss ein letztes Foto, als Poppy den Bogen von den Saiten nahm und ein zufriedener Ausdruck auf ihrem Gesicht erschien.

Als Applaus zu hören war, senkte ich die Kamera. Poppy schob das Instrument von sich und stand auf. Sie verbeugte sich kurz und sah dann suchend ins Publikum. Ihre Augen fanden mich, und sie lächelte.

Ich glaubte, mir müsse das Herz aus der Brust springen.

Zur Antwort schmunzelte ich und schob mir das lange blonde Haar aus dem Gesicht. Leichte Röte überzog Poppys Wangen, dann ging sie nach links von der Bühne, und im Zuschauerraum flammte das Licht auf. Poppy war die Letzte, die auftrat. Sie bildete immer den Abschluss der Show. Sie war die beste Musikerin des Bezirks für unsere Altersgruppe. Meiner Ansicht nach überragte sie auch alle in den drei Altersgruppen darüber.

Einmal hatte ich sie gefragt, wie sie in der Lage sein konnte, so zu spielen, wie sie es tat. Sie hatte mir schlicht erklärt, dass die Melodien so einfach wie der Atem aus ihrem Bogen strömten. Ich konnte mir nicht vorstellen, ein solches Talent zu haben. Aber das war Poppy, das bezauberndste Mädchen der Welt.

Der Applaus verstummte, und die Leute verließen langsam den Saal. Eine Hand drückte meinen Arm. Mrs Litchfield wischte sich eine Träne weg. Sie weinte immer, wenn Poppy auftrat.

»Rune, mein Lieber, wir müssen die beiden nach Hause bringen. Könntest du Poppy abholen?«

»Ja, Ma'am«, antwortete ich und lachte leise über Ida und Savannah, Poppys neun- und elfjährige Schwestern, die auf ihren Stühlen eingeschlafen waren. Anders als Poppy, machten sie sich nicht viel aus Musik.

Mr Litchfield verdrehte die Augen und winkte mir kurz zu, bevor er sich umdrehte und die Mädchen weckte, um sie nach Hause zu bringen. Mrs Litchfield drückte mir einen Kuss auf den Kopf, und die vier gingen.

Als ich mich durch die Stuhlreihe auf den Gang hinausdrängen wollte, hörte ich Flüstern und Kichern rechts von mir. Ich warf einen Blick über die Stühle und sah eine Gruppe Mädchen aus der Anfängerklasse, die alle in meine Richtung schauten. Ich zog den Kopf ein und ignorierte ihr Starren.

Das kam häufig vor. Ich hatte keine Ahnung, warum so viele von denen mir so viel Aufmerksamkeit widmeten. Ich war mit Poppy zusammen, solange die mich kannten. Ich wollte keine andere. Ich wünschte, sie würden aufhören, mich von meinem Mädchen weglocken zu wollen – nichts würde das je schaffen.

Ich marschierte durch den Ausgang zur Tür in den Backstage-Bereich. Die Luft war verbraucht und feucht, sodass mir das schwarze T-Shirt am Körper klebte. Meine schwarze Jeans und die schwarzen Stiefel waren wahrscheinlich zu warm für den Frühlingsabend, aber das war mein täglicher Kleidungsstil, und das bei jedem Wetter.

Ich sah, dass die Auftretenden langsam herauskamen, also lehnte ich mich an die Wand des Zuschauerraums und stützte den Fuß an die weiß getünchte Wand. Ich verschränkte die Arme und löste sie nur, um mir das Haar aus den Augen zu streichen.

Ich beobachtete, wie die Künstler von ihren Familien umarmt wurden. Als ich dann bemerkte, dass dieselben Mädchen von vorhin mich wieder anstarrten, senkte ich den Blick zu Boden. Ich wollte nicht, dass sie zu mir kamen. Ich hatte ihnen nichts zu sagen.

Erst als ich Schritte auf mich zukommen hörte, sah ich auf,

und da warf sich Poppy an meine Brust, schlang die Arme um meinen Rücken und drückte mich fest.

Ich gab ein kurzes Lachen von mir und drückte sie auch. Ich war schon über einen Meter achtzig groß und überragte damit Poppy mit ihren etwas über ein Meter fünfzig. Aber ich mochte es, wie perfekt sie zu mir passte.

Tief atmete ich ein, nahm den zuckersüßen Duft ihres Parfüms auf und legte meine Wange an ihren Kopf. Noch ein letztes Mal drücken, und Poppy ließ mich los und lächelte mir zu. Ihre grünen Augen sahen mit der Mascara und dem dezenten Make-up riesig aus, und ihre Lippen waren pink und saftig von ihrem Lippenbalsam mit Kirscharoma.

Ich fuhr mit den Händen an ihren Seiten hoch und hielt an, um ihre weichen Wangen zu umfassen. Poppys Wimpern flatterten, und sie sah einfach nur süß dabei aus.

Unfähig, dem Gefühl zu widerstehen, ihre Lippen auf meinen zu spüren, beugte ich mich langsam vor und lächelte beinahe, als ich wieder hörte, wie Poppy der Atem stockte, wie jedes Mal, wenn ich sie küsste, in jenem Moment, kurz bevor mein Mund den ihren berührte.

Als unsere Lippen sich trafen, atmete ich durch die Nase aus. Poppy schmeckte immer so, nach Kirschen, und das Aroma ihres Lippenbalsams drang in meinen Mund. Poppy erwiderte meinen Kuss, und ihre kleinen Hände hielten sich an den Seiten meines schwarzen Shirts fest.

Ich bewegte die Lippen auf ihren, langsam und sanft, bis ich mich schließlich löste und drei kurze, federleichte Küsse auf ihre vollen Lippen drückte. Ich holte tief Luft und sah zu, wie Poppys Augen flatternd wieder aufgingen.

Ihre Pupillen waren geweitet. Sie fuhr sich mit der Zunge über die Unterlippe und warf mir dann ein strahlendes Lächeln zu.

»Kuss dreihundertzweiundfünfzig. Mit meinem Rune an der Wand des Zuschauerraums.« Ich hielt den Atem an und wartete auf den nächsten Satz. Das Glitzern in Poppys Augen verriet mir, dass die Worte, auf die ich hoffte, gleich über ihre Lippen kommen würden. Sie lehnte sich näher zu mir, balancierte auf den Zehenspitzen und flüsterte: »Und mein Herz wollte fast zerspringen.« Sie schrieb immer nur die ganz extra besonderen Küsse auf. Nur die, bei denen ihr Herz sich voll fühlte. Jedes Mal, wenn wir uns küssten, wartete ich auf diese Worte.

Und als sie kamen, warf ihr Lächeln mich fast um.

Poppy lachte. Ich musste einfach lächeln, als ich das Glück in ihrer Stimme hörte. Ich drückte ihr noch einen schnellen Kuss auf die Lippen und trat zurück, um den Arm um ihre Schultern zu legen. Ich zog sie an mich und lehnte die Wange an ihren Kopf. Poppy schlang mir die Arme um die Mitte, und ich ging mit ihr weg von der Wand. Doch dann spürte ich, wie Poppy erstarrte.

Ich hob den Kopf und sah, wie diese Mädchen aus der Anfängerklasse auf Poppy zeigten und miteinander tuschelten. Ihre Blicke waren auf Poppy in meinen Armen gerichtet. Meine Kinnmuskeln verkrampften sich. Ich hasste es, dass sie so mit ihr umgingen – aus reiner Eifersucht. Die meisten Mädchen gaben Poppy nie eine Chance, weil sie wollten, was sie hatte. Poppy sagte immer, es mache ihr nichts aus, aber ich konnte sehen, dass das nicht stimmte. Die Tatsache, dass sie sich in meinen Armen versteifte, verriet mir, wie viel es ihr in Wahrheit ausmachte.

Ich stellte mich vor Poppy und wartete darauf, dass sie den Kopf hob. Als sie es tat, sagte ich: »Ignorier sie!«

Mir sank das Herz, als ich sah, wie sie sich zu einem Lächeln zwang. »Das tue ich, Rune. Sie stören mich nicht.«

Ich zog die Augenbrauen hoch. Poppy schüttelte den Kopf. »Wirklich nicht. Versprochen«, versuchte sie zu lügen. Sie warf einen Blick zu den Mädchen hinüber und zuckte mit den Schultern. Als sie mir in die Augen sah, sagte sie: »Aber ich verstehe es. Ich meine, sieh dich an, Rune. Du bist umwerfend. Groß, rätselhaft, exotisch … norwegisch!« Sie lachte und drückte die Handfläche auf meine Brust. »Du bist so ganz der Bad Boy im Indiestyle. Die Mädchen können gar nicht anders, als dich zu wollen. Du bist du. Du bist perfekt.«

Ich drückte mich näher an sie und sah, wie ihre grünen Augen groß wurden. »Und ich gehöre *dir*«, fügte ich hinzu. Die Spannung fiel von ihren Schultern ab.

Ich legte meine Hand in ihre, die immer noch an meiner Brust lag. »Und ich bin nicht rätselhaft, *Poppymin*. Du weißt alles, was es über mich zu wissen gibt: keine Geheimnisse, keine Rätsel.«

»Für mich«, argumentierte sie und sah mir wieder in die Augen. »Für mich bist du kein Rätsel, aber für alle anderen Mädchen an unserer Schule. Sie wollen dich alle.«

Ich seufzte und wurde langsam sauer. »Und alles, was ich will, bist du.« Poppy musterte mich, als versuchte sie, in meiner Miene irgendetwas zu finden. Das machte mich noch ärgerlicher. Ich verschränkte die Finger mit ihren und flüsterte: »Für unendlich.«

Darauf umspielte ein echtes Lächeln Poppys Lippen. »Für immer und ewig«, wisperte sie schließlich.

Ich drückte meine Stirn an ihre. Meine Hände umfassten ihre Wangen, und ich beteuerte: »Ich will dich und nur dich. So ist es, seit ich fünf Jahre alt war und du mir die Hand geschüttelt hast. Kein anderes Mädchen wird das ändern.«

»Ja?«, fragte Poppy, doch ich konnte den Humor hören, der wieder in ihrer Stimme lag.

»*Ja*«, antwortete ich auf Norwegisch, und der süße Klang ihres Kicherns drang an mein Ohr. Sie liebte es, wenn ich in meiner Muttersprache mit ihr redete. Ich küsste sie auf die Stirn, trat dann zurück und nahm ihre Hände. »Deine Mamma und dein Daddy haben die Mädchen nach Hause gebracht; sie haben mich gebeten, es dir zu sagen.«

Sie nickte und schaute dann nervös zu mir auf. »Wie fandest du heute Abend?«

Ich verdrehte die Augen und zog die Nase kraus. »Schrecklich, wie immer«, antwortete ich trocken.

Poppy lachte und gab mir einen Klaps auf den Arm. »Rune Kristiansen! Sei nicht so gemein!«, tadelte sie.

»Na gut.« Ich tat so, als ärgerte ich mich. Ich drückte sie fest an mich und schlang die Arme um sie, sodass sie gefangen war. Sie quietschte auf, als ich anfing, ihre ganze Wange mit Küssen zu bedecken, während ich ihre Arme fest an die Seiten gedrückt hielt. Dann wanderten meine Lippen an ihren Hals, und als ihr der Atem stockte, war alles Lachen vergessen.

Mein Mund wanderte wieder aufwärts, bis ich mit den Zähnen an ihrem Ohrläppchen zupfte. »Du warst bezaubernd«, flüsterte ich. »Wie immer. Du warst perfekt dort oben. Die Bühne gehörte ganz dir. Und jeder in diesem Saal.«

»Rune«, raunte sie. Ich hörte den glücklichen Unterton in ihrer Stimme.

Ich löste mich von ihr, ohne sie loszulassen. »Ich bin nie stolzer auf dich als dann, wenn ich dich dort auf der Bühne sehe«, gestand ich.

Poppy wurde rot. »Rune«, sagte sie scheu, doch ich senkte den Kopf, um den Blickkontakt zu halten, als sie sich lösen wollte. »Carnegie Hall, weißt du noch? Eines Tages werde ich zusehen, wenn du in Carnegie Hall auftrittst.«

Poppy bekam eine Hand frei und tätschelte mir sachte den Arm. »Du schmeichelst mir.«

Ich schüttelte den Kopf. »Niemals. Ich sage immer nur die Wahrheit.«

Poppy drückte die Lippen auf meine, und ich fühlte, wie mir ihr Kuss bis in die Zehenspitzen ging. Als sie sich von mir löste, ließ ich sie los und verschränkte unsere Finger.

»Gehen wir raus aufs Feld?«, fragte Poppy, während ich mit ihr den Parkplatz überquerte und sie ein klein wenig fester an mich drückte, als wir an diesen Mädchen vorbeikamen.

»Ich möchte lieber mit dir allein sein«, sagte ich.

»Jorie hat gefragt, ob wir hinkommen. Alle sind dort.« Poppy schaute zu mir auf. Das Zucken ihrer Lippen verriet mir, dass ich wieder mürrisch dreinschaute. »Es ist Freitagabend, Rune. Wir sind fünfzehn, und du hast gerade den größten Teil des Abends damit verbracht, mir beim Cellospielen zuzusehen. Wir haben noch neunzig Minuten, bis wir zu Hause sein müssen; wir sollten uns wirklich mit unseren Freunden treffen wie normale Teenager.«

»Na gut«, gab ich nach und legte den Arm um ihre Schultern. Ich beugte mich hinab, hielt den Mund an ihr Ohr und sagte: »Aber morgen habe ich dich dann für mich.«

Poppy legte den Arm um meine Taille und hielt mich fest. »Versprochen.«

Wir hörten, wie die Mädchen hinter uns meinen Namen sagten. Als Poppy daraufhin kurz erstarrte, seufzte ich frustriert.

»Es liegt daran, dass du anders bist, Rune«, meinte Poppy, ohne aufzublicken. »Du bist künstlerisch, Fotograf. Du trägst dunkle Klamotten.« Sie lachte und schüttelte den Kopf. Ich strich mir das Haar aus dem Gesicht, und Poppy deutete nach oben. »Aber vor allem liegt es daran.«

Ich runzelte die Stirn. »Woran?«

Poppy hob die Hand und zupfte an einer meiner Haarsträhnen. »Wenn du das machst. Wenn du dir auf deine typische Art das Haar nach hinten streichst.« Nachdenklich hob ich eine Augenbraue. Poppy zuckte mit den Schultern. »Ist irgendwie unwiderstehlich.«

»Ja?«, fragte ich, blieb dann vor ihr stehen und fuhr mir übertrieben durchs Haar, bis sie lachte. »Unwiderstehlich, hm? Für dich auch?«

Poppy kicherte, griff nach meiner Hand im Haar und umfasste sie. Als wir dem Pfad zum Feld folgten – ein Flecken im Park, wo die Kids aus unserer Schule abends abhingen –, meinte Poppy: »Es macht mir wirklich nichts aus, dass die anderen Mädchen dir nachschauen, Rune. Ich weiß, was du für mich fühlst, weil ich ganz genau das Gleiche für dich empfinde.« Poppy sog die Unterlippe ein. Ich wusste, das bedeutete, dass sie nervös war, doch ich konnte mir nicht erklären, was der Grund dafür war, bis sie sagte: »Die Einzige, die mich stört, ist Avery. Weil sie schon so lange auf dich steht, und ich bin mir ziemlich sicher, dass sie alles tun würde, um dich für sich zu bekommen.«

Ich schüttelte den Kopf. Ich mochte Avery nicht einmal, aber weil sie zu unserer Clique gehörte, war sie ständig um uns. Alle meine Freunde mochten sie; alle hielten sie für die Hübscheste hier. Doch ich sah das nie so, und ich hasste die Art, wie sie sich mir gegenüber verhielt. Ich hasste die Gefühle, die sie in Poppy weckte.

»Sie ist nichts, *Poppymin*«, beteuerte ich. *»Nichts.«*

Poppy schmiegte sich an mich, und wir bogen nach rechts ab, zu unseren Freunden. Je näher wir kamen, desto fester hielt ich sie. Avery setzte sich auf, als wir sie und die anderen fast erreicht hatten.

Ich drehte den Kopf zu Poppy und wiederholte: »*Nichts.*«

Poppy griff mein Shirt mit einer Hand und zeigte mir so, dass sie mich gehört hatte.

Ihre beste Freundin Jorie sprang auf. »Poppy!«, rief sie aufgeregt und kam zu uns, um Poppy zu umarmen. Ich mochte Jorie. Sie war albern und dachte nur selten nach, bevor sie den Mund aufmachte, aber sie liebte Poppy, und Poppy liebte sie. Jorie war einer der ganz wenigen Menschen in dieser Kleinstadt, die Poppys Eigenheiten liebenswert und nicht nur merkwürdig fanden.

»Wie geht's euch, ihr Süßen?«, fragte Jorie und trat einen Schritt zurück. Sie betrachtete Poppys schwarzes Kleid, mit dem sie aufgetreten war. »Du siehst wunderschön aus! Richtig niedlich!«

Poppy neigte dankend den Kopf. Ich nahm wieder ihre Hand, führte sie um das kleine Feuer herum, das sie in der Feuergrube angezündet hatten, und setzte mich. Ich lehnte mich nach hinten an eine Holzbank und zog Poppy zu mir, sodass sie zwischen meinen Beinen sitzen konnte. Sie schenkte mir ein Lächeln, als sie sich mit mir niederließ, lehnte den Rücken an meine Brust und legte den Kopf an meinen Hals.

»Also, Pops, wie ist es gelaufen?«, fragte Judson, mein bester Freund, von der anderen Seite des Lagerfeuers. Mein anderer enger Freund, Deacon, saß neben ihm. Er nickte grüßend, und seine Freundin Ruby winkte uns kurz zu.

Poppy zuckte mit den Schultern. »Ganz gut, denke ich.«

Ich legte den Arm um sie, drückte sie an mich, sah meinen dunkelhaarigen Freund an und fügte hinzu: »Der Star der Show. Wie immer.«

»Es ist nur Cello, Rune. Nichts allzu Besonderes«, widersprach Poppy sanft.

Ich schüttelte protestierend den Kopf. »Sie hat alle zu Fall gebracht.«

Ich bemerkte, wie Jorie mich anlächelte und wie Avery abfällig die Augen verdrehte. Poppy ignorierte Avery und fing mit Jorie ein Gespräch über die Schule an.

»Komm schon, Pops. Ich schwöre, Mr Miller ist ein lebender Alien. Oder ein Dämon. Hölle, der kommt von irgendwo außerhalb aller Welten, die wir kennen, aus einem ganz anderen Universum. Angeheuert vom Direktor, um uns schwache junge Erdlinge mit viel zu schwerer Algebra zu foltern. Daraus bezieht er seine Lebenskraft; davon bin ich überzeugt. Und ich denke, er hat es auf mich abgesehen. Du weißt schon, die Tatsache, dass ich *weiß*, dass er ein Außerirdischer ist, weil – *Herr im Himmel!* – der Mann lässt mich ständig durchfallen und guckt mich immer böse an!«

»Jorie!« Poppy lachte so heftig, dass ihr ganzer Körper bebte. Ich lächelte, weil sie so fröhlich war, und dann ließ ich die Gedanken schweifen. Ich lehnte mich weiter an die Holzbank, während unsere Freunde plauderten. Träge malte ich Muster auf Poppys Arm und wollte nur weg von hier. Es machte mir nichts aus, mit unseren Freunden zusammenzusitzen, doch ich war lieber mit ihr allein. Ihre Nähe war das, wonach ich mich sehnte; und der einzige Ort, an dem ich sein wollte, war bei ihr.

Poppy kicherte über etwas anderes, das Jorie gesagt hatte. Sie lachte so sehr, dass sie dabei die Kamera um meinen Hals zur Seite schlug. Poppy warf mir ein entschuldigendes Lächeln zu. Ich beugte mich herab, hob ihr Kinn mit dem Finger zu mir und küsste ihre Lippen. Der Kuss sollte nur kurz und leicht sein, doch als Poppy die Hände in mein Haar schob und mich an sich zog, wurde mehr daraus. Als sie die Lippen öffnete, schob ich meine Zunge in ihren Mund, und mir blieb die Luft weg, als ich ihre Zunge berührte.

Poppys Finger in meinem Haar griffen fester zu. Ich umfasste ihre Wange, um den Kuss so lange wie möglich dauern zu lassen. Hätte ich nicht Luft holen müssen, hätte ich wohl nie mehr aufgehört, sie zu küssen.

Zu verloren in unserem Kuss, lösten wir uns erst voneinander, als jemand am Feuer sich räusperte. Ich hob den Kopf und sah Judson grinsen. Als ich Poppy anschaute, leuchteten ihre Wangen. Unsere Freunde verkniffen sich ihr Lachen, und ich drückte Poppy fester an mich. Ich würde mich nicht dafür schämen, mein Mädchen zu küssen.

Die Unterhaltung ging weiter, und ich hob meine Kamera auf, um zu prüfen, ob sie unversehrt war. Mamma und Pappa hatten sie mir zum dreizehnten Geburtstag geschenkt, als sie erkannten, dass Fotografie zu meiner Leidenschaft wurde. Es war eine 1960er Vintage Canon. Ich hatte sie überall dabei und schoss Tausende Fotos. Ich wusste nicht, wieso, aber es faszinierte mich, Augenblicke einzufangen. Vielleicht deshalb, weil Augenblicke manchmal alles sind, was wir bekommen. Es gibt keinen zweiten Versuch; was auch immer in einem Augenblick geschieht, definiert das Leben – vielleicht *ist* es das Leben. Doch einen Moment auf Film einzufangen hält diesen Moment für immer lebendig. Fotografieren war Magie für mich.

In Gedanken ging ich den Film durch. Fotos aus der Tierwelt und Nahaufnahmen von Kirschblüten aus dem Wäldchen nahmen den größten Teil des Films ein. Dann die Fotos von Poppy heute Abend. Ihr hübsches Gesicht, als die Musik sie fesselte. Diesen Ausdruck sah ich sonst nur bei einer einzigen Gelegenheit – wenn sie mich ansah. Für Poppy war ich etwas so Besonderes wie ihre Musik.

In beiden Fällen ein Band, das niemand jemals durchtrennen konnte.

Ich griff nach meinem Handy und hielt es mit der Kameralinse auf uns gerichtet hoch. Poppy beteiligte sich nicht mehr an der Unterhaltung um uns herum. Sie strich schweigend mit den Fingerspitzen über meinen Arm. Ich erwischte sie unvorbereitet und schoss das Foto, gerade als sie zu mir aufblickte. Ich musste auflachen, als ihre Augen ärgerlich schmal wurden. Ich wusste, dass sie nicht wirklich wütend war, obwohl sie sich Mühe gab, so auszusehen. Poppy liebte jedes Foto, das ich von uns machte, selbst dann, wenn es in einem Moment aufgenommen wurde, in dem sie am wenigsten damit rechnete.

Ich schaute auf das Handy, und sofort fing mein Herz zu hämmern an. Auf dem Foto blickte Poppy zu mir auf, und sie sah wunderschön aus. Aber ihr Gesichtsausdruck war das, was mich umhaute. Der Blick ihrer grünen Augen.

In diesem Moment, diesem einzelnen eingefangenen Augenblick, hatte sie *diesen* Ausdruck. Den, den sie mir so bereitwillig schenkte wie ihrer Musik. Den, der mir sagte, dass sie ebenso sehr mir gehörte wie ich ihr. Den, der dafür gesorgt hatte, dass wir all die Jahre zusammengeblieben waren. Den, der sagte, dass jeder von uns im anderen seinen Seelengefährten gefunden hatte, trotz unserer Jugend.

»Zeigst du es mir?«

Poppys leise Stimme lenkte mich vom Bildschirm ab. Sie lächelte mir zu, und ich senkte das Handy, damit sie es sehen konnte.

Ich betrachtete nicht das Foto, sondern Poppy, als ihr Blick auf den Bildschirm fiel. Ich sah zu, wie ihre Augen sanft wurden und der Hauch eines Lächelns um ihre Lippen spielte. »Rune«, flüsterte sie und nahm meine freie Hand.

Ich drückte ihre Finger, und sie sagte: »Davon will ich einen Abzug. Es ist perfekt.« Ich nickte und gab ihr einen Kuss auf den Scheitel.

Und deshalb liebe ich es zu fotografieren, dachte ich. Ich konnte Emotionen sichtbar machen, reine Emotionen, im Bruchteil einer Sekunde.

Ich machte die Handykamera aus und sah die Zeitangabe auf dem Bildschirm. »*Poppymin*«, sagte ich leise, »wir müssen nach Hause. Es wird spät.«

Poppy nickte. Ich stand auf und half ihr hoch.

»Ihr haut ab?«, fragte Judson.

Ich nickte. »Ja. Wir sehen uns Montag.«

Ich winkte noch in die Runde und nahm dann Poppys Hand. Wir redeten nicht viel auf dem Weg nach Hause. Als wir vor Poppys Tür stehen blieben, nahm ich sie in die Arme, drückte sie an mich und legte die Hand an ihren Hals. Poppy blickte auf. »Ich bin so stolz auf dich, *Poppymin*. Es gibt keinen Zweifel, dass du es nach Julliard schaffst, wo viele andere große Musiker ausgebildet wurden. Dein Traum, in Carnegie Hall zu spielen, wird wahr werden.«

Poppy lächelte strahlend und zupfte am Riemen der Kamera um meinen Hals. »Und du gehst an die Tisch School of Arts an der NYU. Wir werden zusammen in New York leben, so wie es immer sein sollte. Wie wir es immer geplant haben.«

Ich nickte und streifte mit den Lippen über ihre Wange. »Dann gibt es keinen Zapfenstreich mehr«, flüsterte ich neckend. Poppy lachte. Ich gab ihr einen sanften Kuss auf die Lippen und wich wieder zurück.

Als ich ihre Hände losließ, öffnete Mr Litchfield die Tür. Er sah, wie ich mich von seiner Tochter löste, und schüttelte lachend den Kopf. Er wusste genau, was wir gemacht hatten.

»Nacht, Rune!«, meinte er trocken.

»Nacht, Mr Litchfield!«, antwortete ich und sah, wie Poppy errötete, als ihr Daddy ihr bedeutete hineinzugehen.

Ich lief über den Rasen zu unserem Haus, öffnete die Tür, ging zum Wohnzimmer hinüber und traf dort auf meine Eltern, die auf der Couch zusammensaßen. Sie setzten sich auf, und sie wirkten angespannt.

»*Hei*«, grüßte ich, und Mamma blickte ruckartig auf.

»*Hei*, Baby«, sagte sie.

Ich runzelte die Stirn. »Was ist los?«, fragte ich.

Mamma warf Pappa einen Blick zu. Dann schüttelte sie den Kopf. »Nichts, Baby. Hat Poppy gut gespielt? Tut mir leid, dass wir nicht kommen konnten.«

Ich starrte meine Eltern an. Ich sah ihnen an, dass sie etwas verheimlichten. Als sie nichts weiter sagten, nickte ich langsam und beantwortete ihre Frage. »Sie war perfekt, wie immer.«

Einen Augenblick glaubte ich, Tränen in Mammas Augen zu sehen, aber sie blinzelte hastig, und der verräterische Glanz war verschwunden. Ich wollte der unangenehmen Situation entfliehen und hielt die Kamera hoch. »Ich entwickle die Fotos hier noch und gehe dann ins Bett.«

Als ich mich umdrehte, um das Zimmer zu verlassen, sagte Pappa: »Wir machen morgen einen Familienausflug, Rune.«

Ich blieb wie angewurzelt stehen. »Ich kann nicht mit. Ich habe vor, den Tag mit Poppy zu verbringen.«

Pappa schüttelte den Kopf. »Nicht morgen, Rune.«

»Aber …«, wollte ich widersprechen, doch Pappa unterbrach mich in strengem Tonfall.

»Ich sagte Nein. Du kommst mit, das ist endgültig. Poppy kann dich treffen, wenn wir zurück sind. Wir bleiben nicht den ganzen Tag weg.«

»Was ist wirklich los?«

Pappa stand auf und blieb vor mir stehen. Er legte mir die Hand auf die Schulter. »Nichts, Rune. Ich sehe euch nur gar nicht mehr wegen der Arbeit. Ich will das ändern, also verbringen wir einen Tag draußen am Strand.«

»Na dann ... Kann Poppy mitkommen? Sie liebt den Strand. Es ist ihr zweitliebster Platz.«

»Nicht morgen, Sohn.«

Ich wurde langsam sauer, aber ich konnte sehen, dass er nicht nachgeben würde. Pappa seufzte. »Geh deine Fotos entwickeln, Rune, und mach dir keine Sorgen mehr.«

Ich kam der Aufforderung nach und ging in den Keller, in den kleinen Nebenraum, den Pappa für mich zu einer Dunkelkammer umgebaut hatte. Ich entwickelte Filme immer noch auf altmodische Art, statt eine Digitalkamera zu verwenden. Ich war der Ansicht, dass das bessere Ergebnisse brachte.

Zwanzig Minuten später trat ich von der Reihe neuer Fotos zurück. Ich hatte auch das Foto von meinem Handy zweimal ausgedruckt, von Poppy und mir auf dem Feld. Ich hob beide Exemplare auf und nahm sie mit in mein Zimmer. Im Vorbeigehen steckte ich den Kopf in Altons Zimmer und schaute nach, ob mein zweijähriger Bruder wach geworden war. Er schlief eng an seinen braunen Plüschteddy gekuschelt, und das unordentliche blonde Haar fiel über sein Kissen.

Ich ging in mein Zimmer und schaltete die Lampe an. Dann schaute ich auf die Uhr und registrierte, dass es fast Mitternacht war. Ich fuhr mir mit der Hand durchs Haar, trat ans Fenster und lächelte, als ich das Haus der Litchfields im Dunkeln liegen sah, bis auf den schwachen Schein von Poppys Nachtlicht. Es war ihr Zeichen, dass die Luft rein war, um mich ins Haus zu schleichen.

Ich schloss meine Zimmertür ab und knipste die Lampe aus. Im Zimmer wurde es dunkel. Schnell zog ich Schlafhose und Shirt an. Dann schob ich lautlos das Fenster hoch und schwang die Beine über die Fensterbank. Ich rannte über den

Rasen zwischen unseren Häusern, kletterte in Poppys Zimmer und schloss das Fenster so leise, wie ich konnte.

Poppy lag im Bett, eingemummelt unter der Decke. Ihre Augen waren geschlossen, und ihr Atem ging leise und gleichmäßig. Ich lächelte, weil sie mit der Wange, die in ihrer Hand ruhte, so niedlich aussah, tappte zu ihr, legte ihr Geschenk auf den Nachttisch und schlüpfte zu ihr ins Bett.

Ich streckte mich neben ihr aus und legte den Kopf zu ihr aufs Kissen.

Das machten wir schon seit Jahren so. Als ich zum ersten Mal bei ihr übernachtete, war es ein Versehen. Ich war mit zwölf in ihr Zimmer geklettert, um mit ihr zu plaudern, war dann aber eingeschlafen. Zum Glück wachte ich am nächsten Morgen früh genug auf, um unbemerkt zurück in mein Zimmer zu schleichen. Doch in der nächsten Nacht blieb ich mit Absicht bei Poppy, dann die Nacht danach, und seitdem fast jede Nacht. Zum Glück waren wir nie erwischt worden. Ich war mir nicht ganz sicher, ob Mr Litchfield mich noch genauso mögen würde, wenn er wüsste, dass ich im Bett seiner Tochter schlief.

Aber so nah neben Poppy zu liegen wurde langsam immer schwieriger. Jetzt, mit fünfzehn Jahren, fühlte ich mich anders in ihrer Gegenwart. Ich sah sie anders. Und ich wusste, dass es ihr genauso ging. Wir küssten uns immer häufiger. Die Küsse wurden inniger, und unsere Hände fingen an, Stellen zu erforschen, an denen sie nichts zu suchen hatten. Es wurde immer schwerer aufzuhören. Ich wollte mehr. Ich wollte mein Mädchen auf jede mögliche Weise.

Doch wir waren noch jung, das war mir klar.

Aber das machte es nicht weniger schwierig.

Poppy rührte sich neben mir. »Ich habe mich schon gefragt, ob du heute Nacht kommst. Ich habe auf dich gewartet, doch du warst nicht in deinem Zimmer«, sagte sie schläfrig und strich mir das Haar aus dem Gesicht.

Ich nahm ihre Hand und küsste sie. »Ich musste meinen Film entwickeln, und meine Eltern waren merkwürdig.«

»Merkwürdig? Inwiefern?« Sie rutschte näher und küsste mich auf die Wange.

Ich schüttelte den Kopf. »Einfach … merkwürdig. Ich denke, da ist was im Busch, doch sie haben gesagt, ich soll mir keine Sorgen machen.«

Selbst im schwachen Licht konnte ich sehen, wie Poppy besorgt die Stirn runzelte. Ich drückte beruhigend ihre Hand.

Dann erinnerte ich mich an mein Geschenk für sie, griff hinter mich und nahm das Foto vom Nachttisch. Ich hatte es in einen schlichten Silberrahmen gesteckt. Ich tippte auf meinem Handy auf das Icon für die Taschenlampe und hielt das Foto so, dass Poppy es besser sehen konnte.

Sie seufzte leise, und ich bemerkte, wie ein Lächeln ihr ganzes Gesicht aufleuchten ließ. Sie nahm den Rahmen und strich mit dem Finger über das Glas. »Ich liebe dieses Foto, Rune«, flüsterte sie und legte es dann auf ihren Nachttisch. Sie betrachtete es noch eine Weile und drehte sich dann zu mir um.

Poppy hob die Decke, damit ich darunterschlüpfen konnte. Ich legte den Arm auf ihre Taille, näherte mich ihrem Gesicht und gab ihr sanfte Küsse auf Wangen und Hals.

Als ich die Stelle genau unter ihrem Ohr küsste, fing Poppy zu kichern an und wich zurück. »Rune!«, flüsterte sie, »das kitzelt!«

Ich rückte ein Stückchen von ihr ab und verschränkte meine Hand mit ihrer.

»Also«, fragte Poppy und hob die andere Hand, um mit einer meiner Haarsträhnen zu spielen, »was machen wir morgen?«

Ich verdrehte die Augen. »Nichts. Mein Pappa will, dass wir morgen einen Familienausflug machen. Zum Strand.«

Poppy setzte sich aufgeregt auf. »Wirklich? Ich liebe den Strand!«

Mir wurde das Herz schwer. »Er sagte, wir müssen allein gehen, *Poppymin*. Nur die Familie.«

»Oh!« Poppy klang enttäuscht. Sie legte sich wieder hin. »Habe ich etwas falsch gemacht? Dein Papa lädt mich doch sonst immer mit ein.«

»Nein«, versicherte ich ihr. »Es ist so, wie ich es vorhin gesagt habe. Sie verhalten sich merkwürdig. Er meinte, er will, dass wir einen Tag als Familie miteinander verbringen, doch ich denke, da ist noch etwas.«

»Okay«, sagte Poppy, aber ich hörte den traurigen Unterton in ihrer Stimme.

Ich legte die Hand um ihren Kopf und versprach: »Bis zum Abendessen bin ich wieder da. Wir verbringen morgen den Abend zusammen.«

Sie nahm mein Handgelenk. »Gut.«

Poppy starrte mich im trüben Licht mit weit offenen grünen Augen an. Ich strich ihr übers Haar. »Du bist so wunderschön, *Poppymin*.«

Ich brauchte kein Licht, um die Röte auf ihren Wangen zu sehen. Ich überwand das bisschen Raum zwischen uns und drückte meine Lippen auf ihre. Poppy seufzte, als ich meine Zunge in ihren Mund schob, und ihre Hände glitten aufwärts in mein Haar.

Es fühlte sich viel zu gut an. Poppys Mund wurde immer heißer, je länger wir uns küssten, und meine Hände wanderten über ihre bloßen Arme und über ihre Taille.

Poppy drehte sich auf den Rücken, als meine Hand abwärtsglitt, um ihr Bein zu streicheln. Ich folgte ihrer Bewegung und schob mich über sie, als Poppy sich aus dem Kuss löste und nach Luft schnappte. Aber ich hörte nicht auf, sie zu küssen. Ich fuhr mit den Lippen über ihr Kinn und übersäte ihren Hals mit Küssen, während meine Hand unter ihr Nachthemd wanderte, um die weiche Haut an ihrer Taille zu streicheln.

Poppys Finger zupften an meinem Haar, und sie schlang das Bein um meinen Oberschenkel. Ich stöhnte an ihrem Hals und schob mich nach oben, um wieder ihren Mund zu erobern. Als meine Zunge an ihre glitt, wanderten meine Finger weiter ihren Körper hinauf. Poppy löste den Kuss.

»Rune …«

Ich drückte den Kopf an die Stelle zwischen ihrem Hals und ihrer Schulter und atmete schwer. Ich wollte sie so sehr, dass es fast zu viel war, um es auszuhalten.

Tief atmete ich ein und aus, während Poppy auf und ab über meinen Rücken streichelte. Ich konzentrierte mich auf den Rhythmus ihrer Hand und zwang mich, ruhiger zu werden.

Minuten vergingen, doch ich rührte mich nicht. Ich war zufrieden damit, über Poppy zu liegen, ihren zarten Duft einzuatmen und die Hand an ihren weichen Bauch zu drücken.

»Rune?«, flüsterte Poppy. Ich hob den Kopf. Sofort lag ihre Hand an meiner Wange. »Baby?«, flüsterte sie, und ich hörte die Besorgnis in ihrer Stimme.

»Alles okay«, gab ich so leise wie möglich zurück, um ihre Eltern nicht aufzuwecken. Ich sah ihr tief in die Augen. »Ich will dich nur so sehr.« Ich legte meine Stirn an ihre und fuhr fort: »Wenn wir so zusammen sind, wenn wir es so weit kommen lassen, dann verliere ich irgendwie den Verstand.«

Poppys Finger kämmten durch mein Haar, und ich schloss die Augen und genoss ihre Berührung. »Tut mir leid, ich …«

»Nein«, unterbrach ich sie entschieden, ein wenig lauter als beabsichtigt. Ich rutschte etwas weg. Poppys Augen waren riesig. »Nicht. Entschuldige dich niemals dafür, dass du mich aufhältst. Das ist nichts, was dir je leidtun muss.«

Poppy öffnete ihre vom Kuss geschwollenen Lippen und seufzte tief. »Danke«, wisperte sie. Ich bewegte die Hand und verschränkte meine Finger mit ihren.

Ich rutschte zur Seite, streckte den Arm aus und bedeutete ihr mit einer Kopfbewegung, zu mir zu kommen. Sie legte den Kopf an meine Brust. Ich schloss die Augen und konzentrierte mich einfach aufs Atmen.

Schließlich schlief ich langsam ein. Poppys Finger wanderte auf und ab über meinen Bauch. Ich war schon fast weggedämmert, als sie flüsterte: »Du bist alles für mich, Rune Kristiansen, ich hoffe, du weißt das.«

Ich riss die Augen auf, als ich ihre Worte hörte, und mein Herz fühlte sich ganz voll an. Ich legte den Finger unter ihr Kinn und hob ihren Kopf an. Ihr Mund wartete auf meinen Kuss.

Sanft, zärtlich küsste ich sie und zog mich dann langsam zurück. Poppys Augen blieben geschlossen, und sie lächelte. Mir war, als explodierte mein Herz, als ich ihr zufriedenes Gesicht sah, und ich raunte: »Für unendlich.«

Poppy schmiegte sich wieder an mich und flüsterte zurück: »Für immer und ewig.«

Und so schliefen wir beide ein.

3

Sanddünen und salzige Tränen

Rune

»Rune, wir müssen mit dir reden«, sagte Pappa, als wir im Strandrestaurant zu Mittag aßen.

»Wollt ihr euch scheiden lassen?«

Pappa wurde blass. »Gott, nein, Rune«, beteuerte er hastig und nahm zur Bekräftigung Mammas Hand. Mamma lächelte mich an, aber ich konnte sehen, dass ihr Tränen in die Augen stiegen.

»Was dann?«, fragte ich.

Pappa lehnte sich langsam auf seinem Stuhl zurück. »Deine Mamma hat sich über meinen Job geärgert, Rune, nicht über mich.« Ich war völlig verwirrt, bis er sagte: »Ich werde zurück nach Oslo versetzt, Rune. Die Firma ist dort auf ein Problem gestoßen, und man schickt mich zurück, um es zu beheben.«

»Für wie lange?«, fragte ich. »Wann kommst du wieder?«

Pappa fuhr sich mit der Hand durch das dichte, kurze blonde Haar, genau wie ich es immer tat. »Das ist der Punkt, Rune«, sagte er bedächtig. »Es könnte Jahre dauern. Oder Monate.« Er seufzte. »Realistisch betrachtet, alles zwischen einem und drei Jahren.«

Ich riss die Augen auf. »Du lässt uns so lange allein in Georgia?«

Mamma streckte die Hand aus und legte sie auf meine. Ich starrte mit leerem Blick darauf. Und dann kamen die wahren Konsequenzen von Pappas Worten in meinem Verstand an. »Nein«, sagte ich leise. Denn ich wusste doch, dass er mir das nicht antun würde. Nicht antun *konnte*.

Ich blickte auf. Und sah ein Gesicht voller Schuldgefühle.

Da wusste ich, dass es stimmte.

Jetzt begriff ich es. Warum wir zum Strand gefahren waren. Warum er gewollt hatte, dass wir allein hinfuhren. Warum er Poppy nicht mitgenommen hatte.

Mein Herz raste los, und meine Hände zuckten auf dem Tisch. Mein Verstand drehte sich ... sie würden doch nicht ... er würde doch nicht ... *ich würde da nicht mitmachen!*

»Nein«, stieß ich, nun lauter, hervor, sodass die Leute an den Tischen um uns herum zu uns herübersahen. »Ich gehe nicht weg. Ich verlasse sie nicht.«

Hilfe suchend wandte ich mich an Mamma, aber sie senkte den Blick. Ich zog meine Hand unter ihrer weg. »Mamma?«, fragte ich flehend, doch sie schüttelte langsam den Kopf.

»Wir sind eine Familie, Rune. Wir bleiben nicht so lange getrennt. Wir müssen weggehen. Wir sind eine *Familie.*«

»Nein!« Diesmal rief ich es ganz laut und schob meinen Stuhl vom Tisch weg. Ich stand auf und ballte die Hände zu Fäusten. »Ich lasse sie nicht allein! Dazu könnt ihr mich nicht zwingen! Hier ist unser Zuhause! *Hier!* Ich will nicht zurück nach Oslo.«

»Rune«, sagte Pappa beschwichtigend, stand vom Tisch auf und streckte die Hände aus. Aber ich hielt es nicht aus, so auf engem Raum mit ihm. Ich drehte mich auf dem Absatz um, rannte, so schnell ich konnte, aus dem Restaurant und zum Strand hinunter. Die Sonne war hinter dicken Wolken verschwunden, und ein kühler Wind wehte über den Sand. Ich rannte weiter, auf die Dünen zu, und die groben Sandkörner, die aufgewirbelt wurden, prallten mir ins Gesicht.

Ich rannte und versuchte, gegen den Zorn in mir anzukämpfen. *Wie können sie mir das antun? Sie wissen doch, wie sehr ich Poppy brauche.*

Ich zitterte vor Wut, als ich die höchste Düne erklommen hatte und mich oben in den Sand fallen ließ. Ich lag auf dem Rücken, starrte in den grau werdenden Himmel und stellte mir ein Leben in Norwegen ohne Poppy vor. Mir war schlecht. Schon allein bei dem Gedanken, sie nicht an meiner Seite zu haben, während sie meine Hand hielt, meine Lippen küsste …

Ich konnte kaum atmen.

Mein Verstand suchte fieberhaft nach Ideen, wie ich bleiben konnte. Ich dachte nach, ging jede Möglichkeit durch, aber ich kannte Pappa. Wenn er etwas entschieden hatte, würde nichts mehr seine Meinung ändern. Ich würde gehen müssen. Seine Miene hatte mir deutlich gemacht, dass es keinen Ausweg gab. Sie rissen mich von meinem Mädchen weg, meiner Seele. Und ich konnte absolut nichts dagegen tun.

Ich hörte jemanden hinter mir die Düne heraufsteigen und wusste, es war Pappa. Er setzte sich neben mich. Ich wandte den Blick ab und starrte hinaus aufs Meer. Ich wollte seine Anwesenheit nicht zur Kenntnis nehmen.

Wir schwiegen, bis ich schließlich doch einknickte und fragte: »Wann gehen wir?«

Ich spürte, wie Pappa sich neben mir versteifte, und schaute zu ihm. Er betrachtete mein Gesicht; Mitgefühl lag in seiner Miene. Mein Herz rutschte noch tiefer. »Wann?«, drängte ich.

Pappa ließ den Kopf hängen. »Morgen.«

Und alles in mir erstarrte.

»Was?«, flüsterte ich geschockt. »Wie geht das denn?«

»Deine Mamma und ich wissen es schon seit etwa einem Monat. Wir haben beschlossen, es dir erst im letzten Moment zu sagen, weil wir wussten, wie du dich dann fühlen würdest. Ich werde ab Montag im Büro gebraucht, Rune. Wir haben schon alles mit deiner Schule organisiert und deine Versetzung übermittelt. Dein Onkel bereitet unser Haus in Oslo für unsere Rückkehr vor. Meine Firma hat Umzugsleute angeheuert, um das Haus in Blossom Grove auszuräumen und unsere Sachen nach Norwegen zu schicken. Sie kommen morgen, kurz nach unserer Abreise.«

Ich sah Pappa finster an. Zum ersten Mal im Leben hasste ich ihn. Wutschnaubend wandte ich den Blick ab. Mir war übel von all dem Zorn, der durch meine Adern floss.

»Rune«, sagte Pappa leise und legte mir die Hand auf die Schulter.

Ich schüttelte seine Hand ab. »Nicht«, zischte ich. »Fass mich nie wieder an, und rede nie wieder mit mir!« Ich drehte ruckartig den Kopf. »Das verzeihe ich dir *nie*«, sagte ich. »Ich werde dir nie verzeihen, dass du sie mir wegnimmst.«

»Rune, ich verstehe …«

»Nein, tust du nicht«, fiel ich ihm ins Wort. »Du hast *keine* Ahnung, wie ich mich fühle oder was Poppy für mich bedeutet. Keine verdammte Ahnung. Denn sonst würdest du mich nicht von ihr wegreißen. Du würdest deiner Firma sagen, dass du *nicht* umziehst. Dass wir hierbleiben müssen.«

Pappa seufzte. »Ich bin der technische Leiter, Rune. Ich muss dorthin gehen, wo ich gebraucht werde, und im Augenblick ist das Oslo.«

Ich sagte nichts. Mir war egal, ob er verdammter technischer Leiter in irgendeiner Versagerfirma war. Ich war sauer, weil er es mir erst jetzt erzählte. Ich war sauer, weil wir weggingen, Punkt.

Als ich schwieg, meinte Pappa: »Ich sammle unsere Sachen ein, Sohn. Sei in fünf Minuten beim Auto. Ich möchte, dass du den heutigen Abend noch mit Poppy hast. Wenigstens so viel will ich euch lassen.«

Heiße Tränen stiegen mir in die Augen. Ich drehte den Kopf weg, damit er es nicht sah. Ich war wütend, so wütend, dass ich die verdammten Tränen nicht aufhalten konnte. Ich weinte nie, wenn ich traurig war, nur wenn ich wütend war. Und in diesem Moment war ich so sauer, dass ich kaum atmen konnte.

»Es ist nicht für immer, Rune. Es dauert höchstens ein paar Jahre, dann sind wir wieder da. Versprochen. Mein Job, unser Leben, ist hier in Georgia. Aber ich muss dahin gehen, wo die Firma mich braucht«, sagte Pappa. »Oslo ist nicht so schlimm; wir stammen von dort. Ich weiß, deine Mamma wird froh sein, wieder in der Nähe ihrer Familie zu leben. Ich dachte, dir ginge es vielleicht genauso.«

Ich gab keine Antwort. Denn ein paar Jahre ohne Poppy waren ein ganzes Leben. Meine Familie war mir egal.

Verloren betrachtete ich den Rhythmus der Wellen und wartete, solange ich konnte, bis ich aufstand. Ich wollte zu Poppy. Gleichzeitig jedoch wusste ich nicht, wie ich ihr sagen sollte, dass ich fortging. Ich konnte den Gedanken, ihr das Herz zu brechen, nicht ertragen.

Es hupte, und ich rannte zum Auto, wo meine Familie wartete. Mamma wollte mir zulächeln, aber ich ignorierte sie und stieg hinten ein. Als wir vom Strand wegfuhren, starrte ich finster aus dem Fenster.

Ich spürte eine Hand an meinem Arm, drehte mich um und sah, wie Alton sich am Ärmel meines Shirts festhielt. Er hatte den Kopf schief gelegt.

Ich wuschelte ihm durchs unordentliche blonde Haar. Alton lachte, doch dann erstarb sein Lächeln, und er warf mir auf dem Weg nach Hause immer wieder Blicke zu. Für mich war es Ironie, dass mein kleiner Bruder zu begreifen schien, wie viel Schmerz ich empfand, weit mehr als meine Eltern.

Die Fahrt dauerte eine gefühlte Ewigkeit. Als wir in die Auffahrt bogen, hechtete ich förmlich aus dem Auto und rannte zum Haus der Litchfields.

Ich klopfte an die Haustür, und Mrs Litchfield öffnete nur Sekunden später. Kaum sah sie mein Gesicht, spiegelten ihre Augen Mitgefühl wider. Sie warf einen Blick über den Garten auf Mamma und Pappa, die das Auto ausluden, und winkte ihnen kurz zu.

Sie wusste es auch.

»Ist Poppy hier?«, stieß ich mit zugeschnürter Kehle hervor.

Mrs Litchfield umarmte mich. »Sie ist im Blütenwäldchen, mein Lieber. Da ist sie schon den ganzen Nachmittag und liest.« Mrs Litchfield gab mir einen Kuss auf die Wange. »Es tut mir so leid, Rune. Meiner Tochter wird es das Herz brechen, wenn du weggehst. Du bist ihr ganzes Leben.«

Sie ist mein ganzes Leben, wollte ich sagen, aber ich brachte kein einziges Wort heraus.

Mrs Litchfield ließ mich los, und ich wich zurück, sprang von der Veranda und rannte den ganzen Weg zum Wäldchen.

Ich brauchte nur Minuten dorthin und sah Poppy sofort unter unserem liebsten Kirschblütenbaum. Ich blieb stehen und hielt mich außer Sichtweite, während ich zusah, wie sie in ihrem Buch las, ihre roten Kopfhörer auf den Ohren. Zweige mit rosa Kirschblütenblättern umgaben sie wie ein Schutzschild und schirmten sie von der Sonne ab. Sie trug ein kurzes, weißes, ärmelloses Kleid und an der Seite eine große weiße Schleife im langen braunen Haar. Ich kam mir vor, als wäre ich in einen Traum geraten.

Mir wurde das Herz schwer. Seit ich fünf Jahre alt war, hatte ich Poppy jeden Tag gesehen. Seit ich zwölf war, hatte ich fast jede Nacht neben ihr im Bett geschlafen. Seit ich acht war, hatte ich sie jeden Tag geküsst, und ich hatte sie so viele Tage lang mit allem, was ich hatte, geliebt, dass ich sie nicht mehr zählen konnte.

Ich hatte keine Ahnung, wie ich einen Tag leben sollte ohne sie an meiner Seite. Wie ich atmen sollte ohne sie an meiner Seite.

Als ahnte sie, dass ich da war, blickte sie von ihrem Buch auf. Als ich auf das Gras trat, schenkte sie mir ihr strahlendstes Lächeln. Es war das Lächeln, das sie nur für mich hatte.

Ich wollte es erwidern, aber ich konnte nicht.

Ich stapfte über die gefallenen Kirschblüten. Der Pfad war so voll mit Blütenblättern, dass er wie ein Strom aus Rosa und Weiß unter meinen Füßen aussah. Ich sah, wie Poppys Lächeln erstarb, je näher ich kam. Ich konnte nichts vor ihr verbergen. Sie kannte mich so gut wie ich mich selbst. Sie konnte sehen, dass ich außer mir war.

Ich hatte ihr schon einmal gesagt, dass an mir nichts Rätselhaftes war. Nicht für sie. Sie war der einzige Mensch, der mich ganz und gar kannte.

Poppy erstarrte und rührte sich nur, um die Kopfhörer abzunehmen. Sie legte das Buch neben sich auf den Boden, schlang die Arme um die angezogenen Beine und wartete einfach.

Ich schluckte, fiel vor ihr auf die Knie und ließ niedergeschlagen den Kopf hängen. Ich kämpfte gegen die Schwere in meiner Brust an. Schließlich hob ich den Blick. In Poppys Augen stand eine Vorahnung, als wüsste sie, dass das, was ich ihr jetzt zu sagen hatte, alles ändern würde.

Dass es uns verändern würde.

Unser ganzes Leben.

Das Ende unserer Welt.

»Wir ziehen weg«, brachte ich schließlich heraus.

Ich sah, wie sie blass wurde.

Ich wandte den Blick ab, holte mühsam Luft und fuhr fort: »Morgen, *Poppymin*. Zurück nach Oslo. Pappa trennt mich von dir. Er versucht nicht einmal hierzubleiben.«

»Nein«, flüsterte sie. Dann beugte sie sich vor. »Es muss doch etwas geben, das wir tun können?« Sie atmete schneller. »Vielleicht könntest du bei uns bleiben? Zu uns ziehen? Wir können eine Lösung finden. Wir können …«

»Nein«, fiel ich ihr ins Wort. »Du weißt, Pappa würde das nicht erlauben. Die wissen es schon seit Wochen; sie haben mich bereits an einer anderen Schule angemeldet. Sie haben es mir nur nicht gesagt, weil sie wussten, wie ich reagieren würde. Ich muss weggehen, *Poppymin*. Ich habe keine andere Wahl. Ich muss gehen.«

Ich starrte auf ein einzelnes Kirschblütenblatt, das von einem tief hängenden Ast fiel. Wie eine Feder schwebte es zu Boden. Ich wusste, dass ich von nun an immer, wenn ich eine Kirschblüte sah, an Poppy denken würde. Sie verbrachte ihre ganze freie Zeit hier in diesem Wäldchen mit mir an ihrer Seite. Es war der Ort, den sie am meisten liebte.

Fest kniff ich die Augen zusammen und stellte mir vor, wie sie ab morgen ganz allein im Wäldchen sitzen würde – niemand, der mit ihr auf Abenteuerreise ging, niemand, der ihr Lachen hörte … niemand, der ihr Jungsküsse für ihr Glas schenkte, bei denen ihr das Herz zerspringen wollte.

Ich spürte einen scharfen Schmerz in der Brust, drehte mich wieder zu Poppy um, und mir brach das Herz. Sie saß immer noch wie erstarrt am Baum, doch ihr Gesicht war überströmt von Tränen, und ihre kleinen, zu Fäusten geballten Hände zitterten an ihren Knien.

»*Poppymin*«, sagte ich heiser und ließ endlich meinen ganzen Schmerz heraus. Ich eilte an ihre Seite und nahm sie in die Arme. Poppy schmiegte sich an mich und weinte. Ich schloss die Augen und fühlte ihren Schmerz ganz und gar mit.

Ihr Schmerz war auch der meine.

Wir blieben eine Weile so sitzen, bis Poppy schließlich den Blick hob und ihre zitternde Hand an meine Wange drückte. »Rune«, fragte sie mit brechender Stimme, »was soll … was soll ich denn ohne dich machen?«

Ich schüttelte den Kopf und sagte ihr damit wortlos, dass ich es nicht wusste. Ich konnte nichts sagen, denn meine Worte waren in meiner zugeschnürten Kehle gefangen. Poppy lehnte sich an meine Brust und hielt die Arme wie einen Schraubstock um meine Taille.

Wir redeten nicht, während die Stunden vergingen. Die Sonne sank und ging schließlich hinter einem orangefarbenen Horizont unter. Bald darauf erschienen die Sterne und der helle Vollmond am Himmel.

Eine kühle Brise wehte durch das Wäldchen und ließ die Blütenblätter um uns tanzen. Als ich bemerkte, wie Poppy in meinen Armen zu zittern begann, wusste ich, dass es Zeit war zu gehen.

Ich hob die Hände, strich durch ihr dichtes Haar und flüsterte: »*Poppymin*, wir müssen gehen.«

Sie hielt mich nur noch fester.

»Poppy?«, versuchte ich es noch einmal.

»Ich will nicht gehen«, sagte sie fast unhörbar, und ihre süße Stimme klang heiser. Ich sah zu ihr herab, und ihre grünen Augen blickten zu mir auf und fixierten mich. »Wenn wir das Wäldchen verlassen, heißt das, dass es fast Zeit für dich ist, *mich* zu verlassen.«

Ich fuhr mit dem Handrücken über ihre geröteten Wangen.

Sie waren eiskalt. »Kein Lebewohl, weißt du noch?«, erinnerte ich sie. »Du sagst doch so oft, dass es so etwas wie Lebewohl nicht gibt. Weil wir uns immer in unseren Träumen sehen werden. Wie bei deiner Grandma.« Tränen liefen über Poppys Wangen; ich wischte sie mit dem Daumen weg.

»Und dir ist kalt«, fügte ich leise hinzu. »Es ist wirklich Zeit, und ich muss dich nach Hause bringen, damit du keinen Ärger bekommst, weil du zu spät bist.«

Poppy zwang sich zu einem schwachen Lächeln. »Ich dachte, echte Wikinger halten sich nicht an Regeln?«

Ich lachte kurz und legte meine Stirn an ihre. Dann drückte ich ihr zwei sanfte Küsse auf die Mundwinkel und antwortete: »Ich bringe dich zur Tür, und wenn deine Eltern schlafen, schleiche ich mich für eine letzte Nacht in dein Zimmer. Ist das genug gegen die Regeln? Genug Wikinger?«

Poppy kicherte. »Ja«, antwortete sie und schob mir das lange Haar vor den Augen weg. »Du bist alles an Wikinger, was ich je brauche.«

Ich nahm ihre Hände, küsste jede Fingerspitze und zwang mich aufzustehen. Dann half ich Poppy auf die Beine und zog sie an mich. Ich schlang die Arme um sie und drückte sie eng an mich. Ihr süßer Duft stieg mir in die Nase, und ich schwor mir, mich genau daran zu erinnern, wie sie sich in diesem Moment anfühlte.

Der Wind wurde stärker. Ich ließ sie wieder los und nahm ihre Hand. Schweigend gingen wir den von Blütenblättern bedeckten Pfad entlang. Poppy legte die Hand auf meinen Arm und den Kopf nach hinten, um den Nachthimmel zu betrachten. Ich küsste sie auf den Scheitel und hörte sie tief seufzen.

»Ist dir je aufgefallen, wie dunkel der Himmel über dem Wäldchen ist? Als wäre er dunkler als überall sonst in der

Stadt. Bis auf den hellen Mond und die blinkenden Sterne ist er pechschwarz. Über dem Rosa der Kirschblütenbäume sieht er aus wie etwas aus einem Traum.«

Ich legte den Kopf in den Nacken, um mir den Himmel anzusehen, und ein kleines schiefes Lächeln nistete in meinem Mundwinkel. Sie hatte recht. Der Himmel sah fast surreal aus.

»So etwas würde nur dir auffallen«, sagte ich und senkte den Kopf wieder. »Du siehst die Welt immer anders als alle anderen. Das ist eins der Dinge, die ich an dir liebe. Es ist das Abenteuer, dem ich begegnete, als ich fünf war.«

Poppy nahm meine Hand fester. »Meine Grandma hat gesagt, der Himmel sieht immer so aus, wie man ihn sich wünscht, weißt du?« Die Traurigkeit in ihrer Stimme raubte mir den Atem. Sie seufzte. »Grandmas Lieblingsplatz war unter unserem Kirschblütenbaum. Wenn ich dort sitze, mir die vielen Baumreihen und dann den pechschwarzen Himmel ansehe, dann frage ich mich manchmal, ob sie gerade an genau demselben Baum oben im Himmel sitzt, so wie wir über die blühenden Kirschbäume schaut und dann in den schwarzen Himmel darüber, genau wie ich jetzt.«

»Ich bin sicher, dass sie das tut, *Poppymin*. Und sie wird zu dir herunterschauen und lächeln, wie sie es versprochen hat.«

Poppy streckte die Hand aus und fing eine leuchtend rosa Kirschblüte auf. Sie hielt sie vor sich und betrachtete die Blütenblätter in ihrer Handfläche.

»Grandma hat auch gesagt, dass die besten Dinge im Leben früh sterben, wie die Kirschblüte. Weil etwas so Schönes nie für immer dauern kann und auch nicht *sollte*. Es verharrt für kurze Zeit, um uns daran zu erinnern, wie kostbar das Leben ist, bevor es wieder verschwindet, so schnell, wie es gekommen ist. Sie hat gesagt, in seinem kurzen Leben lehrt es einen mehr als alles, was man für immer an seiner Seite hat.«

Der Schmerz in ihrer Stimme schnürte mir die Kehle zu. Sie sah zu mir auf. »Weil nichts, das so perfekt ist, eine Ewigkeit überdauern kann, richtig? So wie Sternschnuppen. Die üblichen Sterne sehen wir jede einzelne Nacht über uns. Die meisten Menschen nehmen sie als selbstverständlich hin und vergessen sogar, dass sie da sind. Aber wenn man eine Sternschnuppe sieht, erinnert man sich für immer an diesen Moment und wünscht sich sogar etwas dabei.« Poppy holte tief Luft. »Sie schießen so schnell über den Himmel, dass die Menschen die kurze Zeit, die sie mit ihnen haben, auskosten.«

Ich fühlte eine Träne auf unsere verschränkten Hände fallen. Ich war durcheinander und unsicher, warum sie über so traurige Dinge redete.

»Weil etwas, das so vollkommen, perfekt und besonders ist, zum Schwinden verurteilt ist. Am Ende muss es im Winde verwehen.« Poppy hielt die Kirschblüte in ihrer Hand hoch. »Wie diese Blüte.« Sie warf sie in die Luft, gerade als ein kräftiger Windstoß kam, der die Blütenblätter hoch über die Bäume in den Himmel trug.

Bis sie aus unserem Blickfeld verschwanden.

»Poppy ...«, fing ich an, aber sie unterbrach mich.

»Vielleicht sind wir wie die Kirschblüte, Rune. Wie Sternschnuppen. Vielleicht haben wir zu sehr zu jung geliebt und unser Feuer so hell brennen lassen, dass wir verblassen mussten.« Sie zeigte hinter uns auf das Blütenwäldchen. »Extreme Schönheit, rascher Tod. Wir hatten diese Liebe lange genug, um eine Lektion zu lernen. Um zu erkennen, wie sehr wir wahrhaft zur Liebe imstande sind.«

Mir sank das Herz. Ich schwang Poppy herum, damit sie mir gegenüberstand. Der niedergeschlagene Ausdruck in ihrem Gesicht warf mich um. »Hör zu«, sagte ich mit einem Gefühl von Panik. Ich legte meine Hände an Poppys Wangen und versprach: »Ich komme zurück zu dir. Der Umzug nach Oslo ist nicht für immer. Wir reden jeden Tag miteinander und schreiben uns. Wir bleiben Poppy und Rune. Nichts kann das zerstören, *Poppymin*. Du gehörst immer zu mir, und die Hälfte meiner Seele wird für alle Zeit dir gehören. Das ist nicht das Ende.«

Poppy schniefte und blinzelte die Tränen weg. Mein Puls raste vor Angst bei dem Gedanken, dass sie uns aufgeben könnte. Denn das war mir nie in den Sinn gekommen. Wir würden gar nichts beenden.

Ich trat näher. »Das mit uns ist nicht vorbei«, sagte ich nachdrücklich. »Für unendlich, *Poppymin*. Für immer und ewig. *Niemals* vorbei. So darfst du nicht denken. Nicht mit uns.«

Poppy ging auf die Zehenspitzen und nahm mein Gesicht in ihre Hände, so wie ich ihres hielt. »Versprichst du es mir, Rune? Denn ich habe immer noch Hunderte Jungsküsse, die du mir geben musst.« Ihre Stimme klang zaghaft und scheu … und voller Furcht.

Ich lachte und spürte dabei, wie der Kummer aus mir wich und Erleichterung an seine Stelle trat. »Immer. Und ich gebe dir mehr als nur eintausend. Ich gebe dir zwei- oder drei- … oder sogar viertausend.«

Poppys freudiges Lächeln tröstete mich. Ich küsste sie langsam und sanft und drückte sie dabei so eng an mich, wie ich konnte. Als wir uns voneinander lösten, öffneten sich Poppys Augen flatternd, und sie erklärte: »Kuss dreihundertvierundfünfzig. Mit meinem Rune, im Blütenwäldchen … und mein Herz wollte fast zerspringen.« Dann versprach Poppy: »Meine Küsse gehören alle dir, Rune. Kein anderer außer dir wird je diese Lippen haben.«

Ich streifte mit dem Mund noch einmal ihren und wiederholte ihre Worte. »Meine Küsse gehören alle dir. Keine andere außer dir wird je diese Lippen haben.«

Dann nahm ich ihre Hand, und wir gingen zurück nach Hause. In unserem Haus brannten noch alle Lichter. Als wir Poppys Tür erreichten, beugte ich mich vor und küsste sie auf die Nasenspitze. Dann wanderte mein Mund an ihr Ohr, und ich flüsterte: »Gib mir eine Stunde, dann komme ich zu dir.«

»Okay«, raunte Poppy zurück. Dann fuhr ich zusammen, als ihre Handfläche sachte an meiner Brust landete. Poppy trat näher an mich heran. Der ernste Ausdruck in ihrem Gesicht machte mich plötzlich nervös. Sie starrte auf ihre Hand und strich dann langsam mit den Fingern über meinen Oberkörper und abwärts über den Bauch.

»Poppymin?«, fragte ich und wusste nicht recht, was gerade passierte.

Ohne ein Wort nahm sie die Hand weg und ging zur Tür. Ich wartete darauf, dass sie sich umdrehte und mir eine Erklärung gab, doch das tat sie nicht. Sie trat durch die offene Tür ins Haus und ließ mich wie festgewachsen auf der Stelle in ihrer Auffahrt stehen. Ich konnte immer noch die Wärme ihrer Hand an meiner Brust spüren.

Als in der Küche der Litchfields das Licht anging, zwang ich mich, zurück zu unserem Haus zu gehen. Kaum durch die Tür, sah ich einen Berg aus Umzugskartons im Flur.

Sie mussten gepackt und irgendwo verstaut worden sein, um sie vor meinen Augen zu verbergen.

Ich polterte an ihnen vorbei und sah Mamma und Pappa im Wohnzimmer. Pappa rief nach mir, doch ich blieb nicht stehen. Ich ging in mein Zimmer, und er kam hinter mir her.

Ich trat zum Nachttisch und fing an, alles einzusammeln, was ich mitnehmen wollte, vor allem das gerahmte Foto von Poppy und mir, das ich am vergangenen Abend aufgenommen hatte. Ich betrachtete das Foto, und mir tat das Herz weh. Falls so etwas möglich war, vermisste ich sie jetzt schon. Ich vermisste mein Zuhause.

Ich vermisste mein Mädchen.

Ich registrierte, dass Pappa immer noch hinter mir stand, und sagte leise: »Ich hasse dich, weil du mir das antust.«

Als er scharf Luft holte, drehte ich mich um und sah Mamma neben ihm stehen. Sie wirkte so geschockt wie Pappa. Noch nie hatte ich meine Eltern derart schlecht behandelt. Ich mochte die beiden. Ich hatte nie begriffen, wieso andere Teenager ihre Eltern nicht mochten.

Jetzt verstand ich es.

Ich *hasste* sie.

Noch nie hatte ich irgendwen so sehr gehasst.

»Rune …«, fing Mamma an, doch ich trat einen Schritt vor und fiel ihr ins Wort.

»Ich verzeihe euch nie, *keinem* von euch, dass ihr mir das antut. Im Moment hasse ich euch beide so sehr, dass ich eure Nähe nicht ertragen kann.«

Ich war überrascht darüber, wie schroff und erstickt meine Stimme klang. Sie war voller Zorn. Zorn, der sich in mir aufstaute und von dem ich gar nicht gewusst hatte, dass man ihn empfinden konnte. Ich wusste, dass ich auf die meisten Menschen mürrisch und düster wirkte, aber in Wahrheit empfand ich nur selten Zorn. Doch jetzt bestand ich nur daraus. Nichts als Hass rann durch meine Adern.

Wut.

Mammas Augen füllten sich mit Tränen, aber ausnahmsweise war es mir egal. Ich wollte, dass sie sich so schlecht fühlten, wie ich mich gerade fühlte.

»Rune …«, begann Pappa, doch ich kehrte ihm den Rücken zu.

»Wann fahren wir?«, fuhr ich ihn an und unterbrach damit, was auch immer er sagen wollte.

»Um sieben Uhr früh«, antwortete er leise.

Ich schloss die Augen; jetzt blieben mir nur noch *Stunden* mit Poppy. In acht Stunden würde ich sie zurücklassen. Ich würde alles zurücklassen außer dieser Wut. Ich würde dafür sorgen, dass die mit mir reiste.

»Es ist nicht für immer, Rune. Nach einer Weile wird es einfacher. Am Ende wirst du jemand anders treffen. Du wirst weitermachen …«

»Nein!«, brüllte ich, wirbelte herum und warf dabei die Lampe von meinem Nachttisch durchs Zimmer. Die Glühbirne zerbarst beim Auftreffen. Ich atmete schwer, und mein Herz raste, als ich Pappa finster ansah. »Sag nie wieder so etwas! Ich werde Poppy nicht hinter mir lassen. Ich liebe sie! Kapierst du das nicht? Sie ist *alles* für mich, und *du* reißt uns auseinander.« Ich sah, wie er blass wurde. Ich trat noch einen Schritt vor.

Meine Hände zitterten.

»Ich habe keine andere Wahl, als mitzukommen, das weiß ich. Ich bin erst fünfzehn, und ich bin nicht dumm genug, um zu glauben, dass ich allein hierbleiben könnte.« Ich ballte die Hände zu Fäusten. »Aber ich *werde* dich hassen. Ich werde euch *beide* hassen, jeden einzelnen Tag, bis wir zurückkommen. Ihr denkt vielleicht, nur weil ich erst fünfzehn bin, werde ich Poppy vergessen, sobald irgendeine Tussi aus Oslo mit mir flirtet. Aber das wird nie passieren. Und ich werde euch jede einzelne Sekunde hassen, bis ich wieder mit ihr zusammen bin.«

Ich hielt inne, um Luft zu bekommen, und fuhr dann fort: »Und auch dann werde ich euch dafür hassen, dass ihr sie mir überhaupt weggenommen habt. Euretwegen kann ich jahrelang nicht bei meinem Mädchen sein. Glaubt nicht, dass ich nicht richtig erkenne, was ich mit Poppy habe, nur weil ich jung bin. Ich liebe sie. Ich liebe sie mehr, als ihr es euch vorstellen könnt. Und ihr bringt mich weg, ohne auch nur darüber nachzudenken, was ich dabei fühle.« Ich wandte mich ab, ging zu meinem Schrank und fing an, meine Klamotten herauszuholen. »Also werde ich mich von jetzt an nicht mehr darum kümmern, wie ihr euch wegen irgendwas fühlt. Ich werde euch das *nie* verzeihen. Keinem von euch. Und *vor allem* dir nicht, Pappa.«

Ich begann den Koffer zu packen, den Mamma mir aufs Bett gelegt haben musste. Pappa blieb stehen, wo er war, und starrte schweigend zu Boden. Schließlich wandte er sich ab und meinte: »Schlaf noch etwas, Rune. Wir müssen früh raus.«

Mir standen sämtliche Haare im Nacken zu Berge, weil er das, was ich zu sagen hatte, einfach so ignorierte.

Da fuhr er leise fort: »Es tut mir so leid, Sohn. Ich weiß *genau*, wie viel Poppy dir bedeutet. Ich wollte es dir erst jetzt sagen, um dir Wochen voller Schmerz zu ersparen. Doch das hat eindeutig nicht geholfen. Aber so ist das Leben, und so ist mein Job. Eines Tages wirst du das verstehen.«

Er schloss die Tür hinter sich, und ich ließ mich aufs Bett fallen. Ich fuhr mir mit der Hand übers Gesicht und ließ die Schultern hängen, als ich auf meinen leeren Kleiderschrank starrte. Aber der Zorn war immer noch da und brannte in meinem Bauch. Wenn überhaupt, dann brannte er noch stärker als vorher.

Und ich war mir ziemlich sicher, dass er nicht mehr weggehen würde.

Ich warf die letzten T-Shirts in den Koffer, ohne mich darum zu kümmern, wie zerknittert sie später wären. Danach ging ich zum Fenster und sah Poppys Haus in Dunkelheit liegen, abgesehen von dem schwachen Nachtlicht, das mir verriet, dass die Luft rein war.

Schnell kletterte ich nach draußen und eilte über den Rasen.

Ihr Fenster war einen Spaltbreit offen und wartete auf mich. Ich schlüpfte hindurch und schloss es fest hinter mir.

Poppy saß mitten in ihrem Bett, das Haar offen und das Gesicht frisch gewaschen. Ich schluckte, als ich sah, wie wunderschön sie in ihrem weißen Nachthemd aussah, die Arme und Beine frei und ihre Haut so weich und glatt.

Ich ging näher ans Bett und sah den Bilderrahmen in ihrer Hand. Als sie aufblickte, konnte ich erkennen, dass sie geweint hatte.

»*Poppymin*«, sagte ich leise, und meine Stimme versagte, als ich sie so aufgewühlt sah.

Poppy legte den Rahmen auf das Bett, den Kopf auf ihr Kissen und klopfte auf die Matratze neben sich. So schnell ich konnte, legte ich mich neben sie und rutschte näher, bis wir nur noch Zentimeter voneinander entfernt waren.

Als ich Poppys gerötete Augen sah, schien der Zorn in mir hoch aufzulodern. »Baby«, sagte ich und legte meine Hand auf ihre, »bitte, nicht weinen. Ich ertrage es nicht, dich weinen zu sehen.«

Poppy schluckte. »Mama hat mir erzählt, dass ihr alle ganz früh am Morgen fahrt.«

Ich senkte den Blick und nickte langsam.

Poppys Finger fuhren über meine Stirn. »Also bleibt uns nur noch heute Nacht«, flüsterte sie. Ich fühlte einen Dolch in mein Herz jagen.

»*Ja*«, antwortete ich und sah sie blinzelnd an.

Der Blick, mit dem sie mich betrachtete, war merkwürdig.

»Was ist?«, fragte ich.

Poppy rutschte näher an mich heran. So nahe, dass unsere Oberkörper sich berührten und ihre Lippen über meinem Mund schwebten. In ihrem Atem roch ich Zahncreme mit Minzaroma.

Ich fuhr mir mit der Zunge über die Lippen, und mein Herz fing zu hämmern an. Poppys Finger strichen über mein Gesicht, meinen Hals und über meinen Oberkörper, bis sie den Saum meines Shirts erreichte. Ich rutschte auf dem Bett ein wenig zur Seite, denn ich brauchte etwas Raum, aber bevor ich wegrutschen konnte, schmiegte Poppy sich an mich und küsste mich auf den Mund. Als ich sie auf meinen Lippen schmeckte, lehnte ich mich zu ihr, und dann schob sie die Zunge in meinen Mund.

Sie küsste mich langsam und tiefer als je zuvor. Als sie mein Shirt hochhob und die Hand auf meinen nackten Bauch legte, zog ich den Kopf nach hinten und schluckte schwer. Ich konnte spüren, dass Poppys Hand auf meiner Haut zitterte. Ich sah ihr in die Augen, und mein Herz setzte einen Schlag aus.

»Poppymin«, flüsterte ich und fuhr mit den Fingern über ihren bloßen Arm. »Was machst du da?«

Poppys Hand wanderte weiter aufwärts, bis sie auf meiner Brust lag, und meine Kehle war so zugeschnürt, dass mir die Stimme versagte.

»Rune?«, fragte Poppy leise und senkte den Kopf, um mir vorsichtig einen einzelnen Kuss auf den Hals zu drücken. Meine Augen gingen zu, als ihre warme Berührung meine Haut traf. Poppy sagte an meinem Hals: »Ich … ich will dich …«

Die Zeit blieb stehen. Ich riss die Augen auf. Poppy wich etwas zurück und legte den Kopf in den Nacken, bis ihre grünen Augen meinen Blick trafen.

»Poppy, nein«, protestierte ich kopfschüttelnd, aber sie legte die Finger auf meine Lippen.

»Ich kann doch nicht …« Sie verstummte, sammelte sich dann und fuhr fort: »Ich kann dich doch nicht gehen lassen und nie erfahren, wie es ist, mit dir zusammen zu sein.« Sie zögerte. »Ich liebe dich, Rune. So sehr. Ich hoffe, das weißt du.«

Und plötzlich war da in mir ein ganz neuer Herzschlag, einer, der wusste, dass er die Liebe seiner zweiten Hälfte besaß. Dieser Herzschlag war härter und schneller, und er war unendlich stärker als der zuvor. »Poppy«, flüsterte ich, ganz erschüttert von ihren Worten. Ich wusste, sie liebte mich, weil ich sie liebte. Aber das war das erste Mal, dass wir es je laut aussprachen.

Sie liebt mich …

Poppy wartete schweigend. Weil ich nicht wusste, wie ich anders antworten sollte, fuhr ich mit der Nasenspitze über ihre Wange und wich nur ein klein wenig zurück, um ihr in die Augen zu sehen. *»Jeg elsker deg.«*

Poppy schluckte und lächelte.

Ich lächelte auch. »Ich liebe dich«, wiederholte ich auf Englisch, nur um sicherzugehen, dass sie mich vollkommen verstand.

Ihre Miene wurde wieder ernst, und sie setzte sich mitten im Bett auf. Dann nahm sie meine Hand und zog mich hoch, damit ich ihr gegenübersaß. Ihre Hände glitten an den Saum meines Shirts.

Sie holte schaudernd Luft und zog es mir über den Kopf. Ich schloss die Augen und fühlte einen warmen Kuss auf meiner Brust. Dann öffnete ich sie wieder und sah, dass Poppy mir scheu zulächelte. Bei der Nervosität in ihrer Miene schmolz ich dahin.

Sie hatte noch nie so schön ausgesehen.

Ich bemühte mich, meine eigene Nervosität in den Griff zu bekommen, und legte die Hand an ihre Wange. »Wir müssen das nicht tun, Poppy. Nur weil ich gehe – du musst das nicht für mich tun. Ich komme wieder, dafür sorge ich. Ich will damit warten, bis du bereit bist.«

»Ich bin bereit, Rune«, sagte sie mit fester Stimme.

»Du denkst, wir sind zu jung …«

»Wir sind bald sechzehn.«

Ich lächelte, als ich das Feuer in ihrer Stimme hörte. »Die meisten Leute halten das immer noch für zu jung.«

»Romeo und Julia waren ungefähr in unserem Alter«, widersprach sie, und ich musste einfach lachen. Doch ich hörte damit auf, als sie näher kam und mit der Hand über meinen Oberkörper strich. »Rune«, flüsterte sie, »ich bin schon eine ganze Weile bereit, doch ich war zufrieden damit zu warten, weil wir alle Zeit der Welt hatten. Es gab keinen Grund zur Eile. Aber jetzt haben wir diesen Luxus nicht mehr. Unsere Zeit, *diese* Zeit, ist begrenzt. Wir haben nur noch ein paar Stunden. Und … und ich denke, du fühlst dasselbe für mich.«

»*Ja*«, antwortete ich sofort. »Ich liebe dich.«

»Für immer und ewig«, sagte Poppy seufzend und schob sich dann etwas weg von mir. Ohne den Blick von mir zu wenden, hob sie die Hand an den Träger ihres Nachthemdes und schob ihn nach unten. Das Gleiche machte sie mit dem anderen, und das Nachthemd fiel ihr bis zu den Hüften herunter.

Ich erstarrte. Ich konnte mich nicht rühren, als Poppy vor mir saß, entblößt vor meinen Augen. »*Poppymin*«, hauchte ich, überzeugt, dass ich dieses Mädchen nicht verdiente … diesen Augenblick nicht verdiente.

Ich schob mich näher, bis ich direkt über ihr aufragte, und sah ihr forschend in die Augen. »Bist du sicher, *Poppymin?*«

Poppy verschränkte ihre Finger mit meinen und legte dann unsere beiden Hände auf ihre bloße Haut. »Ja, Rune. Ich bin sicher. Ich will das.«

Ich konnte mich nicht länger zurückhalten, also ließ ich los und küsste ihre Lippen. Wir hatten nur noch Stunden. Ich würde sie zusammen mit meinem Mädchen verbringen, auf jede mögliche Weise.

Poppy nahm ihre Hand von meiner und erforschte meinen Oberkörper mit ihren Fingern, ohne den Kuss zu lösen. Ich strich über ihren Rücken und drückte sie näher an mich. Sie bebte unter meiner Berührung. Ich ließ die Hand an den Saum des Nachthemds an ihrem Oberschenkel sinken. Meine Finger wanderten nach oben, bis ich Angst hatte, ich würde zu weit gehen.

Poppy löste sich von mir und legte die Stirn an meine Schulter. »Mach weiter«, bat sie atemlos.

Ich gehorchte und schluckte die steigende Nervosität hinunter.

»Rune«, flüsterte sie.

Ich schloss die Augen, als ich ihre süße Stimme hörte. Ich liebte sie so sehr, deshalb wollte ich ihr nicht wehtun. Ich wollte nicht verantwortlich dafür sein, dass sie weiter ging, als sie wollte. Ich wollte, dass sie sich als etwas Besonderes fühlte, dass sie verstand, dass sie meine Welt war.

Wir blieben eine Minute so, eingeschlossen in dem Moment, atmeten und warteten, was auch immer als Nächstes kam.

Dann wanderte Poppys Hand an den Knopf meiner Jeans, und ich öffnete die Augen. Sie musterte mich eindringlich. »Ist das … ist das okay?«, fragte sie vorsichtig. Ich nickte sprachlos. Dann leitete sie mich mit der anderen Hand an, sie auszuziehen, bis all unsere Sachen auf dem Boden gelandet waren.

Poppy saß still vor mir, die Hände unruhig im Schoß. Ihr langes braunes Haar fiel ihr über die eine Schulter, und ihre Wangen waren gerötet.

Noch nie hatte ich sie so nervös gesehen.

Ich war noch nie so nervös gewesen.

Ich streckte die Hand aus und fuhr mit dem Finger über ihre heiße Wange. Bei meiner Berührung öffneten sich Poppys Augen flatternd, und ein scheues Lächeln lag auf ihren Lippen.

»Ich liebe dich, *Poppymin*«, raunte ich.

Ein leises Seufzen kam über ihre Lippen. »Ich liebe dich auch, Rune.«

Poppys Finger schlangen sich um mein Handgelenk, und sie legte sich vorsichtig zurück aufs Bett und leitete mich, bis ich neben ihr lag und mich mit dem Oberkörper über sie schob.

Ich drückte ihr sanfte Küsse auf die geröteten Wangen und die Stirn und zum Schluss einen langen Kuss auf ihren warmen Mund. Poppys zitternde Hand wand sich in mein Haar und zog mich näher.

Es fühlte sich an, als wären nur Sekunden vergangen, als Poppy sich unter mir rührte und den Kuss unterbrach. Sie legte mir die Hand an die Wange und sagte: »Ich bin bereit.«

Ich schmiegte mein Gesicht in ihre Hand, küsste die Finger an meiner Wange und nahm ihre Worte in mich auf. Poppy lehnte sich zur Seite und nahm etwas aus der Nachttischschublade. Als sie mir die kleine Packung gab, kämpfte ich den plötzlichen Ansturm von Nervosität nieder.

Ich starrte Poppy an, und ihre Wangen leuchteten vor Verlegenheit. »Ich wusste, dass der Tag bald kommen würde, Rune. Ich wollte sichergehen, dass wir dann vorbereitet sind.«

Ich küsste mein Mädchen, bis meine Nerven stark genug waren. Unter Poppys Berührungen, die den Sturm in mir beruhigten, dauerte es nicht lange, bis ich wusste, dass ich bereit war.

Poppy öffnete die Arme und leitete mich, damit ich über sie kommen konnte. Mein Mund verschmolz mit ihrem, und eine ganze Weile küsste ich sie einfach nur. Ich schmeckte das Kirscharoma ihres Lippenbalsams und liebte das Gefühl ihrer warmen, bloßen Haut, die sich an meine schmiegte.

Ich wich etwas zurück, um zu Atem zu kommen. Dann sah ich Poppy in die Augen, und sie nickte. In ihrem Gesicht konnte ich lesen, wie sehr sie mich wollte, genauso sehr, wie ich sie wollte. Ich schaute ihr die ganze Zeit in die Augen, ohne auch nur einmal wegzusehen.

Nicht eine Sekunde lang …

Danach hielt ich sie in den Armen. Einander zugewandt, lagen wir fest umschlungen und leicht zitternd unter der Decke. Poppys Haut war warm unter meiner Berührung, und ihre Atmung fand langsam wieder ihren normalen Rhythmus. Unsere Finger auf dem Kissen, das wir jetzt teilten, waren ineinander verschränkt.

Keiner von uns hatte bisher etwas gesagt. Als ich beobachtete, wie Poppy jede Bewegung von mir verfolgte, betete ich, dass sie nicht bereute, was wir getan hatten.

Ich sah, wie sie schluckte und dann langsam Luft holte. Als sie wieder ausatmete, senkte sie den Blick auf unsere verschränkten Hände. So langsam wie möglich strich sie mit den Lippen über unsere miteinander verflochtenen Finger.

Ich erstarrte.

»*Poppymin*«, sagte ich, und sie hob den Blick. Eine lange Haarsträhne war ihr über die Wange gefallen, und ich schob sie ihr sachte hinter das Ohr. Poppy hatte immer noch nichts gesagt. Sie musste erfahren, was das, was wir geteilt hatten, für mich bedeutete, daher flüsterte ich: »Ich liebe dich so sehr. Was wir gerade getan haben … so mit dir zusammen zu sein …« Unsicher, wie ich ausdrücken sollte, was ich sagen wollte, verstummte ich.

Sie antwortete nicht, und mir krampfte sich der Magen zusammen vor Angst, dass ich etwas falsch gemacht hatte. Frustriert schloss ich die Augen, doch da fühlte ich Poppys Stirn an meiner, und ihre Lippen tupften flüsterleichte Küsse auf meinen Mund. Ich schob mich so nahe an sie, wie es nur ging.

»An diese Nacht werde ich mich für den Rest meines Lebens erinnern«, bekannte sie, und da war die Angst, die ich empfunden hatte, mit einem Mal verschwunden.

Blinzelnd öffnete ich die Augen und verstärkte meinen Griff um ihre Taille. »War es … war es etwas Besonderes für dich, *Poppymin?* So besonders, wie es für mich war?«

Poppy lächelte. Es war ein so strahlendes Lächeln, dass ihr Anblick mir den Atem raubte. »So besonders, wie besonders nur geht«, antwortete sie leise und wiederholte damit die Worte, die sie zu mir gesagt hatte, als wir acht Jahre alt gewesen waren und ich sie zum ersten Mal geküsst hatte. Unfähig, etwas anderes zu tun, küsste ich sie mit allem, was ich hatte, und ließ meine ganze Liebe in den Kuss fließen.

Als wir uns voneinander lösten, drückte Poppy meine Hand, und ihr stiegen Tränen in die Augen. »Kuss dreihundertfünfundfünfzig, mit meinem Rune, in meinem Zimmer … nachdem wir uns zum ersten Mal geliebt haben.« Sie nahm meine Hand und legte sie genau über ihr Herz. Ich spürte es schwer unter meiner Handfläche schlagen, und ich lächelte. Ich wusste, ihre Tränen waren Tränen der Freude und nicht der Traurigkeit.

»Es war so besonders, dass mir fast das Herz zerspringen wollte«, fügte sie mit einem Lächeln hinzu.

»Poppy«, raunte ich und spürte, wie mir das Herz schwer wurde.

Ihr Lächeln verschwand, und ich sah zu, wie ihre Tränen langsam auf das Kissen fielen. »Ich will nicht, dass du mich verlässt«, sagte sie niedergeschlagen.

Ich konnte den Schmerz in ihrer Stimme nicht ertragen. Oder die Tatsache, dass ihre Tränen jetzt Tränen des Kummers waren. »Ich will nicht gehen«, antwortete ich aufrichtig.

Wir sagten nichts weiter. Denn es gab nicht mehr zu sagen. Ich kämmte mit den Fingern durch Poppys Haar, während sie mit den Fingerspitzen über meinen Oberkörper strich. Es dauerte nicht lange, und Poppys Atemzüge wurden gleichmäßig, und ihre Hand lag still auf meiner Haut.

Der Rhythmus ihrer Atemzüge sorgte dafür, dass auch mir die Augen zufielen. Ich versuchte, so lange wie möglich wach zu bleiben, um die Zeit auszukosten, die mir noch blieb. Aber bald darauf sank auch ich in den Schlaf, und eine bittersüße Mischung aus Glücksgefühl und Traurigkeit floss durch meine Adern.

Es war, als hätte ich die Augen eben erst geschlossen, als ich fühlte, wie die Wärme der aufgehenden Sonne mein Gesicht küsste. Ich blinzelte, bis ich die Augen ganz aufbekam, und sah durch Poppys Fenster einen neuen Tag anbrechen.

Der Tag, an dem ich gehen musste.

Mir wurde schwer ums Herz, als ich registrierte, wie spät es war. In einer Stunde musste ich sie verlassen.

Bei Poppys Anblick, die schlafend über meiner Brust lag, dachte ich, dass sie nie schöner ausgesehen hatte. Ihre Haut war erhitzt von unserer Körperwärme, und ich lächelte, als ich bemerkte, dass unsere Hände noch immer verschränkt auf meinem Bauch lagen.

Plötzlich kam die Nervosität wieder, als ich an vergangene Nacht dachte.

Poppy sah so zufrieden aus im Schlaf. Meine größte Angst war, dass sie aufwachen und bedauern würde, was wir getan hatten. Ich wünschte mir so unbedingt, dass sie das, was wir geteilt hatten, so sehr liebte wie ich. Ich wollte, dass das Bild von uns zusammen so tief in ihrem Gedächtnis eingeprägt war wie in meinem.

Als spürte Poppy meinen eindringlichen Blick, öffnete sie langsam die Augen. Ich sah die Erinnerung an die vergangene

Nacht über ihr Gesicht huschen. Ihre Augen wurden groß, als sie unsere Körper, unsere Hände betrachtete. Mein Herz setzte einen Schlag beklommen aus, aber dann breitete sich langsam ein wundervolles Lächeln auf ihrem Gesicht aus. Als ich es sah, drückte ich mich enger an sie. Poppy vergrub den Kopf an meinem Hals, und ich schlang die Arme um sie. Ich hielt sie fest, solange ich irgendwie konnte.

Als ich schließlich den Kopf hob und wieder einen Blick auf die Uhr warf, kam die Wut, die ich gestern empfunden hatte, mit Wucht zurück.

»*Poppymin*«, flüsterte ich und hörte den unterdrückten Zorn in meiner heiseren Stimme. »Ich … ich muss gehen.«

Poppy versteifte sich in meinen Armen. Als sie sich von mir löste, waren ihre Wangen tränennass. »Ich weiß.«

Ich spürte auch auf meinen Wangen Tränen. Sanft wischte Poppy sie weg. Ich nahm ihre Hand und drückte einen Kuss auf ihre Handfläche. Noch ein paar Minuten blieb ich und prägte mir jeden Zentimeter von Poppys Gesicht ein, bevor ich mich zwang, aus dem Bett zu schlüpfen und mich anzuziehen. Ohne zurückzublicken, glitt ich durchs Fenster und rannte über den Rasen, und jeder einzelne Schritt zerriss mir das Herz.

Ich kletterte durch mein Zimmerfenster ins Haus und erstarrte. Pappa stand mitten im Raum. Siedend heiß wurde mir bewusst, dass ich vergessen hatte, meine Zimmertür abzuschließen. Einen kurzen Moment spürte ich ein flaues Gefühl im Magen, weil Pappa mich erwischt hatte. Doch dann wallte die Wut in mir auf, und ich hob das Kinn und forderte ihn heraus, etwas zu sagen, *irgendwas*.

Ein Streit käme mir jetzt gerade recht.

Ich würde mir von ihm keine Schuldgefühle einreden lassen, weil ich die Nacht mit dem Mädchen verbracht hatte, das ich liebte. Von dem *er* mich wegriss.

Er drehte sich um und verließ wortlos den Raum.

Dreißig Minuten vergingen wie im Flug. Ich sah mich ein letztes Mal in meinem Zimmer um, hob dann meinen Rucksack auf, schwang ihn mir über die Schulter und ging hinaus. Meinen Koffer musste Pappa schon zum Auto gebracht haben. Die Kamera hing um meinen Hals.

Mr und Mrs Litchfield standen schon mit Ida und Savannah in unserer Auffahrt und umarmten meine Eltern zum Abschied. Als sie mich aus dem Haus kommen sahen, gingen sie auf mich zu. Am Fuß der Stufen trafen sie auf mich und umarmten auch mich.

Ida und Savannah kamen zu mir gerannt und warfen die Arme um meine Taille. Ich verwuschelte ihnen das Haar. Als sie beiseitetraten, hörte ich eine Tür aufgehen. Ich hob den Blick und sah Poppy, die zu uns herüberlief. Ihr Haar war nass, also hatte sie gerade geduscht, aber sie war schöner denn je, als sie zu uns gerannt kam und dabei nur Augen für mich hatte.

Als sie unsere Auffahrt erreichte, blieb sie kurz stehen, um meine Eltern zu umarmen und Alton einen Abschiedskuss zu geben. Dann drehte sie sich zu mir um. Meine Eltern stiegen ins Auto, und Poppys Familie zog sich zum Haus zurück, um uns etwas Privatsphäre zu lassen. Ich verlor keine Zeit, sondern streckte die Arme aus, und Poppy warf sich an meine Brust. Ich drückte sie fest an mich und atmete den süßen Duft ihres Haares ein.

Ich legte den Finger unter ihr Kinn, hob ihren Kopf an, und dann küsste ich sie ein letztes Mal. Ich küsste sie mit so viel Liebe, wie ich in meinem Herzen finden konnte.

Als ich wieder losließ, sagte Poppy unter Tränen: »Kuss dreihundertsechsundfünfzig. Mit meinem Rune in seiner Auffahrt … als er mich verließ.«

Ich schloss die Augen. Ich konnte den Schmerz in ihr nicht ertragen – der auch in *mir* lebte.

»Sohn?« Ich sah über Poppys Schulter zu Pappa. »Wir müssen fahren«, sagte er entschuldigend.

Poppys Hände gruben sich fester in mein Shirt. Tränen glänzten in ihren großen grünen Augen, und es war, als wollte sie sich mein Gesicht vollkommen einprägen. Schließlich ließ ich sie los, hob meine Kamera und drückte auf den Auslöser.

Und ich fing diesen seltenen Moment ein: genau den Augenblick, in dem einem Menschen das Herz brach.

Ich ging zum Auto, und meine Füße fühlten sich tonnenschwer an. Als ich hinten einstieg, versuchte ich nicht einmal, meine Tränen zurückzuhalten. Ich sah, wie Poppy neben unserem Auto stehen blieb, und ihr feuchtes Haar wehte im Wind, als sie zuschaute, wie ich mich auf die Rückbank sinken ließ.

Pappa startete den Motor. Ich öffnete mein Fenster, streckte die Hand aus, und Poppy ergriff sie. Ein letztes Mal blickte ich in ihr Gesicht, und sie sagte: »Wir sehen uns in deinen Träumen.«

»Wir sehen uns in meinen Träumen«, antwortete ich flüsternd und ließ widerwillig ihre Hand los, als Pappa losfuhr. Durch das Heckscheibenfenster blickte ich zurück zu Poppy. Sie winkte, bis wir außer Sichtweite waren.

Ich hielt die Erinnerung an dieses letzte Winken fest.

Und ich schwor mir, daran zu denken, bis es mich wieder zu Hause begrüßen würde.

4

Schweigen

Rune
Oslo,
Norwegen

Einen Tag später war ich zurück in Oslo, durch einen Ozean von Poppy getrennt.

Zwei Monate lang blieben wir jeden Tag in Kontakt. Ich versuchte, froh darüber zu sein, dass uns wenigstens das blieb. Aber mit jedem Tag, der ohne sie an meiner Seite zu Ende ging, wurde der Zorn in mir immer stärker. Mein Hass auf Pappa wuchs, bis etwas in mir zerbrach und ich nur noch Leere empfinden konnte. Ich weigerte mich, Freundschaften in der Schule zu schließen, und ich weigerte mich, irgendetwas zu tun, das diesen Ort wieder zu meinem Zuhause machen würde.

Mein Zuhause war in Georgia.

Bei Poppy.

Sie sagte nichts über meine Gemütsveränderung, falls sie sie überhaupt bemerkte. Ich hoffte, ich hatte sie gut versteckt, denn ich wollte nicht, dass Poppy sich Sorgen um mich machte.

Dann, eines Tages, antwortete sie nicht auf meine Anrufe, Mails oder SMS.

Auch am nächsten Tag nicht, ebenso nicht am Tag darauf.

Sie verschwand aus meinem Leben.

Poppy verschwand einfach. Kein Wort, keine Spur.

Sie verließ die Schule; sie verließ die Stadt.

Ihre Familie verschwand einfach so, ohne eine Nachricht.

Zwei Jahre lang ließ Poppy mich vollkommen allein auf der anderen Seite des Atlantiks, während ich mich unaufhörlich fragte, wo sie nur war. Ich fragte mich, was passiert war, ob ich etwas falsch gemacht hatte. Und ich überlegte sogar, dass ich sie vielleicht doch zu weit gedrängt hatte in der Nacht, bevor ich gegangen war.

Es war der zweite Augenblick, der mein Leben bestimmte.

Ein Leben ohne Poppy.

Kein »unendlich«.

Kein »für immer und ewig«.

Nur … nichts.

5

Alte Liebe und neue Fremdheit

Poppy
Blossom Grove, Georgia
Heute
Siebzehn Jahre alt

»Er kommt zurück.«

Drei Wörter. Worte, die mein Leben ins Trudeln brachten. Worte, die mir eine Heidenangst machten.

Er kommt zurück.

Ich starrte meine engste Freundin Jorie an und drückte meine Bücher ganz fest an mich. Mein Herz raste plötzlich, und ich war total nervös.

»Was hast du gesagt?«, flüsterte ich und ignorierte die anderen Schüler im Flur, die in ihre Kursräume eilten.

Jorie legte mir die Hand auf den Arm. »Poppy, alles okay?«

»Ja«, antwortete ich schwach.

»Sicher? Du bist ganz blass. Du siehst nicht aus, als ginge es dir gut.«

Ich nickte und versuchte dabei, überzeugend zu wirken. Dann fragte ich: »Wer ... wer hat dir denn erzählt, dass er zurückkommt?«

»Judson und Deacon«, sagte sie. »Ich hatte gerade mit ihnen Unterricht, und sie meinten, dass sein Daddy von seiner Firma wieder hierhergeschickt wird.« Sie zuckte mit den Schultern. »Diesmal für immer.«

Ich schluckte. »In dasselbe Haus?«

Jorie nickte. »Tut mir leid, Pops.«

Ich schloss die Augen und atmete durch, um mich zu beruhigen. Er würde wieder nebenan wohnen … in seinem Zimmer, meinem genau gegenüber.

»Poppy?«, fragte Jorie, und ich öffnete die Augen. Ihr Blick war voller Mitgefühl. »Bist du sicher, dass alles okay ist? Du bist selbst erst seit ein paar Wochen zurück. Und ich weiß, was es für dich bedeutet, Rune zu sehen …«

Ich zwang mich zu einem Lächeln. »Es geht mir gut, Jor. Ich kenne ihn ja gar nicht mehr. Zwei Jahre sind eine lange Zeit, und wir haben seit Ewigkeiten nicht mehr miteinander gesprochen.«

Jorie runzelte die Stirn. »Pop …«

»Alles in Ordnung«, beharrte ich und hob die Hand. »Ich muss zum Unterricht.«

Ich war schon auf dem Weg, als mir eine Frage durch den Kopf ging. Ich warf über die Schulter einen Blick zu meiner Freundin – der einzigen Freundin, mit der ich in den letzten zwei Jahren in Kontakt geblieben war. Alle dachten, meine Familie habe die Stadt verlassen, um sich um Mamas kranke Tante zu kümmern; nur Jorie kannte die Wahrheit.

Ich sammelte all meinen Mut zusammen, um zu fragen: »Wann?«

Jories Gesicht wurde sanfter, als sie begriff, was ich meinte: »Heute Abend, Pops. Er kommt heute Abend an. Judson und Deacon sagen allen Bescheid, damit sie heute Abend zum Feld kommen, um ihn zu begrüßen. Alle gehen hin.«

Ihre Worte bohrten sich wie ein Dolch in mein Herz. Ich war nicht eingeladen. Aber andererseits, warum auch? Ich hatte

Blossom Grove ohne ein Wort verlassen. Als ich zurück an diese Schule gekommen war, ohne an Runes Seite zu sein, wurde ich zu dem Mädchen, das ich immer hätte sein sollen – unsichtbar für die Allgemeinheit. Das sonderbare Mädchen, das Schleifen im Haar trug und Cello spielte.

Außer Jorie und Ruby hatte es niemanden überhaupt gekümmert, dass ich fort gewesen war.

»Poppy?«, rief Jorie wieder.

Blinzelnd kehrte ich zurück in die Realität und bemerkte, dass die Flure fast verlassen waren. »Geh besser in den Unterricht, Jor.«

Sie kam einen Schritt auf mich zu. »Kommst du zurecht, Pops? Ich mache mir Sorgen um dich.«

Ich lachte freudlos. »Ich habe schon Schlimmeres durchgestanden.«

Damit senkte ich den Kopf und eilte in meinen Kursraum, bevor ich das Mitgefühl und Bedauern in Jories Gesicht sehen konnte. Ich setzte mich auf meinen Platz, als der Lehrer mit dem Mathematikunterricht anfing.

Hätte mich später jemand gefragt, worum es in der Stunde ging, hätte ich es nicht sagen können. Fünfzig Minuten lang konnte ich an nichts anderes denken als an das letzte Mal, als ich Rune gesehen hatte. Das letzte Mal, als er mich in den Armen gehalten hatte. Das letzte Mal, als er mich geküsst hatte. Als wir uns geliebt hatten. Und dann sah ich wieder den Ausdruck auf seinem schönen Gesicht, als man ihn von mir fortgebracht hatte.

Träge fragte ich mich, wie er wohl heute aussah. Er war schon immer groß und gut gebaut gewesen, hatte breite Schultern gehabt. Aber was den Rest von ihm anging, waren zwei Jahre eine lange Zeit für einen Menschen in unserem Alter, um sich zu verändern. Ich wusste das besser als jeder andere.

Ob seine Augen im hellen Sonnenlicht immer noch kristallblau wirkten? Ob er sein Haar noch lang trug? Und strich er es noch immer alle paar Minuten aus dem Gesicht – mit dieser unwiderstehlichen Geste, die alle Mädchen verrückt machte?

Und für einen kurzen Augenblick gestattete ich mir die Frage, ob er immer noch an mich, das Mädchen von nebenan, dachte. Ob er sich je fragte, was ich wohl in diesem oder jenem Augenblick gerade machte. Ob er je an jene Nacht zurückdachte. An unsere Nacht. Die wundervollste Nacht meines Lebens.

Dann prasselten finstere Gedanken auf mich ein. Die Frage, die mir körperliche Übelkeit verursachte: Hatte er in den letzten zwei Jahren eine andere geküsst? Hatte er irgendeiner anderen seine Lippen geschenkt, obwohl er sie auf ewig mir versprochen hatte?

Oder, noch schlimmer: Hatte er mit einem anderen Mädchen geschlafen?

Das schrille Läuten der Schulglocke riss mich aus meinen Gedanken. Dankbar, dass der Schultag zu Ende war, stand ich von meinem Platz auf und ging auf den Flur hinaus.

Ich war müde und hatte Schmerzen. Aber noch schlimmer war der Schmerz in meinem Herzen. Weil ich wusste, dass Rune von heute Abend an wieder im Haus nebenan sein würde. Am nächsten Tag würde er in der Schule sein, und ich würde nicht mit ihm sprechen können. Ich würde ihn nicht berühren oder anlächeln können, wie ich es mir erträumt hatte seit dem Tag, an dem ich aufgehört hatte, seine Anrufe, E-Mails und SMS zu beantworten.

Und ich würde ihn nicht küssen können.

Ich musste mich von ihm fernhalten.

Mir krampfte sich der Magen zusammen, als mir klar wurde,

dass er sich wahrscheinlich nichts mehr aus mir machte. Nicht, nachdem ich ihn einfach so fallen gelassen hatte – ohne Erklärung, ohne ein einziges Wort.

Ich ging hinaus an die kühle frische Luft und atmete tief durch.

Daraufhin fühlte ich mich gleich besser und schob mir das Haar hinter die Ohren. Es war inzwischen zu einem kurzen Bob geschnitten und fühlte sich immer noch merkwürdig an. Ich vermisste mein langes Haar.

Langsam machte ich mich auf den Heimweg und lächelte hinauf in den blauen Himmel und zu den Vögeln, die in den Baumkronen herumsausten. Die Natur wirkte beruhigend auf mich; so war es schon immer gewesen.

Ich war erst ein paar Hundert Meter weit gekommen, als ich Judsons Auto sah, belagert von Runes alten Freunden. Avery war das einzige Mädchen inmitten der Horde Jungs. Ich hielt den Kopf gesenkt und wollte eilig vorbeigehen, aber da rief sie meinen Namen. Ich blieb stehen und zwang mich, mich zu ihr umzudrehen. Avery stieß sich vom Auto ab und kam auf mich zu. Deacon wollte sie zurückhalten, doch sie schüttelte seinen Arm ab. An ihrer selbstgefälligen Miene erkannte ich, dass sie nicht nett sein wollte.

»Hast du schon gehört?«, fragte sie, ein Lächeln auf den pink geschminkten Lippen. Avery war eine Schönheit. Als ich damals in die Stadt zurückgekommen war, hatte ich gar nicht glauben können, wie schön sie geworden war. Ihr Make-up war immer perfekt und das lange blonde Haar stets gut frisiert. Sie war alles, was sich ein Junge an einem Mädchen wünschen konnte, und alles, was die meisten Mädchen sein wollten.

Ich schob mir das Haar hinters Ohr, eine Gewohnheit, die meine Nervosität verriet. »Was gehört?«, erwiderte ich, obwohl ich genau wusste, was sie meinte.

»Das von Rune. Er kommt zurück nach Blossom Grove.«

Ich sah das glückselige Funkeln in ihren blauen Augen. Entschlossen, die Fassung zu bewahren, wandte ich den Blick ab und schüttelte den Kopf. »Nein, Avery, ich habe nicht davon gehört. Ich bin ja selbst noch nicht lange wieder hier.«

Ich sah, wie Deacons Freundin Ruby mit Jorie zum Auto kam. Als sie bemerkten, dass Avery mit mir redete, gesellten sie sich schnell zu uns. Dafür liebte ich sie beide. Nur Jorie wusste, wo ich die letzten zwei Jahre gewesen war und *warum* ich fortgegangen war. Aber von der Minute meiner Rückkehr an hatte Ruby sich verhalten, als wäre ich nie fort gewesen. Mir war klar geworden, dass sie beide echte Freundinnen waren.

»Was ist denn hier los?«, wollte Ruby beiläufig wissen, doch ich hörte den beschützenden Unterton in ihrer Stimme.

»Ich habe gerade Poppy gefragt, ob sie schon weiß, dass Rune heute Abend nach Blossom Grove zurückkommt«, antwortete Avery säuerlich.

»Ich wusste es nicht«, sagte ich ihr, und Ruby lächelte mich traurig an. Jorie schwieg.

Deacon kam hinter seiner Freundin näher, legte ihr den Arm um die Schultern und nickte mir grüßend zu. »Hey, Pops!«

»Hey«, antwortete ich.

Deacon wandte sich an Avery: »Ave, Rune hat seit Jahren nicht mit Poppy geredet, das habe ich dir doch erzählt. Sie kennt ihn gar nicht mehr. Natürlich weiß sie da nicht, dass er zurückkommt. Wieso sollte er es ihr sagen?«

Deacon wollte ganz sicher nicht grausam zu mir sein. Aber das hieß nicht, dass seine Worte sich nicht wie ein Speer in mein Herz bohrten. Und jetzt wusste ich es: Ich wusste, dass Rune nie von mir redete. Offensichtlich waren Deacon und er in engem Kontakt geblieben. Und für mich war offensichtlich, dass ich Rune nichts mehr bedeutete und nie mehr erwähnt wurde.

Avery zuckte mit den Schultern. »Ich habe mich nur gefragt, ob sie es weiß, das ist alles. Sie und Rune waren ja unzertrennlich, bis er wegging.«

Ich nahm das als mein Stichwort weiterzugehen und winkte. »Ich muss gehen.« Damit drehte ich mich schnell um und marschierte nach Hause. Ich beschloss, den Weg durch den Park zu nehmen, der mich zum Blütenwäldchen führen würde. Als ich durch das verlassene Wäldchen ging und die Kirschblütenbäume ohne ihre hübschen Blätter sah, erfüllte mich Traurigkeit.

Die kahlen Zweige waren so leer, wie ich mich fühlte. Voller Sehnsucht nach dem, was sie vollständig machte, doch wissend, dass sie es nicht vor dem Frühling zurückbekommen würden, sosehr sie es sich auch wünschten.

So funktionierte die Welt einfach nicht.

Als ich nach Hause kam, stand Mama in der Küche. Ida und Savannah saßen am Tisch über ihren Hausaufgaben.

»Hey, Baby«, grüßte Mama. Ich ging zu ihr, umarmte sie und drückte sie ein klein bisschen fester als üblich.

Mama hob meinen Kopf an, und in ihrem müden Blick stand Sorge. »Was ist los?«

»Ich bin nur erschöpft. Mama. Ich lege mich etwas hin.«

Mama ließ nicht los. »Bist du sicher?« Sie legte mir die Hand an die Stirn, um meine Temperatur zu prüfen.

»Ja«, beteuerte ich und küsste sie auf die Wange.

Ich ging in mein Zimmer und starrte aus dem Fenster zum Haus der Kristiansens. Es war unverändert. Nicht anders als an dem Tag, als sie zurück nach Oslo gegangen waren.

Sie hatten es nicht verkauft. Mrs Kristiansen hatte Mama vor der Abreise erzählt, dass sie wüssten, sie würden irgendwann wiederkommen, also hatten sie es behalten. Sie liebten die Gegend und das Haus. Eine Reinigungskraft hatte es zwei Jahre lang alle paar Wochen geputzt und verwaltet, damit es jederzeit bereit für die Rückkehr der Kristiansens wäre.

Heute waren alle Vorhänge aufgezogen und die Fenster geöffnet, um frische Luft einzulassen. Offensichtlich bereitete die Reinigungskraft das Haus für die bevorstehende Ankunft der Familie vor. Auf die Heimkehr, die ich so fürchtete.

Ich zog die Vorhänge zu, die Daddy nach meiner Rückkehr vor ein paar Wochen für mich angebracht hatte, legte mich aufs Bett und schloss die Augen. Ich hasste es, ständig müde zu sein. Ich war von Natur aus ein aktiver Mensch und hielt Schlaf für pure Zeitverschwendung, wenn man die Zeit doch draußen in der Welt verbringen, sie erforschen und Erinnerungen schaffen konnte.

Aber nun hatte ich keine andere Wahl.

Im Geiste stellte ich mir Rune vor, und sein Gesicht blieb bei mir, als ich in einen Traum abdriftete. Es war der Traum, den ich die meisten Nächte träumte – Rune, der mich in den Armen hielt, der mich küsste und mir sagte, dass er mich liebe.

Ich wusste nicht, wie lange ich geschlafen hatte, aber als ich aufwachte, hörte ich Lastwagen näher kommen. Lautes Poltern und vertraute Stimmen waren über den Rasen hinweg zu hören.

Ich setzte mich auf und wischte mir den Schlaf aus den Augen. Dann dämmerte es mir.

Er war hier.

Mein Herz begann zu hämmern. Es pochte so schnell, dass ich fast Angst bekam, es würde mir aus der Brust springen.

Er war hier.

Rune war *hier*.

Ich stand auf, stellte mich vor die zugezogenen Vorhänge und beugte mich so weit vor, dass ich besser hören konnte, was draußen vor sich ging. Unter den verschiedenen Geräuschen konnte ich das fröhliche Lachen von Mama und Daddy ausmachen, außerdem die vertrauten Stimmen von Mr und Mrs Kristiansen.

Lächelnd streckte ich die Hand aus, um den Vorhang aufzuziehen. Doch dann zögerte ich; ich wollte nicht, dass sie mich sahen. Schnell trat ich zurück und eilte nach oben in Daddys Büro. Darin befand sich das einzige weitere Fenster, das auf das Nachbarhaus hinausging. Dank der zum Schutz gegen die Sonne leicht getönten Scheibe konnte ich mich vor den Augen der anderen verbergen.

Ich stellte mich an den äußersten linken Fensterrand, nur für den Fall, dass irgendwer nach oben schaute. Wieder lächelte ich, als mein Blick auf Runes Eltern fiel. Sie sahen kaum verändert aus. Mrs Kristiansen war so schön wie eh und je. Sie trug das Haar kürzer, aber davon abgesehen war sie immer noch dieselbe. Mr Kristiansens Haare waren ein wenig grauer geworden; und er sah aus, als hätte er an Gewicht verloren, doch der Unterschied war nicht groß.

Ein kleiner blonder Junge kam zur Tür herausgelaufen, und ich drückte mir die Hand auf den Mund, als ich erkannte, dass es Klein Alton war. Er musste jetzt vier Jahre alt sein, überlegte ich. Er war ja so gewachsen! Und sein Haar war genauso wie das seines Bruders, lang, gerade und dicht. Mir wurde das Herz schwer. Alton sah ganz genau wie ein kleiner Rune aus.

Ich verfolgte, wie die Umzugsleute das Haus mit unglaublicher Geschwindigkeit wieder möblierten. Aber kein Zeichen von Rune.

Schließlich kamen meine Eltern wieder nach Hause, doch ich hielt weiter Wache am Fenster und wartete geduldig auf den Jungen, der schon so lange meine Welt war.

Über eine Stunde verging. Die Dunkelheit brach herein, und ich gab langsam die Hoffnung auf, Rune überhaupt noch zu Gesicht zu bekommen. Doch gerade als ich das Büro verlassen wollte, sah ich eine Bewegung hinter dem Haus der Kristiansens.

Jeder einzelne Muskel in mir spannte sich an, als ich ein winziges Aufflackern von Licht im Dunkel bemerkte. Eine weiße Rauchwolke stieg von dem Rasenstück zwischen unseren Häusern in die Luft. Zuerst war ich nicht sicher, was ich da sah, bis eine hochgewachsene Gestalt, die ganz in Schwarz gekleidet war, aus den Schatten trat.

Meine Lunge versagte mir den Dienst, als die Gestalt ins Licht der Straßenlampe trat und abrupt stehen blieb. Lederne Motorradjacke, schwarzes Shirt, schwarze Röhrenjeans, schwarze Wildlederschuhe … und langes hellblondes Haar.

Ich starrte ihn unentwegt an, und in meiner Kehle bildete sich ein Kloß, als der Junge mit den breiten Schultern und der beeindruckenden Körpergröße die Hand hob und sich damit durch das Haar fuhr.

Mein Herz setzte einen Schlag lang aus, denn ich kannte diese Geste, kannte das kräftige Kinn. Ich kannte diesen Jungen so gut, wie ich mich selbst kannte.

Rune.

Es war *mein* Rune.

Wieder blies er eine Rauchwolke aus, und ich brauchte einen Moment, um mir darüber klar zu werden, was ich da sah.

Rune rauchte. Aber mein Rune rauchte doch nicht; er hätte Zigaretten nie auch nur angerührt. Grandma hatte ihr Leben lang geraucht und war viel zu jung an Lungenkrebs gestorben. Wir hatten einander immer versprochen, dass wir das Rauchen nie auch nur versuchen würden.

Offensichtlich hatte Rune dieses Versprechen gebrochen.

Ich sah zu, wie er wieder einen Zug nahm und sich das Haar zum dritten Mal innerhalb weniger Minuten zurückstrich, und mir sank das Herz. Rune hob das Gesicht zum Lichtschein und blies den Rauch in die kühle Nachtbrise.

Also, hier war er. Der siebzehnjährige Rune Kristiansen, und er war schöner, als ich es mir je vorgestellt hätte. Sein einst jungenhaftes Gesicht sah nun kantiger und absolut atemberaubend aus. Früher hatte ich immer gewitzelt, er sei so gut aussehend wie eine nordische Gottheit. Doch als ich nun sein Gesicht in allen Einzelheiten studierte, war ich überzeugt, dass er sogar noch besser aussah.

Ich konnte den Blick nicht von ihm losreißen.

Rune rauchte die Zigarette zu Ende und warf sie auf den Boden, wo das Licht der Kippe langsam im kurzen Gras verlöschte. Mit angehaltenem Atem wartete ich, was er als Nächstes tun würde. Dann kam sein Pappa an den Rand der Veranda und sagte etwas zu Rune.

Ich sah, wie sich Runes Schultern versteiften und er den Kopf ruckartig in Richtung seines Vaters drehte. Was sie sagten, konnte ich nicht verstehen, doch ich hörte deutlich laute Stimmen. Rune antwortete in aggressivem Ton auf Norwegisch. Sein Pappa ließ niedergeschlagen den Kopf hängen und kehrte ins Haus zurück. Es war eindeutig, dass etwas, das Rune gesagt hatte, ihn verletzt hatte. Als Mr Kristiansen ging, zeigte Rune dessen Rücken den ausgestreckten Mittelfinger und ließ ihn erst wieder sinken, als die Haustür zuschlug.

Wie erstarrt vor Schreck sah ich zu. Dieser Junge – der Junge, den ich einmal durch und durch gekannt hatte – wurde vor meinen Augen zu einem Fremden. Enttäuschung und Traurigkeit überwältigten mich, als Rune auf dem Rasen zwischen unseren Häusern hin- und herging. Seine Schultern waren angespannt. Selbst hier oben an meinem Aussichtspunkt meinte ich, den Zorn zu fühlen, der von Rune abstrahlte.

Meine schlimmsten Befürchtungen waren wahr geworden: Den Jungen, den ich gekannt hatte, gab es nicht mehr.

Dann erstarrte ich beinahe zur Salzsäule, als Rune stehen blieb und zu meinem Zimmerfenster blickte, genau unter der Stelle, an der ich stand. Ein Windstoß wehte über den Rasen, blies Rune das Haar aus dem Gesicht, und in dieser Sekunde erkannte ich im Licht der Gartenlampe unglaublichen Schmerz und bittere Sehnsucht in seinen Augen. Der Anblick seines angespannten Gesichts, als er zu meinem Fenster starrte, traf mich mit voller Wucht. Dort, in dieser verlorenen Miene, war *mein* Rune.

Diesen Jungen erkannte ich wieder.

Rune machte einen Schritt auf mein Fenster zu, und einen Moment lang dachte ich, er würde hineinzuklettern versuchen, wie er es all die Jahre getan hatte. Doch dann blieb er abrupt stehen und ballte die Hände zu Fäusten. Er schloss die Augen; und ich meinte, die Anspannung in seinem Kinn noch hier oben sehen zu können.

Da drehte er sich auf dem Absatz um und marschierte zum Haus seiner Familie. Ich blieb am Bürofenster stehen, im Schatten. Ich war so geschockt von dem, was ich gerade mit angesehen hatte, dass ich mich nicht vom Fleck rühren konnte.

In Runes Zimmer ging das Licht an. Ich sah, wie er im Raum herumlief, dann ans Fenster trat und sich auf den breiten Sims setzte. Er öffnete das Fenster einen Spalt, zündete sich noch eine Zigarette an und blies den Rauch ins Freie.

Ungläubig schüttelte ich den Kopf. Dann kam Mama ins Büro und trat an meine Seite. Als sie zum Fenster hinausspähte, wusste ich, dass ihr klar war, was ich hier tat. Ich merkte, wie meine Wangen flammend heiß wurden, weil sie mich ertappt hatte.

Schließlich ergriff Mama das Wort. »Adelis sagte, er ist nicht mehr der Junge, den wir kannten. Sie meint, seit ihrer Rückkehr nach Oslo hat er ihnen nichts als Probleme bereitet. Erik fühlt sich völlig hilflos und hat keine Ahnung, was er tun soll. Sie sind wirklich froh, dass Erik hierher zurückversetzt wurde, denn sie wollten, dass Rune von der schlechten Gesellschaft getrennt wird, in die er in Norwegen geraten ist.«

Mein Blick fiel wieder auf Rune. Er warf die Zigarette aus dem Fenster und lehnte den Kopf ans Fensterglas. Seine Augen konzentrierten sich einzig und allein auf eins: mein Zimmerfenster.

Als Mama sich umdrehte, um das Büro zu verlassen, legte sie mir die Hand auf die Schulter. »Vielleicht war es gut, dass du jeden Kontakt abgebrochen hast, Kleines. Nach dem, was seine Mamma mir erzählt hat, bin ich mir nicht sicher, ob er mit allem, was du durchgemacht hast, hätte umgehen können.«

Tränen stiegen mir in die Augen. Ich fragte mich, warum er so geworden war. Zu diesem Jungen, den ich nicht kannte. Während der letzten paar Jahre hatte ich mich mit Absicht von der Welt abgesondert, um Rune Schmerz zu ersparen. Damit er ein gutes Leben leben konnte. Denn das Wissen, dass drüben in Norwegen ein Junge lebte, dessen Herz immer noch voller Licht war, machte alles, was ich durchmachte, erträglich.

Doch der Traum wurde zerstört, als ich diesen Doppelgänger von Rune betrachtete.

Das Licht, das diesen Rune umgab, war trübe geworden, da gab es kein helles Funkeln mehr. Es war verfinstert von Schatten. Es war, als wäre der Junge, den ich geliebt hatte, in Norwegen verloren gegangen.

Deacons Auto fuhr in die Einfahrt zu Runes Haus. Ich sah Runes Handy in dessen Hand aufleuchten, und er verließ sein Zimmer, trat aus der Haustür und schlenderte unbekümmert auf Deacon und Judson zu, die aus dem Auto stiegen. Rune klopfte den beiden zur Begrüßung auf den Rücken.

Und dann brach mir das Herz. Avery glitt vom Rücksitz und umarmte Rune fest. Ihr kurzer Rock und das bauchfreie Top betonten ihre perfekte Figur. Aber Rune erwiderte die Umarmung nicht – auch wenn das meinen Schmerz nicht minderte. Denn Avery und Rune sahen so perfekt aus, wie sie Seite an Seite dastanden. Beide groß und blond. Beide wunderschön.

Alle stiegen der Reihe nach ins Auto. Zuletzt ließ sich Rune auf dem Beifahrersitz nieder, und dann fuhren sie davon, aus unserer Straße und außer Sichtweite.

Seufzend schaute ich zu, wie die Rücklichter in der Nacht verblassten. Als ich zurück zum Haus der Kristiansens blickte, entdeckte ich Runes Pappa, der am Rand der Veranda stand. Er umklammerte das Geländer und starrte in die Richtung, in die sein Sohn gerade verschwunden war. Dann blickte er zum Bürofenster hoch, und ein trauriges Lächeln umspielte seine Lippen.

Er hatte mich gesehen.

Mr Kristiansen hob die Hand und winkte mir kurz zu. Ich erwiderte den Gruß und las tiefe Traurigkeit in seinem Gesicht.

Er sah müde aus. Todunglücklich. Mr Kristiansen sah aus, als vermisste er seinen Sohn.

Ich ging zurück in mein Zimmer, legte mich wieder aufs Bett und nahm mein Lieblingsfoto zur Hand. Während ich auf den hübschen Jungen und das Mädchen starrte, das ihn so ergriffen ansah – und beide waren so verliebt –, fragte ich mich, was in den letzten beiden Jahren wohl passiert sein mochte, dass Rune so rebellisch, so anders geworden war. Er wirkte regelrecht … neben der Spur.

Und dann weinte ich.

Ich weinte um den Jungen, der meine Sonne gewesen war.

Ich trauerte um den Jungen, den ich einst geliebt hatte, mit allem, was ich hatte.

Ich trauerte um Poppy und Rune – ein Paar von extremer Schönheit, dem jedoch ein schnelles Ende beschieden gewesen war.

6

Überfüllte Gänge und gebrochene Herzen

Poppy

»Sicher, dass alles in Ordnung ist?«, fragte Mama und strich mir über den Arm. Das Auto hielt an.

Ich nickte lächelnd. »Ja, alles gut.«

Ihre Augen waren gerötet, und nun füllten sie sich mit Tränen. »Poppy, Kleines. Du musst heute nicht zur Schule, wenn du nicht willst.«

»Mama, ich gehe gern in die Schule. Ich will hier sein.« Ich zuckte mit den Schultern. »Außerdem habe ich in der fünften Stunde Geschichte, und du weißt ja, wie sehr ich Geschichte mag. Es ist mein Lieblingsfach.«

Ein widerstrebendes Lächeln umspielte ihre Lippen, und dann lachte sie und wischte sich über die Augen. »Du bist genau wie Grandma. Stur wie ein Esel und siehst immer die Sonne hinter den Wolken. Ich sehe ihre Persönlichkeit jeden einzelnen Tag in deinen Augen durchschimmern.«

Wärme durchströmte mich. »Das macht mich echt froh, Mama. Aber ich meine es ernst, es geht mir wirklich gut.«

Als wieder Tränen in Mamas Augen stiegen, scheuchte sie mich aus dem Auto und drückte mir das ärztliche Attest in die Hand. »Hier, vergiss nicht, das abzugeben.«

Ich nahm den Zettel, aber bevor ich die Tür schloss, bückte

ich mich und sagte: »Ich liebe dich, Mama. Von ganzem Herzen.«

Sie hielt inne, und bittersüße Freude trat in ihr Gesicht. »Ich dich auch, Pops. Von ganzem Herzen.«

Ich warf die Autotür zu und drehte mich um, um ins Schulgebäude zu gehen. Ich fand es immer merkwürdig, nach Unterrichtsbeginn die Schule zu betreten. Dann war es hier so still und ruhig, irgendwie apokalyptisch, das absolute Gegenteil zu dem Lärm in der Pause oder der Hektik, die herrschte, wenn die Schüler von einem Kursraum zum nächsten eilten.

Ich ging zum Sekretariat, um Mrs Greenway, der Sekretärin, mein Attest zu bringen. Sie gab mir einen Flurpass, der es uns Schülern erlaubte, uns während des Unterrichts auf den Gängen aufzuhalten, und fragte: »Wie geht es dir, Liebes? Du hältst doch den hübschen Kopf oben?«

Ich schenkte ihr ein Lächeln. »Ja, Ma'am.«

Ihr Zwinkern brachte mich zum Lachen. »Das ist mein Mädchen.«

Ich schaute auf die Uhr und sah, dass meine aktuelle Unterrichtsstunde erst vor fünfzehn Minuten begonnen hatte. So schnell wie möglich, um nicht noch mehr zu verpassen, lief ich zu meinem Spind und holte den Bücherstapel englischer Literatur heraus, den ich für die Stunde brauchte.

Ich hörte, wie die Tür am Ende des kurzen Flures geöffnet wurde, achtete aber weiter nicht darauf. Sobald ich alles hatte, was ich brauchte, schlug ich die Spindtür mit dem Ellbogen zu und machte mich mit meinen vielen Büchern auf den Weg zum Klassenzimmer. Dann blickte ich auf – und blieb wie angewurzelt stehen.

Ich war überzeugt, dass mein Herz und meine Lunge aufhörten zu arbeiten. Etwa zweieinhalb Meter vor mir und anscheinend genauso auf der Stelle festgefroren wie ich, stand Rune, ein hoch aufragender und ganz und gar erwachsener Rune.

Und er starrte mich an. Kristallblaue Augen, die mich gefangen hielten. Selbst wenn ich gewollt hätte, hätte ich mich nicht abwenden können.

Endlich fiel mir wieder ein, wie man atmete, und ich holte tief Luft. Daraufhin fing auch mein Herz wieder an zu schlagen; es pochte wie verrückt unter dem gebannten Blick dieses Jungen. Des einen, den ich nach wie vor mehr als alles auf der Welt liebte.

Rune war angezogen wie immer – schwarzes Muskelshirt, schwarze eng anliegende Jeans und schwarze Wildlederschuhe. Seine Arme waren jetzt kräftiger, und sein muskulöser Oberkörper wurde zu den Hüften hin schmaler. Mein Blick wanderte zu Runes Gesicht, und mein Herz machte einen Satz. Ich dachte, ich hätte gestern im Licht der Gartenlampe seine ganze Schönheit gesehen, aber weit gefehlt.

Er war älter, reifer geworden und möglicherweise das schönste Geschöpf, das mir je begegnet war. Sein Kinn war kräftig und definierte perfekt sein skandinavisches Gesicht. Seine Wangenknochen waren ausgeprägt, doch keinesfalls feminin, und Kinn und Wangen überzogen feine blonde Stoppeln. Unverändert jedoch waren die dunkelblonden Augenbrauen über den mandelförmigen, leuchtend blauen Augen.

Die Augen, die nicht einmal eine Entfernung von über sechstausend Kilometern und zwei lange Jahre aus meinem Gedächtnis hatten löschen können.

Aber dieser Blick, der mich jetzt durchbohrte, gehörte nicht zu dem Rune, den ich kannte. Denn er war voller Anklage und Hass. Diese Augen sahen mich mit unverhohlener Verachtung an.

Ich schluckte den Schmerz hinunter, der mir in die Kehle stieg, weil ich das Ziel eines so harten Blickes war. Von Rune geliebt zu werden verursachte ein berauschendes Gefühl von Wärme. Von Rune gehasst zu werden war, als stünde man auf einer Eisscholle in der Antarktis.

Minuten vergingen, und keiner von uns rührte sich auch nur einen Zentimeter. Die Luft um uns herum schien zu knistern. Ich sah, wie Rune die Hand zur Faust ballte. Er schien innerlich mit sich zu kämpfen. Ich fragte mich, wogegen er ankämpfte. Sein Gesichtsausdruck wurde noch finsterer. Dann öffnete jemand hinter ihm die Tür, und William, die Fluraufsicht, trat hindurch.

Er sah Rune und mich an und lieferte mir damit die Ausrede, die ich brauchte, um mich aus diesem viel zu intensiven Augenblick zu lösen. Ich musste meine Gedanken sammeln.

William räusperte sich. »Kann ich eure Flurpässe sehen?«

Ich nickte und balancierte meine Bücher auf einem hochgezogenen Knie, um meinen Pass zu übergeben, aber Rune kam mir mit seinem Flurpass zuvor.

Ich ignorierte seine offene Unhöflichkeit.

William prüfte seinen Pass zuerst. Rune hatte sich seinen Stundenplan abgeholt und war deshalb spät dran. William gab ihm den Pass zurück, doch Rune rührte sich immer noch nicht. Dann nahm William meinen Flurpass. Er sah mich an und sagte: »Ich hoffe, es geht dir bald wieder besser, Poppy.«

Ich wurde blass und fragte mich, woher William Bescheid wusste, doch dann begriff ich, dass auf dem Pass ja stand, dass ich beim Arzt gewesen war und deshalb später zum Unterricht kam. William war einfach nur nett. Er wusste es nicht.

»Danke«, sagte ich nervös und riskierte einen Blick in Runes Gesicht. Er musterte mich, aber diesmal runzelte er die Stirn dabei. Ich erkannte in seinen Zügen Sorge. Doch kaum bemerkte er, dass ich ihn ansah und seinen Blick ganz richtig *deutete*, verschwand die Sorge blitzschnell, und der finstere Ausdruck von vorhin kehrte zurück.

Dabei war Rune Kristiansen viel zu gut aussehend, um so finster dreinzuschauen, fand ich. Ein so schönes Gesicht sollte immer lächeln.

»Dann los, ihr zwei, ab in den Unterricht!« Williams Stimme lenkte meine Aufmerksamkeit von Rune ab. Ich drängte mich an den beiden vorbei und eilte durch die Türen. Als ich den nächsten Flur erreicht hatte, warf ich einen Blick zurück und sah, wie Rune mir durch die großen Fensterscheiben nachschaute.

Meine Hände fingen unter seiner eindringlichen Musterung zu zittern an, aber dann ging er plötzlich langsam davon, als müsste er sich zwingen, mich stehen zu lassen.

Ich brauchte einige Sekunden, um meine Fassung wiederzugewinnen, dann eilte ich in den Unterricht.

Eine Stunde später zitterte ich immer noch.

Eine Woche verging. Eine Woche, in der ich sorgsam darauf achtete, Rune um jeden Preis aus dem Weg zu gehen. Ich blieb in meinem Zimmer, bis ich sicher sein konnte, dass er nicht mehr zu Hause war. Meine Vorhänge blieben zugezogen und mein Fenster verschlossen – nicht, dass Rune versucht hätte hereinzukommen. Die wenigen Male, die ich ihn in der Schule gesehen hatte, hatte er mich entweder ignoriert oder angestarrt, als wäre ich sein größter Feind.

Beides tat gleich weh.

In den Pausen mied ich die Cafeteria. Ich aß mein Pausenbrot im Musikzimmer und verbrachte den Rest der Zeit damit, Cello zu üben. Musik war immer noch mein sicherer Hafen, der eine Ort, an dem ich der Welt entfliehen konnte.

Wenn mein Bogen auf die Saiten traf, reiste ich davon in ein Meer aus Tönen und Klängen. Der Schmerz und der Kummer der letzten zwei Jahre verschwanden. Die Einsamkeit, die Tränen und der Zorn, alles löste sich auf und hinterließ in mir einen Frieden, den ich nirgendwo anders finden konnte.

In der vergangenen Woche, nach dem katastrophalen Wiedersehen mit Rune im Flur, hatte ich alles hinter mir lassen müssen. Ich musste den Blick seiner Augen vergessen, mit dem er mich ansah, so voller Hass. Musik war normalerweise mein Heilmittel, also stürzte ich mich in intensives Üben. Das einzige Problem dabei? Jedes Mal, wenn ich ein Stück beendete, den letzten Ton spielte und den Bogen sinken ließ, kam die Niedergeschlagenheit mit zehnfacher Wucht zurück. Und sie ließ sich nicht mehr abschütteln. Heute, nachdem ich in der Pause gespielt hatte, verfolgte mich der Kummer den Rest des Nachmittags. Und er lag schwer auf meiner Seele, als ich das Schulgebäude verließ.

Im Hof wimmelte es von Schülern, die sich auf den Heimweg machen wollten. Ich hielt den Kopf gesenkt und drängte mich durch die Menge auf die Straße – und als ich um die Ecke bog, sah ich Rune und seine Freunde auf dem Feld im Park sitzen. Jorie und Ruby waren auch da. Und Avery.

Ich versuchte, nicht hinzustarren. Avery saß neben Rune, der sich gerade eine Zigarette anzündete. Auch als Rune zu rauchen anfing, bemühte ich mich, nicht hinzusehen. Und ich versuchte, die Schmetterlinge im Bauch zu ignorieren, als ich eilig vorbeiging und Runes Blick aus schmalen Augen kurz dem meinen begegnete.

Hastig drehte ich den Kopf weg. Jorie sprang auf und lief hinter mir her. Ich schaffte es noch, weit genug von Rune und seinen Freunden wegzukommen, sodass sie nicht hören würden, was Jorie mir zu sagen hatte.

»Poppy«, rief sie und blieb hinter mir stehen. Ich drehte mich zu ihr um und spürte Runes wachsamen Blick auf mir ruhen. Ich ignorierte ihn. »Wie kommst du klar?«, fragte sie.

»Gut«, antwortete ich. Aber sogar ich hörte das leichte Zittern in meiner Stimme.

Jorie seufzte. »Hast du schon mit ihm geredet? Er ist seit über einer Woche wieder da.«

Meine Wangen wurden heiß. Ich schüttelte den Kopf. »Nein. Ich bin mir auch nicht sicher, ob das eine gute Idee ist.« Ich holte tief Luft und gestand: »Ich habe sowieso keine Ahnung, was ich ihm sagen soll. Er scheint nicht mehr der Junge zu sein, den ich all die Jahre gekannt und geliebt habe. Er wirkt verändert.«

Jories Augen flammten auf. »Ich weiß. Aber ich glaube, du bist das einzige Mädchen, das das als etwas Schlechtes ansieht, Pops.«

»Was meinst du damit?« Eifersucht regte sich in mir.

Jorie zeigte auf die Mädchen, die sich in Runes Nähe herumdrückten und dabei versuchten, ungezwungen zu wirken, aber grandios scheiterten. »Er ist für alle das einzige Gesprächsthema, und ich bin mir ziemlich sicher, dass jedes Mädchen an dieser Schule – außer dir, Ruby und mir – seine Seele an den Teufel verkaufen würde, damit Rune es überhaupt zur Kenntnis nimmt. Er war schon immer begehrt, Pops, aber nun ja, er hatte dich, und wir alle wussten, dass er dich für nichts und niemanden verlassen würde. Doch jetzt …« Sie verstummte, und ich fühlte, wie mir das Herz sank.

»Doch jetzt hat er mich nicht mehr«, beendete ich für sie den Satz. »Jetzt ist er frei und kann zusammen sein, mit wem er will.«

Jories Augen wurden groß, als sie begriff, dass sie wieder mal ins Fettnäpfchen getreten war. Sie drückte mir tröstend den Arm und zuckte entschuldigend zusammen. Aber ich konnte nicht wütend auf sie sein; sie redete immer, bevor sie nachdachte. Außerdem war jedes Wort wahr, das sie gesagt hatte.

Ein Moment unbehaglicher Stille verging, bevor sie fragte: »Was hast du denn morgen Abend vor?«

»Nichts«, antwortete ich. Ich wollte unbedingt fort von hier.

Jories Gesicht leuchtete auf. »Gut! Dann kannst du zu Deacons Hausparty kommen. Ich kann dich doch nicht am Samstagabend allein herumsitzen lassen.«

Ich lachte.

Jorie runzelte die Stirn.

»Jor, ich gehe nicht auf Partys. Und mich würde sowieso niemand einladen.«

»Ich lade dich gerade ein. Du bist meine Verabredung.«

Ich wurde ernst. »Jor, ich kann nicht.« Ich zögerte. »Ich kann nicht sein, wo Rune ist. Nicht nach alldem.«

Jorie beugte sich näher zu mir. »Er wird nicht auf der Party sein«, sagte sie leise. »Er hat Deacon erzählt, dass er nicht kommt, weil er woandershin geht.«

»Wohin denn?«, fragte ich und ärgerte mich über mich selbst, weil es mir nicht gelang, meine Neugier zu verbergen.

Sie zuckte mit den Schultern. »Keine Ahnung. Rune redet nicht sehr viel. Ich denke, das trägt dazu bei, dass er Groupies anzieht, als gäb's kein Morgen.« Jorie schob die Unterlippe vor und stupste mich am Arm. »Bitte, Pops. Du warst so lange weg, und ich habe dich vermisst. Ich will so viel Zeit wie möglich mit dir verbringen, aber du versteckst dich immer. Wir müssen ganze Jahre nachholen. Ruby kommt auch. Du weißt doch, ich würde dich nie allein lassen.«

Ich inspizierte den Boden zu meinen Füßen, während ich angestrengt versuchte, mir eine Ausrede einfallen zu lassen. Dann sah ich Jorie an und erkannte, dass meine ablehnende Haltung sie ärgerte.

Also schob ich die Zweifel in meinem Herzen beiseite und gab nach. »Okay, ich komme mit.«

Jorie grinste breit. »Perfekt!«, rief sie. Ich lachte, als sie mich kurz umarmte.

»Ich muss jetzt nach Hause«, sagte ich, als sie mich losließ. »Ich habe heute Abend eine Aufführung.«

»Okay, ich hole dich morgen Abend um sieben ab. Gut?«

Ich nickte, winkte und setzte meinen Weg fort. Nach nur ein paar Hundert Metern bemerkte ich, dass jemand hinter mir durch das Blütenwäldchen ging. Ich schaute über die Schulter – es war Rune.

Mein Herz fing sofort zu rasen an. Er wandte den Blick nicht von mir ab, aber ich drehte mich rasch um. Ich hatte eine Heidenangst, dass er versuchen würde, mit mir zu reden. Was, wenn er wollte, dass ich ihm alles erklärte? Oder, noch schlimmer: Was, wenn er mir sagen wollte, dass das, was wir einst geteilt hatten, nichts bedeutet hatte?

Daran würde ich zerbrechen.

Ich ging schneller, hielt den Kopf gesenkt und gelangte endlich nach Hause. Ich spürte, dass er mir den ganzen Weg folgte, doch er machte keine Anstalten, zu mir aufzuschließen.

Als ich die Stufen zu unserer Veranda hinaufeilte, riskierte ich einen Blick zur Seite und sah Rune an der Hauswand neben seinem Fenster lehnen. Mein Herz machte einen Satz, als er sich das Haar nach hinten strich. Ich musste mich zwingen, nicht meine Tasche fallen zu lassen und zu ihm hinüberzulaufen, um ihm zu erklären, wieso ich ihn hatte gehen lassen und warum ich ihn so plötzlich aus meinem Leben ausgeschlossen hatte. In diesem Moment hätte ich alles dafür gegeben, dass er mich nur noch einmal küsste. Doch stattdessen zwang ich mich, ins Haus zu gehen.

Mamas Worte geisterten durch meinen Kopf, als ich mich

in meinem Zimmer aufs Bett legte: *Vielleicht war es gut, dass du jeden Kontakt abgebrochen hast, Kleines. Nach dem, was seine Mamma mir erzählt hat, bin ich mir nicht sicher, ob er mit allem, was du durchgemacht hast, hätte umgehen können …*

Ich schloss die Augen und schwor mir, Rune in Ruhe zu lassen. Ich würde ihm nicht zur Last fallen; ich würde ihm den Schmerz ersparen.

Denn ich liebte ihn nach wie vor so, wie ich es immer getan hatte. Auch wenn er meine Liebe nicht mehr erwiderte.

7

Betrogene Lippen und schmerzhafte Wahrheiten

Poppy

Ich bewegte eine Hand und balancierte mein Cello und den Bogen mit der anderen. Meine Finger wurden immer wieder mal taub, und ich musste warten, um weiterspielen zu können. Aber als Michael Brown sein Violinsolo beendet hatte, wusste ich, dass nichts mich davon abhalten konnte, an diesem Abend auf die Bühne zu gehen. Ich würde mein Stück spielen. Und ich würde jede Sekunde genießen, in der ich die Musik schuf, die ich so sehr liebte.

Michael ließ den Bogen sinken, und das Publikum brach in stürmischen Applaus aus. Er verbeugte sich knapp und ging von der Bühne ab.

Der Moderator nahm das Mikro und kündigte mich an. Als das Publikum hörte, dass meine längst überfällige Rückkehr auf die Bühne nun unmittelbar bevorstand, wurde das Klatschen lauter und lauter.

Mein Herz raste vor Aufregung, als ich Pfiffe und Applaus von Eltern und Freunden hörte. Viele Musiker aus dem Orchester kamen zur Seitenbühne, um aufmunternde Worte an mich zu richten. Und in meinem Hals bildete sich ein Kloß.

Ich straffte die Schultern und kämpfte den überwältigenden Ansturm der Rührung nieder. Ich neigte den Kopf vor dem Publikum, bevor ich meinen Platz einnahm. Der Scheinwerfer über mir ließ helles Licht auf mich regnen.

Ich nahm die perfekte Haltung ein und wartete, bis das Klatschen verstummte. Wie immer blickte ich auf und entdeckte meine Familie, die stolz in der dritten Reihe saß. Mama und Daddy lächelten strahlend. Meine beiden Schwestern winkten mir unauffällig zu.

Ich erwiderte das Lächeln, um ihnen zu zeigen, dass ich sie gesehen hatte, und kämpfte gegen den leichten Schmerz an, der in meiner Brust flatterte, als ich Mr und Mrs Kristiansen neben ihnen sitzen sah. Auch Alton winkte mir zu.

Der Einzige, der fehlte, war Rune.

Ich war zwei Jahre lang nicht aufgetreten. Und zuvor hatte er nie einen Auftritt von mir versäumt. Selbst wenn er dafür reisen musste, war er jedes einzelne Mal mit der Kamera in der Hand dabei gewesen und hatte sein schiefes halbes Lächeln gelächelt, wenn unsere Blicke sich im Dunkel trafen.

Ich räusperte mich, schloss die Augen und platzierte die Finger am Hals des Cellos. Dann legte ich den Bogen an die Saiten. Im Kopf zählte ich bis vier und fing mit dem anspruchsvollen Prelude von Bachs Cello-Suiten an. Es war eines der Stücke, die ich am liebsten spielte – die komplexe Melodie, die schnelle Bogenführung und der perfekte Tenorklang, der durch den Zuschauerraum hallte.

Jedes Mal, wenn ich auf diesem Stuhl saß, ließ ich die Musik durch meine Adern fließen und die Melodie aus meinem Herzen strömen und stellte mir vor, ich säße auf der Bühne in Carnegie Hall – mein ultimativer Traum. Ich stellte mir das Publikum vor mir vor: Menschen, die wie ich für den Klang einer einzelnen perfekten Note lebten und sich hingerissen forttragen ließen auf eine Reise von Klängen. Menschen, die die Musik im Herzen und ihre Magie in der Seele fühlten.

Mein Körper wiegte sich im Rhythmus zum Tempowechsel und dem finalen Crescendo … aber das Beste war, dass ich die Taubheit in meinen Fingerspitzen vergaß. Für einen kurzen Moment vergaß ich alles.

Als die letzte Note erklang, nahm ich den Bogen von der vibrierenden Saite, hob den Kopf und öffnete langsam die Augen. Ich blinzelte im hellen Licht und lächelte im Trost dieses stillen Moments, wenn der letzte Ton verklang, bevor der Applaus des Publikums einsetzte. Dieser so süße Moment, wenn das Adrenalin der Musik einem das Gefühl gab, so lebendig zu sein, dass man die Welt erobern konnte, dass man Heiterkeit in seiner reinsten Form verspürte.

Und dann brandete der Applaus auf und brach den Zauber. Ich senkte den Kopf und lächelte, stand auf und neigte dankend den Kopf.

Während ich den Hals meines Cellos umfasste, suchte mein Blick automatisch meine Familie und wanderte dann über die jubelnden Zuschauer und an der hinteren Wand entlang. Zuerst war mir nicht klar, wer dort stand. Doch während mein Herz in der Brust loshämmerte, erfasste mein Blick die Gestalt in der äußersten linken Ecke, einen großen, durchtrainierten Jungen mit blondem langem Haar, ganz in Schwarz, der außer Sicht verschwand. Doch vorher blickte er ein letztes Mal über die Schulter zurück, und ich sah flüchtig kristallblaue Augen …

Geschockt öffnete ich den Mund, aber bevor ich ganz sicher sein konnte, war der Junge verschwunden. Nur die langsam ins Schloss fallende Tür deutete darauf hin, dass er da gewesen war. Doch ich wagte es nicht zu glauben.

War das …? Würde er denn …?

Nein, versicherte ich mir entschlossen. Das konnte nicht Rune gewesen sein. Ganz sicher war er nicht gekommen.

Er hasste mich doch.

Die Erinnerung an seine kalten blauen Augen auf dem Schulflur bestärkte mich in dieser Überzeugung. Meine Fantasie hatte mir einen Streich gespielt; es war reines Wunschdenken gewesen – ich wünschte mir einfach etwas, das nicht wahr werden konnte.

Nach einer weiteren Verbeugung ging ich von der Bühne. Ich hörte den letzten drei Musikern zu und trat dann durch die Backstage-Tür hinaus, um dort meine und Runes Familie zu treffen, die auf mich warteten.

Meine dreizehnjährige Schwester Savannah bemerkte mich als Erste. »Pops!«, rief sie, kam zu mir gerannt und schlang die Arme um meine Taille.

»Hey, Leute«, antwortete ich und drückte sie meinerseits. Nur eine Sekunde später umarmte mich auch Ida, die inzwischen elf Jahre alt war. Ich erwiderte die Umarmung der beiden, so fest ich konnte. Als sie mich wieder losließen, schimmerten ihre Augen feucht. Ich legte spielerisch den Kopf schief. »Na, hört mal! Nicht weinen, schon vergessen?«

Savannah lachte, Ida nickte, und die beiden ließen mich los. Mama und Daddy erklärten mir abwechselnd, wie stolz sie auf mich seien.

Schließlich drehte ich mich zu Mr und Mrs Kristiansen um, und plötzlich überfiel mich Nervosität. Das wäre das erste Mal, dass ich seit ihrer Rückkehr aus Oslo mit ihnen redete.

»Poppy«, sagte Mrs Kristiansen leise und streckte die Arme aus. Ich ging zu der Frau, die immer eine zweite Mutter für mich gewesen war, und ließ mich von ihr umarmen. Sie drückte mich an sich und gab mir einen Kuss auf die Wange. »Du hast mir gefehlt, Liebes«, sagte sie, und ihr Akzent klang stärker, als ich ihn in Erinnerung hatte.

Meine Gedanken wanderten zu Rune. Ich fragte mich, ob sein Akzent inzwischen auch ausgeprägter war.

Als Mrs Kristiansen mich losließ, schob ich den nutzlosen Gedanken beiseite. Mr Kristiansen drückte mich als Nächster an sich. Als er mich wieder freigab, entdeckte ich Klein Alton, der fest Mr Kristiansens Beine umklammerte. Ich bückte mich. Alton zog schüchtern den Kopf ein und sah durch die dichten Strähnen seines langen Haares zu mir auf.

»Hey, Baby!« Ich kitzelte ihn an der Seite. »Kennst du mich noch?«

Alton sah mich lange an und schüttelte dann den Kopf.

Ich lachte. »Du hast genau neben mir gewohnt. Manchmal bist du mit Rune und mir in den Park gekommen oder, wenn es ein schöner Tag war, zum Blütenwäldchen!«

Ich hatte Runes Namen ausgesprochen, ohne groß darüber nachzudenken, aber das erinnerte mich und offenbar auch alle anderen hier daran, dass Rune und ich einst unzertrennlich gewesen waren. Stille senkte sich über die Gruppe.

Jäher Schmerz erfüllte mich, die Art von Schmerz, die ich immer empfand, wenn mir Grandma so richtig fehlte. Also richtete ich mich schnell auf und wandte mich von den mitfühlenden Blicken ab. Ich wollte gerade das Thema wechseln, als etwas am Saum meines Kleides zupfte.

Alton. Seine großen blauen Augen fixierten mein Gesicht. Ich strich mit der Hand über sein weiches Haar. »Hey, Alton, alles in Ordnung?«

Seine Wangen wurden rot, als er mit seinem süßen Stimmchen fragte: »Du bist eine Freundin von Rune?«

Derselbe Schmerz von vorhin loderte wieder auf, und ich warf unseren Familien einen panischen Blick zu. Runes Mamma zuckte zusammen. Ich wusste nicht, was ich sagen sollte. Alton zupfte wieder an meinem Kleid; er wartete offenbar auf eine Antwort.

Seufzend ging ich in die Knie und sagte traurig: »Er war mein allerbester Freund auf der ganzen Welt.« Ich legte mir die Hand aufs Herz. »Und ich habe ihn von ganzem Herzen geliebt, mit jeder Faser.« Dann beugte ich mich zu ihm und flüsterte mit zugeschnürter Kehle: »Und das wird immer so bleiben.«

Mein Herz machte einen Satz. Diese Worte waren die reine Wahrheit; sie kamen geradewegs aus meiner Seele, und egal, wie Rune und ich jetzt zueinander standen, er würde auf ewig in meinem Herzen bleiben.

»Rune …«, sagte Alton plötzlich, »Rune … hat mit dir *geredet?*«

Ich lachte. »Natürlich, Herzchen. Er hat immer mit mir geredet. Alle seine Geheimnisse hat er mir erzählt. Wir haben über alles geredet.«

Alton sah seinen Vater an und zog die kleinen Augenbrauen finster zusammen. »Er hat mit Poppy geredet, Pappa?«

Mr Kristiansen nickte. »Das stimmt. Poppy war Runes beste Freundin. Er hat sie über alles geliebt.«

Altons Augen wurden unglaublich groß, und er drehte sich wieder zu mir um. Seine Unterlippe zitterte.

»Was ist denn los, Baby?«, fragte ich und strich über seinen Arm.

Der Junge schniefte. »Rune redet nicht mit mir.« Mir sank das Herz. Denn Rune hatte Alton vergöttert; er hatte sich immer um ihn gekümmert und mit ihm gespielt. Und Alton hatte Rune angebetet. Er bewunderte seinen großen Bruder so sehr.

»Er guckt mich nie an«, sagte Alton, und seine brüchige Stimme zerriss mir das Herz. Der Kleine musterte mich, und das so intensiv, wie ich es nur von einem anderen Menschen je gekannt hatte – von Rune. Alton legte mir die Hand auf den Arm. »Kannst du mit ihm reden? Kannst du ihn bitten, dass er mit mir spricht? Wenn du seine beste Freundin bist, dann wird er auf dich hören.«

Mein Herz brach in tausend Stücke. Ich schaute über Altons Kopf zu seinen Eltern und dann zu meinen. Die nüchterne Enthüllung des kleinen Jungen schien ihnen allen wehzutun.

Als ich mich wieder zu Alton umdrehte, bat sein Blick mich immer noch um Hilfe. »Das würde ich gern, Herzchen«, sagte ich sanft, »aber inzwischen redet er mit mir auch nicht mehr.«

Ich konnte sehen, wie Altons Hoffnung jäh verpuffte. Ich gab ihm einen Kuss, und er rannte zurück zu seiner Mama. Daddy, der meinen Schmerz deutlich erkannte, wechselte rasch das Thema. Er wandte sich an Mr Kristiansen und lud die Familie für morgen Abend auf einen Drink zu uns nach Hause ein. Ich trat ein wenig beiseite, holte tief Luft und blickte über den Parkplatz ins Leere.

Das Geräusch eines Motors riss mich aus meinen Gedanken. Ich drehte mich in die Richtung, aus der es kam, und mir blieb die Luft weg, als ich in der Ferne einen Jungen mit langen blonden Haaren vorn in einen schwarzen Camaro steigen sah.

Es war der schwarze Camaro, der Deacon Jacobs gehörte, Runes bestem Freund.

Ich schaute in den Spiegel und bewunderte mein Outfit. Mein himmelblaues Skaterkleid reichte bis zur Mitte meiner Oberschenkel. Mein brauner Bob war an der Seite mit einer weißen Schleife hochgesteckt, und an den Füßen trug ich flache schwarze Ballerinas.

Ich griff nach dem Schmuckkästchen, holte meine liebsten Silberohrringe heraus und steckte sie an. Es waren Unendlichkeitszeichen. Rune hatte sie mir zum vierzehnten Geburtstag geschenkt.

Ich trug diese Ohrringe zu jeder Gelegenheit.

Dann nahm ich meine kurze Jeansjacke und eilte hinaus in die kühle Nacht. Jorie hatte mir eine SMS geschickt, dass sie draußen im Wagen ihrer Mutter auf mich wartete. Ich ließ mich auf den Beifahrersitz sinken und drehte mich zu meiner besten Freundin um. Sie lächelte mir zu.

»Poppy, du siehst richtig niedlich aus«, bemerkte sie. Ich fuhr mit den Händen über mein Kleid und strich es glatt.

»Ist das okay?«, fragte ich besorgt. »Ich wusste echt nicht, was ich anziehen soll.«

Jorie wedelte mit der Hand vor ihrem Gesicht herum und startete den Wagen. »Es ist wunderhübsch.«

Meine Freundin trug ein schwarzes ärmelloses Kleid und Bikerstiefel. Sie war deutlich trendiger als ich, aber ich war dankbar, dass unsere Outfits nicht Welten auseinanderlagen.

»Wie war die Aufführung?«, wollte sie wissen, als wir aus meiner Straße fuhren.

»Gut«, antwortete ich ausweichend.

Jorie warf mir einen vorsichtigen Blick zu. »Und wie fühlst du dich?«

Ich verdrehte die Augen. »Jorie, es geht mir gut. Bitte, lass mich jetzt einfach. Du bist ja genauso schlimm wie Mama.«

Jorie, der ausnahmsweise mal die Worte zu fehlen schienen, streckte mir die Zunge raus und brachte mich damit gleich wieder zum Lachen.

Während der restlichen Fahrt informierte Jorie mich über den Klatsch und Tratsch, der während meiner Abwesenheit an der Schule die Runde gemacht hatte. Ich lächelte an den richtigen Stellen und nickte, wenn Jorie es zu erwarten schien, aber ich war nicht wirklich interessiert. Ich hatte nie viel übriggehabt für all die Dramen, die sich in der Schule so abspielten.

Ich hörte die Party schon, bevor ich sie sah. Fröhliche Stimmen und laute Musik drangen aus Deacons Haus über die Straße. Seine Eltern waren für ein paar Tage verreist, und in der kleinen Stadt Blossom Grove bedeutete das eins: Hausparty!

Als wir vor dem Haus parkten, strömten Leute auf den Rasen hinaus. Ich kämpfte meine Nervosität nieder und blieb dicht hinter Jorie, als wir die Straße überquerten.

Ich hielt sie am Arm fest und fragte: »Sind Hauspartys immer so verrückt?«

Jorie lachte. »Ja.« Sie hakte sich bei mir unter und zog mich mit sich.

Ich zuckte zusammen, als wir ins Haus kamen, weil die Musik so laut war. Während wir uns durch die Zimmer zur Küche durcharbeiteten, torkelten bereits betrunkene Schüler an uns vorbei, und ich umklammerte Jories Arm so fest, dass ich überzeugt war, ihr physische Schmerzen zuzufügen.

Jorie warf mir einen Blick über die Schulter zu und lachte. Als wir endlich die Küche erreichten, entspannte ich mich augenblicklich, denn dort standen Ruby und Deacon. Hier war es viel ruhiger als in den Zimmern, durch die wir gekommen waren.

»Poppy!«, rief Ruby und trat zu mir, um mich zu umarmen. »Willst du was trinken?«

»Nur was Alkoholfreies«, antwortete ich, und Ruby runzelte die Stirn.

»Poppy!«, tadelte sie. »Du brauchst mal was *Richtiges* zu trinken.«

Ich lachte über ihr entsetztes Gesicht. »Danke, Ruby, aber ich bleibe bei etwas Alkoholfreiem.«

»Buh!«, rief Ruby aus, legte jedoch den Arm um mich und ging mit mir zu den Getränken.

»Hi, Pops«, sagte Deacon. In diesem Moment ging mit einem »Ping!« eine SMS auf seinem Handy ein, und er runzelte die Stirn und schaute auf das Display.

»Hey, Deek«, antwortete ich dennoch und nahm die Diät-Cola, die Ruby mir eingeschenkt hatte. Ruby und Jorie gingen mit mir nach hinten in den Garten, wo mitten auf dem Rasen ein Lagerfeuer loderte. Überraschenderweise hielten sich nicht viele Leute hier draußen auf, was mir nur recht war.

Es dauerte nicht lange, bis Deacon Ruby wieder ins Haus rief, sodass ich allein mit Jorie zurückblieb. Ich starrte in die Flammen, als sie irgendwann sagte: »Tut mir leid, dass ich gestern wieder mal ins Fettnäpfchen getreten bin … wegen Rune, meine ich. Ich konnte sehen, dass es dir wehgetan hat. *Lieber Gott!* Ich denke einfach nicht nach, bevor ich meine große Klappe aufmache! Daddy droht mir schon, dass er sie mir zunähen lässt!« Jorie legte gespielt kämpfend die Hände über den Mund. »Das darf nicht passieren, Pops! Dieser Mund, so unkontrollierbar er ist, ist doch der einzige, den ich habe!«

Lachend schüttelte ich den Kopf. »Ist schon in Ordnung, Jor. Ich weiß, dass du es nicht böse gemeint hast. Du würdest mich nie absichtlich verletzen.«

Jorie nahm die Hände vom Mund und legte den Kopf schief. »Aber mal ernsthaft, Pops. Was hältst du von Rune? Du weißt schon, seit er wieder da ist?«

Sie musterte mich neugierig. Ich zuckte mit den Schultern, und sie verdrehte die Augen. »Du willst mir erzählen, dass du keine Meinung dazu hast, wie die große Liebe deines Lebens aussieht, jetzt, wo er älter und meiner Meinung nach heißer als heiß ist?«

Mir krampfte sich der Magen zusammen, und ich drehte den Plastikbecher in den Händen. Schulterzuckend sagte ich: »Er ist genauso gut aussehend wie immer.«

Jorie grinste hinter ihrem Becher und trank einen Schluck, doch dann verzog sie das Gesicht, als Averys Stimme im Haus zu hören war. »Bäh, sieht so aus, als wäre dieses Flittchen auch gekommen.«

Ich lächelte über die Abscheu in ihrem Blick. »Ist sie wirklich so übel? Und ist sie echt ein Flittchen geworden?«

Jorie seufzte. »Nicht wirklich, aber es ärgert mich, wie sie mit jedem Kerl flirtet.«

Ah, dachte ich. Ich wusste genau, wen sie damit meinte. »Jemand Bestimmtes?«, fragte ich dennoch neckend, und sie sah mich finster an. »Judson vielleicht, Jor?«

Jorie warf ihren leeren Becher nach mir.

Ich lachte, als das Ding an mir vorbeiflog.

Als ich wieder ernst wurde, antwortete Jorie: »Auf jeden Fall scheint sie sich jetzt, wo Rune wieder da ist, von Jud fernzuhalten.« Meine gute Laune löste sich augenblicklich in nichts auf. Als Jorie klar wurde, was sie gerade gesagt hatte, stöhnte sie, ärgerlich auf sich selbst, setzte sich rasch neben mich und nahm meine Hand. »Mist, Pops! Es tut mir so leid. Ich habe es schon wieder getan! Dabei wollte ich nicht …«

»Es ist okay«, unterbrach ich sie.

Aber Jorie drückte meine Hand noch fester. Augenblicke der Stille vergingen. »Bedauerst du es, Pops? Hast du es je bereut, ihn so ausgeschlossen zu haben?«

Ich starrte ins Feuer, verloren in den knisternden Flammen, und antwortete aufrichtig: »Jeden einzelnen Tag.«

»Poppy«, flüsterte Jorie traurig.

Ich schenkte ihr ein schwaches Lächeln. »Er fehlt mir, Jor. Du hast gar keine Ahnung, wie sehr. Aber ich konnte ihm nicht sagen, was los war. Das konnte ich ihm nicht antun. Besser, er denkt, ich sei nicht länger an ihm interessiert, als ihm die hässliche Wahrheit zu erzählen.« Jorie legte den Kopf an meine Schulter, und ich seufzte. »Hätte er es gewusst, dann hätte er alles in seiner Macht Stehende versucht, um zurückzukommen. Aber das wäre nicht möglich gewesen. Der Job seines Daddys war nun mal in Oslo. Und ich …« Ich holte tief Luft. »Und ich wollte, dass er glücklich ist. Ich wusste, er würde mit der Zeit darüber hinwegkommen, dass er nichts mehr von mir hörte. Doch ich kenne Rune, Jor; die Alternative hätte er *nie* überwunden.«

Jorie hob den Kopf, drückte mir einen Kuss auf die Wange und brachte mich damit zum Lachen. Aber ich konnte immer noch die Traurigkeit in ihrem Gesicht sehen, als sie fragte: »Und jetzt? Jetzt, wo er zurück ist, was wirst du tun? Am Ende werden es doch alle herausfinden.«

Ich holte tief Luft. »Ich hoffe, dass es nicht dazu kommt, Jor. Ich bin nicht beliebt in der Schule, nicht so wie du, Ruby und Rune. Wenn ich einfach wieder verschwinde, wird es niemandem groß auffallen.« Ich schüttelte den Kopf. »Und ich bezweifle, dass es den Rune, der jetzt nach Hause gekommen ist, noch kümmern würde. Gestern habe ich ihn wieder auf dem Flur in der Schule gesehen, und der Blick, den er mir zugeworfen hat, hat mir deutlich gezeigt, was er empfindet: Ich bedeute ihm nichts mehr.«

Darauf folgte unbehagliches Schweigen, bis meine beste Freundin leise wissen wollte: »Aber du liebst ihn noch genauso sehr. Hab ich recht?«

Ich antwortete nicht. Doch mein Schweigen war beredt genug.

Es stimmte. Ich liebte ihn nach wie vor, wie schon immer.

Irgendwann war vom Garten vor dem Haus ein lautes Krachen zu hören und durchbrach unsere vertrauliche Unterhaltung. Mir wurde klar, dass seit unserer Ankunft eine ganze Weile vergangen sein musste. Jorie, die uns in der Zwischenzeit mit Getränken versorgt hatte, stand wieder auf und verzog das Gesicht. »Pops, ich muss zur Toilette! Kommst du mit rein?«

Ich musste lachen, als sie auf der Stelle herumhüpfte, und folgte ihr nach drinnen. Jorie drängte sich durch bis zum Badezimmer im hinteren Teil des Hauses. Ich wartete im Flur auf sie, bis ich Rubys und Deacons Stimmen aus dem Hobbyraum hörte.

Ich beschloss, mich zu ihnen zu gesellen, während ich auf Jorie wartete, also öffnete ich die Tür und trat ein. Doch ich kam kaum drei Schritte weit. *Wäre ich doch zu Hause geblieben!*, war alles, was ich denken konnte. Drei Sofas dominierten das kleine Zimmer. Auf einem saßen Ruby und Deacon; Judson und ein paar Leute aus dem Footballteam lümmelten sich auf dem anderen. Aber das dritte Sofa war es, von dem ich den Blick nicht losreißen konnte. Sosehr ich meinen Füßen auch befahl, sich zu bewegen – sie wollten mir nicht gehorchen.

Auf der Couch hockte Avery und trank aus einem Becher. Um ihre Schultern lag ein Arm, und Avery malte Muster auf die Hand, die über ihrem Oberarm hing.

Ich wusste genau, wie sich diese Hand anfühlte.

Ich kannte das Gefühl von Geborgenheit, das man unter dem Schutz dieses Armes empfand.

Und ich spürte, wie mein Herz in tausend Stücke brach, als ich den Jungen ansah, dem dieser Arm gehörte. Als spürte er meinen fassungslosen Blick, schaute er auf. Seine Hand, die gerade das Getränk an den Mund hatte führen wollen, erstarrte mitten in der Bewegung.

Mir stiegen Tränen in die Augen.

Zu begreifen, dass Rune offenbar über mich hinweggekommen war, war schon schwer genug zu ertragen. Aber ihn so zu sehen verursachte mir einen Schmerz, den ich nie für möglich gehalten hätte.

»Poppy? Geht es dir gut?« Rubys besorgte Stimme erklang plötzlich hinter mir und zwang mich, den Blick von der Tragödie abzuwenden, deren Zeuge ich gerade geworden war.

Ich zwang mich, Ruby zuzulächeln, und flüsterte: »Ja, es geht mir gut.«

Ich spürte, wie meine Beine bei der ungewollten Aufmerksamkeit aller anderen im Zimmer zitterten, schaffte es jedoch, einen Schritt zur Tür zu machen. Doch da sah ich, wie Avery sich Rune zuwandte.

Für einen Kuss.

Als der letzte noch intakte Teil meines Herzens brach, drehte ich mich um und floh, bevor ich diesen Kuss mit ansehen musste. Ich drängte mich in den Flur und rannte in das nächstbeste Zimmer, das ich finden konnte. Hektisch drehte ich den Türknauf und stürmte ins Halbdunkel einer Wäschekammer.

Ich schlug die Tür zu und lehnte mich an die Wand neben der Waschmaschine. Ich konnte nicht anders, als mich vorzubeugen und die Tränen fließen zu lassen. Mit aller Macht kämpfte ich die Übelkeit nieder, die mir in die Kehle steigen wollte, während ich verzweifelt versuchte, das grässliche Bild aus meinem Kopf zu verbannen.

Ich hatte gedacht, während der letzten zwei Jahre hätte ich alle erdenklichen Arten von Schmerz kennengelernt und ausgehalten. Aber ich hatte mich geirrt. Und zwar so was von! Denn nichts ließ sich vergleichen mit dem Schmerz, den einen Jungen, den man liebt, in den Armen einer anderen zu sehen.

Kein Verrat konnte größer sein als der durch einen Kuss von Lippen, die einem versprochen waren.

Ich presste die Hände auf den Bauch. Während ich mich mühte, zu Atem zu kommen, drehte sich der Türknauf.

»Nicht! Geh weg …«, rief ich, aber bevor ich mich in Bewegung setzen und die Tür zudrücken konnte, schob sich jemand in die Kammer und schlug die Zimmertür hinter sich zu.

Mein Herz raste. Als ich sah, wer da hereingekommen war, wich mir alles Blut aus dem Gesicht. Ich wollte rückwärtstaumeln, doch ich spürte die Wand in meinem Rücken.

Das Lagerfeuer von draußen beleuchtete den dunklen Raum so weit, dass ich denjenigen deutlich sehen konnte, der hier eingedrungen war und meinen Moment der Schwäche nun miterlebte.

Es war derselbe Junge, der die Ursache für meine Verzweiflung war.

Rune stand vor mir, neben der geschlossenen Tür. Er streckte die Hand aus und verriegelte das Schloss. Ich schluckte, als er sich wieder zu mir umdrehte. Sein Kinn war angespannt, und seine blauen Augen fixierten mich. Sein Blick war eiskalt.

Mir wurde der Mund trocken. Rune trat einen Schritt auf mich zu. Mein pochendes Herz jagte das Blut durch meine Adern, und das Rauschen brüllte in meinen Ohren.

Als er sich mir näherte, senkte ich den Blick, um Runes größtenteils bloße Arme anzusehen. Seine schlanken, definierten Muskeln traten hervor, das schwarze T-Shirt betonte seinen straffen Oberkörper, und auf seiner glatten Haut lag noch der Anflug verblassender Sonnenbräune. In der typischen Bewegung, die mich immer schon in die Knie hatte gehen lassen, strich er sich das Haar aus dem Gesicht.

Ich schluckte mühsam und versuchte, den Mut zu finden, mich an ihm vorbeizudrängen, die Tür zu öffnen und davonzulaufen. Aber Rune kam weiter auf mich zu, bis es keinen Ausweg mehr für mich gab – ich saß in der Falle.

Ich riss die Augen weit auf, als er sich auf mich konzentrierte. Rune kam näher, bis wir nur noch Zentimeter voneinander entfernt waren. Er war mir so nahe, dass ich die Wärme spürte, die von seinem Körper ausging. So nahe, dass ich seinen frischen Duft riechen konnte: den, der mich immer getröstet hatte; den, der mich sogleich zurück in die trägen Sommertage im Blütenwäldchen versetzte. Den Duft, der mir in den schönsten Technicolor-Farben jene letzte Nacht zurückbrachte, in der wir uns geliebt hatten.

Ich merkte, wie meine Wangen heiß wurden, als er sich zu mir lehnte. Ich roch den leichten Anflug von Tabak an seiner Kleidung und eine Spur von Pfefferminz in seinem warmen Atem. Meine Finger zuckten, als ich die Stoppeln auf seinem Kinn betrachtete. Ich wollte die Hand ausstrecken und sie berühren. In Wahrheit sehnte ich mich danach, die Hand zu heben und mit einem Finger über seine Stirn zu streichen, über seine Wangen und die perfekten Lippen.

Aber sobald ich an diese Lippen dachte, kehrte der Schmerz in mein Herz zurück. Ich drehte den Kopf weg und schloss die Augen. Mit diesen Lippen hatte er Avery berührt.

Er hatte mich *zerbrochen*, indem er diese Lippen verschenkt hatte – diese Lippen hatten doch für immer mir gehören sollen.

Ich spürte, wie er noch näher kam, so nah, bis unsere Oberkörper sich beinahe berührten. Ich fühlte, wie er die Arme über meinen Kopf hob, an die Wand über mir drückte und so jeden Zentimeter meines persönlichen Raumes ausfüllte. Und ich spürte, wie Strähnen seines langen Haares über meine Wange streiften.

Rune atmete mühsam, und der Minzduft in seinem Atem wehte über mein Gesicht. Ich presste die Augen noch fester zu. Ich fühlte ihn so unglaublich nah bei mir. Aber es half nichts.

Wie von selbst öffneten sich meine Augen langsam, ich drehte den Kopf, und unsere Blicke trafen aufeinander.

Mir stockte der Atem, als der Lichtschein des Feuers draußen über sein Gesicht flackerte. Und dann schien mein Atem komplett stillzustehen, als eine seiner Hände über meinem Kopf sich bewegte und zögernd abwärtswanderte, um mir übers Haar zu streichen. Als ich spürte, wie er eine Strähne zwischen seine Finger nahm, liefen mir Schauder über den ganzen Leib, und Schmetterlinge flatterten in meinem Bauch.

Ich ahnte, dass es ihm nicht anders ging als mir; tiefe Atemzüge und die Anspannung in seinem Kinn waren deutliche Zeichen. Ich betrachtete sein hübsches Gesicht, während er meines studierte und wahrscheinlich wie ich die Auswirkungen der letzten zwei Jahre zu erfassen versuchte: das, was sich verändert hatte, aber auch das, was so vollständig vertraut war.

Dann, als ich schon gar nicht mehr wusste, ob mein verwirrtes Herz noch mehr ertragen konnte, glitt seine sanfte Berührung vom sicheren Terrain meines Haares an mein Gesicht, und federleichte Fingerspitzen strichen über meine erhitzten Wangen. Seine Finger hielten inne, und er flüsterte ein Wort, ein Wort voller Emotionen, mit absolut schmerzvoller, rauer Stimme: »*Poppymin.*«

Eine Träne tropfte aus meinem Auge auf seine Hand.

Poppymin.

Runes perfekter Name für mich.

Meine Poppy.

Sein Mädchen.

Für unendlich.

Für immer und ewig.

Rasend schnell stieg mir ein Kloß in die Kehle, als der süße Name in meinen Ohren klang und meine Seele durchbohrte. Ich versuchte ernsthaft, ihn hinunterzuschlucken zu dem

Schmerz der letzten zwei Jahre, aber so überwältigt und absolut niedergeschlagen, wie ich war, gelang es mir nicht, und ein lange unterdrücktes Schluchzen entfuhr mir.

Wenn Rune mir so nahe war, hatte ich nie und nimmer eine Chance.

Als der laute Wehlaut über meine Lippen kam, verloren Runes Augen ihre Kälte. Sie wurden sanfter und schimmerten von ungeweinten Tränen. Er neigte den Kopf nach vorn, drückte die Stirn an meine und legte die Finger auf meine Lippen.

Ich holte Luft.

Er ebenfalls.

Und wider besseres Wissen erlaubte ich mir, so zu tun, als hätte es die letzten zwei Jahre nie gegeben. Ich erlaubte mir, so zu tun, als wäre er nicht weggezogen, als hätte auch ich nicht weggehen müssen. Als hätten aller Schmerz und alles Leid nie existiert. Und die bodenlose, schwarze Leere, die mein Herz ersetzt hatte, füllte sich mit Licht – hellem, strahlendem Licht.

Runes Liebe. Seine Berührung und seine Küsse.

Doch das war nicht unsere Realität. Jemand hämmerte an die Tür der Wäschekammer, und die Wirklichkeit kam mit voller Wucht zurück, wie eine windgetriebene Welle an einen regengepeitschten Strand.

»Rune? Bist du da drin?«, rief eine Frauenstimme, die ich als Averys Stimme erkannte.

Rune öffnete ruckartig die Augen, während das Klopfen lauter wurde. Sofort wich er zurück und musterte mich.

Ich hob die Hand und wischte die Tränen weg. »Bitte … lass mich einfach gehen.« Ich versuchte, selbstsicher zu klingen, wollte noch mehr sagen. Aber ich hatte keine Kraft mehr, um die Täuschung weiterhin aufrechtzuerhalten.

Ich war verletzt.

Und jeder konnte es in meinem Gesicht sehen.

Ich legte die Hand an Runes harte Brust und schob ihn weg; ich musste hier raus. Er widersetzte sich mir nicht, doch kurz bevor ich die Tür erreichte, griff er nach meiner Hand. Ich schloss die Augen und versuchte, die Kraft zu finden, mich wieder zu ihm umzudrehen. Als ich es tat, kamen mir noch mehr Tränen.

Rune starrte auf unsere ineinander verschränkten Hände, und seine langen dunkelblonden Wimpern waren fast schwarz von unterdrückten Tränen.

»Rune …« Als er meine leise Stimme hörte, sah er abrupt auf. »Bitte«, flehte ich, und Avery klopfte wieder.

Er hielt mich fester.

»Rune?«, rief Avery, lauter diesmal. »Ich weiß, dass du da drin bist.«

Ich trat einen Schritt auf ihn zu. Er beobachtete eindringlich jede meiner Bewegungen. Als ich vor ihm stand, blickte ich auf und gestattete ihm, meine Hand weiter festzuhalten. Ich begegnete seinem Blick, erkannte die Verwirrung in seinem Gesicht und stellte mich auf die Zehenspitzen.

Mit den Fingerspitzen meiner freien Hand strich ich über seine volle Unterlippe. Ich lächelte traurig und erinnerte mich daran, wie seine Lippen sich anfühlten, wenn sie sich auf meine drückten. Ich fuhr seinen Amorbogen nach und ließ den Tränen freien Lauf, während ich sagte: »Es hat mich schier umgebracht, als ich den Kontakt zu dir abgebrochen habe, Rune. Es hat mich schier umgebracht, nicht zu wissen, was du auf der anderen Seite des Atlantiks machst.« Ich holte bebend Luft. »Aber nichts hat je so wehgetan, wie mit ansehen zu müssen, wie du dieses Mädchen küsst.«

Rune wurde blass. Ich schüttelte den Kopf. »Ich habe kein Recht, eifersüchtig zu sein. Das ist alles meine Schuld. *Alles*, das weiß ich. Und trotzdem bin ich so eifersüchtig, so *verletzt*, dass es mir vorkommt, als würde ich an diesem Schmerz sterben.« Ich nahm meine Fingerspitzen von seinem Mund. Mit flehendem Blick sah ich zu ihm auf. »Also, bitte … *bitte* lass mich gehen. Ich kann es nicht ertragen, hier zu sein, nicht jetzt.«

Rune rührte sich nicht. Ich konnte den Schock in seinem Gesicht sehen. Das nutzte ich zu meinem Vorteil und schloss augenblicklich die Tür auf. Ohne zurückzublicken oder zu zögern, stürmte ich hinaus und drängte mich an Avery vorbei, die wütend auf dem Flur wartete.

Ich rannte, vorbei an Ruby und Jorie, vorbei an Deacon und Judson, die sich alle im Flur versammelt hatten, um das sich entfaltende Drama mit anzusehen. Vorbei an den vielen betrunkenen Schülern. Ich stürmte zur Tür hinaus, in die kühle Nachtluft. Und dann rannte ich weiter, so schnell ich konnte und so weit weg von Rune wie möglich.

»Rune!«, hörte ich eine schrille Stimme in der Ferne, gefolgt von einer Männerstimme, die fragte: »Wo willst du denn hin, Mann? *Rune!*« Aber davon ließ ich mich nicht aufhalten. Ich bog scharf nach rechts ab und sah den Eingang zum Park. Es war dunkel, und das Parkgelände war schlecht beleuchtet, aber es war die Abkürzung nach Hause.

In diesem Moment hätte ich alles darum gegeben, in meinem Zimmer zu sein.

Das Tor stand offen. Ich folgte dem von dunklen Bäumen gesäumten Weg, der mich immer tiefer in den Park führte.

Ich atmete angestrengt. Meine Füße in den dünnen Ballerinas taten weh. Ich bog links ab, zum Blütenwäldchen, und da hörte ich Schritte hinter mir.

Plötzlich bang, drehte ich den Kopf. Rune rannte hinter mir her. Mein Herz pochte noch schneller, aber es hatte nichts mit der Anstrengung zu tun, sondern mit Runes Entschlossenheit. Er holte schnell auf.

Ich lief noch einige Meter weiter, doch dann wurde mir klar, dass es keinen Sinn hatte. Als ich ins Blütenwäldchen kam, an jenen Ort, den wir beide so gut kannten, wurde ich langsamer und blieb dann ganz stehen.

Einen Moment später hörte ich Rune in das Wäldchen treten. Ich hörte sein schweres Atmen in der kalten Luft.

Ich fühlte, wie er hinter mir näher kam.

Langsam drehte ich mich um und sah ihn an. Er griff sich mit beiden Händen ins Haar. Seine blauen Augen blickten ruhelos und gequält. Die Luft um uns herum knisterte vor Spannung, als wir einander anstarrten, wortlos, schwer atmend und mit geröteten Wangen.

Dann fiel Runes Blick auf meine Lippen, und er trat vorsichtig näher. Zwei Schritte, und er stieß eine einzige schroffe Frage hervor: »Warum?« Zähneknirschend wartete er auf meine Antwort.

Ich senkte den Blick, und mir stiegen Tränen in die Augen. Ich schüttelte den Kopf und flehte: »Bitte … nicht …«

Rune fuhr mit der Hand über sein Gesicht. Dieser sture Ausdruck, den ich so gut kannte, huschte über seine Züge. »*Nein!* Gott, Poppy. Warum? *Warum* hast du das getan?«

Einen Augenblick lang lenkte sein starker Akzent mich ab, ein rauerer Unterton in seiner ohnehin tiefen, etwas heiseren Stimme. Als Kind, in den Jahren hier, war sein norwegischer Akzent schwächer geworden. Aber jetzt überdeckte er wieder sein Englisch. Der schwere Akzent erinnerte mich an den Tag, als wir als Fünfjährige einander zum ersten Mal begegnet waren.

Aber als ich sah, wie sein Gesicht rot vor Zorn wurde, erinnerte mich das augenblicklich daran, dass das genau jetzt nicht wichtig war. Wir waren nicht mehr fünf Jahre alt. Nicht mehr unschuldig. Zu viel war passiert.

Und ich konnte es ihm immer noch nicht sagen.

»Poppy«, beharrte er, und seine Stimme wurde lauter, als er noch näher kam. »Wieso in aller Welt hast du das getan? Wieso hast du mich nie zurückgerufen? Wieso seid ihr weggezogen? Wo zur Hölle bist du gewesen? Was ist passiert?«

Rune begann hin und her zu tigern. Ein kalter Wind wehte durch das Wäldchen, und er strich sich das Haar zurück. Dann blieb er abrupt stehen, sah mich an und zischte: »Du hast es versprochen. Du hast mir versprochen, dass du auf meine Rückkehr wartest. Und dann rufe ich eines Tages an, und du gehst nicht ran. Ich habe immer wieder deine Nummer gewählt, aber du hast nie zurückgerufen. Keine SMS, keine E-Mail, nichts!«

Er kam auf mich zu, bis er direkt vor mir stand und über mir aufragte. »Sag es mir! Auf der Stelle.« Auf seiner Haut waren wütende rote Flecken entstanden. »Ich habe es verdammt noch mal verdient, es zu wissen!«

Ich zuckte zusammen, als ich seinen aggressiven Ton, das Gift in seinen Worten hörte. Wer war dieser Fremde, der da vor mir stand?

Der alte Rune hätte nie so mit mir geredet. Aber dann ermahnte ich mich, dass das hier nicht der alte Rune war.

»Ich … ich kann nicht«, stotterte ich, kaum lauter als ein Flüstern. Ich hob den Blick und sah den ungläubigen Ausdruck auf seinem Gesicht. »Bitte, Rune! Dräng nicht weiter. Lass es einfach gut sein.« Ich schluckte und zwang mich dann zu sagen: »Lass uns … lass uns in der Vergangenheit. Wir sollten es hinter uns lassen.«

Rune zuckte zusammen, als hätte ich ihn geschlagen.

Und dann lachte er. Er lachte, aber in seinem Lachen lag kein Humor. Es war voll unbändigem Zorn.

Rune trat einen Schritt rückwärts. Seine Hände zitterten, und er lachte wieder auf. In eisigem Ton forderte er: »Sag es mir!«

Kopfschüttelnd wollte ich protestieren. Er fuhr sich frustriert mit den Händen durchs Haar. *»Sag es mir!«*, wiederholte er. Seine Stimme war eine Oktave tiefer geworden und strahlte Gefahr aus.

Dieses Mal schüttelte ich nicht den Kopf. Die Trauer lähmte mich, Trauer darüber, Rune so zu sehen. Er war schon immer ruhig und zurückhaltend gewesen. Seine Mama hatte mir mehr als einmal erzählt, dass Rune stets ein mürrisches Kind gewesen war. Mrs Kristiansen hatte immer befürchtet, er würde ihr noch Probleme bereiten. Sie hatte mir anvertraut, dass er dazu neigte, andere anzufahren und für sich zu bleiben. Sogar als er ein kleines Kind gewesen war, hatte sie einen Anflug von Launenhaftigkeit an ihm bemerkt, eine Neigung, negativ statt positiv zu sein.

Aber dann hat er dich gefunden, hatte sie gesagt. *Du hast ihn mit deinen Worten und Taten gelehrt, dass das Leben nicht immer so ernst sein muss. Dass man sein Leben leben muss. Dass das Leben ein großes Abenteuer ist, das man gut und bis zum Letzten ausleben muss.*

Seine Mama hatte recht behalten.

Als ich der Finsternis nachspürte, die von ihm ausging, wurde mir klar, dass das hier der Rune war, von dem Mrs Kristiansen damals gesprochen hatte.

Das hier war die angeborene Launenhaftigkeit, die unter der Oberfläche ihres Sohnes geschlummert hatte.

Eine Neigung zu Finsternis statt Licht.

Ich schwieg und beschloss, mich abzuwenden und Rune mit seiner Wut allein zu lassen. *Mondlichtherzen und Sonnenscheinlächeln.* Ich wiederholte Grandmas Mantra in meinem Kopf, kniff fest die Augen zu und zwang mich, den Schmerz, der mich überfluten wollte, zurückzudrängen. Ich versuchte, die Schmerzwoge in meiner Brust abzuwehren, die mir sagte, was ich nicht glauben wollte.

Dass *ich* Rune das angetan hatte.

Ich wollte weitergehen, fort von ihm, und mein Selbsterhaltungstrieb übernahm die Kontrolle. Doch dann spürte ich, wie sich verzweifelte Finger um mein Handgelenk schlossen und mich herumdrehten.

Runes Pupillen hatten seine kristallblaue Iris fast verschluckt, so sehr hatten sie sich geweitet. »Nein! Du bleibst genau hier. Bleib genau hier und sag es mir.« Er holte tief Luft und rief laut, als er vollends die Beherrschung verlor: *»Sag mir, wieso zum Teufel du mich allein gelassen hast!«*

Diesmal war sein Zorn ungezügelt. Diesmal hatten seine harten Worte die Kraft einer Ohrfeige. Das Blütenwäldchen vor mir verschwamm; ich brauchte eine Weile, um zu begreifen, dass es an meinen Tränen lag.

Eine davon lief mir über die Wange. Runes finsterer Blick war unbewegt.

»Wer bist du?«, flüsterte ich. Ich schüttelte den Kopf, als Rune mich weiter anstarrte und nur ein leichtes Zusammenziehen seiner Augen zeigte, dass meine Worte irgendeine Wirkung auf ihn hatten. »Wer bist du in diesem Augenblick?« Ich schaute auf seine Finger, die immer noch um mein Handgelenk lagen. Ich spürte, wie meine Kehle sich zuschnürte. »Wo ist der Junge, den ich liebe?« Ich riskierte noch einen Blick in sein Gesicht und fragte leise: »Wo ist mein Rune?«

Plötzlich ließ er meinen Arm los, so abrupt, als würde meine Haut ihn verbrennen. Ein böses Lachen umspielte seine Lippen, als er mich anstarrte. Dann hob er die Hand, um sachte über mein Haar zu streichen – eine Sanftheit, die ganz im Ge-

gensatz zu dem Gift in seinen Worten stand. »Du willst wissen, wo der Junge hin ist?« Ich schluckte, als er forschend mein Gesicht studierte – alles außer meinen Augen. »Du willst wissen, wo *dein* Rune hin ist?« Er verzog vor Abscheu die Lippen. Als wäre *mein* Rune jemand Unwürdiges. Als wäre *mein* Rune all die Liebe, die ich für ihn hatte, nicht wert.

Er beugte sich vor und sah mir in die Augen, so hart, dass mir Schauer über den Rücken liefen. Schroff flüsterte er: »Dieser Rune ist gestorben, als du ihn allein gelassen hast.« Ich wollte mich abwenden, doch Rune trat mir in den Weg und machte es mir unmöglich, seiner vernichtenden Grausamkeit zu entfliehen. Ich holte verletzt Luft, aber er war noch nicht fertig. In seinen Augen konnte ich sehen, dass er *bei Weitem* noch nicht fertig war.

»Ich habe auf dich gewartet«, sagte er. »Ich habe die ganze Zeit darauf gewartet, dass du mich anrufst, dass du es mir erklärst. Ich habe jeden angerufen, den ich hier kenne, und versucht, dich zu finden. Aber du warst verschwunden. Einfach weg, um dich um irgendeine kranke Tante zu kümmern, von der ich *weiß*, dass sie gar nicht existiert. Dein Daddy wollte nicht mit mir reden, wenn ich es versucht habe; ihr habt mich alle abgeblockt.« Seine Lippen verzogen sich, als er den Schmerz wieder durchlebte. Ich sah es. In jeder Bewegung, in jedem Wort von ihm sah ich es: Er war wieder an diesem Ort voller Schmerz.

»›Du musst Geduld haben. Mit der Zeit wird sie dir alles erklären‹, habe ich mir gesagt. Aber als die Tage zu Wochen und die Wochen zu Monaten wurden, habe ich aufgehört, voller Hoffnung zu warten. Stattdessen habe ich den Schmerz zugelassen. Ich habe die Finsternis hereingelassen, die *du* geschaffen hast. Als ein Jahr vergangen war und meine Briefe und SMS unbeantwortet blieben, ließ ich zu, dass der Schmerz mich festhielt, bis von dem alten Rune nichts mehr übrig war. Denn ich konnte nicht einen Tag länger in den Spiegel sehen, nicht einen verdammten Tag länger in den Schuhen *dieses* Rune laufen. Denn das war der Rune, der dich gehabt hatte. Dieser Rune war der Junge, der *Poppymin* gehabt hatte. Dieser Rune war der mit einem vollen Herzen. Deiner Hälfte und meiner. Aber deine Hälfte hat mich verlassen. Sie ist gegangen und hat zugelassen, dass das, was ich jetzt habe, Wurzeln schlägt: Finsternis. Schmerz. Ein ganzer Haufen Wut.«

Rune beugte sich vor, bis sein Atem über mein Gesicht strich. »*Du* hast mich so werden lassen, Poppy. Der Rune, den du gekannt hast, ist gestorben, als du dich in eine Zicke verwandelt und jedes Versprechen gebrochen hast, das du mir je gegeben hast.«

Ich taumelte rückwärts, völlig aus dem Gleichgewicht gebracht von seinen Worten, die sich wie Kugeln in mein Herz bohrten. Rune musterte mich, ohne auch nur einen Anflug von schlechtem Gewissen zu zeigen. Ich sah kein Mitgefühl in seinen Augen. Nur die kalte, harte Wahrheit.

Er meinte jedes Wort *ernst*.

Doch dann ließ ich mich von seinem Beispiel leiten und hielt den Zorn in mir nicht länger zurück. Ich übergab meiner Wut die Zügel, stürmte vorwärts und versetzte Rune einen Stoß. Ich erwartete nicht, dass er sich rühren würde, und so war ich überrascht, als er einen Schritt zurückwich, bevor er sich schnell wieder fing.

Aber ich hörte nicht auf.

Wieder ging ich auf ihn los, und heiße Tränen strömten mir übers Gesicht. Immer wieder schubste ich ihn. Doch Rune blieb eisern stehen und rührte sich nicht vom Fleck. Also schlug ich zu. Ein Schluchzen kam über meine Lippen, als ich gegen seinen Oberkörper trommelte, und die Muskeln unter seinem T-Shirt wölbten sich, als ich alles freiließ, was sich in mir aufgestaut hatte.

»Ich hasse dich!«, schrie ich aus voller Kehle. »Dafür hasse ich dich! Ich hasse den Menschen, der du jetzt bist! Ich hasse *ihn*, ich hasse *dich!*« Ich erstickte fast an meinen Schreien und stolperte erschöpft rückwärts.

Als ich seinen finsteren Blick immer noch fest auf mich gerichtet sah, sammelte ich meine allerletzte Energie und schrie ihn an: »Ich wollte dich schützen!« Ein paar Momente atmete ich tief durch und fuhr dann ruhiger fort: »Ich wollte dich schützen, Rune. Ich wollte dich vor dem Schmerz beschützen. Ich wollte dich davor schützen, dass du dich so hilflos fühlst wie alle anderen, die ich liebe.«

Runes dunkelblonde Augenbrauen wurden zu einer harten Linie. Verwirrung trat in sein schönes Gesicht.

Ich wich wieder zurück. »Weil ich den Gedanken nicht ertragen konnte, dass du erfährst, was mit mir passieren wird. Ich konnte es nicht ertragen, dir das anzutun, wenn du so weit weg bist.« Ich schluchzte und keuchte vor Anstrengung.

Ich hustete, räusperte mich und trat auf Rune zu, der immer noch reglos wie eine Statue dastand. Ich legte die Hand auf mein Herz und sagte heiser: »Ich musste kämpfen. Ich musste alles geben. Ich musste es versuchen. Und ich wollte dich bei mir haben, mehr, als du dir je vorstellen kannst.« Meine tränennassen Wimpern trockneten allmählich in der kühlen Brise. »Du hättest alles stehen und liegen lassen, um zu mir zu kommen. Du hast schon deine Eltern gehasst und das Leben in Oslo; jedes Mal wenn wir miteinander gesprochen haben, konnte ich es hören. Du warst so verbittert. Wie hättest du denn je *damit* fertig werden sollen?«

Meine Schläfen pochten, als hämmernde Kopfschmerzen sich einstellten.

Ich musste fort von hier, alles hinter mir lassen. Ich wich zurück. Rune blieb totenstill. Ich war nicht sicher, ob er auch nur geblinzelt hatte. »Ich muss gehen, Rune.« Ich drückte mir die Hand aufs Herz und wusste, dass auch das letzte heile Stück in mir zerbrechen würde durch das, was ich als Nächstes sagen würde. »Lass uns das einfach hier zurücklassen, im Blütenwäldchen, das wir so sehr geliebt haben. Lass uns beenden, was immer wir hatten … was immer wir waren.« Meine Stimme war vollständig verstummt, doch mit einem letzten Schubs flüsterte ich: »Ich halte mich von dir fern und du dich von mir. Wir begraben das mit uns. Weil es so sein muss.« Ich senkte den Blick, denn ich wollte den Schmerz in Runes Augen nicht sehen. »Ich kann all den Kummer nicht ertragen.« Ich lachte schwach auf. »Ich brauche Mondlichtherzen und Sonnenscheinlächeln.« Ich lächelte in mich hinein. »Das ist es, was mich weitermachen lässt. Ich werde nicht aufhören, an eine schöne Welt zu glauben, und ich lasse mich davon nicht zerbrechen.« Ich zwang mich, Rune anzusehen. »Und ich will nicht der Grund für noch mehr Schmerz in dir sein.«

Als ich den Kopf abwandte, sah ich, wie ein haarfeiner Riss der Qual über Runes Züge ging. Aber ich zögerte nicht. Ich rannte los. Ich rannte schnell und schaffte es gerade an meinem Lieblingsbaum vorbei, als Rune mich einholte, meinen Arm packte und mich wieder herumdrehte.

»Was soll das heißen?«, hakte er nach. »Wovon zur Hölle redest du?« Er atmete schwer. »Du hast gerade überhaupt nichts erklärt! Du schwingst große Reden, dass du mich schützen und mich schonen wolltest. Aber wovor? Was, dachtest du, könnte ich nicht verkraften?«

»Rune, bitte«, flehte ich und schob ihn weg. Doch wie der Blitz war er über mir, die Hände an meinen Schultern, und nagelte mich auf der Stelle fest.

»Antworte mir!«, rief er.

Ich schubste ihn erneut von mir. »Lass mich gehen!« Mein Herz pochte vor Beklemmung. Gänsehaut prickelte überall. Ich wollte weitergehen, aber er hielt mich fest. Ich wehrte mich heftig, um loszukommen, um ausnahmsweise von dem Baum zu flüchten, der mir sonst immer Trost brachte.

»Lass mich gehen!«, rief ich wieder.

Rune beugte sich vor. »Nein. Sag es mir. Erklär es mir!«

»Rune …«

»Erklär es!«, fiel er mir laut ins Wort.

Ich schüttelte den Kopf heftiger und versuchte, vergeblich loszukommen. »Bitte! Bitte!«, flehte ich.

»Poppy!«

»NEIN!«

»ERKLÄR ES MIR!«

»ICH STERBE!«, schrie ich in das stille Wäldchen, unfähig, es länger zu ertragen. »Ich sterbe«, wiederholte ich atemlos. »Ich … sterbe …«

Ich drückte mir die Hand aufs Herz und versuchte, wieder zu Atem zu kommen, während die Ungeheuerlichkeit dessen, was ich gerade getan hatte, langsam in meinen Verstand drang. Mein Herz hämmerte vor Panik. Es hämmerte und raste in dem erschreckenden Wissen dessen, was ich gerade zugegeben hatte … was ich gerade gestanden hatte.

Wie benommen starrte ich weiter zu Boden. Irgendwo in meinem Gehirn registrierte ich, dass Runes Hände an meinen Schultern erstarrt waren. Und als ich die Wärme seiner Handflächen spürte, erkannte ich auch, dass er zitterte. Er atmete schleppend und schwer.

Ich zwang mich, den Blick zu heben und Rune in die Augen zu sehen. Sie waren weit aufgerissen und schmerzerfüllt.

In diesem Moment hasste ich mich selbst. Denn dieser Blick,

dieses gequälte, gebrochene Starren, war der Grund, warum ich vor zwei Jahren mein Versprechen an ihn gebrochen hatte.

Deshalb hatte ich ihn freigeben müssen.

Doch wie sich herausstellte, hatte ich ihn damit nur in ein Gefängnis aus Wut gesperrt.

»Poppy …«, flüsterte er. Er war kreidebleich geworden.

»Ich habe Lymphdrüsenkrebs – Hodgkin-Lymphom. Im fortgeschrittenen Stadium. Und es ist tödlich.« Meine Stimme zitterte, als ich fortfuhr: »Ich habe nur noch ein paar Monate zu leben, Rune. Und niemand kann daran etwas ändern.«

Ich wartete. Ich wartete, was Rune zu sagen hatte, aber er schwieg und wich zurück. Sein Blick wanderte über mein Gesicht und suchte nach irgendeinem Zeichen dafür, dass ich gelogen hatte. Als er keines fand, schüttelte er den Kopf. Ein lautloses »Nein« kam über seine Lippen. Und dann kehrte er mir den Rücken und rannte fort.

Viele Minuten vergingen, bevor ich die Kraft fand, mich zu rühren.

Zehn Minuten später betrat ich unser Haus, wo Mama und Daddy mit den Kristiansens beisammensaßen.

Aber Mama genügte nur ein einziger Blick auf mich, und schon war sie bei mir und zog mich in ihre Arme.

Wo mir das Herz brach für das andere, das ich gerade gebrochen hatte. Ausgerechnet das Herz, das ich immer hatte schützen wollen.

8

Stockender Atem und heimgesuchte Seelen

Rune

ICH STERBE … ich sterbe … sterbe … ich habe Lymphdrüsenkrebs – Hodgkin-Lymphom. Im fortgeschrittenen Stadium. Und es ist tödlich … Ich habe nur noch ein paar Monate zu leben, Rune. Und niemand kann daran etwas ändern …

Ich rannte durch den finsteren Park, und Poppys Worte drehten sich ständig in meinem Kopf im Kreis. *ICH STERBE … ich sterbe … sterbe … Ich habe nur noch ein paar Monate zu leben, Rune. Und niemand kann daran etwas ändern …*

Ein Schmerz, den ich nie für möglich gehalten hätte, durchbohrte mein Herz. Er schnitt sich in mich, stach zu und pochte in mir, bis meine Füße schlitternd zum Stehen kamen und ich auf die Knie fiel. Ich wollte atmen, doch der Schmerz hatte gerade erst angefangen, sich durch meine Lunge zu arbeiten, bis nichts mehr übrig war. Er jagte mit Lichtgeschwindigkeit durch meinen Körper und nahm alles mit sich, sodass nur noch der Schmerz blieb.

Ich hatte mich geirrt. Ich hatte mich so was von geirrt.

Ich hatte gedacht, dass Poppy zwei Jahre lang jeden Kontakt abgebrochen hatte, sei der größte Schmerz, den ich je aushalten müsste. Es hatte mich verändert, und zwar fundamental. Ganz einfach so ausgeschlossen zu werden tat weh … aber das hier … das …

Ich sank vornüber, wie gelähmt von dem Schmerz in meinen Eingeweiden, und schrie ihn in die Finsternis des leeren Parks hinaus. Meine Finger krallten sich in die harte Erde unter meinen Händen, und Zweige schnitten mir in die Finger und zerrissen mir die Nägel.

Aber diesen Schmerz hieß ich willkommen. Mit dem konnte ich umgehen, aber der in mir drin …

Poppys Gesicht blitzte vor meinem inneren Auge auf. Ihr so perfektes Gesicht, als sie früher am Abend in den Hobbyraum gekommen war. Ihr Lächeln, als sie Ruby und Deacon gesehen hatte, und dann das Schwinden dieses Lächelns, als ihre Augen meine fanden. Die totale Niedergeschlagenheit, die über ihr Gesicht huschte, als sie Avery neben mir sitzen sah, mit meinem Arm um die Schultern.

Doch sie hatte nicht gesehen, dass ich sie durchs Küchenfenster beobachtet hatte, als sie mit Jorie draußen am Feuer geredet hatte. Sie hatte mein Kommen nicht bemerkt. Eigentlich hatte ich gar nicht vorgehabt, zu Deacons Party zu gehen. Doch als Judson mir simste, dass Poppy da war, konnte mich nichts mehr abhalten.

Sie hatte mich ignoriert. Seit dem Augenblick letzte Woche, als ich sie auf dem Schulflur traf, hatte sie kein Wort zu mir gesagt.

Und es machte mich fertig.

Ich hatte gedacht, wenn ich nach Blossom Grove zurückkehrte, bekäme ich Antworten. Ich hatte gehofft herauszufinden, warum sie sich zurückgezogen hatte.

Ein ersticktes Schluchzen kam über meine Lippen. Niemals, nicht in meinen wildesten Träumen, hatte ich damit gerechnet, es könnte so etwas sein. Weil … es war doch Poppy. *Poppymin*. Meine Poppy.

Sie konnte doch nicht sterben.

Sie konnte mich doch nicht allein lassen.

Sie konnte niemanden von uns allein lassen.

Nichts ergab einen Sinn, wenn sie nicht da war. Sie hatte doch noch so viel Leben vor sich. Sie war dazu bestimmt, für ewig bei mir zu sein.

Poppy und Rune für unendlich.

Für immer und ewig.

Monate? Ich konnte nicht … Nein, sie konnte doch nicht …

Ich zitterte am ganzen Körper, als wieder ein raues Heulen aus meiner Kehle drang, und der Schmerz fühlte sich nicht weniger schlimm an, als würde ich gerade gehängt, ausgeweidet und gevierteilt.

Tränen strömten mir übers Gesicht und fielen auf den trockenen Erdboden unter meinen Fingern. Mein Körper konnte sich nicht von der Stelle rühren, und meine Beine verweigerten mir den Dienst.

Ich wusste nicht, was ich tun sollte. Was in aller Welt gab es denn da zu tun? Wie sollte man damit klarkommen, dass man nicht in der Lage war, dem liebsten Menschen, den man hatte, zu helfen?

Ich wandte den Kopf zum Sternenhimmel und schloss die Augen. »Poppy«, flüsterte ich, während mir salzige Tränen in den Mund liefen. »*Poppymin*«, flüsterte ich wieder, und der Kosename verlor sich in der Brise.

Im Geiste sah ich Poppys grüne Augen, so real, als säße sie vor mir … *Ich habe nur noch ein paar Monate zu leben, Rune. Und niemand kann daran etwas ändern …*

Erneut brach ein Schluchzen aus meiner Kehle und wollte gar nicht mehr enden. Mein Körper bebte von der Wucht, als ich daran dachte, was sie durchgemacht haben musste. Ohne mich. Ohne dass ich an ihrer Seite gewesen war und ihre Hand gehalten hatte. Ohne dass ich sie in meinen Armen wiegte, wenn sie traurig und von der Behandlung geschwächt war. Ich dachte daran, dass sie sich all dem Schmerz nur mit einem halben Herzen hatte stellen müssen. Dass ihre halbe Seele sich abgemüht hatte, damit klarzukommen, ohne ihr Gegenstück, meine Seelenhälfte.

Keine Ahnung, wie lange ich im Park saß. Es fühlte sich wie eine Ewigkeit an, bis ich in der Lage war aufzustehen. Und als ich weiterging, kam ich mir vor, als wäre ich in einem Albtraum gefangen, und wenn ich aufwachte, wäre ich wieder fünfzehn. Nichts von alldem würde wirklich passieren. Ich würde im Blütenwäldchen wach werden, unter unserem Lieblingsbaum, mit *Poppymin* in meinen Armen. Sie würde mich anlachen, wenn ich die Augen aufschlug und sie enger an mich zog. Und dann würde sie den Kopf heben, und ich würde ihr entgegenkommen, für einen Kuss.

Und wir würden uns küssen.

Dieser Kuss würde nicht enden. Und wenn ich mich von ihr löste, würde sie mich mit geschlossenen Augen anlächeln, die Sonne auf ihrem Gesicht, und flüstern: »*Kuss zweitausenddreiundfünfzig. Im Blütenwäldchen unter unserem Lieblingsbaum. Mit meinem Rune … und mein Herz wollte fast zerspringen.*« Ich würde die Kamera zur Hand nehmen, durch die Linse schauen und auf den Moment warten, in dem sie die Augen öffnete. *Den* magischen Moment, in dem ich in ihrem Blick sah, wie sehr sie mich liebte. Und ich würde ihr sagen, dass auch ich sie liebte, und dabei mit dem Handrücken sanft über ihre Wange streichen. Später würde ich dann das Foto an die Wand hängen, damit ich es jeden Tag betrachten könnte …

Der Schrei einer Eule riss mich aus meiner Benommenheit. Als ich blinzelnd den Traum verscheuchte, traf mich die Erkenntnis mit voller Wucht – es war genau das: ein Traum. Mit dem Wissen um die Wahrheit kam der Schmerz zurück. Und doch konnte ich einfach nicht glauben, dass sie starb.

Neue Tränen trübten meinen Blick, und es dauerte einen Moment, bis mir klar wurde, dass ich an dem Baum stand, den ich mir in meinen Träumen vorgestellt hatte. Der, unter dem wir immer gesessen hatten. Aber als ich in der Dunkelheit zu den Zweigen aufsah, durch die der kühle Wind wehte, krampfte sich mir der Magen zusammen. Die dünnen Zweige ohne Blätter, die sich im Wind bewegten, all das schien mir wie ein Sinnbild dieses Augenblicks.

Des Augenblicks, in dem ich akzeptieren musste, dass *mein* Mädchen gehen würde.

Ich zwang mich, den Heimweg einzuschlagen, und irgendwie fanden meine Füße nach Hause. Aber während ich ging, herrschte in meinem Kopf ein einziges Durcheinander aus Unsicherheit, Angst und Verzweiflung. Ich wusste nicht, was ich tun sollte. Die Tränen flossen unaufhörlich; der Schmerz in mir bezog ein neues Heim. Kein Teil von mir blieb verschont.

Ich habe es getan, um dich zu schützen …

Nichts konnte mich vor dem Unfassbaren schützen. Der Gedanke, dass sie so krank war und kämpfte, um das so hell strahlende Licht in ihr am Verlöschen zu hindern, machte mich fix und fertig.

Ich erreichte unser Haus und starrte hinüber zu dem Fenster, das mich zwölf Jahre lang in seinen Bann gezogen hatte. Ich wusste, sie war auf der anderen Seite. Das Haus lag in Dunkelheit. Ich setzte Schritt für Schritt vorwärts, doch dann blieb ich langsam wieder stehen.

Ich konnte nicht ... ich konnte ihr nicht gegenübertreten ... ich konnte nicht ...

Schnell drehte ich mich auf dem Absatz um, rannte die Stufen zu unserem Haus hinauf und stürmte durch die Tür. Tränen der Wut und Trauer zerfetzten mich innerlich, während beide Gefühle in mir stritten und mich innerlich auseinanderzureißen drohten.

Ich kam am Wohnzimmer vorbei. »Rune!«, rief Mamma, und ich hörte sofort das Stocken in ihrer Stimme.

Widerwillig blieb ich stehen. Als Mamma vom Sofa aufstand, liefen ihr Tränen über die Wangen.

Und es traf mich wie ein Hammer: Sie *wusste* es.

Mamma kam mit ausgestreckter Hand auf mich zu. Ich starrte darauf, aber ich konnte sie nicht ergreifen. Ich konnte nicht ...

Ich stürmte in mein Zimmer – und dann stand ich einfach nur da, mitten im Raum, schaute mich um und grübelte, was ich jetzt tun sollte.

Aber ich wusste es nicht. Ich grub die Hände in mein Haar. Ein Schluchzen drang mir über die Lippen. Ich ertrank in den verdammten Tränen, die mir über die Wangen liefen, weil ich nicht wusste, was in aller Welt ich tun sollte.

Ich wollte zu meinem Bett gehen, blieb aber immer wieder stehen. Mein Herz pochte langsam und taumelnd. Ich mühte mich, Luft in meine Lunge zu bekommen und nicht zu Boden zu fallen.

Und dann zerbrach ich.

Ich ließ den Zorn in mir frei, ließ mich von ihm durchdringen und vorwärtstragen. Ich ging zu meinem Bett, bückte mich und packte den Rahmen. Mit einem lauten Brüllen hob ich es mit aller Kraft und warf es mitsamt der Matratze und dem stabilen Holzrahmen um. Dann stürmte ich zum Schreibtisch und wischte mit einer Handbewegung alles, was darauf lag, hinunter. Meinen Laptop fing ich auf, bevor er auf den Boden traf, drehte mich um und schleuderte ihn gegen die Wand. Ich hörte, wie das Ding in tausend Teile zerbarst, aber es half nicht. Nichts half. Der Schmerz war immer noch da. Die qualvolle Wahrheit.

Die gottverdammten Tränen.

Ich ballte die Hände zu Fäusten, legte den Kopf in den Nacken und schrie, bis meine Stimme heiser und mein Hals wund war. Dann fiel ich auf die Knie und ertrank in Kummer.

Irgendwann hörte ich, wie meine Tür geöffnet wurde, und blickte auf. Mamma kam herein. Ich schüttelte den Kopf und hob abwehrend die Hand. Aber sie blieb nicht stehen.

»Nein«, keuchte ich und wollte ihr aus dem Weg gehen. Aber sie hörte nicht auf mich, sondern ließ sich neben mir zu Boden sinken. »Nein!«, stieß ich lauter hervor, doch sie streckte die Arme aus und schlang sie um meinen Nacken.

»Nein!« Ich wehrte mich, aber sie zog mich an sich, und ich verlor jeden Kampfgeist. Ich brach in ihren Armen zusammen und weinte. Ich schrie und weinte in den Armen der Frau, mit der ich zwei Jahre lang kaum ein Wort gewechselt hatte. Doch jetzt, in diesem Augenblick, brauchte ich sie. Ich brauchte jemanden, der verstand.

Jemanden, der verstand, wie es war, Poppy zu verlieren.

Also ließ ich alles raus. Ich hielt Mamma so fest, dass ich schon fürchtete, ihr wehzutun. Aber sie rührte sich nicht vom Fleck; sie weinte mit mir. Mamma saß still da und wiegte meinen Kopf, als ich jede Kraft verlor.

Dann hörte ich eine Bewegung an der Tür.

Pappa beobachtete uns mit Tränen in den Augen. Trauer hatte sich in sein Gesicht gegraben. Und das entfachte wieder das Feuer der Wut in meinem Bauch. Als ich den Mann sah, der mich weggebracht und von Poppy getrennt hatte, als sie mich am dringendsten gebraucht hatte, drehte etwas in mir durch.

Ich löste mich von Mamma und fauchte ihn an: »Raus!«

Mamma erstarrte. Er sah schockiert aus und hob die Hände.

»Rune …«, sagte er in ruhigem Ton.

Aber damit goss er nur Öl ins Feuer.

»Ich sagte: Raus!« Ich kam stolpernd auf die Beine.

Pappa warf Mamma einen Blick zu. Als er mich wieder ansah, hatte ich die Hände zu Fäusten geballt. Grenzenlose Wut brannte in mir.

»Rune, Sohn. Du stehst unter Schock, du bist verletzt …«

»Verletzt? *Verletzt?* Du hast ja keine verdammte Ahnung!«, brüllte ich und kam ein paar Schritte auf ihn zu. Mamma sprang auf. Ich ignorierte sie, als sie sich mir in den Weg stellen wollte. Pappa streckte die Hände aus und schob sie hinter sich auf den Flur hinaus.

Pappa schloss die Tür und sperrte sie damit aus.

»Sieh zu, dass du verschwindest!«, forderte ich ein letztes Mal und spürte dabei, wie aller Hass, den ich für diesen Mann empfand, an die Oberfläche brodelte.

»Es tut mir leid, Sohn«, flüsterte er, und eine Träne lief ihm über die Wange. Er hatte doch tatsächlich die Dreistigkeit, vor mir zu stehen und zu weinen.

Dazu hatte er kein verdammtes Recht!

»Nein«, warnte ich ihn mit abgehackter, rauer Stimme. »Wage es nicht, dazustehen und zu heulen. Wage es nicht, dazustehen und mir zu sagen, dass es dir leidtut. Dazu hast du kein verdammtes Recht, denn du warst derjenige, der mich von ihr weggebracht hat. Du hast mich von ihr getrennt, obwohl ich nicht wegwollte. Du hast mich von ihr ferngehalten, als sie krank wurde. Und jetzt …. jetzt … wird sie ster…« Ich konnte den Satz nicht beenden. Ich brachte es einfach nicht fertig, dieses Wort auszusprechen. Stattdessen rannte ich los. Ich stürmte auf Pappa los und knallte ihm die Hand gegen die breite Brust.

Er taumelte rückwärts und prallte an die Wand. »Rune!«, hörte ich Mamma im Flur rufen. Ich ignorierte ihr Flehen, packte Pappa am Kragen und brachte mein Gesicht ganz nahe an seines.

»Du hast mich zwei Jahre lang von ihr ferngehalten. Und weil ich fort war, hat sie den Kontakt abgebrochen, um mich zu *schützen. Mich.* Vor dem Schmerz, so weit weg und nicht in der Lage zu sein, sie zu trösten oder im Arm zu halten, wenn sie Schmerzen litt. Du hast dafür gesorgt, dass ich nicht bei ihr sein konnte, während sie kämpfte.« Ich schluckte und schaffte es, noch zu sagen: »Und jetzt ist es zu spät. Sie hat nur noch Monate …« Mir versagte die Stimme. *»Monate …«* Ich senkte die Hände und wich zurück, und noch mehr Tränen und Schmerz kamen über mich. Ich kehrte ihm den Rücken zu. »Von hier gibt es kein Zurück. Ich werde dir nie verzeihen, dass du mich von ihr getrennt hast. Nie. Wir sind fertig miteinander.«

»Rune …«

»Raus hier!«, knurrte ich. »Verschwinde verdammt noch mal aus meinem Zimmer und verschwinde aus meinem Leben! Ich bin fertig mit dir. Aber so was von.«

Sekunden später hörte ich, wie die Tür geschlossen wurde, und das Haus versank in Stille. Aber in mir schrie alles umso lauter.

Ich schob mir das Haar aus dem Gesicht, sackte auf die umgedrehte Matratze und lehnte mich an die Wand. Minutenlang – es konnten auch Stunden gewesen sein – starrte ich ins Nichts. Mein Zimmer war dunkel, abgesehen von einer kleinen Lampe in der Ecke, die irgendwie meinen Wutausbruch überlebt hatte.

Als ich den Blick hob, fiel er auf ein Foto an der Wand. Ich runzelte die Stirn, denn ich wusste, dass ich es nicht dorthin gehängt hatte. Mamma musste es heute aufgehängt haben, als sie die Sachen für mein Zimmer ausgepackt hatte. Ich starrte das Foto an.

Es zeigte Poppy, nur Tage vor unserem Umzug nach Oslo, wie sie im Blütenwäldchen tanzte und die Kirschblüten, die sie so liebte, sie in voller Pracht umgaben. Die Arme zum Himmel ausgestreckt, den Kopf im Nacken, wirbelte sie herum, und sie lachte.

Mir wurde das Herz schwer, als ich sie so sah. Denn *das* war *Poppymin*. Das Mädchen, das mich zum Lächeln brachte. Das Mädchen, das zum Blütenwäldchen lief und dabei den ganzen Weg lachte und tanzte.

Dasselbe Mädchen, das mir nun sagte, ich solle mich von ihr fernhalten. *Ich halte mich von dir fern und du dich von mir. Wir begraben das mit uns …*

Aber das konnte ich nicht. Ich konnte sie nicht verlassen. Sie konnte mich nicht verlassen. Wir brauchten einander. Mir war egal, was sie sagte; keine Chance, dass ich sie verlassen würde. Niemals würde ich zulassen, dass sie das alles allein durchmachen musste. Selbst wenn ich es gewollt hätte – ich konnte es nicht.

Bevor ich noch mal darüber nachdenken konnte, sprang ich auf, öffnete das Fenster und kletterte hinaus. Mein Herz hämmerte, als ich über das Gras lief. Vor Poppys Zimmerfenster blieb ich abrupt stehen und atmete tief durch. Dann schob ich das Fenster nach oben.

Es war unverschlossen.

Mir war, als wäre gar keine Zeit vergangen. Ich kletterte in Poppys Zimmer und schloss das Fenster sachte. Ein Vorhang, der früher nicht da gewesen war, behinderte mich. Ich schob ihn lautlos zur Seite, trat vor, blieb dann stehen und sog den vertrauten Anblick des Raumes in mich auf.

Poppys süßes Parfüm, das sie immer getragen hatte, traf meine Nase zuerst. Ich schloss die Augen und verscheuchte die Schwere auf meiner Brust. Als ich sie wieder öffnete, fiel mein Blick auf Poppy, die in ihrem Bett lag. Ihr Atem ging leise und gleichmäßig. Sie schlief, das Gesicht mir zugewandt, und ihr Körper war nur beleuchtet vom trüben Schimmer ihres Nachtlichts.

Dann sank mir das Herz. Wie in aller Welt konnte sie glauben, ich würde mich je von ihr fernhalten können? Selbst wenn sie mir nicht erzählt hätte, wieso sie den Kontakt abgebrochen hatte, hätte ich doch den Weg zu ihr zurückgefunden. Selbst durch all den Schmerz, das Leid und die Wut hätte es mich zurück zu ihr gezogen.

Ich könnte ihr nie fernbleiben.

Aber als ich sie betrachtete, die rosa Lippen, die im Schlaf leicht geöffnet waren, ihr von der Wärme gerötetes Gesicht, fühlte ich mich, als wäre mir ein Speer mitten in die Brust gefahren. Ich würde sie verlieren. Ich würde den einzigen Grund zu leben verlieren, den ich hatte.

Verzweifelt mühte ich mich, mit dem Gedanken fertigzuwerden. Tränen liefen mir über die Wangen, und im selben Moment knackte eine Holzdiele unter meinen Füßen. Poppy erwachte und starrte mich an, die Augen noch ganz schwer vom Schlaf. Und als sie mich deutlich sah – die Tränen auf meinen Wangen, den Kummer in meinen Augen –, wurde ihr Gesicht zu einer Maske aus Schmerz, und sie breitete langsam die Arme aus.

Es war eine instinktive Macht, die nur Poppy über mich hatte. Beim Anblick dieser Arme stürzte ich zu ihr. Als ich das Bett erreichte, gaben die Knie unter mir nach, und mein Kopf fiel in Poppys Schoß. Und wie bei einem Deichbruch stürzte alles aus mir heraus. Die Tränen wollten nicht mehr aufhören zu fließen, als Poppy die Arme um meinen Nacken schlang.

Ich umfasste ihre Taille. Poppys Finger strichen über mein Haar, als ich zitternd in ihrem Schoß zusammenbrach und meine Tränen das Nachthemd über ihren Beinen tränkten.

»Schsch«, flüsterte sie und wiegte mich. Ihre Stimme klang weich und zärtlich. »Es ist okay.« Es traf mich schwer, dass sie *mich* tröstete. Aber ich konnte den Kummer und den Schmerz nicht niederkämpfen.

Und ich hielt Poppy so fest, dass ich schon glaubte, sie würde mich bitten, sie loszulassen. Aber sie tat es nicht, und ich wollte es auch nicht. Ich wagte nicht, sie loszulassen. Nicht, dass ich den Kopf hob und sie wäre nicht mehr da.

Ich brauchte ihre Nähe.

Sie musste hierbleiben, hier bei mir.

»Es ist okay«, tröstete Poppy mich wieder. Diesmal schaute ich sie an.

»Ist es nicht«, widersprach ich heiser. »Daran ist nichts okay.«

Poppys Augen schimmerten feucht, aber keine Träne floss. Stattdessen hob sie mein Kinn mit einem Finger an und strich mit einem anderen über meine tränennasse Wange. Atemlos sah ich, wie ein kleines Lächeln um ihre Lippen spielte.

Mein Herz machte einen Satz – das erste Gefühl in meinem Körper seit der Taubheit und dem Schmerz, die mich nach ihrer Enthüllung überwältigt hatten.

»Da bist du ja«, sagte sie ganz leise, fast unhörbar. »Mein Rune.«

Mein Herz setzte aus.

Ihr Gesicht schmolz zu reiner Glückseligkeit, als sie mir das Haar aus der Stirn strich und mit der Fingerspitze über Nase und Kinn fuhr. Ich blieb vollkommen reglos und versuchte, mir den Moment einzuprägen – ein Foto in meinem Kopf. Ihre Hände an meinem Gesicht. Der Ausdruck von Glück, das helle Strahlen von innen heraus.

»Ich habe mich immer gefragt, wie du wohl aussiehst, wenn du älter bist. Ob du die Haare inzwischen kürzer trägst, ob du größer geworden bist. Ich habe mich gefragt, ob deine Augen noch dieselben sind.« Ihr Mundwinkel zuckte. »Ich habe mich gefragt, ob du noch hübscher geworden bist, was mir unmöglich schien.« Ihr Lächeln verschwand. »Und jetzt wird mir klar, dass es aber so ist. Als ich dich letzte Woche in der Schule gesehen habe, konnte ich nicht glauben, dass du tatsächlich vor mir stehst, und das schöner, als ich es mir je hätte vorstellen können.« Sie zupfte spielerisch an einer meiner Haarsträhnen. »Und dein Haar ist noch länger geworden. Deine Augen sind so lebhaft blau wie eh und je, deine Schultern so breit.« Ihr Blick begegnete meinem. »Mein Wikinger«, sagte sie sanft.

Ich schloss die Augen und versuchte, den Kloß im Hals loszuwerden. Als ich sie wieder öffnete, betrachtete Poppy mich, wie sie es immer getan hatte – in völliger Hingabe.

Langsam richtete ich mich auf den Knien auf, beugte mich näher zu ihr und sah, wie Poppys Augen weicher wurden, als ich meine Stirn an ihre drückte, so vorsichtig, als wäre sie aus Porzellan. Als unsere Haut sich berührte, holte ich tief Luft und flüsterte: *»Poppymin.«*

Dieses Mal waren es Poppys Tränen, die in ihren Schoß fielen. Ich schob die Hand in ihr Haar und drückte sie an mich. »Nicht weinen, *Poppymin*. Ich kann es nicht ertragen, deine Tränen zu sehen.«

»Du missverstehst ihre Bedeutung«, flüsterte sie. Ich bog den Kopf leicht nach hinten und suchte ihren Blick. Sie schaute mir in die Augen und lächelte. Ich sah die Zufriedenheit in ihrem hübschen Gesicht, als sie erklärte: »Ich hätte nie gedacht, dass ich den Namen je wieder von dir hören würde.« Sie schluckte schwer. »Ich fürchtete, dich nie wieder so nah bei mir zu spüren. Ich hätte nie zu träumen gewagt, *das hier* wieder zu fühlen.«

»Was zu fühlen?«

»Das hier.« Sie legte meine Hand genau über ihr Herz. Es schlug schnell. Ich erstarrte, als ich spürte, wie etwas in meiner eigenen Brust wieder zum Leben erwachte. »Ich dachte, ich würde mich nie mehr vollständig fühlen«, sagte sie. Eine ihrer Tränen tropfte auf meine Hand. »Ich war sicher, ich würde die andere Hälfte meines Herzens nicht wiedergewinnen, bevor ich …« Sie verstummte, doch wir wussten beide, was sie meinte. Ihr Lächeln verschwand, und ihr Blick bohrte sich in meinen. »Poppy und Rune. Zwei Hälften desselben Ganzen. Endlich wieder vereint. Dann, wenn es am wichtigsten ist.«

»Poppy …«, begann ich, aber ich konnte den Schmerz, der meine Seele durchdrang, nicht abwehren.

Poppy blinzelte einige Male, bis keine Tränen mehr in ihren Augen glänzten. Sie sah mich an und legte den Kopf schief, als würde sie über etwas nachdenken.

»Poppy«, bat ich mit heiserer Stimme. »Lass mich eine Weile bleiben. Ich kann nicht … ich kann nicht … ich weiß nicht, was ich tun soll …«

Ihre warme Hand legte sich sanft an meine Wange. »Es gibt nichts zu tun, Rune. Nur den Sturm zu überstehen.«

Jedes weitere Wort blieb mir im Hals stecken, und ich schloss die Augen. Als ich sie wieder öffnete, musterte sie mich.

»Ich habe keine Angst«, versicherte sie mir, und ich konnte sehen, dass sie es ernst meinte. Und zwar zu einhundert Prozent. Meine Poppy. Klein und zierlich von Gestalt, aber voller Mut und Licht.

Ich war nie stolzer gewesen, sie lieben zu dürfen, als in diesem Moment.

Mein Blick fiel auf ihr Bett – es war neu und größer als ihr altes. Sie wirkte zu klein für die breite Matratze. Als sie so in der Mitte saß, sah sie wie ein kleines Mädchen aus.

Als Poppy erkannte, dass ich das Bett musterte, rutschte sie nach hinten. In ihrem Gesicht war ein Anflug von Wachsamkeit zu erkennen, und ich konnte es ihr nicht verübeln. Ich wusste, ich war nicht mehr derselbe, dem sie vor zwei Jahren zum Abschied nachgewunken hatte. Ich hatte mich verändert, und ich war nicht sicher, ob ich je wieder *ihr* Rune sein konnte.

Poppy schluckte, und nach einem Moment des Zögerns klopfte sie neben sich auf die Matratze. Mein Herz hämmerte. Sie erlaubte mir zu bleiben. Nach allem, was ich seit meiner Rückkehr getan hatte, erlaubte sie mir zu bleiben.

Als ich aufstand, fühlten meine Beine sich wackelig an. Die Tränen hatten meine Kehle wund werden lassen, und der Kummer, der tobende Schmerz nach Poppys Offenbarung, hatte Taubheit in meinem Körper hinterlassen. Jeder Zentimeter von mir war zerbrochen, verwundet und provisorisch verpflastert.

Ich zog die Stiefel aus und ließ mich auf der Matratze nieder. Poppy rutschte ein Stück, um auf ihrer Seite des Bettes zu liegen, und ich lag verlegen auf meiner. In einer Bewegung, die uns beiden so vertraut war, wandten wir uns einander zu.

Aber da war auch ein Gefühl der Fremdheit. Wir beide hatten uns verändert. Alles war anders.

Und ich wusste nicht, wie ich mich daran anpassen sollte.

Minuten des Schweigens vergingen. Poppy schien zufrieden damit zu sein, mich zu mustern. Doch ich hatte eine Frage. Die eine, die ich ihr hatte stellen wollen, als der Kontakt abbrach. Der Gedanke, der sich in mir eingegraben hatte und bei dem ich mich ganz krank fühlte. Die eine Frage, die immer noch die Macht hatte, mich zu zerreißen. Sogar jetzt noch, da meine Welt bereits zerbrochen war.

»Frag mich«, sagte Poppy plötzlich leise. Die Überraschung musste mir anzusehen sein, denn Poppy zuckte mit den Schultern und schaute verdammt niedlich dabei aus. »Ich kenne vielleicht den Jungen nicht, der du jetzt bist, aber ich erkenne diesen Gesichtsausdruck wieder. Du hast eine Frage.«

Ich fuhr mit dem Finger über das Laken zwischen uns und konzentrierte mich auf die Bewegung. »Du kennst mich echt gut«, antwortete ich im Flüsterton und wollte es mehr als alles andere selbst glauben. Denn Poppy war der einzige Mensch, der je wirklich mein wahres Ich erkannt hatte. Sogar jetzt, begraben unter Zorn und Wut, nach der Distanz von zwei Jahren des Schweigens, kannte sie immer noch das Herz, das darunter verborgen war.

Ihre Finger wanderten näher zu meinen in das neutrale Territorium zwischen uns. Das Niemandsland, das unsere Körper voneinander trennte. Ich betrachtete unsere Hände, die einander zustrebten, sich jedoch nicht ganz erreichten, und mich überwältigte der Drang, meine Kamera zu holen – etwas, das ich schon lange nicht mehr gefühlt hatte.

Ich wollte diesen Augenblick einfangen. Er sollte für immer dauern.

»Ich denke, ich kenne ein paar deiner Fragen«, sagte Poppy und holte mich aus meinen Gedanken. Ihre Wangen röteten sich. »Ich will ehrlich sein: Seit deiner Rückkehr erkenne ich nicht viel an dir wieder. Aber es gibt Momente, in denen der Junge, den ich liebe, durchschimmert. Genug für die Hoffnung, dass er immer noch irgendwo tief in dir auf mich wartet.« Ihre Miene war entschlossen. »Ich glaube, mehr als alles andere will ich sehen, dass er sich durch das kämpft, das ihn in die Versenkung getrieben hat. Ihn wiederzusehen ist mein größter Wunsch, bevor ich gehe.«

Ich wandte den Kopf ab, denn ich wollte nicht hören, wie sie davon sprach zu gehen, von der Enttäuschung, die ich für sie darstellte, von der Tatsache, dass ihre Zeit ablief. Dann, wie in einem Akt des Mutes, überwand ihre Hand die Entfernung zwischen uns, und ihre Fingerspitze streifte meine. Ich schaute sie wieder an. Meine Finger öffneten sich ihrer Berührung, und Poppy fuhr mit der Fingerspitze die Linien auf meiner Handfläche nach.

Die Andeutung eines Lächelns erschien auf ihren Lippen. Mir sank das Herz, während ich mich fragte, wie oft ich dieses Lächeln wohl noch sehen würde. Und woher nahm sie überhaupt die Kraft zu lächeln?

Dann zog Poppy die Hand langsam wieder zurück, bis sie still dalag, wo sie zuvor gelegen hatte. Poppy sah mich an und wartete geduldig auf die Frage, die ich immer noch nicht gestellt hatte.

Ich spürte das beklommene Pochen meines Herzens, als ich endlich zu sprechen wagte: »Die Funkstille ... war das nur wegen ... deiner Krankheit, oder war das ... war es wegen ...« Bilder von unserer letzten Nacht blitzten in meinem Kopf auf: ich auf ihr, Mund an Mund in langsamen und sanften Küssen. Poppy, die mir sagte, dass sie bereit sei. Wie wir unsere Sachen auszogen, ich, wie ich ihr Gesicht betrachtete, als ich in sie eindrang, und wie sie danach in meinen Armen lag. Wie ich neben ihr eingeschlafen und nichts zwischen uns ungesagt geblieben war.

»Was?«, fragte Poppy mit großen Augen.

Ich holte hastig Luft. »War es, weil ich zu weit gegangen bin? Habe ich dich gedrängt? Unter Druck gesetzt? Und ... hast du es bereut?«

Poppys Körper spannte sich an, und ihre Augen glitzerten. Einen Moment fragte ich mich, ob sie jetzt zu weinen anfangen und bekennen würde, dass das, was ich in den letzten zwei Jahren befürchtet hatte, die Wahrheit war: dass ich ihr wehgetan hatte. Sie hatte ihr Vertrauen in mich gesetzt, und ich hatte ihr wehgetan.

Stattdessen glitt Poppy von der Matratze und kniete sich hin. Ich hörte, wie sie etwas unter dem Bett hervorzog. Als sie aufstand, hatte sie das Einmachglas in der Hand, das ich kannte – gefüllt mit Hunderten rosa Papierherzen.

Eintausend Jungsküsse.

Poppy kniete sich vorsichtig aufs Bett, kippte das Glas zum Licht der Nachtleuchte, öffnete es und begann zu suchen. Während ihre Hand in den Papierherzen wühlte, verfolgte mein Blick die Herzen, die auf meiner Seite durch das Glas wanderten. Die meisten waren unbeschrieben. Das Glas war von Staub bedeckt – ein Zeichen, dass es schon lange nicht mehr geöffnet worden war.

Eine Mischung aus Trauer und Hoffnung rührte sich in mir.

Hoffnung, dass kein anderer ihre Lippen berührt hatte.

Trauer, dass das größte Abenteuer ihres Lebens zum Stillstand gekommen war. Keine Küsse mehr.

Und dann schnitt diese Trauer tief in meine Seele.

Monate. Sie hatte kein Leben lang mehr Zeit, um dieses Glas zu füllen. Sie hatte nur noch Monate. Poppy würde niemals an ihrem Hochzeitstag einen Kuss auf einem Herz beschreiben, wie sie es sich gewünscht hatte. Sie würde nie eine Großmutter werden, die ihren Enkeln von diesen Küssen erzählte. Sie würde nicht einmal lange genug leben, um ihre Teenagerjahre hinter sich zu lassen.

»Rune?«, fragte Poppy, als mir neue Tränen über die Wangen liefen.

Ich wischte sie mit dem Handrücken weg. Nur zögernd sah ich ihr in die Augen. Ich wollte nicht, dass sie meinetwegen traurig war. Doch als ich aufblickte, entdeckte ich in Poppys Gesicht nichts als Verständnis. Ein Verständnis, das schnell zu Scheu wurde.

Nervosität.

In ihrer ausgestreckten Hand lag ein rosa Herz. Aber dieses Herz war nicht leer. Es war auf beiden Seiten beschrieben. Und zwar mit rosa Tinte, sodass die Schrift kaum lesbar war.

Poppy streckte die Hand weiter aus. »Nimm es«, beharrte sie, und ich gehorchte.

Ich setzte mich auf, schob mich ins Licht und konzentrierte mich angestrengt auf die helle Tinte, bis ich die Worte entziffern konnte.

Kuss dreihundertfünfundfünfzig, mit meinem Rune. In meinem Zimmer. Nachdem wir uns zum ersten Mal geliebt haben. Mein Herz wollte fast zerspringen.

Ich drehte das Herz um und las die andere Seite.

Mir stockte der Atem.

Es war die schönste Nacht meines Lebens … so besonders, wie es nur geht.

Ich schloss die Augen, aber eine weitere Woge aus Emotionen überflutete mich. Wäre ich auf den Beinen gewesen, dann wäre ich ganz bestimmt auf die Knie gefallen.

Denn sie liebte es.

Jene Nacht, alles, was wir getan hatten, war gewollt gewesen. Ich hatte ihr nicht wehgetan.

Ich unterdrückte einen Laut, der mir in die Kehle steigen

wollte. Poppys Hand lag auf meinem Arm. »Ich dachte, ich hätte uns zerstört«, flüsterte ich und sah ihr in die Augen. »Ich dachte, du hättest das mit uns bereut.«

»Habe ich nicht«, sagte sie. Mit zitternder Hand – eine Geste, die seltsam eingerostet wirkte nach der langen Zeit der Trennung – schob sie mir die Haarsträhnen aus dem Gesicht. Ich schloss die Augen unter ihrer Berührung und öffnete sie wieder, als sie fortfuhr: »Als das alles passierte … als ich mich behandeln ließ« – nun liefen ihr Tränen übers Gesicht –, »als die Behandlung keine Wirkung mehr zeigte … habe ich oft an diese Nacht gedacht.« Poppy schloss die Augen, und ihre langen dunklen Wimpern küssten ihre Wangen. Dann lächelte sie. Ihre Hand in meinem Haar hielt inne. »Ich dachte daran, wie behutsam du mit mir warst. An das Gefühl … mit dir zusammen zu sein, so nahe. Als wären wir tatsächlich die zwei Hälften eines Herzens, wie wir uns immer nannten.« Sie seufzte. »Es war wie ein Zuhause. Du und ich, zusammen, waren Unendlichkeit – wir waren vereint. In diesem Moment, als wir ganz schwer atmeten und du mich ganz festhieltest … das war der schönste Moment meines Lebens.«

Sie öffnete wieder die Augen. »Es war der Moment, an den ich wieder dachte, wenn es wehtat. Es ist der Moment, an den ich denke, wenn ich abgleite, wenn die Angst kommt. Es ist der Moment, der mich daran erinnert, dass ich Glück habe. Denn in jenem Augenblick habe ich die Liebe erfahren, die ich finden sollte, als Grandma mich auf dieses Abenteuer mit den eintausend Jungsküssen geschickt hat. Den Augenblick, wenn man weiß, dass man so sehr geliebt wird, dass man so wundervoll der Mittelpunkt in jemandes Welt ist, dass man *lebendig* war … auch wenn es nur kurz gedauert hat.«

Ich hielt das Papierherz in einer Hand, streckte die andere aus und führte Poppys Handgelenk an meine Lippen. Ich drückte einen kleinen Kuss auf ihren Puls und spürte ihn unter meinen Lippen flattern. Sie holte scharf Luft.

»Kein anderer hat deine Lippen geküsst außer mir, richtig?«

»Ja«, sagte sie. »Ich habe es dir versprochen. Obwohl wir nicht miteinander gesprochen haben. Obwohl ich dachte, ich würde dich nie wiedersehen, würde ich mein Versprechen nie brechen. Diese Lippen gehören dir. Sie gehörten immer nur dir.«

Mein Herz setzte aus, und ich ließ ihr Handgelenk los, hob die Finger und drückte sie auf ihre Lippen – die Lippen, die sie mir geschenkt hatte.

Poppys Atem wurde langsamer, als ich ihren Mund berührte. Ihre Wimpern flatterten, und Hitze stieg ihr in die Wangen. Mein Atem ging schneller. Denn diese Lippen gehörten mir. Noch immer.

Für immer und ewig.

»Poppy«, flüsterte ich und beugte mich zu ihr. Sie erstarrte, aber ich küsste sie nicht. Ich wollte nicht. Ich konnte sehen, dass sie mich nicht deuten konnte. Sie kannte mich nicht mehr.

Im Moment kannte ich mich kaum selbst.

Stattdessen drückte ich meine Lippen auf meine eigenen Finger – immer noch über ihren Lippen, die eine Barriere zwischen uns darstellten – und atmete sie nur ein. Ich inhalierte ihren Duft – Zucker und Vanille. Mein Körper fühlte sich belebt, einfach nur durch ihre Nähe.

Doch dann brach mir das Herz mitten entzwei, als ich wieder zurückwich und sie niedergeschlagen fragte: »Wie viele?«

Ich runzelte die Stirn und forschte in ihrem Gesicht nach einem Hinweis, worauf ihre Frage abzielte. Poppy schluckte und legte diesmal ihre Finger auf meine Lippen.

»Wie viele?«, wiederholte sie.

Und da wusste ich genau, was sie wissen wollte. Denn sie starrte meine Lippen an, als wären sie Verräter.

Eiseskälte durchlief mich, als Poppy ihre zitternde Hand wegnahm. Ihre Miene war wachsam, und sie hielt den Atem an, als wollte sie sich selbst schützen vor dem, was ich antworten würde. Aber ich sagte nichts. Ich konnte nicht, denn der Ausdruck in ihrem Gesicht machte mich fertig.

Poppy atmete aus. »Natürlich weiß ich von Avery, doch gab es viele andere in Oslo? Ich meine, ich weiß, dass es welche gegeben haben wird, aber … waren es viele?«

»Spielt es eine Rolle?«, erwiderte ich leise. Poppys Papierherz lag immer noch in meiner Hand, und seine Bedeutsamkeit versengte mir beinahe die Haut.

Das Versprechen unserer Lippen.

Das Versprechen unserer halben Herzen.

Für immer und ewig.

Poppy schüttelte langsam den Kopf, aber dann ließ sie die Schultern hängen und nickte einmal. »Ja«, flüsterte sie, »es spielt eine Rolle. Es sollte nicht so sein. Ich habe dich freigegeben.« Sie ließ den Kopf hängen. »Doch es ist trotzdem so. Es ist wichtiger, als du je begreifen wirst.«

Sie irrte sich. Ich begriff, warum es eine so große Rolle spielte. Denn es war auch für mich wichtig.

»Ich war lange weg«, sagte ich. In dem Augenblick übernahm der Zorn, der mich gefangen hielt, wieder die Kontrolle, und ich war machtlos dagegen. Ein kranker Teil von mir wollte sie verletzen, wie sie mich verletzt hatte.

»Ich weiß.« Poppy hielt den Kopf immer noch gesenkt.

»Ich bin siebzehn«, fuhr ich fort.

Poppys Blick richtete sich auf mich. Sie wurde blass. »Oh!«, sagte sie, und in diesem winzigen Ausruf konnte ich grenzenlosen Schmerz hören. »Dann ist wahr, was ich befürchtet habe.

Du warst mit anderen Mädchen zusammen, intim … wie mit mir. Ich … ich muss nur …«

Poppy rutschte an den Bettrand, aber ich streckte die Hand aus und fing ihr Handgelenk ein. »Warum ist es wichtig?«, wollte ich wissen und sah Tränen in ihren Augen glitzern.

Der Zorn in mir wurde schwächer, aber als ich an jene verlorenen Jahre dachte, kam er zurück. Jahre, die ich damit verbracht hatte, zu trinken und den Schmerz wegzufeiern, während Poppy krank war. Dieses Wissen ließ mich vor Zorn fast zittern.

»Weil du mir gehörst. Und trotz allem, trotz der Dinge, die zwischen uns geschehen sind, hatte ich die eitle Hoffnung, dass du dein Versprechen halten würdest. Dass es auch dir so viel bedeutete. Trotz allem.«

Ich ließ ihr Handgelenk los, und Poppy stand auf. Sie ging zur Tür. Als sie gerade nach dem Türknauf greifen wollte, sagte ich leise: »Das hat es.«

Poppy erstarrte mit angespanntem Rücken. »Was?«

Sie drehte sich nicht um. Stattdessen stand ich auf und trat zu ihr. Ich beugte mich zu ihr hinab, damit sie mein Geständnis auch wirklich hörte. Mein Atem blies ihr Haar vom Ohr weg, als ich so leise, dass ich es selbst kaum hörte, sagte: »Das Versprechen hat mir ebenso viel bedeutet. Du hast mir so viel bedeutet … und das ist immer noch so. Irgendwo, unter all meinem Zorn … gibt es dich und nur dich. Und für mich wird es immer so sein.« Poppy hatte sich immer noch nicht gerührt. Ich trat näher. »Immer und ewig.«

Sie drehte sich um, bis unsere Oberkörper einander berührten, und der Blick ihrer grünen Augen hielt meinen fest. »Du … Ich verstehe nicht …«

Ich hob langsam die Hand und fuhr damit durch ihr Haar. Poppys Augen fielen flatternd zu, aber dann öffnete sie sie wieder und musterte mich. »Ich habe mein Versprechen gehalten«, gestand ich und sah den Schock in ihrem Gesicht.

Sie schüttelte den Kopf. »Ich habe doch gesehen … deinen Kuss mit …«

»Ich habe mein Versprechen gehalten«, unterbrach ich sie. »Seit dem Tag, an dem ich dich verließ, habe ich keine andere geküsst. Meine Lippen gehören immer noch dir. Es gab nie eine andere. Und es wird nie eine geben.«

Poppy öffnete den Mund und schloss ihn wieder. Dann sagte sie: »Aber du und Avery …«

Ich biss die Zähne zusammen. »Ich wusste, du warst in der Nähe. Ich war sauer. Ich wollte dich verletzen, so wie du mich verletzt hast.« Poppy schüttelte ungläubig den Kopf. Ich kam noch näher. »Ich wusste, das erreiche ich, wenn du mich mit Avery siehst. Also setzte ich mich neben sie und wartete darauf, dass du auftauchst. Ich wollte, dass du glaubst, dass ich sie küssen will … Ich wollte es, bis ich dein Gesicht gesehen habe. Bis du aus dem Zimmer ranntest. Bis ich es nicht mehr aushielt, den Schmerz mit anzusehen, den ich dir zugefügt hatte.«

Tränen liefen über Poppys Wangen. »Warum solltest du das tun? Rune, du würdest doch nicht …«

»Ich würde und habe.«

»Warum?«, flüsterte sie.

Ich lächelte humorlos. »Weil du recht hast. Ich bin nicht mehr der, den du gekannt hast. Ich war so voller Zorn, als ich von dir getrennt wurde, dass es nach einer Weile das Einzige war, was ich fühlte. Ich habe versucht, es zu verbergen, wenn wir geredet haben, habe dagegen angekämpft, und ich wusste, dass du immer noch bei mir bist, auch wenn wir Tausende Meilen getrennt waren. Aber als du den Kontakt abgebrochen hast, war mir das egal. Ich ließ mich vom Zorn verschlingen. Und das so gründlich, dass er zu einem Teil von mir geworden ist.« Ich griff nach Poppys Hand und legte sie auf meine Brust. »Ich bin nur ein halbes Herz. Der, der ich jetzt bin, ist durch ein Leben ohne dich entstanden. Die Finsternis, der Zorn – all das wurde geboren, weil du nicht an meiner Seite warst. *Poppymin*. Meine Abenteurerin. Mein Mädchen.« Und dann kam der Schmerz wieder. Für diese wenigen Minuten hatte ich unsere neue Realität vergessen. »Und jetzt sagst du mir, du verlässt mich endgültig. Ich …«

»Rune«, flüsterte Poppy, warf sich an meine Brust und umarmte mich fest.

Augenblicklich schlossen sich meine Arme um sie wie ein Schraubstock. Als sie sich an mich schmiegte, atmete ich ein. Den ersten reinen Atemzug seit langer Zeit. Dann wurde er mühsam und erstickt, als ich sagte: »Ich darf dich nicht verlieren, *Poppymin*. Ich darf nicht. Ich kann dich nicht gehen lassen. Ich kann nicht ohne dich leben. Du bist mein Immer und Ewig. Du solltest neben mir durch dieses Leben gehen. Du brauchst mich, und ich brauche dich. Das ist alles.« Ich fühlte, wie sie in meinen Armen zitterte. »Ich werde nicht in der Lage sein, dich gehen zu lassen. Denn wo immer du hingehst, da muss auch ich hingehen. Ich habe versucht, ohne dich zu leben – es hat nicht funktioniert.«

Langsam hob Poppy den Kopf und wich gerade so weit zurück, um mich anzusehen und niedergeschlagen zu flüstern: »Ich kann dich nicht dorthin mitnehmen, wo ich hingehe.«

Als ihre Worte zu mir durchdrangen, ließ ich sie los und stolperte rückwärts, bis ich auf den Bettrand plumpste. Ich konnte damit einfach nicht umgehen.

Und ich konnte nicht begreifen, wie sie so stark sein konnte.

Wie konnte sie sich diesem Todesurteil mit solcher Würde stellen? Ich wollte nur noch die ganze Welt verfluchen und alles auf meinem Weg vernichten.

Ich ließ den Kopf hängen und weinte. Ich weinte Tränen, von denen ich gar nicht gewusst hatte, dass ich sie noch übrig hatte. Es war meine Reserve. Die Tränen, die die Wahrheit zur Kenntnis nahmen, die ich nicht akzeptieren wollte.

Dass *Poppymin* sterben würde.

Sie würde wirklich und wahrhaftig sterben.

Ich merkte, wie sich die Matratze neben mir senkte, und roch Poppys süßen Duft. Ich folgte ihrer Geste, mich wieder ins Bett zu legen, und ihrer wortlosen Anweisung, in ihre Arme zu sinken. Ich ließ alles los, was sich in mir aufgestaut hatte, als sie mit den Händen durch mein Haar strich. Ich schlang die Arme um ihre Taille, hielt sie fest und versuchte mit aller Kraft, mir einzuprägen, wie sich das anfühlte. Wie sie sich in meinen Armen anfühlte. Ihr starker Herzschlag und ihr warmer Körper.

Ich war nicht sicher, wie viel Zeit vergangen war, aber am Ende trockneten die Tränen. Ich löste mich nicht aus Poppys Armen, und sie hörte nicht auf, mit den Fingerspitzen meinen Rücken zu streicheln.

Ich schaffte es, meine Kehle genug zu befeuchten, um zu fragen: »Wie ist das alles passiert, *Poppymin?* Wie hast du es herausgefunden?«

Poppy schwieg ein paar Sekunden und seufzte dann. »Es spielt keine Rolle, Rune.«

Ich setzte mich auf und sah ihr in die Augen. »Ich will es wissen.«

Sie fuhr mit dem Handrücken über meine Wange und nickte. »Ich weiß. Und du wirst es erfahren. Aber nicht heute Nacht. Das hier – wir, so –, das ist alles, was zählt. Sonst nichts.«

Wir wandten den Blick nicht voneinander. Eine Art dumpfer Friede war zwischen uns entstanden. Die Atmosphäre war angespannt, als ich mich vorbeugte und nichts mehr wollte, als meine Lippen auf ihre zu drücken. Ihren Mund an meinem zu spüren.

Ein neuer Kuss für ihr Glas.

Doch als mein Mund nur noch um Haaresbreite von Poppys entfernt war, küsste ich sie stattdessen auf die Wange. Es war sanft und behutsam.

Aber es war nicht genug.

Ich schob mich höher und drückte einen Kuss nach dem anderen auf jeden Zentimeter ihrer Wange, ihrer Stirn und ihrer Nase. Poppy rührte sich unter mir. Als ich zurückwich und das Verständnis in ihrem Gesicht sah, nahm ich an, dass sie wusste, dass ich nichts überstürzen wollte.

Denn so wenig ich es akzeptieren wollte: Wir waren andere Menschen geworden. Der Junge und das Mädchen, denen Küssen so leichtfiel wie Atmen, hatten sich verändert.

Einen wahren Kuss würde es geben, wenn wir den Weg zueinander wieder gefunden hatten.

Ich küsste noch einmal Poppys Nasenspitze, und sie kicherte leise. Es schien, als hätte der Zorn gerade so weit nachgelassen, dass ich fühlen konnte, wie die Freude Wurzeln in meinem Herzen schlug. Ich drückte meine Stirn an Poppys und beteuerte: »Meine Lippen gehören dir. Keiner anderen.«

Poppy antwortete mit einem federleichten Kuss auf meine Wange, und ich spürte ihren Kuss bis in die Zehenspitzen. Ich barg den Kopf an ihrem Hals und erlaubte mir ein kleines Lächeln, als sie mir ins Ohr raunte: »Und meine Lippen gehören dir.«

Ich rollte mich herum, um Poppy in die Arme zu nehmen. So lagen wir da, bis uns schließlich die Augen zufielen. Ich schlief schneller ein, als ich dachte. Müde, mit gebrochenem Herzen und seelischen Narben, kam der Schlaf rasch. Aber andererseits war es mit Poppy an meiner Seite immer so gewesen.

Es war der dritte Augenblick, der mein Leben bestimmte. Die Nacht, in der ich herausfand, dass ich das Mädchen, das ich liebte, verlieren würde. Ich wusste, dass unsere gemeinsamen Augenblicke gezählt waren, also hielt ich Poppy noch fester und ließ sie nicht los.

Sie schlief ein und tat genau dasselbe …

Ein machtvolles Echo dessen, was wir gewesen waren.

Ein raschelndes Geräusch weckte mich.

Ich rieb mir den Schlaf aus den Augen. Poppys Silhouette glitt in Richtung Fenster. *»Poppymin?«*

Poppy blieb stehen und sah mich dann endlich an. Ich schluckte, um den Kloß loszuwerden, der in meiner Kehle saß, als sie sich zu mir umdrehte. Sie trug einen dicken Parka über einer Laufhose und einem Pulli. Zu ihren Füßen lag ein Rucksack.

Ich runzelte die Stirn. Es war noch dunkel. »Was machst du da?«

Poppy trat ans Fenster und blickte über die Schulter zurück, um scherzhaft zu fragen: »Kommst du mit?«

Sie grinste mir zu, und mein Herz zerbrach in unzählige Splitter, weil sie so wunderschön war. Bei ihrer ansteckenden Fröhlichkeit musste ich lächeln. »Wo in aller Welt willst du denn hin?«

Poppy zog den Vorhang zurück und zeigte in den Himmel. »Den Sonnenaufgang beobachten.« Sie legte den Kopf schief und schaute mich an. »Ich weiß, es ist eine Weile her, aber hast du vergessen, dass ich das immer gemacht habe?«

Eine Welle der Wärme durchflutete mich. Ich hatte es nicht vergessen.

Ich stand auf und gestattete mir ein kurzes Auflachen. Doch dann verstummte ich abrupt wieder. Poppy bemerkte es und kam mit einem traurigen Seufzen zurück zu mir. Ich sah sie an und wollte sie nur noch in die Arme ziehen und ihren Mund mit meinem erobern.

Poppy studierte mein Gesicht und nahm dann meine Hand. Verblüfft starrte ich auf ihre Finger um meine. Sie sahen so klein aus, als sie sacht meine Hand drückten. »Es ist okay, weißt du?«

»Was?«, fragte ich.

Poppy ließ meine Hand nicht los und hob die andere an mein Gesicht. Sie ging auf die Zehenspitzen und legte die Fingerspitzen auf meine Lippen.

Mein Herz schlug ein klein wenig schneller.

»Lachen ist okay.« Ihre Stimme klang sanft wie eine Feder. »Lächeln ist in Ordnung. Es ist okay, sich glücklich zu fühlen. Was ist denn sonst der Sinn des Lebens?« Ihre Worte trafen mich hart. Denn ich wollte das alles nicht tun oder empfinden. Ich fühlte mich schuldig, wenn ich nur daran dachte, glücklich zu sein.

»Rune«, sagte Poppy. Ihre Hand glitt abwärts und ruhte an meinem Nacken. »Ich weiß, wie du dich gerade fühlst. Ich muss damit nun schon eine Weile klarkommen. Aber für mich ist es schrecklich, wenn ich die Menschen, die mir am liebsten sind und die ich von ganzem Herzen liebe, verletzt und aufgewühlt sehe.«

Ihre Augen schimmerten, und ich fühlte mich noch schlechter. »Poppy …«, begann ich und legte meine Hand auf ihre.

»Das ist schlimmer als jeder Schmerz. Es ist schlimmer, als sich dem Tod zu stellen. Zu sehen, wie meine Krankheit denen, die ich liebe, alle Freude aussaugt, ist das Schlimmste von allem.« Sie schluckte, holte leise Luft und flüsterte: »Meine Zeit ist begrenzt. Das wissen wir alle. Also will ich, dass diese Zeit etwas Besonderes ist …« Poppy lächelte. Und es war eines ihrer breiten, strahlenden Lächeln. Die Art, bei der sogar ein wütender Kerl wie ich einen Lichtschimmer ausmachen konnte. »So besonders, wie es nur geht.«

Und so lächelte ich.

Ich ließ sie das Glück sehen, das sie in mir weckte. Ich ließ sie sehen, dass diese Worte – die Worte unserer Kindheit – die Finsternis durchbrochen hatten.

Zumindest für den Moment.

»Einfrieren«, sagte Poppy plötzlich und kicherte leise.

»Was?« Ich hielt immer noch ihre Hand.

»Dein Lächeln«, antwortete sie. »Es ist ja noch da! Ich dachte, es sei eine Legende, ein Mythos, wie der Sasquatch oder das Ungeheuer von Loch Ness. Aber es ist da! Ich habe es mit eigenen Augen gesehen!« Poppy schlug in einer theatralischen Geste die Hände ans Gesicht und klimperte übertrieben mit den Wimpern.

Kopfschüttelnd versuchte ich diesmal, ein echtes Lachen zu unterdrücken. Als es sich wieder gelegt hatte, lächelte Poppy mich immer noch an. »Nur du«, sagte ich. Ihr Lächeln wurde weicher. Ich beugte mich ein wenig vor und zog ihr den Kragen enger um den Hals. »Nur du kannst mich zum Lachen bringen.«

Poppy schloss einen Moment die Augen. »Dann werde ich das so oft wie möglich tun. Ich bringe dich zum Lächeln.« Sie stellte sich auf die Zehenspitzen, bis unsere Gesichter sich fast berührten. »Ich bin wild entschlossen.«

Draußen zwitscherte ein Vogel, und ihr Blick glitt zum Fenster. »Wir müssen gehen, wenn wir rechtzeitig da sein wollen«, drängte sie und wich dann zurück. Der Moment war vorbei.

»Dann los«, antwortete ich, zog meine Stiefel an und folgte ihr. Ich hob ihren Rucksack auf und warf ihn mir über die Schulter; Poppy lächelte in sich hinein.

Ich öffnete das Fenster. Sie hastete zum Bett und kam mit einer Wolldecke in den Händen zurück. »So früh ist es kalt.«

»Ist der Parka nicht warm genug?«

Poppy hielt die Decke an ihre Brust. »Die ist für dich.« Sie zeigte auf mein T-Shirt. »Du wirst im Wäldchen frieren.«

»Du weißt, ich bin Norweger, oder?«, fragte ich trocken.

Poppy nickte. »Du bist ein wahrhafter Wikinger.« Sie beugte sich vor. »Und, unter uns gesagt, du bist wirklich gut in Abenteuern, ganz wie vorhergesagt.«

Ich schüttelte belustigt den Kopf. Sie ließ die Hand auf meinem Arm ruhen.

»Aber, Rune?«

»Ja?«

»Sogar Wikingern wird mal kalt.«

Ich nickte zum offenen Fenster. »Na los, sonst verpassen wir den Sonnenaufgang.«

Immer noch lächelnd, schlüpfte Poppy zum Fenster hinaus, und ich folgte ihr. Der Morgen war kalt, und der Wind wehte stärker als in der Nacht zuvor.

Er blies Poppy das Haar ins Gesicht. Ich war besorgt, dass ihr kalt werden und sie sich erkälten würde, also griff ich nach ihrem Arm und drehte sie zu mir. Sie wirkte überrascht, bis ich die schwere Kapuze über ihren Kopf zog.

Ich band sie zu, damit sie nicht verrutschte. Poppy musterte mich die ganze Zeit, und unter ihrer andächtigen Aufmerksamkeit wurden meine Bewegungen langsamer. Als die Schleife gebunden war, sah ich ihr tief in die Augen.

»Rune«, sagte sie nach kurzem Schweigen. »Ich kann dein Licht noch sehen. Unter dem Zorn bist du noch da.«

Darauf wich ich überrascht zurück. Ich wusste nicht, was ich erwidern sollte, und warf einen Blick hinauf zum Himmel. Es wurde langsam heller. Ich ging voran. »Kommst du?«

Poppy seufzte und schloss eilig zu mir auf. Ich schob die Hände in die Taschen, als wir schweigend zum Wäldchen schlenderten. Auf dem Weg sah sie sich die ganze Zeit um. Stirnrunzelnd fragte ich mich, was sie so in seinen Bann zog. Waren es die Vögel, die Bäume oder das Gras, das sich im Wind bewegte? Aber so war Poppy eben; sie tanzte immer zu ihrer eigenen Musik. Sie sah stets mehr in der Welt als jeder andere Mensch, den ich kannte.

Sie sah das Licht, das die Dunkelheit durchbrach. Sie sah durch alles Schlechte hindurch das Gute.

Es war die einzige Erklärung, die mir einfiel, warum sie mir nicht gesagt hatte, dass ich sie in Ruhe lassen solle. Ich wusste, sie fand mich verändert. Auch wenn sie es mir nicht gesagt hätte, hätte ich es an der Art erkannt, wie sie mich ansah. Manchmal war ihr Blick wachsam.

So hätte sie mich früher nie angesehen.

Als wir ins Wäldchen kamen, wusste ich schon, wo wir sitzen würden. Wir gingen zu dem größten Baum – unserem Baum –, und Poppy öffnete den Rucksack. Sie holte eine Picknickdecke heraus, auf der wir sitzen konnten.

Sie breitete sie aus und bedeutete mir, Platz zu nehmen. Ich gehorchte und lehnte mich mit dem Rücken an den breiten Baumstamm. Poppy saß mitten auf der Decke, lehnte sich zurück und stützte sich auf den Händen auf.

Der Wind hatte sich gelegt. Sie zog die Schleife auf und schob die Kapuze zurück. Ihre Aufmerksamkeit richtete sich auf den heller werdenden Horizont. Der Himmel war nun grau, durchsetzt mit immer kräftiger werdendem Rot und Orange.

Ich griff in meine Tasche, holte die Zigaretten heraus und steckte mir eine an. Ich nahm einen tiefen Zug und spürte genau den Moment, in dem der Rauch meine Lunge erreichte.

Langsam stieß ich ihn aus, und er waberte um mich herum. Poppy musterte mich eingehend. Ich ließ den Arm auf meinem hochgezogenen Knie ruhen und erwiderte ihren Blick.

»Du rauchst.«

»*Ja.*«

»Du willst nicht damit aufhören?«, fragte sie. An ihrer Stimme hörte ich, dass das eine Aufforderung war. Und an dem aufflackernden Lächeln auf ihren Lippen konnte ich sehen, dass sie wusste, dass ich sie verstanden hatte.

Ich schüttelte den Kopf. Das Rauchen beruhigte mich, und ich würde in nächster Zeit nicht damit aufhören.

Wir saßen schweigend da, bis Poppy mit einem Blick auf die aufgehende Sonne fragte: »Hast du in Oslo je den Sonnenaufgang beobachtet?«

Ich betrachtete den rosaroten Horizont. Die Sterne verblassten langsam in einem Fächer aus Licht. »Nein.«

»Warum nicht?« Poppy wandte sich mir zu.

Ich nahm noch einen Zug und legte den Kopf in den Nacken, um den Rauch auszuatmen. Dann zuckte ich mit den Schultern. »Ist mir nie in den Sinn gekommen.«

Poppy seufzte und drehte sich wieder weg. »Was für eine verschwendete Gelegenheit«, sagte sie und winkte in Richtung Himmel. »Ich war nie außerhalb der Vereinigten Staaten, habe niemals irgendwo anders einen Sonnenaufgang gesehen. Doch du warst in Norwegen und bist nie früher aufgestanden, um mitzuerleben, wie ein neuer Tag anbricht.«

»Hast du einen Sonnenaufgang gesehen, hast du alle gesehen«, antwortete ich.

Poppy schüttelte traurig den Kopf. Der Blick, mit dem sie mich dann bedachte, war voll Bedauern und krampfte mir den Magen zusammen. »Das ist nicht wahr«, widersprach sie. »Jeder Tag ist anders. Die Farben, die Schattierungen, die Wirkung auf deine Seele.« Sie seufzte. »Jeder Tag ist ein Geschenk, Rune. Wenn ich aus den letzten beiden Jahren eins gelernt habe, dann das.«

Ich schwieg.

Poppy legte den Kopf in den Nacken und schloss die Augen. »Wie dieser Wind. Er ist kalt, weil früher Winter ist, und die Leute laufen davor weg. Sie bleiben in ihren Häusern, um es warm zu haben. Aber ich umarme ihn. Ich genieße das Gefühl des Windes auf meinem Gesicht, die Hitze der Sonne auf meinen Wangen im Sommer. Ich will im Regen tanzen. Ich träume davon, im Schnee zu liegen und seine Kälte in den Knochen zu spüren.« Sie öffnete die Augen. Die Sonne fing langsam an, sich in den Himmel zu erheben. »Während meiner Behandlung, als ich ans Krankenhausbett gefesselt war, Schmerzen hatte und jede Perspektive meines Lebens mich schier verrückt machte, brachte ich die Krankenschwestern immer dazu, mein Bett zum Fenster zu drehen. Der Sonnenaufgang jeden Morgen beruhigte mich und gab mir meine Kraft zurück. Er erfüllte mich mit Hoffnung.«

Ein Häufchen Asche fiel neben mir auf die Erde. Mir wurde klar, dass ich mich nicht gerührt hatte, seit sie sprach. Sie drehte sich zu mir.

»Wenn ich aus diesem Fenster sah und dich so sehr vermisste, dass es noch mehr wehtat als die Nebenwirkungen der Chemo, dann starrte ich immer in den anbrechenden Tag und dachte an dich. Ich stellte mir vor, wie du dir den Sonnenaufgang in Norwegen ansiehst, und das hat mir Frieden gebracht.«

Ich sagte nichts.

»Warst du denn auch nur einmal glücklich? Gab es keine Momente in den letzten beiden Jahren, in denen du nicht traurig oder wütend warst?«

Das zornige Feuer in meinem Bauch loderte wieder auf, und ich schüttelte den Kopf. »Nein«, antwortete ich und schnippte meine verlöschte Zigarette auf den Boden.

»Rune«, flüsterte Poppy. Ich sah das Schuldgefühl in ihren Augen. »Ich dachte, du würdest am Ende dein Leben weiterleben.« Sie senkte den Blick, doch als sie wieder aufsah, brach sie mir vollkommen das Herz. »Ich habe es getan, weil wir nie dachten, dass ich überhaupt so lange durchhalten würde.« Ein schwaches und zugleich seltsam kraftvolles Lächeln trat in ihr Gesicht. »Mir wurde mehr Zeit geschenkt. Mir wurde Leben geschenkt« – sie holte tief Luft – »und jetzt, zu all den Wundern, die ich immer wieder erlebe, bist auch noch du zurückgekehrt.«

Ich wandte den Kopf ab. Ich konnte nicht ruhig bleiben und kam kaum damit klar, dass Poppy so beiläufig über ihren Tod und so glücklich über meine Rückkehr redete. Ich merkte, wie sie sich rührte, um sich näher neben mich zu setzen. Ihr süßer Duft hüllte mich ein, und ich schloss die Augen und atmete angestrengt weiter, als ich spürte, wie ihr Arm sich an meinen drückte.

Wieder herrschte Stille zwischen uns, die die Luft verdichtete. Dann legte Poppy die Hand auf meine. Ich öffnete die Augen, als sie zur Sonne zeigte, die jetzt schneller aufging und den neuen Tag einläutete. Ich lehnte den Kopf nach hinten an die raue Rinde und sah zu, wie rosaroter Dunst über das dürre Wäldchen flutete. Meine Haut bebte in der Kälte. Poppy hob die Wolldecke neben sich auf, um sie über uns beide zu breiten.

Als die dicke Decke uns mit ihrer Wärme umhüllte, verschränkte Poppy die Finger mit meinen. Wir beobachteten die Sonne, bis der Tag hell angebrochen war.

Ich hatte das Bedürfnis, aufrichtig zu sein. Also schob ich

meinen Stolz beiseite und gestand: »Du hast mich verletzt.« Meine Stimme klang heiser und leise.

Poppy versteifte sich.

Ich sah ihr nicht in die Augen; ich konnte nicht. Dann fuhr ich fort: »Du hast mir vollkommen das Herz gebrochen.«

Die dichten Wolken verschwanden, und der Himmel wandelte sich von Rosarot zu Blau. Als der Morgen dämmerte, merkte ich, wie Poppy sich bewegte – sie wischte eine Träne weg.

Ich zuckte zusammen, denn ich war sauer auf mich, weil ich sie so aufgewühlt hatte. Aber sie hatte wissen wollen, warum ich rund um die Uhr zornig war. Sie wollte wissen, weshalb ich mir nie einen verdammten Sonnenaufgang ansah, warum ich mich verändert hatte. Das war die Wahrheit. Und ich lernte gerade sehr schnell, dass die Wahrheit manchmal nur schwer zu ertragen war.

Poppy unterdrückte schniefend ein Schluchzen, und ich hob den Arm und legte ihn ihr um die Schultern. Obwohl ich damit rechnete, dass sie abwehrte, sank sie an meine Seite und ließ zu, dass ich sie an mich drückte.

Ich konzentrierte mich auf den Himmel und biss die Zähne zusammen, als alles vor meinen Augen in Tränen verschwamm. Sie regte sich, doch ich hielt sie zurück.

»Rune«, sagte Poppy.

Ich schüttelte den Kopf. »Ist nicht wichtig.«

Poppy hob den Kopf und drehte mein Gesicht mit der Hand an meiner Wange zu sich. »Natürlich ist es wichtig, Rune. Ich habe dir wehgetan.« Sie schluckte die Tränen hinunter. »Das war nie meine Absicht. Ich wollte dich unbedingt beschützen.«

Ich schaute ihr forschend in die Augen, und da erkannte ich es. Sosehr es mich verletzt hatte, sosehr ihr abruptes Schweigen mich zerstört und kopfüber an einen Ort der Verzweiflung geschleudert hatte, konnte ich sehen, dass sie es getan hatte, weil sie mich liebte und weil sie gewollt hatte, dass ich mein Leben weiterführte.

»Ich weiß«, sagte ich und drückte sie enger an mich.

»Hat nicht funktioniert.«

»Nein«, pflichtete ich ihr bei und drückte ihr einen Kuss auf den Scheitel. Als sie zu mir aufsah, strich ich ihr die Tränen aus dem Gesicht.

»Was jetzt?«, fragte sie.

»Was möchtest du denn, das jetzt passieren soll?«

Poppy seufzte und sah mich mit einem entschlossenen Ausdruck an. »Ich will den alten Rune zurück.« Mir sank das Herz, und ich schob mich nach hinten. Poppy hielt mich auf. »Rune …«

»Ich bin nicht mehr der alte Rune. Und ich bin nicht sicher, ob ich der je wieder sein werde.« Ich ließ den Kopf hängen, zwang mich dann aber, sie anzusehen. »Ich will dich noch so wie zuvor, *Poppymin*, auch wenn du mich nicht willst.«

»Rune«, flüsterte sie. »Ich habe dich gerade erst wieder. Dieses neue Ich von dir kenne ich nicht. Mein Kopf ist wie vernebelt. Ich habe nie damit gerechnet, dass du nach alldem wieder bei mir wärst. Ich bin … ich bin verwirrt.« Sie drückte meine Hand. »Aber gleichzeitig fühle ich mich ganz voll mit neuem Leben. Mit dem Versprechen, dass es uns wieder geben wird. Und dem Wissen, dass ich dich zumindest in der Zeit, die mir noch bleibt, bei mir haben kann.« Ihre Worte tanzten in der Luft, als sie nervös fragte: »Oder?«

Ich fuhr mit dem Finger über ihre Wange. »*Poppymin*, du hast mich bei dir. Du wirst mich immer bei dir haben.« Ich räusperte mich, um den Kloß im Hals zu vertreiben, und sagte: »Ich mag anders sein als der Junge, den du kanntest, doch ich gehöre dir.« Ich grinste humorlos. »Für immer und ewig.«

Poppys Blick wurde sanfter. Sie knuffte mich gegen die Schulter und lehnte den Kopf daran.

»Es tut mir leid«, flüsterte sie.

Ich drückte sie an mich, so fest ich konnte. »Gott, *mir* tut es leid, Poppy. Ich weiß nicht …« Ich brachte den Satz nicht zu Ende. Aber Poppy wartete geduldig, bis ich den Kopf senkte und fortfuhr: »Ich weiß nicht, wieso du nicht unter alldem zusammenbrichst. Ich weiß nicht, wieso du nicht … Ich weiß einfach nicht, woher du die Kraft findest weiterzumachen.«

»Weil ich das Leben liebe.« Sie zuckte mit den Schultern. »Schon immer.«

Mir war, als sähe ich eine ganz neue Seite an Poppy. Oder vielleicht war es eine Erinnerung an das Mädchen, zu dem ich sie immer heranwachsen gesehen hatte.

Poppy zeigte zum Himmel. »Ich bin die, die früh aufwacht, um den Sonnenaufgang zu beobachten. Ich bin die, die das Gute in jedem sehen will, die, die sich von einem Lied, von Kunst inspirieren und davontragen lässt.« Sie drehte sich zu mir und lächelte. »Diese Art Mädchen bin ich, Rune. Die, die den Regen und Sturm abwartet, nur um einen Blick auf den Regenbogen zu erhaschen. Wieso unglücklich sein, wenn man glücklich sein kann? Für mich ist die Wahl offensichtlich.«

Ich hob ihre Hand an meinen Mund und drückte einen Kuss auf ihren Handrücken. Ihre Atmung veränderte und beschleunigte sich. Dann hob Poppy unsere verschränkten Hände an den Mund und drehte sie so, dass sie einen Kuss auf meine Hand drücken konnte. Dann legte sie unsere Hände in den Schoß und malte mit dem Zeigefinger der anderen Hand kleine Muster auf meine Haut. Mein Herz schmolz dahin, als mir klar wurde, was sie malte – Unendlichkeitszeichen. Perfekte liegende Achten.

»Ich weiß, was vor mir liegt, Rune. Ich bin nicht naiv. Aber ich habe auch den starken Glauben, dass am Leben mehr dran ist als das, was wir im Augenblick haben, auf dieser Welt. Ich glaube, dass der Himmel auf mich wartet und dass ich, wenn ich meinen letzten Atemzug tue und meine Augen in diesem Leben schließe, im nächsten Leben erwachen werde, gesund und in Frieden. Das glaube ich von ganzem Herzen.«

»Poppy«, keuchte ich. Der Gedanke, sie zu verlieren, riss mich innerlich auseinander, während ich zugleich unglaublich stolz auf ihre Stärke war. Sie faszinierte mich.

Poppy lächelte mir zu, ohne einen Funken von Furcht im schönen Gesicht. »Es wird alles gut, Rune. Versprochen.«

»Ich bin nicht sicher, ob für mich alles gut wird ohne dich.« Ich wollte nicht, dass sie sich meinetwegen schlecht fühlte, doch das war meine Wahrheit.

»Das wird es«, sagte sie zuversichtlich. »Weil ich an dich glaube.«

Ich antwortete nicht darauf. Was konnte ich da erwidern?

Poppy betrachtete die kahlen Bäume um uns. »Ich kann es gar nicht erwarten, bis sie wieder blühen. Ich vermisse den Anblick hübscher rosaroter Blütenblätter. Ich vermisse es, in dieses Wäldchen zu kommen und das Gefühl zu haben, als wäre ich in einem Traum.« Sie hob die Hand und strich über einen tief hängenden Ast.

Dann warf sie mir ein aufgeregtes Lächeln zu und sprang auf. Ihr Haar wehte im Wind. Sie lief aufs Gras und streckte die Hände in die Luft, legte den Kopf in den Nacken, und sie lachte. Ein Lachen, das mit reiner Hingabe aus ihrer Kehle kam.

Ich rührte mich nicht; ich konnte nicht. Ich war fasziniert und konnte nicht aufhören, Poppy zuzusehen, als sie anfing, sich zu drehen, während der Wind durch das Wäldchen blies und ihr Lachen mit sich trug.

Ein Traum, dachte ich. Sie hatte recht. Poppy, eingemummelt in ihren Parka, die sich im frühmorgendlichen Wäldchen drehte, sah genau wie eine Traumgestalt aus.

Sie war wie ein Vogel: am schönsten im freien Flug.

»Kannst du es fühlen, Rune?«, fragte sie mit immer noch geschlossenen Augen, während sie die wärmende Sonne in sich aufsaugte.

»Was?«, fragte ich, als ich meine Stimme wiederfand.

»Das Leben!«, rief sie und lachte noch mehr, als der Wind drehte und sie fast umwehte. »Das Leben«, sagte sie leise, wurde ganz still und stemmte die Füße in das trockene Gras. Ihre Haut war gerötet, und ihre Wangen waren vom Wind strapaziert. Doch nie hatte sie schöner ausgesehen als in diesem Augenblick.

Meine Finger zuckten. Als ich nach unten sah, wusste ich auch sofort, warum. Der Drang, Poppy auf Film zu bannen, nagte an mir. Es war ein natürliches Bedürfnis. Poppy hatte mir einmal erklärt, ich sei damit zur Welt gekommen.

»Ich wünschte, Rune«, sagte sie, und ich blickte auf, »ich wünschte, die Menschen würden erkennen, wie sich das jeden Tag anfühlt. Wieso braucht es ein Leben, das zu Ende geht, um zu lernen, jeden Tag wertzuschätzen? Warum müssen wir warten, bis uns die Zeit davonläuft, bevor wir anfangen, all das zu unternehmen, wovon wir geträumt haben, wenn wir doch vorher alle Zeit der Welt hatten? Warum sehen wir den Menschen, den wir am meisten lieben, nicht so an, als wäre es das letzte Mal, dass wir ihn je sehen? Denn wenn wir es täten, wäre das Leben so lebendig. Man würde das Leben so wahrhaft und vollständig *leben*.«

Poppy senkte langsam den Kopf. Über die Schulter schaute sie zu mir zurück und beschenkte mich mit einem Lächeln, das mich absolut fertigmachte. Ich sah das Mädchen an, das ich am meisten liebte, als wäre es das allerletzte Mal, dass ich sie bei mir hatte, und ich fühlte mich lebendig.

Es gab mir das Gefühl, der am meisten gesegnete Mensch auf diesem Planeten zu sein, weil ich sie hatte. Obwohl im Augenblick alles noch ungelenk und frisch war, wusste ich, ich hatte sie.

Und definitiv hatte sie mich.

Meine Beine standen ganz von allein auf, und die Decke glitt auf den grasbedeckten Boden des Wäldchens. Langsam ging ich zu Poppy und sog ihren Anblick ganz in mich auf.

Sie sah zu, wie ich zu ihr kam. Als ich vor ihr stand, neigte sie den Kopf, und verlegene Röte kroch ihr über den Hals in die Apfelbäckchen.

Der Wind hüllte uns ein. »Fühlst du es, Rune? Wahrhaft?«

Ich wusste, sie meinte den Wind auf meinem Gesicht und die Sonnenstrahlen.

Lebendig.

Lebhaft.

Ich nickte und antwortete damit auf eine vollkommen andere Frage. »Ich fühle es, *Poppymin*. Wahrhaft.«

Und in diesem Moment veränderte sich etwas in mir. Ich konnte nicht daran denken, dass ihr nur noch Monate blieben.

Ich musste mich auf den Moment konzentrieren.

Ich musste ihr helfen, sich so lebendig wie möglich zu fühlen, solange ich sie wieder an meiner Seite hatte.

Ich musste ihr Vertrauen zurückgewinnen. Ihre Seele. Ihre Liebe.

Poppy kam näher zu mir und strich mit der Hand über meinen bloßen Arm. »Dir ist kalt«, erklärte sie.

Mir war egal, ob ich unterkühlt war. Ich legte die Hand an ihren Nacken, beugte mich vor und suchte in ihrem Gesicht nach einem Zeichen dafür, dass sie diesen Schritt nicht wollte. Ihre grünen Augen flammten auf, aber nicht abwehrend.

Davon angespornt, als ich sah, wie ihre Lippen sich leicht öffneten und ihre Augen sich flatternd schlossen, legte ich den Kopf schief und fuhr mit der Nasenspitze an ihrem Mund vorbei über die Wange. Poppy schnappte nach Luft, doch ich machte weiter, bis ich den Puls an ihrem Hals erreichte: Er pochte rasend schnell.

Ihre Haut war warm vom Tanz im Wind, doch gleichzeitig zitterte sie. Ich wusste, das lag an mir.

Ich überwand die letzte Entfernung, drückte meine Lippen auf ihren galoppierenden Puls, kostete ihre Süße und fühlte meinen eigenen Herzschlag ebenso schnell pochen.

Lebendig.

Ein Leben, das so wahrhaft und vollständig gelebt wird.

Ein leises Wimmern kam über Poppys Lippen, und ich wich zurück und suchte ihren Blick. Ihre grünen Augen leuchteten, und ihre Lippen waren rosa und voll. Ich ließ die Hand sinken, trat einen Schritt zurück und sagte: »Lass uns gehen. Du brauchst Schlaf.«

Poppy sah hinreißend verdutzt aus. Ich ließ sie, wo sie war, und sammelte unsere Sachen ein. Als ich fertig war, stand sie noch genau da, wo ich sie hatte stehen lassen.

Ich deutete mit dem Kopf in Richtung ihres Zuhauses, und Poppy ging neben mir her. Mit jedem Schritt grübelte ich über die letzten zwölf Stunden nach. Über die Achterbahn der Gefühle, die Tatsache, dass ich die Hälfte meines Herzens zurückbekommen hatte, nur um herauszufinden, dass es bloß vorübergehend war. Ich dachte daran, wie ich Poppys Gesicht geküsst und neben ihr im Bett gelegen hatte.

Dann dachte ich an das Einmachglas. Das halb leere Glas mit den eintausend Jungsküssen. Aus irgendeinem Grund störte mich der kurze Anblick leerer Papierherzen am meisten. Poppy liebte dieses Glas. Es war eine Herausforderung, die ihre Grandma ihr gestellt hatte. Eine Herausforderung, die durch meine zweijährige Abwesenheit stumpf geworden war.

Ich warf Poppy einen Blick zu, die gerade einen Vogel in einem Baum betrachtete und lächelte, während der vom obersten Ast aus sein Lied sang. Als sie meinen Blick fühlte, drehte sie sich zu mir um, und ich fragte: »Du magst immer noch Abenteuer?«

Poppys Grinsen von einem Ohr zum anderen beantwortete meine Frage unmittelbar. »Ja«, sagte sie, »und neuerdings ist jeder Tag ein Abenteuer.« Sie senkte den Blick. »Ich weiß, die nächsten paar Monate werden eine interessante Herausforderung, doch ich bin bereit, sie anzunehmen. Ich versuche, jeden Tag bis zum Letzten auszukosten.«

Ich ignorierte den Schmerz, den ihre Bemerkung in mir auslöste, während sich in meinem Kopf ein Plan formte. Poppy blieb stehen. Wir hatten den Rasen zwischen unseren Häusern erreicht.

Als wir vor ihrem Fenster standen, drehte sie sich zu mir um. Und sie wartete darauf, was ich als Nächstes tun würde. Ich kam langsam zu ihr, legte Rucksack und Decke auf den Boden und richtete mich wieder auf, die Hände gesenkt.

»Also?«, fragte sie mit einem Anflug von Belustigung in der Stimme.

»Also«, antwortete ich. Bei ihrem Zwinkern konnte ich mein Lächeln nicht unterdrücken. »Schau, Poppy«, fing ich an und wippte auf den Füßen, »du glaubst, du kennst den Menschen nicht, der ich jetzt bin. Also gib mir eine Chance. Lass mich ihn dir zeigen. Lass uns ein neues Abenteuer anfangen.«

Ich spürte, wie meine Wangen vor Verlegenheit heiß wurden, doch plötzlich nahm Poppy meine Hand. Nachdenklich starrte ich auf unsere Hände, und dann schüttelte Poppy sie zweimal. Mit einem breiten Lächeln im Gesicht und tiefen, stolzen Grübchen verkündete sie: »Ich bin Poppy Litchfield, und du bist Rune Kristiansen. Das hier ist Händeschütteln. Meine Grandma hat mir erklärt, dass man so etwas macht, wenn man jemanden nicht kennt. Und jetzt sind wir Freunde. *Beste* Freunde.«

Poppy sah durch ihre Wimpern zu mir auf, und ich lachte. Ich lachte und erinnerte mich an den Tag, an dem ich ihr begegnet war. Als wir fünf Jahre alt gewesen waren und ich sie durch ihr Fenster hatte klettern sehen, in einem schmutzigen blauen Kleid und mit einer großen weißen Schleife im Haar.

Poppy wollte ihre Hand wieder wegnehmen, aber ich hielt sie fest. »Geh heute Abend mit mir aus.«

Sie wurde ganz still.

»Ein Date«, fuhr ich verlegen fort. »Ein echtes Date.«

Poppy schüttelte ungläubig den Kopf. »Wir hatten zuvor nie wirklich ein Date, Rune. Wir waren nur immer … *da.*«

»Dann fangen wir jetzt damit an. Ich hole dich um sechs Uhr ab. Sei bereit.«

Ich drehte mich um und marschierte zu meinem Fenster, als ginge ich davon aus, dass ihre Antwort ein Ja war. Die Wahrheit war: Ich wollte ihr auf keinen Fall die Chance geben, Nein zu sagen. Ich wollte das für sie tun.

Ich würde mein verdammt Bestes tun, um sie glücklich zu machen.

Ich würde sie zurückgewinnen.

Und zwar als der Rune, der ich jetzt war.

Das war die einzige Option, die wir hatten.

Hier ging es um uns.

Das war unser neues Abenteuer.

Eines, bei dem sie sich lebendig fühlen würde.

9

Erste Dates und Lächeln mit Grübchen

Poppy

»Du hast ein Date?«, fragte Savannah, die mit Ida auf meinem Bett lag. Die beiden betrachteten mein Gesicht im Spiegel und sahen zu, wie ich meine Unendlichkeitsohrringe ansteckte und noch einmal Wimperntusche auftrug.

»Ja, ein Date«, antwortete ich.

Ida und Savannah wechselten einen Blick aus großen Augen. Ida drehte sich wieder zu mir um. »Mit *Rune?* Rune Kristiansen?«

Dieses Mal drehte ich mich zu den beiden um. Der Schock in ihren Gesichtern war beunruhigend. »Ja, mit Rune. Warum seid ihr so überrascht?«

Savannah setzte sich auf und stützte die Hände auf die Matratze. »Weil der Rune Kristiansen, von dem alle reden, nicht auf *Dates* gehen würde. Dieser Rune hängt auf dem Feld ab, raucht und trinkt. Er redet nicht. Der Rune guckt finster und lächelt nicht. Er ist als ein anderer Mensch aus Norwegen zurückgekommen.«

Ich starrte Savannah an und erkannte die Besorgnis in ihrem Gesicht. Mir krampfte sich der Magen zusammen, als ich mir anhörte, was die Leute offensichtlich über Rune redeten.

»Ja, aber alle Mädchen stehen auf ihn«, mischte sich Ida ein und warf mir ein Lächeln zu. »Sie waren eifersüchtig auf dich, als du mit ihm zusammen warst, bevor er weggegangen ist. Die werden jetzt regelrecht umkommen!«

Kaum waren die Worte über Idas Lippen, erstarb ihr Lächeln langsam. »Weiß er Bescheid?«

Savannah sah inzwischen ebenso traurig aus. So traurig, dass ich mich abwenden musste. Ich konnte den Ausdruck in ihren Gesichtern nicht ertragen.

»Poppy?«, sagte Savannah.

»Er weiß es. Ja.«

»Wie hat er es aufgenommen?«, fragte Ida zaghaft.

Ich lächelte trotz des aufblitzenden Schmerzes in meinem Herzen und zuckte mit den Schultern. »Nicht gut.«

Savannahs Augen begannen zu glitzern. »Es tut mir leid, Pops.«

»Ich hätte den Kontakt nicht zu ihm abbrechen dürfen«, stellte ich fest. »Deshalb ist er die ganze Zeit so wütend. Deshalb ist er so distanziert. Ich habe ihn tief verletzt. Als ich es ihm gesagt habe, sah es so aus, als würde ihn das zerstören, doch dann hat er mich um ein Date gebeten. *Mein* Rune, der mich endlich, nach so vielen Jahren, auf ein Date ausführt.«

Ida wischte sich schnell über die Wange. »Wissen es Mama und Daddy?«

Ich verzog das Gesicht und schüttelte den Kopf. Meine Schwestern tauschten einen Blick, sahen dann mich an, und Sekunden später lachten wir alle los.

Ida rollte auf den Rücken und hielt sich den Bauch. »Oh, mein Gott, Pops! Daddy flippt aus! Seit die Kristiansens wieder da sind, redet er nur noch davon, dass Rune sich zum Nachteil verändert hat und wie respektlos er sich verhält, weil er raucht und seinen Papa anschreit.« Sie drehte sich um und setzte sich auf. »Er wird dich nicht gehen lassen.«

Mein Lachen erstarb. Ich wusste, Mama und Daddy waren besorgt über Runes Verhalten, aber ich hatte nicht gewusst, wie schlecht sie über ihn urteilten.

Plötzlich klingelte es an der Haustür.

Wir sahen uns mit großen Augen an. Ich runzelte die Stirn. »Das kann nicht Rune sein«, rief ich überrascht. Er kam immer zu meinem Fenster. Er war nie so formell, das waren einfach nicht *wir*. Und ganz bestimmt war es nicht seine Art.

Savannah sah auf die Uhr auf meinem Nachttisch. »Es ist sechs Uhr. Wollte er dich nicht um die Zeit abholen?«

Nach einem letzten Blick in den Spiegel schnappte ich mir meinen Mantel und eilte zur Zimmertür hinaus, meine Schwestern auf den Fersen. Hinter der Ecke des Flurs sah ich, wie Daddy die Tür öffnete und seine Gesichtszüge entgleisten, als er erkannte, wer draußen stand.

Savannah und Ida blieben neben mir stehen. Ida nahm meine Hand, und wir hörten eine vertraute Stimme. »Mr Litchfield.«

Mein Herz setzte einen Schlag aus. Ich beobachtete, wie Daddy verwirrt den Kopf hob.

»Rune? Was machst du hier?« Daddy war höflich wie immer, aber in seinem Ton lag eine gewisse Wachsamkeit, ein Anflug von Sorge, vielleicht sogar eine tiefere Unruhe.

»Ich bin wegen Poppy hier«, erklärte Rune, und Daddys Hand am Türknauf spannte sich an.

»Wegen Poppy?«, wiederholte er, um sicherzugehen. Ich spähte um die Ecke in der Hoffnung, einen Blick auf Rune zu erhaschen. Ida drückte meinen Arm.

»*OMG!*«, formte meine Schwester dramatisch mit den Lippen.

Ich schüttelte den Kopf und lachte lautlos. Sie konzentrierte sich wieder auf Daddy, doch ich betrachtete noch einen Augenblick länger ihr aufgeregtes Gesicht. Es waren Momente wie dieser, die mich am härtesten trafen: die sorglosen Momente, in denen wir einfach drei Schwestern waren, die über Dates plauderten. Dann spürte ich ein Augenpaar, das mich beobachtete, und drehte mich zu Savannah um.

Sie sagte mir ohne Worte, dass sie es verstand.

Savannah drückte mir die Hand auf die Schulter, als ich Rune antworten hörte: »Ich führe sie aus, Sir.« Er zögerte kurz. »Auf ein Date.«

Daddy schwieg, und ich drängte mich vor. Als ich zur Tür wollte, um Rune zu erlösen, flüsterte mir Ida ins Ohr: »Poppy, du bist meine neue Heldin. Schau nur, Daddys Gesicht!«

Wir konnten es nur im Profil sehen. Ich verdrehte die Augen und lachte. Savannah schnappte sich Ida und zog sie mit sich außer Sichtweite. Aber trotzdem würden die beiden weiter zuschauen, das wusste ich. Das hier würden sie sich um nichts auf der Welt entgehen lassen.

Nervosität durchfuhr mich, als ich zur Tür ging. Daddy schüttelte den Kopf. Doch dann richtete sich sein Blick auf mich.

Verwirrt musterte er mein Kleid, die Schleife in meinem Haar und mein Make-up, und er wurde blass. »Poppy?«

»Hey, Daddy«, antwortete ich. Die Tür verdeckte Rune immer noch, doch durch das Buntglasfenster erkannte ich seine verschwommene, dunkle Gestalt. Ich konnte seinen frischen Duft in der kühlen Brise riechen, die ins Haus wehte.

Mein Herz hämmerte vor Vorfreude.

Daddy zeigte auf Rune. »Der Junge hier scheint zu glauben,

dass er dich ausführt.« Er sagte es, als könnte das gar nicht wahr sein, aber ich hörte Zweifel in seiner Stimme.

»Ja«, bestätigte ich.

Hinter uns vernahm ich das gedämpfte Flüstern meiner Schwestern und sah, wie Mama uns aus dem Schatten im Wohnzimmer beobachtete.

»Poppy …«, fing Daddy an, doch ich trat vor und fiel ihm ins Wort.

»Es ist gut«, beteuerte ich. »Es ist okay für mich.« Daddy stand da wie erstarrt. Ich nutzte den unbehaglichen Moment, um zur Tür zu gehen und Rune zu begrüßen.

Mir blieb die Luft weg, und mein Herz geriet ins Stolpern.

Rune war wie immer ganz in Schwarz gekleidet: T-Shirt, Jeans, Lederstiefel und Motorradjacke aus Leder. Sein langes Haar war offen. Ich genoss den Augenblick, als er die Hand hob und sich damit durch die Haare fuhr. Er lehnte sich an den Türrahmen, und seine lässige Haltung wirkte ein kleines bisschen überheblich.

Als sein Blick auf mich fiel, loderte ein Licht darin auf. Langsam ließ er ihn über meinen Körper wandern, über mein langärmliges gelbes Kleid, meine Beine und wieder aufwärts zu der weißen Schleife seitlich im Haar. Seine bebenden Nasenflügel und die sich weitenden Pupillen waren der einzige Beweis, dass Rune gefiel, was er sah.

Ich errötete und holte tief Luft. Die Atmosphäre war aufgeladen und angespannt, die Anspannung zwischen uns greifbar. In diesem Augenblick wurde mir klar, dass es möglich war, jemanden leidenschaftlich zu vermissen, obwohl erst Stunden seit dem letzten Zusammensein vergangen waren.

Daddys Räuspern holte mich zurück in die Gegenwart. Ich warf einen Blick über die Schulter und legte ihm beruhigend die Hand auf den Arm. »Bis später, Daddy, okay?«

Ohne seine Antwort abzuwarten, duckte ich mich unter seinem Arm, der an der Tür lehnte, hindurch und ging hinaus auf die Veranda. Rune stieß sich langsam vom Türrahmen ab und drehte sich um, um mir zu folgen. Am Ende der Auffahrt wandte ich mich ihm zu.

Sein eindringlicher Blick ruhte schon auf mir, und Rune biss die Zähne zusammen, als ich darauf wartete, dass er etwas sagte. Ich spähte über seine Schulter und sah, wie Daddy uns nachblickte, immer noch mit diesem besorgten Ausdruck im Gesicht.

Rune schwieg und deutete mit dem Kopf auf den Range Rover seiner Mamma. »Ich habe das Auto bekommen«, mehr sagte er nicht, als er weiterging.

Ich folgte ihm mit pochendem Herzen zum Wagen. Dabei konzentrierte ich mich auf den Boden, um meine Nerven zu beruhigen. Als ich aufblickte, hatte Rune die Beifahrertür für mich geöffnet. Und plötzlich war alle Nervosität verflogen.

Da stand er, wie ein finsterer Engel, sah mich an und wartete darauf, dass ich einstieg. Lächelnd ging ich an ihm vorbei, ließ mich auf den Sitz sinken und errötete vor Glück, als Rune sachte die Tür schloss und auf der Fahrerseite einstieg.

Wortlos startete er den Motor, den Blick durch die Windschutzscheibe auf unser Haus gerichtet. Dort stand Daddy starr wie eine Statue und sah zu, wie wir losfuhren.

Rune biss wieder die Zähne zusammen.

»Er will mich nur beschützen, das ist alles«, erklärte ich und brach damit das Schweigen. Rune musterte mich kurz von der Seite. Mit einem finsteren Blick auf Daddy lenkte er den Wagen hinaus auf die Straße, und das dichte Schweigen wurde immer intensiver, je weiter wir fuhren.

Rune hielt das Lenkrad fest in den Händen, und seine Fingerknöchel traten weiß hervor. Ich konnte den Zorn spüren, der in Wellen von ihm ausging. Es machte mich sehr traurig. Noch nie hatte ich jemanden mit so viel Wut in sich gesehen.

Ich konnte mir nicht vorstellen, jeden Tag so zu leben. Immer mit einem Gefühl, als hätte man Stacheldraht im Bauch, und so viel Schmerz im Herzen.

Nachdem ich tief Luft geholt hatte, drehte ich mich zu Rune um. »Alles okay bei dir?«

Er atmete hörbar durch die Nase aus und nickte. Mein Blick fiel auf seine Motorradjacke, und ich lächelte.

Rune hob die rechte Augenbraue. »Was ist?«, fragte er; seine tiefe Stimme vibrierte in meiner Brust.

»Nur du«, antwortete ich ausweichend.

Ich streckte die Hand aus und ließ sie über das abgewetzte Leder am Ärmel seiner Jacke wandern. Runes Muskeln wölbten sich unter meiner Hand.

»Ich kann sehen, wieso alle Mädchen in der Stadt für dich schwärmen«, sagte ich. »Das hat mir Ida heute Abend erzählt: dass sie alle eifersüchtig seien, weil ich ein Date mit dir habe.«

Rune runzelte die Augenbrauen, und ich musste lachen. Er rieb die Lippen aufeinander, und ich kicherte lauter, aber ich sah das Funkeln in seinen Augen. Er versuchte, seine Belustigung zu verbergen.

Mit einem leisen Seufzen wischte ich mir über die Augen. Ich registrierte, dass Runes Hände am Steuer sich etwas entspannt hatten. Seine Kinnmuskeln waren nicht mehr so angespannt, und seine Augen nicht mehr so schmal.

Ich ergriff die Gelegenheit, solange ich konnte, und erklärte: »Seit ich krank geworden bin, versucht Daddy, mich noch mehr zu beschützen. Er hasst dich nicht, Rune. Er kennt dich nur nicht mehr. Daddy wusste nicht einmal, dass wir wieder miteinander reden.«

Rune antwortete nicht.

Dieses Mal versuchte ich nicht, weiterzuplaudern. Es war deutlich, dass Rune wieder in trübe Stimmung verfallen war. Aber heutzutage wusste ich nicht recht, wie ich ihn da rausholen sollte. Ob ich es überhaupt noch konnte. Ich drehte mich um, um die Welt zu betrachten, die am Seitenfenster vorbeiflog. Ich hatte keine Ahnung, wohin es ging, und die Aufregung machte es mir unmöglich, still zu sitzen.

Plötzlich störte mich die Stille im Auto, also schaltete ich das Radio ein. Ich stellte meinen Lieblingssender ein, und die Wohlklänge meiner Lieblings-Girlband erfüllten das Auto.

»Ich liebe dieses Lied«, meinte ich fröhlich und rutschte auf meinem Sitz nach hinten, als die langsame Klaviermelodie in jeden Winkel des Wagens drang. Ich lauschte den ersten Takten und sang leise die gestraffte Akustikversion des Liedes mit, meine Lieblingsversion.

Träumerisch schloss ich die Augen und ließ den herzerweichenden Text in meinen Geist und durch meinen Mund wieder hinausfließen. Ich lächelte, als der Teil mit den Streichern im Hintergrund begann und die Emotionen mit seinen lieblichen Klängen noch tiefer werden ließ.

Deshalb liebte ich Musik.

Nur sie konnte mir den Atem rauben und der Geschichte eines Liedes so unfehlbar und tief greifend Leben verleihen. Ich öffnete die Augen und sah, dass aller Zorn aus Runes Gesicht verschwunden war. Er musterte mich immer wieder einmal von der Seite. Seine Hände packten das Lenkrad fester, aber in seiner Miene stand noch etwas anderes.

Mein Mund wurde trocken, als er mich wieder mit einem unlesbaren Ausdruck ansah. »Es geht in dem Lied um ein Mädchen, das einen Jungen leidenschaftlich liebt, von ganzem Herzen. Sie halten ihre Liebe geheim, doch sie will das nicht.

Sie möchte, dass die ganze Welt weiß, dass er ihr gehört und sie ihm.«

Da bat Rune zu meiner übergroßen Überraschung heiser: »Sing weiter.«

Ich erkannte es in seinem Gesicht: Er brauchte es, meine Stimme zu hören.

Also sang ich weiter.

Ich war keine starke Sängerin. Also sang ich es leise, aber wahrhaftig. Ich umarmte jedes Wort. Ich sang das Lied über Lieben und Geliebtwerden aus ganzem Herzen. Diese Worte, dieses leidenschaftliche Flehen, hatte ich gelebt.

Ich lebte es immer noch.

Als das letzte Wort verklang, öffnete ich die Augen und spürte einen Schmerz in der Brust über die ungefilterten Emotionen. Ein neues Lied fing an, das ich nicht kannte. Ich konnte Runes wachsamen Blick fühlen, aber es war mir aus irgendeinem Grund unmöglich, den Kopf zu heben.

Ich ließ den Kopf an die Kopfstütze sinken und starrte zum Fenster hinaus. »Wie sehr ich Musik liebe!«

»Ich weiß.« Runes Stimme klang fest, stark und deutlich. Doch in seinem Tonfall erkannte ich einen Anflug von Zärtlichkeit. Etwas Sanftes, Fürsorgliches. Ich drehte den Kopf zu ihm und lächelte, als unsere Blicke sich begegneten. Es war ein kleines und zaghaftes Lächeln, aber Rune atmete langsam aus, als er es sah.

Wir bogen links ab, dann noch einmal links und kamen auf eine dunkle Landstraße. Ich wandte den Blick nicht von Rune. Wie wahrhaft schön er war! In diesem Moment gestattete ich mir die Vorstellung, wie er in zehn Jahren aussehen würde. Er wäre breiter, da war ich mir sicher. Ich fragte mich, ob sein Haar dann immer noch lang sein würde. Was würde er wohl mit seinem Leben anfangen?

Ich betete, dass es etwas mit Fotografie zu tun haben würde.

Fotografie brachte ihm den gleichen seelenerhebenden Frieden wie mir die Musik. Aber seit seiner Rückkehr hatte ich seine Kamera nicht ein Mal gesehen. Er hatte selbst gesagt, dass er keine Fotos mehr schoss.

Das machte mich trauriger als alles andere.

Dann tat ich das eine, was ich mir vor langer Zeit geschworen hatte, dass ich es mir nie erlauben würde: Ich stellte mir vor, wie *wir* in zehn Jahren aussehen würden, gemeinsam. Verheiratet, in einem Apartment in SoHo, New York. Ich würde in unserer beengten Küche kochen und dabei zur Musik aus einem Radio tanzen. Und Rune würde am Tresen sitzen, mich beobachten und Fotos machen, mit denen er unser Leben dokumentierte. Und er würde die freie Hand ausstrecken, um mit den Fingern über meine Wange zu streichen. Ich würde seine Hand spielerisch wegschieben und lachen. Das wäre dann der Moment, in dem er auf den Auslöser drücken würde. Und das wäre der Schnappschuss, den ich später am Abend auf meinem Kissen finden würde.

Runes perfekt in der Zeit eingefangenen Augenblick.

Seine perfekte Sekunde. Liebe im Stillleben.

Eine Träne lief mir über die Wange, als ich das Bild festhielt. Das Bild, das uns nie abbilden konnte. Einen Moment lang gestattete ich mir, den Schmerz zu fühlen, bevor ich ihn tief in mir verbarg. Dann erkannte ich, froh darüber zu sein, dass er die Gelegenheit bekommen würde, seine Leidenschaft zu leben und Fotograf zu werden. Und ich würde ihm von meinem neuen Zuhause im Himmel aus zusehen und mit ihm lächeln.

Während Rune sich auf die Straße konzentrierte, flüsterte ich: »Ich habe dich vermisst … ich habe dich so sehr vermisst.«

Rune erstarrte. Dann setzte er den Blinker und fuhr rechts ran. Ich richtete mich auf. Was würde nun geschehen? Der Motor schnurrte unter uns, aber Runes Hände glitten vom Lenkrad. Seine Miene war gequält.

Zerrissen.

Aber dann wurden seine Züge weicher, als er mit rauer Stimme flüsterte: »Ich habe dich auch vermisst. So sehr, *Poppymin.*«

Mein Herz machte einen Satz, und mein Puls raste los und machte mich ganz benommen, als ich die Aufrichtigkeit in seinem Tonfall und den wunderschönen Ausdruck in seinem Gesicht erkannte.

Ich wusste nicht, was ich erwidern sollte, also legte ich meine Hand mit dem Handrücken auf die Mittelkonsole. Nach einigen Sekunden legte Rune langsam seine Hand in meine, und wir verschränkten fest unsere Finger miteinander. Schauer liefen mir durch den Leib, als ich seine starke Hand spürte, die meine hielt.

Der gestrige Tag hatte uns beide durcheinandergebracht, und keiner von uns wusste, was wir tun, wohin wir gehen oder wie wir unseren Weg zurück zu uns finden sollten. Dieses Date war unser Anfang, und diese verschränkten Hände waren eine Erinnerung. Eine Erinnerung, dass wir Poppy und Rune waren. Irgendwo unter all dem Schmerz und Leid, das wir durchgemacht hatten, waren wir immer noch da.

Verliebt.

Zwei Hälften eines Herzens.

Und mir war gleichgültig, was irgendwer dazu sagen würde. Meine Zeit war kostbar, aber, das wurde mir klar, nicht so kostbar für mich wie für Rune. Ohne unsere Hände voneinander zu lösen, legte er wieder den Gang ein, und wir fuhren zurück auf die Straße. Nach einem Moment konnte ich erkennen, wohin es ging.

Zum Creek.

Ich lächelte, als wir bei dem alten Restaurant hielten. Die Veranda war mit blauen Lichterketten geschmückt, und große Heizgeräte wärmten die Tische draußen. Der Wagen hielt, und ich drehte mich zu Rune um. »Du hast mich für unser Date zum Creek gebracht? Zu *Tonys Hütte?*«

Grandma war mit Rune und mir hierhergekommen, als wir noch Kinder gewesen waren. An einem Sonntagabend genau wie diesem. Sie lebte für die Flusskrebse dort, und sie nahm gern den weiten Weg in Kauf, um sie zu bekommen. Und später waren wir dann allein hergekommen.

Rune nickte. Ich wollte meine Hand wegziehen, doch er runzelte die Stirn. »Rune«, neckte ich ihn, »irgendwann müssen wir aus dem Auto steigen. Und dafür müssen wir loslassen.«

Widerstrebend löste er den Griff. Ich nahm meinen Mantel und stieg aus dem Wagen. Kaum hatte ich die Tür geschlossen, war Rune an meiner Seite. Ohne groß um Erlaubnis zu bitten, ergriff er wieder meine Hand.

Sein fester Griff überzeugte mich, dass er nie loslassen würde.

Eine Windbö kam vom Wasser herüber, als wir zum Eingang gingen. Rune blieb stehen. Wortlos nahm er mir den Mantel ab und hielt ihn mir zum Anziehen hin.

Widerstrebend ließ ich mir hineinhelfen. Hoch konzentriert zog Rune den Reißverschluss hoch, bis die kalte Nachtluft gebannt war.

Ich wartete darauf, dass er die Hände von meinem Kragen nehmen würde, doch er ließ sie, wo sie waren. Sein Minzatem strich über meine Wangen. Rune sah kurz hoch und fing meinen Blick auf. Das Aufblitzen von Scheu in seinen Augen verursachte mir Gänsehaut. Dann, ohne den Blick von mir zu wenden, wagte er sich näher und raunte: »Habe ich dir schon gesagt, wie wunderschön du heute Abend aussiehst?«

Sein kräftiger Akzent ging mir durch und durch. Rune mochte ruhig und distanziert wirken, doch ich kannte ihn. Wenn sein Akzent stärker wurde, war er nervös.

Ich schüttelte den Kopf. »Nein«, flüsterte ich.

Sein Griff an meinem Kragen wurde stärker, und er zog mich näher an sich. Sein Gesicht war nur Zentimeter von meinem entfernt, als er sagte: »Tja, stimmt aber. Wirklich verdammt schön.«

Mein Herz machte einen Satz. Ich schwebte auf Wolke sieben und konnte nur lächeln. Doch das schien Rune zu genügen.

Er beugte sich bloß ein klein wenig weiter vor und streifte mit den Lippen über mein Ohr. »Halte dich warm, *Poppymin*. Ich könnte es nicht ertragen, wenn du dir auch noch eine Erkältung einfängst.«

Damit ergab es plötzlich einen Sinn, dass er mir den Mantel angezogen hatte. Er beschützte mich, sorgte für meine Sicherheit.

»Okay«, flüsterte ich zurück. »Für dich.« Er atmete schnell ein und schloss die Augen einen Moment zu lange, dass es ein Blinzeln sein konnte.

Dann trat er zurück und nahm meine Hand. Ohne ein Wort führte er mich in *Tonys Hütte* und fragte nach einem Tisch für zwei. Die Restaurantleiterin geleitete uns zurück auf die Veranda mit Blick auf den Creek. Ich war seit Jahren nicht mehr hier gewesen, aber es hatte sich kein bisschen verändert. Das Wasser war ruhig und still, ein Stück Himmel verborgen unter den Bäumen.

Die Restaurantleiterin blieb an einem Tisch im hinteren Teil stehen. Ich lächelte und wollte mich setzen, als Rune sagte:

»Nein.« Er zeigte auf einen Tisch direkt am Rand des Wassers. »Den dort«, forderte er knapp.

Die junge Frau nickte. »Natürlich«, antwortete sie leicht nervös und führte uns quer über die Veranda zu dem gewünschten Tisch.

Rune ging voran, ohne meine Hand loszulassen. Als wir an anderen Gästen vorbeigingen, registrierte ich, dass einige Mädchen ihn anstarrten. Statt aufgebracht über ihre Aufmerksamkeit zu sein, folgte ich ihrem Blick und versuchte, Rune mit neuen Augen zu sehen. Es fiel mir schwer. Er war so tief in jeder meiner Erinnerungen verwurzelt, so sehr in das, was ich war, eingeprägt, dass es mir fast unmöglich war. Aber ich versuchte es immer wieder, bis ich sah, was sie sehen mussten:

Rune, geheimnisvoll und düster.

Mein böser Junge.

Die Restaurantleiterin ließ die Speisekarten auf dem Holztisch und wandte sich an Rune. »Ist das okay, Sir?« Er nickte, immer noch mit leicht finsterer Miene.

Leicht errötend erklärte die junge Frau, dass unser Kellner bald für uns da sei, und ließ uns eilends allein.

Ich lächelte, weil Rune so miesepetrig war. Er ließ sich auf dem Stuhl nieder, sodass er auf das Wasser hinausblicken konnte, und ich wollte ihm gegenüber Platz nehmen. Doch er stand noch einmal auf und zog den Stuhl neben seinen.

Bei Runes schlichter Geste wurde mir innerlich warm. Aber er schien es nicht einmal zu bemerken. Er war zu beschäftigt damit, wieder meine Hand in Besitz zu nehmen. Zu beschäftigt damit, unsere Finger zu verschränken und mich festzuhalten.

Irgendwann löste er kurz den Griff und stellte das Heizgerät auf höchste Stufe. Erst als die Flammen hinter dem Eisengitter hoch aufloderten, lehnte er sich wieder entspannt zurück. Mein Herz schmolz dahin, als er unsere verschränkten Hände an den Mund führte und meinen Handrücken langsam auf und ab über seine Lippen strich.

Sein Blick war aufs Wasser gerichtet. Obwohl ich die Bäume liebte, die den Creek wie ein schützender Kokon umgaben, und so gern ich den Enten beim Tauchen und den Kranichen beim Sturzflug und beim Schweben über der Wasseroberfläche zusah, hatte ich doch nur Augen für Rune.

Seit letzter Nacht hatte sich etwas in ihm verändert. Ich wusste nicht, was. Er war immer noch kurz angebunden und unwirsch. Finsternis lag in seiner Persönlichkeit; seine Aura warnte fast alle, sich deutlich fernzuhalten.

Aber jetzt gab es da einen neuen Anflug von Besitzanspruch in Bezug auf mich. Ich konnte den leidenschaftlichen Ausdruck in seinem Blick sehen und in seinem Griff um meine Hand fühlen.

Und es gefiel mir.

Sosehr ich den Rune vermisste, den ich kannte, beobachtete ich diesen hier doch mit neuer Faszination. Ich liebte es, an diesem Ort, der uns beiden so viel bedeutete, neben ihm zu sitzen, und war vollkommen damit zufrieden, mich in Gesellschaft *dieses* Rune zu befinden.

Mehr als zufrieden.

Ich fühlte mich lebendig.

Der Kellner kam, ein junger Mann in den Zwanzigern. Runes Griff um meine Hand wurde stärker, und mir schwoll das Herz. Er war eifersüchtig.

»Hey, Leute! Kann ich euch für den Anfang schon mal was zu trinken bringen?«

»Einen gesüßten Tee bitte«, sagte ich und spürte, wie sich Rune neben mir versteifte.

»Rootbeer«, bestellte er mürrisch. Der Kellner zog sich hastig zurück. Als er außer Hörweite war, fauchte Rune: »Der konnte die Augen ja gar nicht von dir lassen.«

Ich schüttelte den Kopf und lachte. »Du bist verrückt.«

Rune runzelte frustriert die Stirn. »Du hast ja keine Ahnung.«

»Wovon?« Ich fuhr mit der freien Hand ein paar neue Narben auf Runes Fingerknöcheln nach und fragte mich, wo die wohl herrührten. Er hielt die Luft an.

»Davon, wie wunderschön du bist«, antwortete er.

Ich sah ihn an und wusste nicht, was ich sagen sollte.

Endlich verzog sich Runes Mund zu einem halben Lächeln, und er schob sich etwas näher an mich. »Du trinkst immer noch gesüßten Tee, wie ich sehe.«

Ich knuffte ihn sanft in die Seite und meinte: »Und du? Immer noch auf Rootbeer?«

Rune zuckte mit den Schultern. »Konnte ich in Oslo nicht bekommen. Jetzt, wo ich wieder da bin, kann ich einfach nicht genug von dem Zeug kriegen.« Ich lächelte und fing wieder an, Muster auf seine Hand zu malen. »Sieht so aus, als könnte ich von so einigen Dingen nicht genug kriegen, die ich in Oslo nicht hatte.«

Mein Finger hielt inne. Ich wusste genau, was er meinte: mich. »Rune«, bat ich, und die Schuldgefühle drückten schwer.

In diesem Moment brachte der Kellner unsere Getränke. »Seid ihr so weit zu bestellen?«

Ohne den Blick von mir zu wenden, erwiderte Rune: »Zweimal Crawfish Boil.«

Er hatte nicht vergessen, wie sehr ich dieses Gericht mochte – Garnelen, Shrimps, Flusskrebse, Muscheln, Mais, Bratwurst und Kartoffeln, in einem großen Topf gekocht und mit köstlichen Dips serviert. Nachdem sich der Kellner zurückgezogen hatte, wanderte Runes Blick von meinem Gesicht zu meinen Ohrläppchen, und sein Lächeln flackerte wieder auf. Ich fragte mich, was diesen kurzen Augenblick des Glücks ausgelöst hatte. Dann beugte er sich vor und schob mir das Haar hinters Ohr.

Seine Fingerspitze strich über mein Ohrläppchen, und er seufzte wohlig. »Du trägst sie noch.«

Die Ohrringe. Meine Unendlichkeitsohrringe.

»Immer«, bestätigte ich. »Für immer und ewig.«

Rune ließ die Hand wieder sinken, fing aber meine Haarspitzen zwischen Daumen und Finger ein. »Du hast dir die Haare schneiden lassen.« Es klang wie eine Feststellung, doch ich wusste, es war eine Frage.

»Meine Haare sind nachgewachsen«, sagte ich und sah, wie er sich versteifte. Ich wollte die Magie des Abends nicht mit Gerede über meine Krankheit oder die Behandlung stören. Es waren Dinge, an die ich ohnehin nicht dachte, also beugte ich mich vor und drückte meine Stirn an seine.

»Sie sind mir ausgefallen. Zum Glück wachsen Haare aber nach.« Dann wich ich wieder zurück und schnippte scherzhaft mit den Fingern an meinen Bob. »Außerdem gefällt es mir irgendwie. Ich denke, die Frisur steht mir. Und Gott weiß, kürzeres Haar ist viel leichter zu handhaben als der Berg Locken, mit dem ich all die Jahre zu kämpfen hatte.«

Ich wusste, mein Ablenkungsmanöver hatte funktioniert, als Rune ein kurzes leises Lachen von sich gab. Ich spielte den Witz weiter und fuhr fort: »Außerdem sollten nur Wikinger ihr Haar lang tragen. Wikinger und Rocker. Leider hast du kein Motorrad ...« Ich verstummte und lachte über den harten Ausdruck in Runes Gesicht.

Ich lachte immer noch, als er mich an sich zog und mir ins Ohr raunte: »Ich könnte ein Motorrad besorgen, falls du das willst. Wenn es das ist, was nötig ist, um deine Liebe zurückzugewinnen.«

Es sollte ein Scherz sein.

Aber es erwischte mich kalt. Und zwar derart, dass ich erstarrte und alle Belustigung in mir verschwand. Rune bemerkte den Stimmungsumschwung, und er schluckte hinunter, was er hatte sagen wollen.

Ich ließ mich von meinem Herzen leiten, als ich die Hand hob und an seine Wange legte. Als ich sicher war, dass ich seine ungeteilte Aufmerksamkeit hatte, flüsterte ich: »Es würde kein Motorrad dafür brauchen, Rune.«

»Nein?« Seine Stimme klang belegt.

Ich schüttelte den Kopf.

»Wieso?« Röte blühte auf seinen Wangen. Ich konnte sehen, was die Frage seinen mühsam aufgebauten Stolz gekostet hatte. Rune stellte nur noch selten Fragen zu irgendwas.

Ich überwand die Entfernung zwischen uns und wisperte: »Weil ich mir ziemlich sicher bin, dass du meine Liebe nie verloren hast.« Mit angehaltenem Atem wartete ich darauf, was er als Nächstes tun würde.

Doch ich hatte nicht mit etwas so Zärtlichem und Sanftem gerechnet. Ich hatte nicht erwartet, dass mein Herz seufzen und meine Seele dahinschmelzen würde.

Rune beugte sich absolut vorsichtig vor und küsste mich auf die Wange, und danach löste er sich nur ein klein wenig von mir, um mit seinen Lippen über meine zu streifen. Ich hielt den Atem an, denn ich rechnete mit einem Kuss auf die Lippen. Einem echten Kuss. Einem Kuss, nach dem ich mich sehnte. Doch stattdessen glitt Rune an meinem Mund vorbei zur anderen Wange und gab ihr den Kuss, nach dem meine Lippen sich sehnten.

Als Rune sich wieder von mir löste, schlug mein Herz wie

eine Trommel. Rune lehnte sich zurück, aber seine Hand in meiner hatte sich ein klein wenig angespannt.

Ein geheimes Lächeln versteckte sich hinter meinen Lippen.

Ein Geräusch vom Creek erregte meine Aufmerksamkeit – eine Ente, die in den dunklen Himmel aufflog. Als ich Rune ansah, bemerkte ich, dass auch er sie beobachtete. Als er zu mir herübersah, neckte ich ihn. »Du bist schon ein Wikinger. Da brauchst du kein Motorrad.«

Diesmal lächelte Rune, und ein winziger Anflug seiner Zähne blitzte auf. Ich strahlte vor Stolz.

Der Kellner kam mit unseren Krustentieren und platzierte die Töpfe auf dem Tisch. Rune ließ widerstrebend meine Hand los, und wir stürzten uns auf den Berg Meeresfrüchte. Ich schloss die Augen, als ich das gehaltreiche Fleisch auf der Zunge spürte und der Geschmack von Zitrone meine Kehle traf.

Ich stöhnte auf, so gut war es.

Rune schüttelte den Kopf und lachte. Ich warf ihm ein zerbrochenes Stück Panzer in den Schoß, und er schaute finster drein. Dann wischte ich mir die Hand an der Serviette ab, legte den Kopf in den Nacken und sah zum Nachthimmel auf. Die Sterne leuchteten hell auf der wolkenlosen schwarzen Decke.

»Hast du je etwas so Schönes gesehen wie diesen kleinen Creek?«, fragte ich.

Rune blickte auf und sah dann auf das Wasser hinaus, auf dem die Reflexion blauer Lichterketten glitzerte.

»Ja«, antwortete er und zeigte dann auf mich. »Aber ich verstehe, was du sagen willst. Sogar in Oslo habe ich mir diesen Ort hier manchmal vorgestellt und mich gefragt, ob du ohne mich mal wieder dort warst.«

»Nein, das ist das erste Mal. Mama und Daddy sind nicht wirklich große Fans von Flusskrebsen; das war immer Grandma.« Ich lächelte und stellte mir vor, wie sie neben uns an einem dieser Tische gesessen hatte, nachdem sie sich mit uns davongeschlichen hatte. »Weißt du noch, wie sie immer ihren Flachmann mit Bourbon dabeihatte, um etwas davon in ihren gesüßten Tee zu kippen?« Ich lachte. »Erinnerst du dich noch, wie sie den Finger auf die Lippen gelegt und gesagt hat: ›*Also, davon erzählt ihr jungen Leute aber euren Familien nichts. Ich hatte den Anstand, euch herzubringen und vor dem Gottesdienst zu retten. Also: nicht petzen!*‹«

Rune lächelte auch, aber er schien sich in erster Linie an meinem Lachen zu erfreuen. »Sie fehlt dir«, sagte er.

Ich nickte. »Jeden Tag. Ich frage mich, welche Abenteuer wir noch zusammen hätten erleben können. Ob wir wohl nach Italien gereist wären, um uns Assisi anzusehen, so wie wir es uns immer ausgemalt haben? Oder nach Spanien, um mit den Stieren zu laufen?« Bei dem Gedanken musste ich wieder lachen. Ein Gefühl von Frieden überkam mich, und ich fuhr fort: »Aber das Beste an alldem ist, dass ich sie bald wiedersehe.« Ich schaute Rune in die Augen. »Wenn ich heimgehe.«

Wie Grandma mich gelehrt hatte, dachte ich an das, was mir bevorstand, nie als Sterben, als das Ende. Es war der Anfang von etwas Großem. Meine Seele würde heimkehren, dorthin, wo sie hingehörte.

Ich hatte nicht erkannt, dass ich Rune aufgebracht hatte, bis er aufstand, um über den kleinen Steg neben unserem Tisch zu gehen, der auf den Creek hinausführte.

Der Kellner kam zu uns. Ich sah, wie Rune sich eine Zigarette anzündete, während er im Dunkel verschwand. Nur eine Rauchwolke verriet, wo er stand.

»Soll ich abräumen, Ma'am?«, fragte der Kellner.

»Ja, bitte.« Ich stand auf, und er sah verwirrt drein, als er Rune auf dem Steg entdeckte. »Würden Sie uns bitte die Rechnung bringen?«

»Jawohl, Ma'am.«

Ich ging zu Rune, indem ich dem winzigen Lichtfleck seiner Zigarette folgte. Als ich ihn erreichte, stand er übers Geländer gebeugt da und starrte abwesend ins Nichts.

Seine Stirn war leicht gerunzelt. Sein Rücken war angespannt, und als ich neben ihn trat, spannte er sich noch mehr an. Er nahm einen langen Zug an seiner Zigarette und entließ den Rauch in die sanfte Brise.

»Ich kann nicht leugnen, was mit mir passiert, Rune«, sagte ich vorsichtig. Er schwieg weiter. »Ich kann nicht in einer Fantasievorstellung leben. Ich weiß, was kommt. Ich weiß in etwa, wie es ablaufen wird.«

Runes Atem ging schwer, und er ließ den Kopf hängen. Als er wieder aufsah, sagte er gebrochen: »Es ist nicht fair.«

Mein Herz weinte über seinen Kummer. Ich beugte mich über das Geländer und inhalierte die kühle Luft. Als Runes Atmung sich wieder beruhigt hatte, sagte ich: »Wirklich unfair wäre es gewesen, wären uns nicht die nächsten kostbaren Monate geschenkt.«

Rune senkte langsam die Stirn auf seine Hände.

»Siehst du hier nicht ein größeres Bild für uns beide, Rune? Du bist nach Blossom Grove zurückgekommen, nur ein paar Wochen, nachdem man mich nach Hause geschickt hat, um hier den Rest meines Lebens zu verbringen. Um die wenigen Monate zu genießen, die mir die Medikamente verschafft haben.« Ich sah wieder hinauf zu den Sternen und fühlte die Präsenz von etwas Größerem, das auf uns herablächelte. »Dir kommt es unfair vor. Ich glaube, es ist das Gegenteil. Wir sind aus einem bestimmten Grund wieder zusammengekommen.

Vielleicht ist es eine Lektion, die zu lernen uns schwerfallen wird, bis sie gelernt ist.«

Ich drehte mich um und schob ihm das lange Haar aus dem Gesicht. Im Mondlicht unter den glitzernden Sternen sah ich eine Träne über seine Wange laufen.

Ich küsste sie ihm weg.

Rune drehte sich zu mir um und barg den Kopf an meinem Hals. Ich legte die Hand um seinen Hinterkopf und drückte ihn an mich.

Sein Rücken hob sich, als er tief Luft holte. »Ich habe dich heute Abend hierher gebracht, um dich an die Zeit zu erinnern, als wir glücklich waren. Als wir unzertrennlich waren, beste Freunde und noch mehr. Aber …«

Er verstummte. Ich schob sanft seinen Kopf zurück, um ihm ins Gesicht zu schauen. »Was? Bitte sag es mir. Es ist gut für mich, versprochen.«

Rune blickte mir forschend in die Augen. »Aber was, wenn dies das letzte Mal ist, dass wir das je tun können?«

Ich schob mich zwischen ihn und das Geländer, nahm ihm die Zigarette aus der Hand und warf sie in den Creek. Dann stellte ich mich auf Zehenspitzen und legte die Hände an seine Wangen. »Dann hatten wir diesen Abend«, beteuerte ich. Rune zuckte bei meinen Worten zusammen. »Wir haben diese Erinnerung. Wir hatten diesen kostbaren Moment.« Ich legte den Kopf schief, und ein nostalgisches Lächeln spielte um meine Lippen. »Ich kannte mal einen Jungen, den ich von ganzem Herzen liebte und der für den Moment lebte. Er sagte mir, dass ein einzelner Moment die Welt verändern kann. Ein Leben. Dieser eine Moment kann in dieser kurzen Sekunde ein Leben unendlich besser oder unendlich schlimmer machen.«

Er schloss die Augen, doch ich redete weiter: »Das hier, heute Abend, wieder mit dir am Creek zu sein«, sagte ich und empfand ein Gefühl von Frieden in meiner Seele, »die Erinnerung an Grandma und daran, warum ich sie so sehr geliebt habe … das hat mein Leben unendlich besser gemacht. *Dieser* Moment, den *du* mir geschenkt hast, an den werde ich mich immer erinnern. Ich nehme ihn mit nach … dorthin, wo ich hingehe.«

Rune öffnete die Augen, und ich zog ihn enger an mich.

»Du hast mir diesen Abend geschenkt. Du bist zurückgekehrt. Wir können die Tatsachen nicht ändern, und wir können unser Schicksal nicht ändern, aber wir können immer noch *leben*. So intensiv und so schnell, wie es geht, während wir diese Tage vor uns haben. Wir können wieder wir sein: Poppy und Rune.«

Ich hatte nicht gedacht, dass er darauf etwas antworten würde, daher überraschten mich seine nächsten Worte und erfüllten mich mit unglaublicher Hoffnung: »Unser letztes Abenteuer.«

Die perfekte Formulierung, dachte ich. »Unser letztes Abenteuer«, flüsterte ich in die Nacht, und eine ganz neue Freude überkam mich. Rune schlang den Arm um meine Taille. »Mit einer Änderung«, sagte ich und strich über Runes gerunzelte Stirn. »Das letzte Abenteuer *dieses* Lebens. Denn ich weiß mit unbeirrbarer Sicherheit, dass wir wieder zusammen sein werden. Selbst wenn dieses Abenteuer vorüber ist, erwartet uns auf der anderen Seite ein größeres. Und, Rune, es könnte keinen Himmel geben, wenn du nicht eines Tages wieder in meinen Armen wärst.«

Rune stützte sich schwer auf mich, und ich hielt ihn fest, bis er sich beruhigt hatte. Als er sich wieder von mir löste, fragte ich: »Also, Rune Kristiansen, Wikinger aus Norwegen, bist du dabei?«

Unwillkürlich musste Rune lachen. Und er lachte auch, als

ich ihm die Hand hinhielt, damit er sie schüttelte. Rune, mein skandinavischer Junge mit einem Gesicht, das von Engeln geschaffen war, legte seine Finger in meine, und wir schüttelten einander die Hände auf unser Versprechen. Zweimal. So wie Grandma es mir beigebracht hatte.

»Ich bin dabei«, sagte er. Ich fühlte sein Versprechen bis in die Zehen.

»Ma'am, Sir?« Über Runes Schulter sah ich den Kellner mit unserer Rechnung. »Wir schließen bald«, erklärte er.

»Alles okay mit dir?«, fragte ich Rune und signalisierte dem Kellner, dass wir zu ihm kommen würden.

Rune nickte und verzog die Augenbrauen zu der mir inzwischen schon vertrauten finsteren Miene. Ich imitierte seinen Gesichtsausdruck. Rune konnte nicht widerstehen und schenkte mir ein fröhliches Grinsen. »Nur du«, sagte er mehr zu sich selbst als zu mir, *»Poppymin.«* Dann nahm er meine Hand und ging langsam mit mir in den vorderen Bereich der Hütte, um die Rechnung zu begleichen.

Als wir wieder im Auto saßen, startete Rune den Motor und sagte: »Es gibt noch einen Ort, wo wir hinfahren.«

»Noch ein unvergesslicher Moment?«

Als wir auf die Straße bogen, nahm Rune über die Mittelkonsole hinweg meine Hand. »Das hoffe ich, *Poppymin.* Das hoffe ich.«

Der Weg zurück in die Stadt dauerte eine Weile. Wir redeten nicht viel. Ich hatte letztendlich verstanden, dass Rune stiller als früher war. Gut, schon damals war er nicht gerade ein extrovertierter Mensch gewesen. Er war immer in sich gekehrt und still gewesen. Das passte gut zum Image des grübelnden Künstlers, der ständig mit Orten und Landschaften im Kopf jonglierte, die er auf Film bannen wollte.

Momente.

Wir waren ungefähr zwei Kilometer gefahren, als Rune das Radio einschaltete. Er meinte, ich solle mir einen Sender aussuchen. Und als ich leise sang, spannten sich seine Finger in meinen ein bisschen an.

Mir entschlüpfte ein Gähnen, als wir uns dem Stadtrand näherten, doch ich bemühte mich, die Augen offen zu halten. Ich wollte wissen, wohin Rune mich brachte.

Als wir vor dem Dixon Theater hielten, beschleunigte sich mein Herzschlag. Ich hatte stets davon geträumt, in diesem Theater aufzutreten. Es war das Theater, zu dem ich immer als Teil eines professionellen Orchesters hatte zurückkehren wollen, wenn ich älter war. Das Theater meiner Heimatstadt.

Rune schaltete den Motor aus, und ich betrachtete das eindrucksvolle Steingebäude. »Rune, was machen wir hier?«

Er ließ meine Hand los und öffnete die Fahrertür. »Komm mit.«

Nervös stieg ich aus. Rune nahm meine Hand und ging mit mir zum Vordereingang.

Obwohl später Sonntagabend war, ließ sich die Tür öffnen. Als wir das schwach erleuchtete Foyer betraten, hörte ich im Hintergrund die leisen Klänge von Puccini.

Meine Hand in Runes Hand spannte sich an. Er warf mir einen Blick zu und grinste. »Rune«, flüsterte ich, als er mich die opulente Treppe hinaufführte. »Wohin gehen wir?«

Er drückte den Finger auf meine Lippen und bedeutete mir, leise zu sein. Ich fragte mich, warum, doch dann dirigierte er mich zu einer Tür … der Tür, die zum ersten Rang im Theater führte.

Rune öffnete sie, und die Musik umfloss mich wie eine Welle. Ich schnappte nach Luft bei dem reinen Klang der Töne und folgte Rune zur ersten Sitzreihe. Unten spielte ein Orchester unter der Leitung seines Dirigenten. Ich erkannte es sofort wieder: das Savannah Chamber Orchestra.

Wie gebannt beobachtete ich die Musiker, die sich so intensiv auf ihre Instrumente konzentrierten und sich im Takt der Musik wiegten. Ich drehte den Kopf zu Rune. »Wie hast du das gemacht?«

Er zuckte mit den Schultern. »Ich wollte dich eigentlich zu einem richtigen Auftritt des Orchesters ausführen, aber sie gehen morgen auf Auslandsreise. Als ich dem Dirigenten erzählte, wie sehr du dieses Ensemble magst, meinte er, wir könnten bei ihrer Probe vorbeischauen.«

Ich war sprachlos. Vollkommen und absolut sprachlos.

Da ich meine Gefühle, meine reine Dankbarkeit für diese Überraschung, gar nicht angemessen ausdrücken konnte, legte ich den Kopf an Runes Schulter und schmiegte mich in seinen Arm. Der Geruch von Leder drang mir in die Nase, während mein Blick sich auf das Orchester unten fixierte.

Fasziniert sah ich zu. Ich beobachtete, wie der Dirigent die Musiker virtuos durch die Probe führte: die Soli, die ausschmückenden Passagen, die komplexen Harmonien.

Rune drückte mich an sich, während ich wie hypnotisiert lauschte. Von Zeit zu Zeit fühlte ich seinen Blick auf mir ruhen.

Aber ich konnte mich nicht von den Musikern loseisen. Vor allem nicht von den Cellos. Als die tiefen Töne klar und deutlich erklangen, schloss ich die Augen.

Es war wunderschön.

Ich stellte mir mich selbst vor, ganz deutlich, wie ich inmitten meiner Musikerkollegen und Freunde saß und ins Theater blickte, das voll war mit Menschen, die ich kannte und liebte. Rune, der dort saß und mit der Kamera um den Hals zusah.

Es war der perfekteste aller Träume.

Und mein größter Traum, solange ich denken konnte.

Der Dirigent wies die Musiker an, still zu werden. Ich beobachtete den Bühnenraum. Alle außer der Solocellistin senkten ihre Instrumente. Die Cellistin, eine Frau in den Dreißigern, stellte ihren Stuhl in die Mitte der Bühne. Es gab keine Zuhörer außer uns.

Sie setzte sich in Position und legte den Bogen an die Saiten, um zu beginnen. Dabei konzentrierte sie sich auf den Dirigenten. Als er den Taktstock hob und sie anwies anzufangen, hörte ich den ersten Ton. Und da wurde ich vollkommen still. Ich wagte nicht zu atmen; ich wollte nichts anderes hören als die perfekteste Melodie, die es je gegeben hatte.

Die Klänge von *Der Schwan* aus *Karneval der Tiere* drangen an mein Ohr. Ich sah zu, wie die Cellistin sich in der Musik verlor, und ihr Gesichtsausdruck verriet ihre Gefühle mit jedem neuen Ton.

Ich wollte *sie* sein.

In diesem Augenblick wünschte ich mir, die Solocellistin zu sein, die dieses Stück so perfekt spielte. Ich wollte mit solchem Vertrauen beschenkt sein, dem Vertrauen, diesen Auftritt zu meistern.

Alles andere trat in den Hintergrund, als ich sie beobachtete. Dann schloss ich die Augen und ließ mich von der Musik davontragen. Als die Melodie schneller wurde und das Vibrato so wunderschön von den Wänden des Theaters widerhallte, öffnete ich die Augen.

Und die Tränen kamen.

Die Tränen kamen, wie die Musik es forderte.

Runes Hand in meiner spannte sich an, und ich spürte seinen Blick auf mir. Ich konnte fühlen, dass er sich Sorgen machte, weil ich so ergriffen war. Aber ich war nicht mitgenommen. Ich schwebte auf Wolken. Mein Herz schwebte auf Wolken bei der herrlichen Melodie.

Meine Wangen wurden nass, doch ich ließ die Tränen fließen. Deshalb war Musik meine Leidenschaft. Aus Holz, Saiten und Bogen entstand diese magische Melodie, die Leben in eine Seele brachte.

Und so blieb es. So blieb es, bis der letzte Ton in die Höhe stieg. Die Cellistin hob den Bogen. Erst dann öffnete sie die Augen und führte ihren Geist an seinen Ruheplatz in ihr. Denn das war es, was sie empfand. Ich wusste es. Die Musik hatte sie an einen fernen Ort gebracht, den nur sie kannte. Sie hatte sie bewegt.

Für eine Weile hatte die Musik sie mit ihrer Macht beschenkt.

Der Dirigent nickte, und das Orchester verließ die Bühne, die nun leer und still zurückblieb.

Aber ich wandte den Kopf nicht ab. Nicht, bis Rune sich vorbeugte und mir sanft die Hand auf den Rücken legte. *»Poppymin?«*, flüsterte er, und seine Stimme klang wachsam und unsicher. »Es tut mir leid«, sagte er leise, »ich dachte, es würde dich glück…«

Ich sah ihn an und nahm seine Hände. »Nein«, widersprach ich und unterbrach ihn. »Nein«, wiederholte ich. »Das sind Freudentränen, Rune. Tränen reiner Freude.«

Er atmete aus und löste eine Hand von mir, um mir über die Wangen zu wischen. Ich lachte, und mein Lachen hüllte uns ein. Dann räusperte ich mich, verscheuchte die übermächtigen Emotionen und erklärte: »Das ist mein Lieblingsstück, Rune. *Der Schwan* aus *Karneval der Tiere*. Die Solocellistin hat gerade mein Lieblingsstück gespielt. Wunderschön und perfekt.«

Ich holte tief Luft. »Es ist das Stück, das ich vortragen wollte, wenn ich für Julliard vorspielen sollte. Es war immer das Stück, das ich in Carnegie Hall spielen wollte. Ich kenne es in- und auswendig. Ich kenne jede Note, jede Taktänderung, jedes Crescendo … alles.« Ich schniefte und wischte mir über die Augen. »Es heute Abend zu hören und dabei neben dir zu sitzen … das war ein wahr gewordener Traum.«

Rune fand keine Worte, also legte er den Arm um meine Schultern und drückte mich an sich. Ich spürte seinen Kuss auf meinem Scheitel.

»Versprich mir eins«, bat ich. »Versprich mir, wenn du in New York bist und an der Tisch studierst, dass du dir dann einmal die New Yorker Philharmonie anhörst. Versprich mir, dass du dir ansiehst, wie die Solocellistin dieses Stück interpretiert. Und versprich mir, dass du dabei an mich denkst. Dass du dir vorstellst, wie ich auf dieser Bühne spiele und sich mein Traum erfüllt.« Ich atmete tief durch, zufrieden mit dieser Vorstellung. »Denn das wäre jetzt genug für mich. Einfach zu wissen, dass ich wenigstens diesen Traum ausleben kann, auch wenn es nur vor deinem inneren Auge ist.«

»Poppy«, bat Rune schmerzerfüllt. »Bitte, Baby …« Mein Herz hüpfte, als er mich »Baby« nannte. Es klang so perfekt für mich wie die Musik.

Ich hob sein Kinn mit dem Finger an. »Versprich es mir, Rune.«

Er wandte den Blick ab. »Poppy, wenn du nicht mit mir in New York sein wirst, wieso in aller Welt soll ich dann überhaupt dorthin gehen?«

»Wegen deiner Fotografie. Weil es auch immer dein Traum war, an der NYU Fotografie zu studieren.«

Sorge erfasste mich, als er die Zähne zusammenbiss. »Rune?«, fragte ich. Nach einem langen Moment drehte er sich langsam zu mir. Ich sah ihm forschend in das schöne Gesicht, und bei dem, was ich in seiner Miene erkannte, sank ich zurück auf den Sitz.

Ablehnung.

»Wieso machst du keine Fotos mehr?«, fragte ich. Rune sah weg. »Bitte, antworte mir.«

Er seufzte besiegt. »Weil ich ohne dich die Welt nicht mehr so gesehen habe wie zuvor. *Nichts* war mehr dasselbe. Ich weiß, wir waren noch jung, aber ohne dich hatte alles keinen Sinn mehr. Ich war wütend. Und ich ertrank in meiner Wut. Also gab ich meine Leidenschaft auf, denn die Leidenschaft in mir war mit der Trennung von dir gestorben.«

Von allem, was er hätte tun oder sagen können, machte mich das am traurigsten. Denn die Leidenschaft in ihm war so stark gewesen. Und seine Fotos, die er schon als Fünfzehnjähriger gemacht hatte, waren anders als alles, was ich je gesehen hatte.

Ich blickte in Runes harte Züge, als er ausdruckslos auf die leere Bühne starrte. Seine Mauer war wieder da und die Anspannung in seinem Kinn auch.

Wenn er so mürrisch war, musste ich ihn in Ruhe lassen und durfte ihn nicht zu sehr bedrängen, also lehnte ich den Kopf an seine Schulter und lächelte. Ich lächelte und hörte immer noch diese Melodie in meinen Ohren.

»Danke«, flüsterte ich, als die Lichter auf der Bühne ausgingen.

Ich hob den Kopf und wartete darauf, dass Rune mich ansah. Endlich tat er es. »Nur du hättest wissen können, dass das hier« – ich zeigte auf den Zuschauerraum – »mir so viel bedeuten würde. Nur mein Rune.«

Er drückte mir einen sanften Kuss auf die Wange.

»Das warst doch du bei meinem Auftritt neulich Abend, richtig?«

Rune seufzte und nickte schließlich. »Ich hätte es niemals versäumt, dich spielen zu sehen, *Poppymin*. Das würde ich nie.«

Er stand auf. Schweigend streckte er die Hand aus. Und er schwieg weiter, als ich sie ergriff und er mit mir zum Auto ging.

Rune schwieg auf der Fahrt nach Hause. Ich fürchtete, ihn irgendwie verletzt zu haben. Was hatte ich falsch gemacht?

Als wir zu Hause ankamen, stieg Rune aus und ging um den Wagen, um meine Tür zu öffnen. Ich nahm seine dargebotene Hand und stieg aus. Und ich hielt sie fest, als er mit mir zurück zu unserem Haus ging. Er führte mich nicht zur Haustür, sondern zu meinem Zimmerfenster. Als ich den frustrierten Ausdruck in seinem Gesicht sah, runzelte ich die Stirn.

Ich wollte wissen, was los war, und strich mit der Hand über seine Wange. Aber als mein Finger seine Haut berührte, schien etwas in ihm zu passieren. Er drückte mich rücklings an die Hauswand. Sein Körper drängte sich an mich, und Rune umfasste mein Gesicht mit den Händen.

Mir blieb die Luft weg – atemlos, weil er mir so nahe war und so finster schaute. Seine blauen Augen musterten forschend jeden Zentimeter meines Gesichts. »Ich wollte das hier richtig machen«, sagte er. »Ich wollte das langsam angehen. Dieses Date. Das mit uns. Heute Abend.« Er schüttelte den Kopf, während er gegen was auch immer in sich ankämpfte. »Aber ich kann nicht. Und ich werde nicht.«

Ich wollte antworten, doch da streifte sein Daumen über meine Unterlippe, und seine ganze Aufmerksamkeit galt meinem Mund. »Du bist meine Poppy. *Poppymin*. Du kennst mich. Nur *du* kennst mich.« Er nahm meine Hand und legte sie über sein Herz. »Du kennst mich – sogar unter diesem Zorn kennst du mich.« Er seufzte und drückte sich so nah an mich, dass wir dieselbe Luft atmeten. »Und ich kenne dich.« Rune wurde blass. »Und wenn unsere Zeit begrenzt ist, will ich sie nicht verschwenden. Du gehörst mir. Ich gehöre dir. Zur Hölle mit allem anderen!«

Das Herz flatterte in meiner Brust, als spielte es ein Arpeggio. »Rune«, mehr brachte ich nicht heraus. Ich wollte es laut herausschreien, dass ich ihm gehörte und er mir. Nichts anderes zählte. Aber meine Stimme versagte. Zu viele Emotionen hinderten mich am Sprechen.

»Sag es, *Poppymin*«, verlangte er. »Sag einfach *Ja*.«

Rune kam einen letzten Schritt näher, hielt mich mit seinem Körper gefangen, der sich an mich drückte, während sein Herz zugleich mit meinem schlug. Ich holte mühsam Luft. Runes Lippen streiften über meine, hielten inne, warteten, bereit, sie ganz und gar in Besitz zu nehmen.

Als ich ihm in die Augen sah und seine schwarzen Pupillen das Blau fast auslöschten, ließ ich los und flüsterte: »Ja.«

Warme Lippen drückten sich unvermittelt auf meine, als Runes so vertrauter Mund sie entschlossen eroberte. Seine Wärme und sein minziger Geschmack überfluteten meine Sinne. Sein harter Brustkorb hielt mich an der Wand fest, während er mich mit seinem Kuss in Besitz nahm. Rune zeigte mir, zu wem ich gehörte. Er ließ mir keine andere Wahl, als mich ihm zu unterwerfen und mich ihm zurückzugeben.

Runes Hände wanderten durch mein Haar und hielten mich fest. Ich stöhnte, als seine Zunge sich sanft, warm und drängend an meine schob.

Ich hob die Hände an seinen breiten Rücken und vergrub sie dann in seinem Haar. Rune stieß an meinem Mund ein Grollen aus, küsste mich tiefer und entfernte mich immer weiter von jeder Angst oder Beklommenheit, die ich bei seiner Rückkehr empfunden hatte. Er küsste mich, bis ich ganz und gar wusste, zu wem ich gehörte. Rune küsste mich, bis sein Herz erneut mit meinem verschmolz – zwei Hälften eines Ganzen.

Mein Körper wurde unter seiner Berührung schwach. Rune fühlte, wie ich mich ihm vollkommen hingab, und sein Kuss wurde langsamer, zu sanften, behutsamen Liebkosungen. Dann löste er sich von mir, und wir beide atmeten schwer und fühlten die Anspannung zwischen uns. Seine geschwollenen Lippen küssten meine Wangen, mein Kinn und meinen Hals. Als er sich schließlich von mir löste, wehten seine schnellen Atemzüge über mein Gesicht. Seine Hände lockerten ihren Griff.

Und er wartete.

Er wartete und musterte mich mit seinem eindringlichen Blick.

Dann flüsterte ich: »Kuss dreihundertsiebenundfünfzig. An der Wand meines Elternhauses ... als Rune mein Herz in Besitz nahm.« Rune erstarrte, seine Hände spannten sich an, und ich endete: »Und mein Herz wollte fast zerspringen.«

Und da kam es: Runes reines Lächeln. Es strahlte und reichte von einem Ohr zum anderen, und es war echt.

Mein Herz schwebte bei dem Anblick auf Wolken.

»Poppymin«, flüsterte er.

Ich griff in sein Shirt und raunte: *»Mein Rune.«*

Rune schloss die Augen, als ich die Worte aussprach, und ein leises Seufzen kam aus seinem Mund. Langsam lockerten sich seine Hände in meinem Haar, und er wich widerstrebend einen Schritt zurück.

»Ich gehe besser rein.«

»Ja«, antwortete er. Aber er wandte den Blick nicht ab. Stattdessen drückte er sich noch einmal an mich und eroberte meinen Mund mit einem schnellen und sanften Kuss, bevor er sich wieder von mir löste. Dann trat er einige Schritte zurück und brachte etwas Distanz zwischen uns.

Ich hob die Finger an meine Lippen. »Wenn du mich weiter so küsst, ist mein Glas im Handumdrehen voll.«

Rune lächelte. »Das ist *die* Idee, Baby. Eintausend Küsse von *mir.*«

Zügig ging er zu seinem Haus, und ich blieb stehen und sah ihn davongehen. Eine schwindelerregende Leichtigkeit überflutete mich wie eine Stromschnelle. Als die Füße mir endlich gehorchten, ging ich ins Haus und direkt in mein Zimmer.

Ich holte das Glas unter meinem Bett hervor und wischte den Staub vom Deckel ab. Dann öffnete ich es, nahm den Stift von meinem Nachttisch und schrieb den Kuss von heute Abend nieder.

Eine Stunde später, als ich im Bett lag, hörte ich, wie das Fenster geöffnet wurde. Ich setzte mich auf und sah, wie mein Vorhang zur Seite geschoben wurde. Und mein Herz hüpfte, als Rune hereinkam.

Ich lächelte, als er zu mir trat, das Shirt auszog und zu Boden warf. Und meine Augen weiteten sich, als ich den Anblick seines nackten Oberkörpers in mich aufsaugte. Und als Rune sich mit der Hand durchs Haar fuhr und es sich aus dem Gesicht strich, wollte mein Herz fast explodieren.

Neben meinem Bett blieb Rune abwartend stehen. Ich rutschte etwas zur Seite, hob die Decke, und er schlüpfte hinein und schlang augenblicklich die Arme um meine Taille.

Mein Rücken schmiegte sich perfekt an seine Brust, und ich seufzte zufrieden. Ich schloss die Augen. Rune küsste mich direkt unter dem Ohr und flüsterte: »Schlaf, Baby. Ich halte dich fest.«

Und das tat er.

Er hielt mich.

Genauso, wie ich ihn hielt.

10

Verschränkte Hände und erweckte Träume

Rune

Poppy musterte mich, als ich aufwachte.

»Hey!« Sie lächelte und schmiegte sich enger an meine Brust.

Ich ließ die Hände durch ihr Haar wandern, bevor ich unter ihre Arme griff und sie hochzog, bis sie auf mir lag, ihr Mund vor meinem.

»Morgen!«, antwortete ich und drückte meine Lippen auf ihre.

Poppy seufzte, öffnete die Lippen und erwiderte den Kuss. Als ich mich wieder von ihr löste, schaute sie aus dem Fenster und meinte: »Wir haben den Sonnenaufgang verpasst.«

Ich nickte. Aber als sie mich wieder ansah, stand keine Traurigkeit in ihren Zügen. Stattdessen küsste sie mich auf die Wange und gestand: »Ich denke, ich würde alle Sonnenaufgänge dafür geben, wenn das bedeutet, dass ich so mit dir aufwachen kann.«

Bei ihren Worten ging mir das Herz auf. Ich überraschte sie, indem ich sie auf den Rücken drehte und über ihr schwebte. Poppy kicherte, als ich ihre Hände auf dem Kissen über ihrem Kopf einfing.

Ich sah sie finster an, und sie versuchte – ohne Erfolg –, mit dem Lachen aufzuhören.

Ihre Wangen waren gerötet vor Aufregung. Ich küsste sie, denn ich brauchte ihren Kuss mehr als den nächsten Atemzug.

Dann ließ ich Poppys Hände los, und sie schob sie in mein Haar. Ihr Lachen verstummte, als der Kuss tiefer wurde – und da klopfte es laut an der Tür. Wir erstarrten.

»Poppy! Zeit zum Aufstehen, Liebes!« Es war die Stimme von Poppys Daddy. Ich spürte ihr Herz rasen, so eng war ich an sie gedrückt.

Poppy drehte den Kopf zur Seite. »Bin schon wach!«, rief sie zurück. Wir wagten nicht, uns zu rühren, bis wir hörten, wie ihr Daddy von der Tür wegging.

Poppys Augen waren riesig, als sie mich wieder ansah. »Oh mein Gott!«, flüsterte sie und kicherte erneut los.

Kopfschüttelnd rollte ich mich zur Seite und schnappte mir mein Shirt vom Boden. Als ich es mir über den Kopf zog, legte Poppy mir von hinten die Hände auf die Schultern. Sie seufzte. »Wir haben heute Morgen zu lange geschlafen und wären beinahe erwischt worden.«

»Kommt nicht mehr vor«, sagte ich, denn ich wollte nicht, dass sie einen Grund hatte, das hier zu beenden. Ich musste in der Nacht bei ihr sein. Ich musste einfach. Es passierte ja auch nichts – wir küssten uns nur und schliefen eng umschlungen ein.

Das war mir genug.

Poppy nickte zustimmend, aber als ihr Kinn auf meiner Schulter ruhte und sie die Arme um meine Taille schlang, sagte sie: »Es hat mir gefallen.«

Sie lachte wieder, und ich drehte den Kopf und sah den strahlenden Ausdruck in ihrem Gesicht. Poppy nickte fröhlich, lehnte sich zurück, nahm meine Hand und legte sie auf ihr Herz. Es schlug schnell. »Ich habe mich lebendig gefühlt.«

Lachend schüttelte ich den Kopf. »Du bist verrückt.«

Ich stand auf und zog meine Stiefel an. Poppy lehnte sich auf dem Bett zurück. »Du weißt, ich habe noch nie etwas Ungezogenes oder Verdorbenes getan, Rune. Ich bin ein braves Mädchen.«

Bei dem Gedanken, dass ich sie zu etwas Schlechtem verleitete, runzelte ich die Stirn. Aber Poppy beugte sich vor und sagte: »Es hat Spaß gemacht.« Ich schob mir das Haar aus dem Gesicht und gab ihr einen letzten liebevollen Kuss.

»Rune Kristiansen, vielleicht mag ich den bösen Jungen in dir doch noch. Du wirst die nächsten Monate auf jeden Fall spannend machen.« Sie seufzte dramatisch. »Süße Küsse und Eskapaden, die einen in Schwierigkeiten bringen … ich bin dabei!«

Als ich zum Fenster ging, hörte ich Poppy hinter mir, und bevor ich aus dem Fenster kletterte, warf ich einen Blick über die Schulter. Sie füllte zwei leere Herzen aus ihrem Glas aus, und ich gestattete mir, ihr dabei zuzusehen. Poppy lächelte beim Schreiben.

Sie war so wunderschön.

Dann legte sie die beschriebenen Herzen zurück in ihr Glas, drehte sich um und hielt inne. Poppy hatte mich beim Zusehen erwischt. Ihr Blick wurde sanfter. Sie öffnete den Mund, um etwas zu sagen – und da begann sich der Knauf ihrer Zimmertür zu drehen. Ihre Augen weiteten sich, und sie scheuchte mich mit einer Handbewegung hinaus.

Ich sprang aus dem Fenster und rannte weg vom Haus; ihr Lachen folgte mir. Nur etwas, das so rein war, konnte die Finsternis in meinem Herzen vertreiben.

Kaum hatte ich es durch mein Fenster zurückgeschafft, als

ich auch schon unter die Dusche springen musste, um rechtzeitig zur Schule zu kommen. Der Dampf waberte durchs Badezimmer, während ich unter dem heißen Wasserstrahl stand.

Aus den starken Düsen prasselte mir das Wasser auf den Kopf. Meine Hände ruhten auf den nassen Fliesen vor mir. Jeden Tag beim Aufwachen fraß mich der Zorn auf. Er war so zerstörend, dass ich seine Bitterkeit fast auf der Zunge schmecken konnte.

Aber dieser Morgen war anders.

Wegen Poppy.

Als ich wenig später die Badezimmertür öffnete, stand Pappa in der Tür zu meinem Zimmer und sah mir entgegen.

»Guten Morgen, Rune!«, grüßte er mich. Ich drängte mich an ihm vorbei und ging zu meinem Schrank, nahm mir ein T-Shirt und zog es mir über den Kopf. Als ich nach meinen Stiefeln griff, registrierte ich, dass Pappa immer noch in der Tür stand.

Ich erstarrte mitten in der Bewegung und fragte barsch: »Was?«

Er trat einen Schritt ins Zimmer, eine Tasse Kaffee in der Hand. »Wie war dein Date mit Poppy gestern Abend?«

Ich antwortete nicht. Ich hatte ihm gar nicht davon erzählt; also musste Mamma es getan haben. Der Mistkerl verdiente keine Antwort.

Er räusperte sich. »Rune, nachdem ihr gestern Abend losgefahren seid, kam Mr Litchfield zu uns herüber.«

Und da kehrte er zurück und durchflutete mich wie ein reißender Strom: der Zorn. Ich erinnerte mich an Mr Litchfields Gesicht, als er gestern Abend die Tür geöffnet hatte. Als wir auf die Straße hinausgefahren waren. Er war ärgerlich gewesen. Ich konnte erkennen, dass er nicht wollte, dass Poppy mit mir kam. Verdammt, er hatte ausgesehen, als wäre er drauf und dran, ihr zu verbieten, dass sie mit mir ausging.

Doch als Poppy dann nach draußen kam, konnte ich sehen, dass er ihr keinen einzigen Wunsch je würde abschlagen können. Wie auch? Er war dabei, seine Tochter zu verlieren. Das war das Einzige, was mich davon abhielt, ihm ganz genau zu sagen, was ich von seinen Vorbehalten hielt, dass sie mit mir zusammen war.

Pappa kam auf mich zu und blieb vor mir stehen. Ich schaute weiter auf den Boden, als er sagte: »Er macht sich Sorgen, Rune. Er macht sich Sorgen, dass es vielleicht keine so gute Sache ist, dass du und Poppy wieder zusammenkommt.«

Ich knirschte mit den Zähnen. »Nicht gut für wen? Für ihn?«

»Für Poppy, Rune. Du weißt ... du weißt, sie hat nicht mehr lange ...«

Ich hob ruckartig den Kopf, brennenden Zorn im Bauch. »Ja, das habe ich schon verstanden. Ist ja nicht allzu schwer zu vergessen. Du weißt schon, die Tatsache, dass das Mädchen, das ich liebe, sterben wird.«

Pappa wurde blass. »James will nur, dass Poppys letzte Tage ohne Probleme vergehen. Friedlich. Angenehm. Ohne Stress.«

»Und lass mich raten: Ich bin das Problem, richtig? Ich bin der Stress?«

Er seufzte. »Er hat darum gebeten, dass du dich von ihr fernhältst. Lass sie einfach gehen und mach keine Szene.«

»Kommt nicht infrage«, stieß ich hervor und hob meinen Rucksack auf. Ich zog meine Lederjacke an und ging an ihm vorbei.

»Rune, denk an Poppy«, flehte Pappa.

Ich blieb wie angewurzelt stehen und drehte mich zu ihm um. »Sie ist *alles*, woran ich denke. Du hast keine Ahnung, wie das für uns ist. Also, wie wäre es, wenn du dich verdammt noch mal aus meinen Angelegenheiten raushältst? Und James Litchfield auch?«

»Sie ist seine Tochter!« Pappa klang nun strenger als zuvor.

»Ja«, konterte ich, »und sie ist die Liebe meines Lebens. Und ich verlasse sie nicht, nicht eine Sekunde lang. Und keiner von euch zweien kann etwas dagegen tun.«

Ich stürmte zur Tür hinaus, als Pappa rief: »Du bist nicht gut für sie, Rune. Nicht so. Nicht, wenn du rauchst und trinkst. Mit deiner Haltung. Deiner Gereiztheit über alles im Leben. Dieses Mädchen betet dich an, das war schon immer so. Aber sie ist ein gutes Mädchen. Sei du nicht ihr Untergang!«

Abrupt blieb ich stehen. »Tja, ich habe aus zuverlässiger Quelle gehört, dass sie ein wenig mehr ›böser Junge‹ in ihrem Leben haben will.«

Damit marschierte ich an der Küche vorbei und warf nur einen kurzen Blick auf Mamma und Alton, der mir zuwinkte, als ich vorbeiging. Ich schlug die Haustür zu, lief die Stufen hinunter und zündete mir eine Zigarette an. Ich lehnte mich mit dem Rücken an das Geländer der Veranda. Nach dem, was Pappa gesagt hatte, stand ich unter Strom. Wieso meinte Mr Litchfield, mich von seiner Tochter fernhalten zu müssen?

Was in aller Welt glaubte er denn, würde ich ihr antun?

Ich wusste, wie sie alle über mich dachten, aber ich würde Poppy doch nie wehtun. Nicht in einer Million Jahre.

Die Tür zu ihrem Haus wurde geöffnet, Savannah und Ida kamen herausgelaufen, und Poppy folgte ihnen. Alle redeten gleichzeitig. Und dann, als spürte sie meinen schweren Blick, entdeckte sie mich.

Savannah und Ida schauten, was ihre Aufmerksamkeit geweckt hatte. Als sie mich erblickten, lachte Ida und winkte mir zu. Savannah starrte mich mit stummer Besorgnis an, wie ihr Daddy.

Mit einer Kopfbewegung bedeutete ich Poppy, zu mir herüberzukommen. Langsam näherte sie sich mir, Ida und Savannah auf den Fersen. Sie sah wunderschön aus, wie immer. Ihr roter Rock reichte bis zur Mitte ihrer Oberschenkel, und dazu trug sie eine schwarze Strumpfhose und schmale Pixie-Boots. Ihr marineblauer Kurzmantel bedeckte die obere Körperhälfte, aber ich konnte das weiße Shirt darunter mit einem schwarzen Band um den Kragen sehen.

Sie war so was von niedlich.

Poppys Schwestern hielten Abstand, als sie vor mir stehen blieb. Ich musste mich vergewissern, dass ich ihr gehörte und sie mir, also stieß ich mich von der Verandabrüstung ab und warf meine Zigarette zu Boden. Ich umfasste Poppys Wangen mit den Händen, zog sie an meine Lippen und presste sie auf ihre. Dieser Kuss war nicht sanft und sollte es nicht sein. Ich drückte ihr mein Zeichen auf, markierte sie als die Meine.

Und mich als den Ihren.

Dieser Kuss war ein deutlich ausgestreckter Mittelfinger an jeden, der sich uns in den Weg stellen wollte. Als ich mich wieder von ihr löste, waren Poppys Wangen gerötet und ihre Lippen feucht. »Der Kuss sollte besser in deinem Glas landen«, warnte ich sie.

Poppy nickte verblüfft. Hinter uns war Gekicher zu hören. Als ich hinschaute, sah ich Poppys Schwestern lachen. Zumindest Ida lachte; Savannah starrte uns nur mit offenem Mund an.

Ich griff nach Poppys Hand und hielt sie fest. »Bist du so weit?«

Sie blickte auf unsere Hände. »Wir gehen so zur Schule?«

Ich runzelte die Stirn. »Ja. Wieso?«

»Dann weiß jeder Bescheid. Alle werden reden und …«

Ich küsste sie noch einmal. »Dann lass sie reden. Du hast dich nie darum gekümmert. Fang nicht jetzt damit an.«

»Sie werden denken, dass wir wieder ein Paar sind.«

Ich machte ein finsteres Gesicht. »Sind wir ja auch«, antwortete ich schlicht. Poppy blinzelte einige Male. Und dann löschte sie meinen Zorn vollständig aus, als sie lächelte und sich an meine Seite schmiegte. Ihre Hand ruhte an meinem Oberarm. Sie sah zu mir auf. »Dann ja, ich bin so weit.«

Ich gestattete mir, Poppy ein paar Sekunden länger als notwendig in die Augen zu sehen. Ihr Lächeln vertrieb die Finsternis in meiner Seele vollkommen.

Poppys Schwestern schlossen sich uns an, als wir uns auf den Weg zur Schule machten. Kurz bevor wir zum Blütenwäldchen abbogen, warf ich einen Blick über die Schulter. Mr Litchfield starrte uns nach. Ich versteifte mich, als ich den stürmischen Ausdruck in seinem Gesicht registrierte. Aber ich biss die Zähne zusammen. Das war ein Kampf, den er definitiv verlieren würde.

Ida plauderte unterwegs munter vor sich hin, und Poppy lachte liebevoll über ihre jüngste Schwester. Ich verstand, wieso. Ida war Poppy in Miniaturausgabe, bis hin zu den Grübchen an den Wangen.

Savannah dagegen war eine ganz andere Persönlichkeit. Sie war introvertierter, dachte viel nach. Und sie wollte ganz eindeutig sichergehen, dass Poppy glücklich war.

Mit einem kurzen Winken zum Abschied verließ uns Savannah und ging zur Junior High School.

Als sie sich entfernte, sagte Poppy: »Sie war wirklich still.«

»Das liegt an mir.«

Poppy sah mich erschrocken an. »Nein«, widersprach sie. »Sie liebt dich.«

Ich biss die Zähne zusammen. »Sie liebt den, der ich mal

war. Ich verstehe schon. Sie macht sich Sorgen, dass ich dir das Herz breche.«

Poppy brachte mich neben einem Baum in der Nähe des Eingangs zur Schule zum Stehen. Ich wandte den Blick ab. »Was ist passiert?«

»Nichts«, antwortete ich.

Sie stellte sich so vor mich, dass ich sie ansehen musste. »Du wirst mir nicht das Herz brechen«, sagte sie voller Überzeugung. »Der Junge, der mich zum Creek ausgeführt und dann mit mir einem Orchester zugehört hat, könnte mir nie das Herz brechen.«

Ich schwieg.

»Außerdem, wenn mein Herz bricht, dann deines auch, weißt du noch?«

Ich antwortete mit einem Schnauben. Poppy schob mich mit dem Rücken zum Baum. Ich sah, wie uns die meisten der anderen Schüler auf dem Weg in die Schule neugierig beäugten. Das Getuschel fing schon an.

»Würdest du mir wehtun, Rune?«, wollte Poppy wissen.

Besiegt von ihrer Hartnäckigkeit, legte ich ihr eine Hand an den Nacken und beteuerte: »Niemals.«

»Dann zum Teufel mit dem, was irgendwer anders denkt!«

Ihr Feuer brachte mich zum Lachen. Sie lächelte und stemmte eine Hand in die Hüfte. »Na, wie war das in Sachen Einstellung? Genug böses Mädchen?«

Ich überraschte sie damit, dass ich sie herumdrehte, bis sie mit dem Rücken am Baum lehnte. Bevor sie protestieren konnte, drückte ich mich an sie und küsste sie. Unsere Lippen bewegten sich langsam im innigen Kuss, und Poppy öffnete ihre, um meine Zunge einzulassen. Ich schmeckte die Süße in ihrem Mund, bevor ich mich wieder von ihr löste.

Poppy war atemlos. Sie kämmte mit den Fingern durch

mein noch feuchtes Haar. »Ich kenne dich, Rune. Du würdest mir nicht wehtun.« Sie zog die Nase kraus und witzelte: »Darauf verwette ich mein Leben.«

Schmerz wollte sich in meiner Brust breitmachen. »Das war nicht lustig.«

Sie hielt Daumen und Zeigefinger ein paar Zentimeter auseinander. »Doch, war es. Ein ganz klein wenig.«

Ich schüttelte den Kopf. »Du kennst mich wirklich, *Poppymin*. *Nur* du.«

Poppy musterte mich. »Vielleicht ist das das Problem«, sagte sie. »Vielleicht, wenn du andere an dich heranließest ... Wenn du denen, die dich lieben, zeigen würdest, dass du unter den dunklen Klamotten und dem düsteren Gehabe immer noch *du* bist, dann würden sie nicht so unfreundlich über dich urteilen. Sie würden dich als den lieben, wer immer du sein willst, weil sie deine wahre Seele sehen würden.«

Ich erwiderte nichts, und dann fuhr sie fort: »Wie Alton. Wie ist deine Beziehung zu ihm?«

»Er ist ein Kind.« Ich verstand nicht, was sie meinte.

»Er ist ein kleiner Junge, der dich anbetet. Ein kleiner Junge, der ganz traurig ist, weil du nicht mit ihm redest oder etwas mit ihm unternimmst.«

Ich spürte, wie ihre Worte sich in meine Eingeweide bohrten. »Woher weißt du das?«

»Weil er es mir gesagt hat. Er war traurig.«

Ich stellte mir vor, wie Alton weinte, verscheuchte den Gedanken aber schnell wieder. Ich wollte nicht daran denken. Ich hatte vielleicht nicht viel mit ihm zu tun, doch ich wollte ihn nicht verletzen.

»Es gibt einen Grund dafür, dass er langes Haar hat, weißt du? Und dafür, dass er es sich genauso wie du aus dem Gesicht streicht. Es ist echt niedlich.«

»Er hat langes Haar, weil er Norweger ist.«

Poppy verdrehte die Augen. »Nicht jeder Junge aus Norwegen hat langes Haar, Rune. Sei nicht albern. Er hat langes Haar, weil er so sein will wie du. Er imitiert deine Angewohnheiten, deine Eigenarten, weil er so sein will wie *du*. Er will, dass du Notiz von ihm nimmst. Er verehrt dich.«

Ich senkte den Kopf. Poppy hob ihn mit der Fingerspitze wieder an und sah mir forschend in die Augen. »Und dein Papa? Wieso willst du nicht …«

»*Genug*«, stieß ich schroff hervor, denn ich wollte nicht über ihn reden. Ich würde ihm nie verzeihen, dass er mich zum Weggehen gezwungen hatte. Dieses eine Thema war tabu, sogar für Poppy. Doch sie wirkte über meinen Ausbruch weder verletzt noch gekränkt. Stattdessen fand ich nur Mitgefühl in ihrem Gesicht.

Das konnte ich auch nicht ertragen.

Ich nahm ihre Hand und schlenderte mit ihr ohne ein weiteres Wort zur Schule. Poppy hielt meine Finger ganz fest, als andere Schüler uns anstarrten. »Lass sie nur gucken«, sagte ich zu Poppy, als wir durchs Schultor gingen.

Sie schmiegte sich enger an mich.

Als wir in den Flur kamen, sah ich Deacon, Judson, Jorie, Avery und Ruby bei ihren Spinden stehen. Seit der Party hatte ich mit keinem von ihnen gesprochen.

Also wusste keiner von ihnen von dieser Entwicklung.

Jorie drehte sich zuerst um, und als ihr Blick auf unsere verschränkten Hände fiel, riss sie die Augen auf und bewegte die Lippen. Sie musste etwas gemurmelt haben, denn in Sekundenschnelle drehten sich alle unsere Freunde um und sahen uns verwirrt an.

»Komm, Poppy«, sagte ich, »wir sollten mit ihnen reden.«

Doch sie hielt mich zurück. »Sie wissen nichts von …«, flüsterte sie, sodass nur ich es hören konnte. »Niemand weiß es, nur unsere Familien und die Lehrer. Und du.«

Ich nickte langsam.

Dann sagte sie: »Und Jorie. Jorie weiß es auch.«

Diese Information traf mich hart. Poppy musste den Schmerz in meinem Gesicht gesehen haben, denn sie erklärte: »Ich brauchte jemanden, Rune. Außer dir war sie immer schon meine engste Freundin. Sie half mir bei den Schularbeiten und solchen Dingen.«

»Aber ihr hast du es erzählt und mir nicht.« Ich kämpfte den Drang nieder wegzugehen, um etwas Luft zu schnappen.

Poppy hielt mich fest. »Sie hat mich nicht so geliebt wie du. Und ich liebe sie nicht so, wie ich dich liebe.«

Bei diesen Worten verrauchte mein Zorn ... *Und ich liebe sie nicht so, wie ich dich liebe ...*

Ich trat näher zu Poppy und legte den Arm um ihre Schulter.

»Irgendwann werden sie es herausfinden.«

»Aber noch nicht jetzt«, antwortete sie bestimmt.

Ich schmunzelte, als ich die Entschlossenheit in ihren Augen sah. »Aber noch nicht jetzt.«

»Rune? Sieh zu, dass du schleunigst hier rüberkommst; du hast da ein paar Dinge zu erklären!«, übertönte Deacons Stimme das Lärmen im Flur.

»Bereit?«, fragte ich Poppy.

Sie nickte, und ich steuerte auf unsere Freunde zu. Poppy hatte den Arm fest um meine Taille gelegt.

»Dann seid ihr also wieder zusammen?«, fragte Deacon.

Ich nickte und registrierte ärgerlich, dass Eifersucht in Averys Gesicht aufleuchtete. Doch als sie sah, dass ich es bemerkt hatte, setzte sie schnell wieder ihre übliche zynische Maske auf. Mir war es egal; sie hatte mir nie etwas bedeutet.

»Also gibt es sie wieder: Poppy und Rune, wieder zusammen?«, hakte Ruby nach.

»Ja.« Poppy lächelte mir zu. Ich küsste sie auf die Stirn und drückte sie an mich.

»Tja, sieht so aus, als wäre die Welt wieder in Ordnung.« Jorie drückte strahlend Poppys Arm. »Es war einfach nicht richtig, dass ihr zwei nicht zusammen seid. Das Universum fühlte sich einfach irgendwie … falsch an.«

»Danke, Jor«, meinte Poppy, und die beiden sahen sich einen langen Moment in stummem Einverständnis in die Augen. Ich bemerkte, dass Jorie mit den Tränen kämpfte. Doch da rief sie aus: »Tja, ich muss in den Unterricht. Wir sehen uns später!«

Sie eilte davon. Poppy trat an ihren Spind. Ich ignorierte das Starren der anderen. Als Poppy die Bücher, die sie brauchte, herausgeholt hatte, drückte ich sie mit dem Rücken an die geschlossene Tür und meinte: »Siehst du? War doch gar nicht so schlimm.«

»Nicht so schlimm«, echote Poppy, aber ich sah, wie sie meine Lippen betrachtete.

Ich beugte mich vor, presste wieder meinen Oberkörper an ihren und eroberte ihren Mund mit meinem. Poppy wimmerte leise, als meine Hand in ihr Haar wanderte. Als ich wieder zurückwich, leuchteten ihre Augen, und ihre Wangen waren gerötet.

»Kuss dreihundertsechzig. An meiner Spindtür in der Schule. Als wir der Welt zeigten, dass wir wieder zusammen sind … und mein Herz wollte fast zerspringen.«

Ich wich zurück, damit Poppy zu Atem kommen konnte.

»Rune?«, rief sie, als ich zum Matheunterricht ging. Ich drehte mich um und nickte ihr zu. »Ich werde noch mehr solche Momente brauchen, um mein Glas zu füllen.«

Mir wurde heiß bei dem Gedanken, sie zu küssen, wann immer möglich. Poppy errötete unter meinem eindringlichen Blick. Als ich mich wieder umdrehte, rief sie: »Und, Rune?«

Ich schmunzelte. *»Ja?«*

»Was ist dein Lieblingsort hier in Georgia?« Irgendetwas ging in ihrem Kopf vor. Sie plante etwas, ich wusste es einfach.

»Das Blütenwäldchen, im Frühling«, antwortete ich und merkte, wie meine Züge nur bei dem Gedanken an unser Wäldchen weicher wurden.

»Und wenn nicht Frühling ist?«

Ich zuckte mit den Schultern. »Wahrscheinlich der Strand. Wieso?«

»Kein besonderer Grund«, trällerte sie und ging dann in die entgegengesetzte Richtung davon.

»Sehe dich beim Mittagessen«, rief ich.

»Ich muss Cello üben.«

Ich blieb stehen und blickte über die Schulter zu ihr. »Dann sehe ich dir zu.«

Poppys Gesicht hellte sich auf, und sie wiederholte sanft: »Dann siehst du mir zu.«

Wir standen da, an beiden Enden des Flurs, und schauten uns nur an. Poppy formte lautlos mit den Lippen: *»Für unendlich.«*

Und ich antwortete auf die gleiche Weise: *»Für immer und ewig.«*

Die Woche verging im Nu.

Zeit war mir nie wichtig gewesen – ob sie nun schnell oder langsam verstrich. Aber jetzt war das anders. Jetzt wünschte ich mir, dass jede Minute eine Stunde und jede Stunde einen Tag dauern möge. Aber trotz meines stummen Flehens an wen auch immer, der zum Teufel da oben war, verging die Zeit viel zu schnell.

In der Schule flaute das kollektive Interesse daran, dass Poppy und ich wieder zusammen waren, nach ein paar Tagen wieder ab. Die meisten begriffen es immer noch nicht, aber das beachtete ich nicht. Es kümmerte mich kein Stück.

Es klingelte an der Tür, und ich schnappte mir meine Jacke. Poppy führte mich aus.

Sie führte *mich* aus.

Als ich an diesem Morgen aus ihrem Bett geschlüpft war, hatte sie mir gesagt, dass ich um zehn Uhr fertig sein sollte. Sie wollte mir nicht sagen, warum oder was wir unternehmen würden, aber ich war fest entschlossen zu tun, worum sie mich gebeten hatte.

Als ich aus meinem Zimmer kam und über den Flur ging, hörte ich Poppys Stimme: »Hey, kleiner Mann, wie geht's?«

»Gut«, antwortete Alton schüchtern.

Ich bog um die Ecke und sah, wie Poppy in die Hocke ging, um auf Augenhöhe mit Alton zu sein. Sein langes Haar verdeckte sein Gesicht. Ich schaute zu, wie er es sich nervös mit der Hand zurückstrich … genau wie ich. Und da gingen mir Poppys Worte von neulich jäh durch den Kopf …

Er hat langes Haar, weil er so sein will wie du. Er imitiert deine Angewohnheiten, deine Eigenarten, weil er so sein will wie du. Er will, dass du Notiz von ihm nimmst. Er verehrt dich …

Ich sah, wie mein kleiner Bruder schüchtern auf den Füßen wippte, und musste unwillkürlich belustigt lächeln. Er war auch still, so wie ich. Für gewöhnlich redete er nur, wenn man ihn ansprach.

»Was hast du denn heute vor?«, fragte Poppy ihn.

»Nichts«, antwortete Alton düster.

Poppys Lächeln verschwand.

»Gehst du wieder mit Rune aus?«

»Ja, Baby«, sagte sie leise.

»Redet er jetzt wieder mit dir?«, fragte Alton. Ich hörte den traurigen Unterton in seiner leisen Stimme, von dem Poppy mir erzählt hatte.

»Ja.« Poppy strich ihm mit dem Finger über die Wange, genau wie sie es bei mir immer tat. Alton senkte verlegen den Kopf, aber durch die langen Haarsträhnen hindurch bemerkte ich ein kleines Lächeln.

Poppy blickte auf und entdeckte mich, wie ich an der Wand lehnte und sie eindringlich beobachtete. Langsam richtete sie sich auf, und ich ging zu ihr, griff nach ihrer Hand und zog sie für einen Kuss an mich.

»Bist du so weit?«, fragte sie.

Ich nickte. »Du sagst mir immer noch nicht, wohin wir gehen?«

Poppy spitzte die Lippen und schüttelte neckend den Kopf. Sie nahm meine Hand und ging mit mir zur Tür hinaus. »Bye, Alton!«, rief sie über die Schulter. »Bis bald!«

»Bye, *Poppymin*«, hörte ich ihn leise antworten. Als er meinen Kosenamen für sie aussprach, blieb ich wie angewurzelt stehen. Poppy drückte die Hand auf ihren Mund, und ich sah, wie sie praktisch auf der Stelle dahinschmolz.

Sie starrte mich an, und mir war klar, sie wollte, dass ich etwas zu meinem Bruder sagte. Seufzend drehte ich mich zu Alton um, und er murmelte: »Bye, Rune.«

Poppy drückte meine Finger und drängte mich so, ihm zu antworten. »Bye, Alt«, antwortete ich unbehaglich. Alton hob den Kopf, und ein breites Lächeln erschien auf seinem Gesicht. Und alles nur, weil ich Bye gesagt hatte.

Bei diesem Lächeln, das sein Gesicht aufleuchten ließ, spürte ich ein Gefühl von Enge in der Brust. Ich ging mit Poppy die Stufen hinunter und zum Auto von Poppys Mamma. Als wir es erreichten, legte sie den Kopf schief und erklärte: »Rune Kristiansen, ich bin gerade so richtig stolz auf dich.«

Ich wandte den Blick ab, denn diese Art von Lob war mir unangenehm. Mit einem schweren Seufzen ließ Poppy schließlich meine Hand los, und wir stiegen ins Auto. »Sagst du mir jetzt, wohin wir fahren?«, bat ich.

»Nein.« Sie fuhr rückwärts aus der Einfahrt. »Aber du wirst schon früh genug darauf kommen.«

Ich stellte Poppys üblichen Sender im Radio ein und lehnte mich auf meinem Sitz zurück, während sie wieder ein Lied mitsang, das ich nicht kannte. Versunken betrachtete ich sie. Wie dann, wenn sie Cello spielte, wurden ihre Grübchen tiefer, wenn sie ihre Lieblingslieder mitsang und bei den Texten, die sie liebte, lächelte. Ihr Kopf wiegte sich im Takt.

Mir wurde schwer ums Herz.

Es war ein ständiger Kampf. Poppy so sorglos und fröhlich zu sehen erfüllte mich mit hellstem Licht, aber zu wissen, dass diese Momente gezählt waren und uns *davonliefen*, brachte nur Finsternis. Rabenschwarze Finsternis.

Und Wut. Die immer präsente, entrollte Spirale aus Wut, die nur darauf wartete zuzuschlagen.

Als könnte sie sehen, wie ich zerbrach, streckte Poppy die Hand aus und legte sie in meinen Schoß, mit der Handfläche nach oben, die Finger bereit, sich mit meinen zu verschränken.

Ich atmete tief aus, als ich meine Hand hineinlegte. Es war mir unmöglich, Poppy anzusehen. Ich würde ihr das nicht antun.

Ich wusste, was Poppy empfand. Auch wenn der Krebs ihr das Leben aussaugte, war es doch der Schmerz ihrer Familie und der Menschen, die sie liebten, der sie umbrachte. Wenn ich still wurde und die Verzweiflung nach mir griff – nur dann wurden ihre leuchtend grünen Augen trübe. Wenn ich mich vom Zorn verschlingen ließ, konnte ich die Müdigkeit in ihrem Gesicht sehen.

Sie war es leid, der Grund für so viel Kummer zu sein.

Ich hielt ihre Hand fest in meiner und blickte aus dem Fenster. Wir fuhren die gewundene Straße aus der Stadt hinaus. Ich hob unsere verschränkten Hände an den Mund und drückte Küsse auf Poppys weiche Haut. Als wir an einem Schild vorbeikamen, das zur Küste wies, fiel mir die Schwere von der Brust, und ich drehte mich zu Poppy um.

Sie lächelte schon.

»Du fährst mit mir zum Strand!«

Poppy nickte. »Jawohl! Dein zweitliebster Ort.«

Ich dachte an die blühenden Kirschbäume im Wäldchen und stellte mir vor, wie wir unter unserem Lieblingsbaum saßen. Und, so untypisch es für mich war, sprach ich ein Gebet, dass sie so lange durchhalten würde. Poppy musste die Bäume noch einmal in voller Blüte sehen.

Sie musste einfach so lange durchhalten.

»Werde ich«, flüsterte sie plötzlich. Ich sah ihr in die Augen, und sie drückte meine Hand, als hätte sie mein stummes Flehen gehört. »Ich werde sie sehen. Ich bin fest entschlossen.«

Die Stille zwischen uns wurde tiefer. Ich hatte einen Kloß im Hals, als ich lautlos die Monate zählte, bis die Bäume blühen würden. Etwa vier Monate.

Gar nicht lange.

Poppys Hand war stocksteif geworden. Als ich ihr forschend ins Gesicht blickte, sah ich den Schmerz wieder. Den, der mir wortlos mitteilte, dass sie litt, weil ich litt.

Ich räusperte mich. »Dann wird es so sein. Gott weiß, dass

er dir nicht im Weg stehen sollte, wenn du fest entschlossen bist.«

Und sofort verschwand der Schmerz in ihren Augen, und reine Freude schimmerte durch.

Ich lehnte mich zurück und sah zu, wie die Welt draußen vorbeiflog. Ich war ganz in meinen eigenen Gedanken verloren, als ich es hörte: »Danke.« Es war ein ganz leiser Laut, kaum ein Flüstern. Aber ich schloss die Augen und spürte, wie Poppys Hand sich entspannte.

Ich antwortete nicht. Sie würde keine Antwort wollen.

Im Radio fing ein neues Lied an, und als wäre gar nichts passiert, erfüllte Poppys leise Stimme das Auto und ließ nicht nach. Für den Rest der Fahrt hielt ich ihre Hand, während sie sang.

Und ich achtete darauf, jeden Ton in mich einzusaugen.

Als wir die Küste erreichten, war der hohe weiße Leuchtturm am Ende der Klippe das Erste, was ich sah. Der Tag war warm, der Kälteeinbruch schien vorüber zu sein, und der Himmel war hell.

Es war kaum eine Wolke am Himmel. Die Sonne stand hoch und schickte ihre Strahlen über das stille Wasser. Poppy parkte den Wagen. »Ich stimme dir zu; das ist auch mein zweitliebster Ort«, sagte sie.

Ich nickte und musterte mehrere Familien, die auf dem weichen Sand verstreut saßen. Da waren spielende Kinder; manche Erwachsene hatten sich in den Dünen niedergelassen und lasen. Andere entspannten sich und genossen mit geschlossenen Augen die Wintersonne. Seevögel zogen auf der Suche nach weggeworfenen Nahrungsmitteln ihre Kreise.

»Weißt du noch, wie wir hier im Sommer waren?«, fragte Poppy, und Freude lag in ihrer Stimme.

»*Ja*«, antwortete ich heiser.

Sie zeigte unter den Pier. »Und dort drüben, Kuss fünfundsiebzig.« Sie drehte sich zu mir um und lachte, als sie sich erinnerte. »Wir haben uns von unseren Familien davongeschlichen, unter den Pier, damit du mich küssen konntest.« Sie berührte ihre Lippen und schaute gedankenverloren ins Leere. »Du hast nach Salz geschmeckt, vom Meerwasser. Weißt du noch?«

»*Ja*«, antwortete ich. »Wir waren neun. Du hattest einen gelben Badeanzug an.«

»Oh ja, stimmt!«, antwortete sie kichernd. Poppy öffnete die Tür. Dann schaute sie zurück, Aufregung im Gesicht, und fragte: »Bist du so weit?«

Ich stieg aus. Die warme Brise wehte mir das Haar ins Gesicht. Ich zog ein Gummiband von meinem Handgelenk ab, band mir das Haar locker am Hinterkopf zusammen und ging zum Kofferraum, um Poppy beim Tragen der Dinge zu helfen, die sie mitgebracht hatte.

Mit einem Blick in den großen Kofferraum sah ich, dass sie einen Picknickkorb und noch einen Rucksack vorbereitet hatte. Ich hatte keine Ahnung, was da drin war.

Als ich die Sachen aufnahm und losmarschierte, blieb sie stehen.

Unter ihrem eindringlichen Blick runzelte ich die Stirn. »Was ist?«, fragte ich.

»Rune«, flüsterte sie, berührte mein Gesicht mit den Fingerspitzen und strich über meine Wangen und meine Stirn. Schließlich lächelte sie. »So kann ich dein Gesicht sehen.«

Poppy ging auf die Zehenspitzen und zupfte spielerisch an meinem Pferdeschwanz. »Das gefällt mir«, erklärte sie. Noch einmal blickte sie mir forschend in die Augen. Dann seufzte sie. »Rune Erik Kristiansen, ist dir klar, wie überaus gut du aussiehst?«

Ich senkte den Kopf. Hände fuhren über meinen Oberkörper. Als ich aufsah, redete sie weiter: »Ist dir klar, wie tief meine Gefühle für dich sind?«

Langsam schüttelte ich den Kopf, denn ich musste es von ihr hören. Sie legte meine Hand über ihr Herz und ihre Hand auf meine. Ich fühlte ihren regelmäßigen Herzschlag unter meiner Handfläche, das beständige Pochen, das schneller wurde, als ich ihr in die Augen schaute. »Es ist wie Musik«, erklärte sie. »Wenn ich dich ansehe, wenn du mich berührst, wenn ich dein Gesicht betrachte … wenn wir uns küssen, spielt mein Herz ein Lied. Es singt, dass es dich braucht, so wie ich Luft zum Atmen brauche. Es singt mir, dass ich dich vergöttere. Es singt, dass ich seinen perfekten Teil gefunden habe, der noch fehlte.«

»Poppymin«, sagte ich leise, und sie legte einen Finger auf meine Lippen.

»Hör hin, Rune.« Sie schloss die Augen. Ich tat dasselbe. Und ich hörte es. Ich hörte es so laut, als wäre es direkt an meinem Ohr. Das beständige Pochen, unseren Rhythmus. »Wenn du in der Nähe bist, seufzt mein Herz nicht, sondern es schwebt«, flüsterte sie. »Ich denke, Herzen schlagen im Takt wie ein Lied. Ich denke, dass wir, wie bei Musik, uns zu einer speziellen Melodie hingezogen fühlen. Ich hörte das Lied deines Herzens, und deines hat meins gehört.«

Ich öffnete die Augen. Poppy stand da, lächelte mit tiefen Grübchen und wiegte sich im Rhythmus. Dann öffnete sie die Augen, und ein süßes Kichern kam über ihre Lippen. Ich drängte mich an sie und küsste sie.

Poppys Hände legten sich an meine Taille und hielten sich an meinem T-Shirt fest, als meine Lippen sich langsam auf ihren bewegten und ich sie nach hinten schob, bis sie ans Auto gedrückt dastand, mein Oberkörper an sie gelehnt.

Ich fühlte das Echo ihres Herzschlags in meiner Brust. Poppy seufzte, als meine Zunge an ihre glitt, und ihre Hände an meiner Taille spannten sich an. Als ich wieder zurückwich, flüsterte sie: »Kuss vierhundertzweiunddreißig. Am Strand mit meinem Rune. Mein Herz wollte fast zerspringen.«

Schwer atmend versuchte ich, mich zu sammeln. Poppys Wangen waren gerötet, und sie atmete ebenso schwer wie ich. Wir blieben so stehen und atmeten nur, bis Poppy sich vom Kofferraum abstieß und mir einen Kuss auf die Wange drückte.

Sie drehte sich um, hob den Rucksack auf und warf ihn sich über die Schulter. Ich wollte ihn ihr abnehmen, aber sie meinte: »Ich bin noch nicht zu geschwächt, Baby. Ein wenig Gewicht kann ich noch tragen.«

Ihre Worte waren doppeldeutig. Ich wusste, sie meinte damit nicht nur den Rucksack, sondern auch mein Herz.

Die Finsternis in mir, die sie unaufhörlich zu bekämpfen versuchte.

Poppy ging und gestattete mir, alles andere aufzusammeln. Ich folgte ihr zu einer abgelegenen Stelle auf der anderen Seite des Strandes, neben dem Pier.

Als wir stehen blieben, sah ich den Pfosten, wo ich sie vor all den Jahren geküsst hatte. Ein merkwürdiges Gefühl machte sich in mir breit, und ich wusste, dass ich sie dort noch einmal küssen würde, bevor wir wieder nach Hause fuhren. Doch diesmal würde ich sie als Siebzehnjähriger küssen.

Noch ein Kuss für ihr Glas.

»Ist es hier okay?«

»Ja«, antwortete ich und legte alles auf den Sand. Ich sah den Schirm. Weil ich besorgt war, Poppy könnte zu viel Sonne abbekommen, stemmte ich ihn rasch in den Sand und öffnete ihn, um ihr etwas Schatten zu verschaffen.

Sobald die Decke auf dem Sand lag, bedeutete ich Poppy mit einer Kopfbewegung, sich unter den Schirm zu setzen. Sie tat es und drückte mir im Vorbeigehen einen schnellen Kuss auf die Hand.

Und mein Herz seufzte nicht, sondern schwebte.

Mein Blick richtete sich auf die ruhig dahinrollenden Meereswellen. Poppy setzte sich, schloss die Augen und atmete tief durch.

Ihr dabei zuzusehen, wie sie die Natur genoss, war, wie die Antwort auf ein Gebet zu sehen. Die Freude in ihren Zügen schien ohne Grenzen zu sein, und der Friede ihrer Seele ließ mich demütig werden.

Ich ließ mich auf dem Sand nieder, beugte mich vor und schlang die Arme um die angezogenen Knie. Ich starrte hinaus aufs Meer, auf die Boote in der Ferne, und fragte mich, wohin sie wohl fuhren.

»Was für ein Abenteuer erleben sie gerade, was denkst du?«, fragte Poppy, die meine Gedanken erraten hatte.

»Ich weiß nicht«, antwortete ich aufrichtig.

Sie verdrehte die Augen. »Ich stelle mir vor, sie lassen alles hinter sich. Ich denke, sie sind eines Tages aufgewacht und haben beschlossen, dass es mehr im Leben gibt. Sie haben beschlossen – ein verliebtes Paar, ein Junge und ein Mädchen –, dass sie die Welt erforschen wollen. Sie haben all ihren Besitz veräußert und sich ein Boot gekauft.« Sie lächelte und senkte den Kopf, ließ das Kinn in ihren Händen und die Ellbogen auf den gebeugten Knien ruhen. »Sie spielt gern Musik, und er liebt es, Augenblicke auf Film einzufangen.«

Ich schüttelte den Kopf und warf ihr aus dem Augenwinkel einen Blick zu.

Es schien sie nicht zu kümmern, denn sie fuhr fort: »Und die Welt ist gut. Sie reisen an weit entfernte Orte, erschaffen

Musik, Kunst und Bilder. Und auf ihrem Weg küssen sie sich. Sie küssen und lieben sich und sind glücklich.«

Poppy blinzelte, als die sanfte Brise unseren Schirm flattern ließ. Dann sah sie mich wieder an. »Klingt das nicht wie das perfekteste aller Abenteuer?«

Ich nickte. Ich konnte nichts sagen.

Poppy warf einen Blick auf meine Füße. »Du hast ja Stiefel an, Rune! Es ist ein wundervoll sonniger Tag, und du hast Stiefel an.« Kurzerhand öffnete Poppy die Reißverschlüsse meiner Lederstiefel und zog sie mir aus. Dann krempelte sie meine Jeans bis zu den Knöcheln hoch und nickte. »Da. Das ist schon besser.«

Ich konnte das Lustige an Poppys zufriedenem Lächeln nicht übersehen, also streckte ich die Hände aus, zog sie an mich und ließ mich auf den Rücken sinken, sodass sie auf mir lag.

»Da«, wiederholte ich. »Das ist schon besser.«

Poppy kicherte und belohnte mich mit einem schnellen Kuss. »Und jetzt?«

»Riesige Verbesserung«, witzelte ich trocken. »Massive, asteroidengroße Verbesserung.«

Poppy lachte lauter. Ich rollte mit ihr herum, damit sie neben mir lag. Ihr Arm blieb auf meiner Taille, und ich fuhr mit dem Finger über ihre weiche bloße Haut.

Schweigend schaute ich in den Himmel. Auch Poppy schwieg, bis sie plötzlich sagte: »Du warst noch nicht lange fort, als ich anfing, mich müde zu fühlen, so müde, dass ich gar nicht mehr aus dem Bett kam.«

Ich wurde ganz still. Endlich erzählte sie mir davon; endlich erzählte sie, was passiert war. Erzählte mir *alles*.

»Mama brachte mich zum Arzt, und man machte einige Tests.« Sie schüttelte den Kopf. »Um ehrlich zu sein: Alle dachten, ich würde mich anders verhalten, weil du weg warst. Ich dachte das auch. Die ersten paar Tage lang konnte ich so tun, als wärst du nur in die Ferien gefahren. Aber als die Wochen vergingen, wurde die Leere, die du in mir hinterlassen hattest, so schmerzhaft. Mein Herz war vollkommen gebrochen. Und obendrein schmerzten meine Muskeln. Ich schlief zu viel und konnte keine Kraft mehr finden. Am Ende mussten wir nach Atlanta, wo ich weiteren Tests unterzogen wurde. Wir wohnten bei Tante DeeDee, während die Ärzte herauszufinden versuchten, was mit mir nicht stimmte.«

Sie hob den Kopf und legte eine Hand an meine Wange. »Ich habe es dir nie gesagt, Rune. Ich habe weiter so getan, als wäre alles okay. Weil ich nicht ertragen konnte, dir noch mehr wehzutun. Es war offensichtlich, dass du nicht wirklich gut zurechtkamst. Bei jedem Videochat konnte ich sehen, wie du immer wütender wurdest, weil du zurück in Oslo warst. Die Dinge, die du gesagt hast, das warst einfach nicht *du*.«

»Also, dieser Besuch bei deiner Tante DeeDee«, fiel ich ihr ins Wort, »der war, weil du krank warst. Es war nicht nur ein Besuch, wie du mir erzählt hast?«

Poppy nickte schuldbewusst. »Ich kannte dich, Rune. Und ich sah, wie du entgleitest. Du warst schon immer der düstere Typ und im Wesen finster. Aber wenn du bei mir warst, warst du nicht so. Ich konnte nur vermuten, was es dir antun würde, zu erfahren, dass ich krank bin.«

Poppy legte sachte den Kopf an meine Brust. »Es dauerte nicht lange, bis ich meine Diagnose bekam: Hodgkin-Lymphom in fortgeschrittenem Stadium. Es hat meine Familie bis ins Mark erschüttert. Zu Anfang hat es auch mich erschüttert. Wie auch nicht?« Ich drückte sie fester an mich, doch Poppy wich etwas zurück. »Rune, ich weiß, dass ich die Welt nie so wie alle anderen betrachtet habe. Ich habe stets jeden Tag bis zum Letzten ausgekostet. Ich habe immer Aspekte der Welt akzeptiert, die andere nicht akzeptieren. In gewisser Weise lag es bestimmt daran, dass ich wusste, ich würde nicht wie die anderen die Zeit haben, sie zu erfahren. Ich denke, tief in meinem Inneren wusste ich es. Denn als der Arzt uns sagte, dass ich nur noch ein paar Jahre zu leben hätte, auch mit Medikamenten und Behandlung, war es okay für mich.«

Tränen schimmerten in Poppys Augen. In meinen auch.

»Wir blieben alle in Atlanta; wir wohnten bei Tante DeeDee. Ida und Savannah gingen auf neue Schulen. Daddy pendelte zur Arbeit. Ich wurde zu Hause oder im Krankenhaus unterrichtet. Mama und Daddy beteten um ein Wunder. Aber ich wusste, dass es keins geben würde. Es war okay für mich. Ich hielt den Kopf oben. Die Chemo war hart. Die Haare zu verlieren war schlimm für mich.« Poppy blinzelte die Tränen fort und gestand dann: »Aber den Kontakt zu dir abzubrechen hat mich fast umgebracht. Es war meine Entscheidung. Die Schuld liegt bei mir. Ich wollte dich einfach schützen, Rune. Davor, mich so sehen zu müssen. Ich erlebte ja täglich, was es meinen Eltern und meinen Schwestern antat. Aber dich konnte ich beschützen. Ich konnte dir geben, was meine Familie nicht bekam: ein Leben. Freiheit. Die Chance weiterzuleben, ohne Schmerz.«

»Hat nicht funktioniert«, brachte ich heraus.

Poppy senkte den Blick. »Das weiß ich jetzt. Aber glaube mir, Rune, ich habe jeden einzelnen Tag an dich gedacht. Ich habe dich mir vorgestellt und für dich gebetet. Ich habe gehofft, dass die Finsternis, die ich in dir aufsteigen sah, mit meiner Abwesenheit wieder verschwunden wäre.« Sie ließ den Kopf wieder an meiner Brust ruhen. »Sag es mir, Rune. Sag mir, was mit dir passiert ist.«

Ich biss die Zähne zusammen, denn ich wollte nicht noch einmal empfinden, was ich damals empfunden hatte. Aber meinem Mädchen konnte ich nie etwas abschlagen. Das war unmöglich. »Ich war wütend.« Sanft strich ich ihr das Haar aus dem hübschen Gesicht. »Niemand konnte mir sagen, wohin du gezogen warst. Wieso du den Kontakt zu mir abgebrochen hattest. Meine Eltern ließen mich einfach nicht in Ruhe. Pappa hat mich rund um die Uhr wütend gemacht. Ich habe ihm für alles die Schuld gegeben. Das tue ich immer noch.«

Poppy wollte etwas einwenden, aber ich schüttelte den Kopf. »Nein«, stieß ich hervor. »*Lass es!*«

Sie schloss den Mund wieder, und ich sprach weiter. »Ich ging zur Schule, aber es dauerte nicht lange, bis ich Leute kennenlernte, die genauso sauer auf Gott und die Welt waren wie ich. Es dauerte nicht lange, bis ich anfing, nur noch Party zu machen. Ich trank und rauchte – tat das Gegenteil von allem, was Pappa mir sagte.«

»Oh, Rune.« Poppy klang traurig.

»Das wurde mein Leben. Ich warf meine Kamera weg. Dann packte ich alles weg, was mich an dich erinnerte.« Ich stieß ein Lachen aus. »Nur schade, dass ich nicht auch mein Herz herausreißen und wegpacken konnte. Denn dieses Mistding ließ nicht zu, dass ich dich vergesse, egal, wie angestrengt ich es versucht habe. Und dann kamen wir hierher zurück. Und ich sah dich im Flur, und der ganze Zorn, den ich immer noch in meinen Adern hatte, wurde zu einer Flutwelle.«

Ich rollte mich auf die Seite, öffnete die Augen und strich mit der Hand über Poppys Gesicht. »Weil du so wunderschön ausgesehen hast. Jedes Bild, das ich von dir im Kopf hatte, wie du wohl mit siebzehn aussehen würdest, war zunichtegemacht. In der Minute, als ich dieses braune Haar wieder sah, diese großen grünen Augen, die auf mich gerichtet waren, wusste ich, dass jede Anstrengung der letzten zwei Jahre, dich wegzuschieben, umsonst gewesen war. Nur durch einen Blick. Umsonst.«

Ich schluckte. »Und dann, als du mir erzählt hast …« Ich verstummte, und Poppy schüttelte den Kopf.

»Nein«, sagte sie. »Genug jetzt.«

»Und du?«, fragte ich. »Warum bist du zurückgekommen?«

»Weil ich fertig war.« Sie seufzte. »Nichts half. Keine neue Behandlung änderte etwas. Der Onkologe erklärte uns geradeheraus, dass nichts helfen würde. Dass ich mich nur entscheiden müsse. Ich wollte nach Hause. Ich wollte die Tage, die mir noch bleiben, zu Hause leben, mit palliativer Behandlung, mit den Menschen, die ich am meisten liebe.«

Poppy rutschte näher, küsste mich auf die Wange, ins Gesicht und zuletzt auf den Mund. »Und jetzt habe ich dich. So, wie es sein sollte. Das ist es, wo wir in genau diesem Augenblick sein sollten – zu Hause.«

Ich spürte, wie mir eine Träne aus dem Auge entwich. Poppy wischte sie rasch mit dem Daumen weg. Dann lehnte sie sich über mich, über meine Brust, und sagte: »Ich habe angefangen zu verstehen, dass der Tod für einen Kranken nicht so schwer zu ertragen ist. Für uns hat der Schmerz schließlich ein Ende, wir gehen an einen besseren Ort. Aber für die, die zurückbleiben, wird der Schmerz nur größer.«

Poppy nahm meine Hand und hielt sie an ihre Wange. »Ich glaube wirklich, dass Geschichten von Verlust nicht immer traurig oder kummervoll sein müssen. Ich will, dass man sich an meine erinnert als ein großes Abenteuer, das ich so gut wie nur möglich zu leben versucht habe. Denn wie können wir es wagen, nur einen einzigen Atemzug zu verschwenden? Wie können wir es wagen, etwas so Kostbares zu vergeuden? Stattdessen sollten wir danach streben, dass all die kostbaren Augenblicke voll und ganz ausgeschöpft werden, so viele, wie wir nur in diese kurze Zeit auf Erden hineinquetschen können. Das ist die Botschaft, die ich hinterlassen will.

Und was für eine wundervolle Botschaft es ist für die, die ich liebe!«

Wenn ein Herzschlag ein Lied war, wie Poppy glaubte, dann sang genau jetzt mein Herz vor Stolz … von der völligen Bewunderung, die ich für das Mädchen empfand, das ich liebte: darüber, wie sie das Leben sah und versuchte, mich glauben zu lassen, dass es nach ihr ein Leben geben konnte.

Ich war mir sicher, dass das nicht der Fall war, aber ich konnte sehen, dass Poppy fest entschlossen war. Diese Entschlossenheit wankte nie.

»Also, jetzt weißt du es«, erklärte sie und legte den Kopf auf meine Brust. »Und nun lass uns nicht weiter darüber reden. Wir müssen unsere Zukunft erforschen. Wir werden keine Sklaven der Vergangenheit sein.« Ich schloss die Augen, und sie flehte: »Versprichst du es mir, Rune?«

Ich fand meine Stimme wieder. »Versprochen.«

Entschlossen kämpfte ich die Emotionen nieder, die mich innerlich zerrissen. Ich würde ihr nicht zeigen, dass ich traurig war. Heute würde sie nur Freude bei mir sehen.

Poppys Atem wurde gleichmäßiger, während ich ihr Haar streichelte. Die warme Brise wehte über uns und trug die Schwere, die uns umgeben hatte, mit sich davon.

Ich war dabei wegzudösen und dachte, Poppy sei es genauso gegangen, als sie flüsterte: »Was denkst du, wie ist der Himmel, Rune?«

Ich versteifte mich, aber Poppys Hände fingen an, Kreise auf meiner Brust zu malen, und nahmen meinem Körper die Schwere, die durch ihre Frage zurückgekehrt war.

»Ich weiß nicht«, antwortete ich. Poppy schwieg und blieb so, wie sie war. Ich rührte mich etwas, um sie inniger in die Arme zu nehmen. »Ein schöner Ort, irgendwo. Friedlich. Ein Ort, an dem ich dich wiedersehe.«

Ich spürte, wie Poppy in mein Shirt lächelte. »Das denke ich auch«, stimmte sie leise zu und drückte mir einen Kuss auf die Brust.

Diesmal war ich mir sicher, dass sie schlief. Ich blickte über den Sand und sah zu, wie sich ein betagtes Pärchen in unserer Nähe niederließ. Sie hielten einander fest an den Händen. Bevor die Frau sich setzen konnte, breitete der Mann eine Decke auf dem Sand aus. Er küsste sie auf die Wange und half ihr dann, sich niederzulassen.

Ich spürte einen Stich von Eifersucht, denn das würden wir nie haben.

Poppy und ich würden nie miteinander alt werden. Nie Kinder haben. Nie unsere Hochzeit feiern. Nichts. Doch als ich hinabschaute auf Poppys dichtes braunes Haar und ihre zarten Hände auf meiner Brust, empfand ich Dankbarkeit dafür, dass ich sie wenigstens jetzt hatte. Ich wusste nicht, was vor uns lag. Aber ich hatte sie *jetzt*.

Und das war so, seit ich fünf gewesen war.

Mit einem Mal wurde mir klar, warum ich sie seit so jungen Jahren so innig geliebt hatte – damit ich diese Zeit mit ihr hatte. Poppy hatte im Geiste immer gewusst, dass sie jung sterben würde. Und so langsam fing ich an zu glauben, dass es bei mir ebenso war.

Über eine Stunde verging. Poppy schlief immer noch. Sachte hob ich sie von mir und setzte mich auf. Die Sonne war weitergewandert; Wellen schlugen an den Strand.

Ich hatte Durst, also öffnete ich den Picknickkorb und holte eine der Wasserflaschen heraus, die Poppy eingepackt hatte. Während ich trank, ruhte mein Blick auf dem Rucksack, den sie gepackt hatte.

Was wohl darin ist?, fragte ich mich. Ich öffnete vorsichtig den Reißverschluss. Zuerst sah ich nur eine weitere schwarze

Tasche; sie war gepolstert. Ich zog sie heraus, und als mir klar wurde, was ich da in der Hand hielt, fing mein Herz zu rasen an.

Ich legte die Tasche auf die Decke und rieb mir mit den Händen über das Gesicht. Dann starrte ich hinaus aufs Wasser. Ich beobachtete die Boote in der Ferne, und Poppys Worte gingen mir wieder durch den Kopf …

Ich stelle mir vor, sie lassen alles hinter sich. Ich denke, sie sind eines Tages aufgewacht und haben beschlossen, dass es mehr im Leben gibt. Sie haben beschlossen – ein verliebtes Paar, ein Junge und ein Mädchen –, dass sie die Welt erforschen wollen. Sie haben all ihren Besitz veräußert und sich ein Boot gekauft … Sie spielt gern Musik, und er liebt es, Augenblicke auf Film einzufangen …

Ich riss den Blick von der Fototasche los, die ich so gut kannte. Ich verstand, woher sie ihre Theorie über die Boote hatte.

Er liebt es, Augenblicke auf Film einzufangen …

Ich wollte wütend auf sie sein. Vor zwei Jahren hatte ich damit aufgehört, Fotos zu machen; es war nicht länger ein Teil von mir. Es war nicht länger mein Traum. Die NYU kam in meinen Plänen nicht mehr vor. Ich wollte die Kamera nicht wieder in die Hand nehmen. Aber in meinen Fingern zuckte es, und obwohl ich ärgerlich auf mich selbst war, nahm ich den Deckel vom Gehäuse und spähte hinein.

Die alte Vintage Canon in Schwarz und Chrom, die mir so viel bedeutet hatte, starrte mir entgegen. Ich spürte, wie ich blass im Gesicht wurde, als das Blut durch mein Herz rauschte, das gegen meine Rippen hämmerte. Ich hatte diese Kamera weggeworfen. Ich hatte sie und alles, wofür sie stand, aus meinem Leben gestrichen.

Ich hatte keine Ahnung, wie in aller Welt Poppy an sie gekommen war, und fragte mich, ob sie eine andere Kamera aufgespürt und gekauft hatte. Also nahm ich sie aus der Tasche und drehte sie um. Und dort, hinten eingraviert, stand mein Name. Ich hatte ihn an meinem dreizehnten Geburtstag dort eingeritzt, als meine Eltern mir diese Kamera geschenkt hatten.

Es war meine.

Poppy hatte meine Kamera gefunden.

Ich öffnete sie hinten. Eine Filmrolle war eingelegt. In der Tasche lagen die Objektive, die ich so gut kannte. Trotz der Jahre wusste ich immer noch instinktiv, welches für welchen Schuss das beste war – Landschaften, Porträts, Nachtaufnahmen, Tageslicht, Naturkulissen, Studio …

Ich hörte ein leises Rascheln hinter mir und blickte über die Schulter. Poppy saß da und musterte mich. Dann fiel ihr Blick auf die Kamera. Nervös rutschte sie näher. »Ich habe deinen Pappa gefragt, wo sie geblieben ist. Er hat mir erzählt, dass du sie weggeworfen hast.« Poppy legte den Kopf schief. »Du hast es nie erfahren, denn er hat es dir nicht gesagt, aber er hat sie gefunden. Er sah, dass du sie weggeworfen hattest. Du hattest Teile davon zerbrochen. Die Linsen waren gesprungen und anderes.«

Ich biss so fest die Zähne zusammen, dass es wehtat.

Poppy strich mit dem Finger über meinen Handrücken auf der Decke. »Er ließ sie ohne dein Wissen reparieren und hat sie die letzten paar Jahre sicher aufbewahrt. Er hatte immer die Hoffnung, dass du zur Fotografie zurückfindest. Dein Pappa weiß, wie sehr du die Kamera geliebt hast. Und er gibt sich auch daran die Schuld, dass du das Fotografieren aufgegeben hast.«

Instinktiv wollte ich aufbegehren, dass es ja auch seine Schuld *war*. Alles war seine Schuld. Aber ich ließ es sein. Irgendein Gefühl in meinem Bauch riet mir, den Mund zu halten.

Poppys Augen glitzerten. »Du hättest ihn gestern Abend sehen sollen, als ich ihn danach gefragt habe. Er war so bewegt,

Rune. Nicht einmal deine Mamma wusste, dass er sie aufgehoben hatte. Sogar Filmrollen hatte er bereitliegen. Nur für den Fall, dass du sie je wiederhaben willst.«

Ich wandte den Blick von Poppy ab und konzentrierte mich wieder auf die Kamera. Ich hatte keine Ahnung, was ich bei alldem empfinden sollte. Ich versuchte es mit Wut. Aber zu meiner Überraschung wollte sie sich nicht einstellen. Aus irgendeinem Grund bekam ich das Bild nicht aus dem Kopf, wie mein Pappa die Kamera reinigen und reparieren ließ, alles ganz im Stillen.

»Er hat sogar die Dunkelkammer vorbereitet. Sie wartet zu Hause auf dich.« Ich schloss die Augen, als Poppy diese letzten Worte sagte, und schwieg. Zu viele Gedanken rasten mir durch den Kopf, zu viele Bilder. Und ich war hin- und hergerissen. Ich hatte geschworen, nie wieder ein Foto zu machen. Aber es zu schwören, war eine Sache. Jetzt das Objekt meiner Leidenschaft in Händen zu halten, strafte all meine Schwüre Lügen, all das, wogegen ich aufbegehren und rebellieren wollte. Was hatte ich alles wegwerfen wollen, so wie mein Pappa meine Gefühle missachtet hatte, als er beschloss, nach Oslo zurückzukehren. Die Hitze in meinen Eingeweiden breitete sich aus. Das war der Zorn, der Ausbruch von Feuer, auf den ich gewartet hatte.

Ich holte tief Luft und machte mich darauf gefasst, dass die Finsternis mich überwältigte, als Poppy plötzlich aufsprang. »Ich laufe zum Wasser«, verkündete sie und ging ohne ein weiteres Wort an mir vorbei. Ich sah zu, wie sie die Füße in den weichen Sand grub und die Brise durch ihr kurzes Haar wehte. Wie gebannt verharrte ich, als sie schließlich die Wellen über ihre Füße spülen ließ. Sie hob das Kleid höher, damit es nicht nass wurde.

Dann legte sie den Kopf in den Nacken, um die Sonne auf

dem Gesicht zu spüren, und warf einen Blick zu mir zurück. Und dann lachte sie. Frei und unbekümmert, als hätte sie keinerlei Sorgen auf der Welt.

Ich war wie gebannt, und das noch mehr, als ein Sonnenstrahl, der vom Meer reflektiert wurde, einen goldenen Schimmer auf ihr Gesicht zauberte und ihre grünen Augen wie Smaragde in diesem neuen Licht leuchteten.

Mir blieb die Luft weg, und ich rang tatsächlich nach Luft, so atemberaubend sah sie aus. Bevor ich überhaupt darüber nachdachte, hatte ich die Kamera in der Hand. Ich überließ mich einfach diesem übermächtigen Drang.

Dann hob ich die Kamera ans Auge. Ich nahm die Kappe vom Objektiv und fand die absolut perfekte Position meines Mädchens, das in den Wellen tanzte.

Und drückte auf den Auslöser.

Ich drückte auf den Knopf, und mein Herz setzte bei jedem Klicken aus, sicher in dem Wissen, dass ich Poppy in diesem Augenblick einfing – glücklich.

Adrenalin jagte mir durch den Körper, als ich daran dachte, wie sich die Fotos entwickeln würden. Deshalb benutzte ich die Vintage. Die Vorfreude auf die Dunkelkammer, die spätere Befriedigung, das Wunder zu erblicken, das man eingefangen hatte. Das Geschick, das nötig war, um die Kamera so zu handhaben, dass man diesen perfekten Schnappschuss erreicht hatte.

Ein Sekundenbruchteil der Heiterkeit.

Ein Moment der Magie.

Poppy, die gerade in ihrer eigenen Welt versunken war, lief am Ufer entlang, und die Wärme der Sonne färbte ihre Wangen rosig. Sie hob die Hände in die Luft und ließ den Saum ihres Kleides fallen, wo er von Wasserspritzern feucht wurde.

Dann drehte sie sich zu mir um. Und sie wurde vollkommen still, so wie mein Herz still wurde. Mein Finger zögerte, schwebte über dem Auslöser und wartete auf den richtigen Moment. Und dann kam er. Er kam, als ein Ausdruck reiner Seligkeit in ihr Gesicht trat. Als sie die Augen schloss und den Kopf in den Nacken legte, als wäre es eine Erleichterung, als erfüllte sie unbändige Freude.

Ich senkte die Kamera. Poppy streckte die Hand aus. Ich fühlte mich berauscht davon, dass meine Leidenschaft mich wieder im Griff hatte, sprang auf und lief über den Sand.

Als ich Poppys Hand nahm, zog sie mich an sich und drückte ihre Lippen auf meine. Ich überließ ihr die Führung, ließ zu, dass sie mir zeigte, wie viel ihr das hier bedeutete. *Dieser* Moment. Und ich erlaubte mir, es auch zu fühlen. Ich erlaubte mir für diesen kurzen Augenblick, die Schwere wegzuschieben, die ich immer wie einen Schutzschild mit mir herumschleppte. Ich gestattete mir, mich im Kuss zu verlieren, und hob die Kamera in die Höhe. Auch mit geschlossenen Augen und ohne Anleitung war ich überzeugt, dass ich das beste Foto des Tages geschossen hatte.

Poppy trat zurück und ging schweigend mit mir wieder zur Decke, wo wir uns setzten und sie den Kopf an meine Schulter legte. Ich hob den Arm um ihre warmen, sonnengeküssten Schultern und drückte sie eng an meine Seite. Poppy sah zu mir auf, als ich ihr träge einen Kuss gab. Als unsere Blicke sich trafen, seufzte ich und legte die Stirn an ihre.

»Gern geschehen«, flüsterte sie und wandte den Blick ab, um aufs Meer hinauszusehen.

Ich hatte mich so lange nicht mehr so gefühlt. Diesen inneren Frieden hatte ich seit unserer Trennung nicht mehr empfunden. Und ich war Poppy unendlich dankbar.

Plötzlich gab sie ein leises, ehrfürchtiges Keuchen von sich. »Schau, Rune«, flüsterte sie und wies in die Ferne. Ich fragte mich, was sie mir zeigen wollte, und dann sagte sie: »Unsere Fußabdrücke im Sand.« Sie hob den Kopf und lächelte strahlend. »Zwei Paar. Vier Abdrücke. Genau wie in diesem Gedicht.«

Ich runzelte verwirrt die Stirn. Poppys Hand lag auf meinem gebeugten Knie. Mit dem Kopf unter meinem schützenden Arm, erklärte sie: »Es ist mein Lieblingsgedicht, Rune. Es war auch Grandmas liebstes Gedicht.«

»Wie geht es?«, fragte ich und lächelte leise über Poppys winzige Fußabdrücke neben meinen eigenen.

»Es ist wunderschön. Und spirituell, daher weiß ich nicht recht, was du davon halten wirst.« Sie sah mich neckend an.

»Sag es mir trotzdem auf«, drängte ich, nur um ihre Stimme zu hören. Nur um die Ehrfurcht in ihrem Tonfall zu hören, wenn sie etwas teilte, das sie liebte.

»Es ist eigentlich mehr eine Geschichte. Über jemanden, der einen Traum hat. Im Traum ist er am Strand, so wie wir jetzt. Aber der Herr geht neben ihm.«

Ich kniff die Augen zusammen, und Poppy grinste. »Ich habe dir doch gesagt, es ist spirituell!«

»Stimmt«, antwortete ich und stupste sie mit dem Kinn an. »Erzähl weiter.«

Poppy seufzte und malte mit dem Finger träge Muster in den Sand. Irgendwie brach es mir das Herz, als ich sah, dass es wieder ein Unendlichkeitszeichen war.

»Während der Mensch am Strand entlanggeht, kann er am dunklen Himmel über sich sein Leben vorüberziehen sehen. Und während jede Szene sich abspielt wie ein Film, bemerkt er, dass zwei Paar Fußspuren hinter ihm im Sand erscheinen. Und während er weitergeht, bringt jede neue Szene eine Spur von Fußabdrücken mit sich.«

Poppys Aufmerksamkeit richtete sich auf unsere Fußspuren. »Als alle Szenen vor seinen Augen abgelaufen sind, blickt der

Mensch zurück auf die Spur der Fußabdrücke im Sand, und da fällt ihm etwas Seltsames auf: In den traurigsten oder verzweifeltsten Zeiten in seinem Leben gab es nur ein Paar Fußabdrücke. Aber in glücklicheren Zeiten gab es immer zwei Paar.«

Ich fragte mich stirnrunzelnd, worauf die Geschichte hinauslief. Poppy hob den Kopf und blinzelte ins helle Sonnenlicht. Mit feuchten Augen sah sie mich an und fuhr fort: »Das beunruhigte den Menschen wirklich sehr. Der Herr hatte doch gesagt, wenn ein Mensch Ihm sein Leben widmet, würde Er ihn durch alle Höhen und Tiefen begleiten. Also fragte der Mensch den Herrn: ›Warum hast du mich in den schlimmsten Zeiten meines Lebens allein gelassen? Warum bist du da nicht mit mir gegangen?‹«

Ein Ausdruck tiefen Trostes huschte über Poppys Gesicht.

»Und was sagte der Herr dazu?«, wollte ich wissen.

Eine Träne lief über ihre Wange. »Er sagte dem Menschen, dass Er ihn *wirklich* das ganze Leben hindurch begleitet hat. Aber, so erklärte der Herr, in den Zeiten, wenn nur ein einzelnes Paar Abdrücke zu sehen war, ging Er nicht neben dem Menschen, sondern da hat Er ihn getragen.«

Poppy schniefte. »Mir ist egal, dass du nicht religiös bist, Rune. Das Gedicht ist nicht nur für Gläubige da. Wir alle haben Menschen, die uns durch die schwersten Zeiten hindurchtragen, durch die traurigsten Zeiten und die, von denen man glaubt, sich unmöglich lösen zu können. So oder so, ob durch den Herrn oder einen geliebten Menschen: Wenn wir glauben, dass wir nicht mehr weiterkönnen, dann kommt jemand, um uns zu helfen … jemand trägt uns da hindurch.«

Poppy legte den Kopf an meine Brust und ließ sich von meinen wartenden Armen umfangen.

Mein Blick verlor sich in einem verschwommenen Nebel, als ich auf unsere Fußspuren im Sand starrte. In diesem Augenblick war ich mir nicht sicher, wer hier gerade wem half. Denn sosehr Poppy mir zu verstehen gab, dass ich ihr durch ihre letzten Monate half, fing ich doch langsam an zu glauben, dass sie irgendwie mich rettete.

Ein einzelnes Paar Fußspuren auf meiner Seele.

Poppy drehte sich zu mir um, und ihre Wangen waren nass von Tränen. Freudentränen. Ehrfürchtige Tränen ... *Poppytränen.* »Ist das nicht wunderschön, Rune? Ist es nicht das Schönste, was du je gehört hast?«

Ich nickte nur. Jetzt war nicht der Zeitpunkt für Worte. Mit der Geschichte, die sie gerade erzählt hatte, konnte ich mich nicht messen, also warum es erst versuchen?

Ich ließ den Blick über den Strand schweifen. Und ich fragte mich ... ob irgendjemand anders auf der Welt gerade auch etwas so Bewegendes gehört hatte, dass es ihn bis ins Innerste erschütterte. Ich fragte mich, ob die Person, die dieser Jemand mehr als jede andere auf diesem Planeten liebte, sich ihm auch so rein und so voll echter Emotionen geöffnet hatte.

»Rune?«, fragte Poppy leise neben mir.

»Ja, Baby?«, antwortete ich. Sie wandte mir ihr hübsches Gesicht zu und schenkte mir ein schwaches Lächeln. »Alles in Ordnung?«, fragte ich und streichelte ihr Gesicht.

»Ich werde langsam müde«, gab sie widerstrebend zu. Es brach mir das Herz. Während der letzten Woche hatte ich gelernt zu erkennen, wenn ihr die Müdigkeit langsam ins Gesicht kroch, nachdem sie sich zu sehr angestrengt hatte.

Und noch schlimmer, ich konnte sehen, wie sehr es sie störte. Denn es hielt sie davon ab, alle Abenteuer des Lebens zu genießen.

»Müde sein ist okay, *Poppymin*. Das ist keine Schwäche.«

Sie blickte besiegt zu Boden. »Ich hasse es einfach. Ich war immer der Ansicht, dass Schlaf nur Zeitverschwendung ist.«

Ich lachte, als sie einen niedlichen Schmollmund zog. Poppy musterte mich und wartete darauf, dass ich etwas sagte. Ich wurde wieder ernst. »Ich sehe das so: Wenn du dann schläfst, wenn du Schlaf brauchst, heißt das, dass wir mehr erleben können, wenn du wieder bei Kräften bist.« Ich strich mit meiner Nasenspitze über ihre. »Dann sind unsere Abenteuer noch größer. Und du weißt, ich mag es, wenn du in meinen Armen schläfst. Ich fand immer, dass du dann irgendwie perfekt aussiehst.«

Poppy seufzte, und mit einem letzten Blick aufs Meer flüsterte sie: »Nur du, Rune Kristiansen. Nur du kannst dem, was ich am meisten hasse, so wundervoll einen Sinn geben.«

Ich küsste ihre warme Wange, stand auf und sammelte unsere Sachen auf. Als alles gepackt war, sah ich über die Schulter zum Pier und dann wieder zu Poppy. Ich streckte die Hand aus. »Na komm, Schlafmütze. Um der alten Zeiten willen?«

Ein ungehemmtes Kichern drang aus Poppys Kehle. Ich half ihr hoch, und wir spazierten langsam Hand in Hand unter den Pier. Das hypnotische Geräusch der sanften Wellen, die gegen die alten Holzbalken schlugen, hüllte uns ein.

Ohne Zeit zu verlieren, drängte ich Poppy rücklings an den Holzpfosten, umfasste ihre Wangen und küsste sie. Ich schloss die Augen, als die warme Haut ihres Gesichts sich unter meinen Händen erhitzte. Ich atmete schwer, war atemlos, als wir uns langsam und innig küssten, während die kühle Brise durch Poppys Haar wehte.

Ich wich wieder zurück und genoss den Geschmack von Sonne und Kirschen, der auf meinem Mund explodierte.

Poppy öffnete flatternd die Augen. Sie sah so müde aus, also flüsterte ich für sie: »Kuss vierhundertdreiunddreißig. Mit *Poppymin* unter dem Pier.« Sie lächelte scheu und wartete auf das, was als Nächstes kommen musste. »Mein Herz wollte fast zerspringen.« Das Aufblitzen ihrer Zähne bei ihrem Lächeln ließ es wirklich fast zerspringen und lieferte mir den perfekten Moment, um hinzuzufügen: »Weil ich sie liebe. Ich liebe sie mehr, als ich je erklären könnte. Mein einzelnes Paar Fußspuren im Sand.«

Poppys wunderschöne grüne Augen wurden groß, als sie mein Bekenntnis hörte. Sie schimmerten, und dann liefen die Tränen über und rannen über ihre Wangen. Ich wollte sie wegwischen, während mein Herz hämmerte. Doch Poppy nahm meine Hand und schmiegte zärtlich die Wange in meine Handfläche. Sie sah mir in die Augen und antwortete flüsternd: »Ich liebe dich auch, Rune Kristiansen. Ich habe nie damit aufgehört.« Poppy stellte sich auf die Zehenspitzen und zog meinen Kopf zu sich herab. »Mein Seelengefährte. Mein Herz …«

Gelassenheit überkam mich, eine Ruhe, als Poppy mir in die Arme fiel und ihr leichter Atem durch mein Shirt zu sickern schien.

Ich hielt sie fest, drückte sie an mich und umarmte dieses neue Gefühl, bis Poppy gähnte. Ich hob ihren Kopf an und sagte: »Bringen wir dich nach Hause, meine Hübsche.«

Poppy nickte, schmiegte sich an meine Seite und ließ sich von mir zurück zu unseren Sachen und weiter zum Auto bringen. Ich griff in ihre Tasche, nahm die Autoschlüssel heraus und öffnete die Beifahrertür.

Vorsichtig hob ich sie auf den Sitz und griff an ihr vorbei, um den Sicherheitsgurt einrasten zu lassen. Dann lehnte ich mich wieder zurück und drückte ihr dabei einen Kuss auf den Kopf. Ich hörte, wie ihr bei meiner Berührung der Atem stockte. Ich wollte mich aufrichten, als Poppy meinen Arm nahm und mit Tränen auf den Wangen flüsterte: »Es tut mir leid, Rune. Es tut mir so leid.«

»Was denn, Baby?« Mir brach die Stimme, weil Poppy so traurig klang.

Ich schob ihr das Haar aus dem Gesicht, und da sagte sie: »Dass ich dich von mir gestoßen habe.«

Leere breitete sich in meinen Eingeweiden aus. Poppys Augen suchten nach etwas in meinen, bevor ihr Gesicht sich vor Schmerz verzog. Dicke Tränen liefen ihr über das blass werdende Gesicht, und ihre Brust bebte, als sie sich mühte, ihre plötzlich ungleichmäßige Atmung wieder unter Kontrolle zu bekommen.

»Hey«, sagte ich und umfasste ihre Wangen.

Poppy sah zu mir auf. »Wir hätten es so wie heute haben können, wenn ich nicht so dumm gewesen wäre. Wir hätten einen Weg finden können, wie du zurückkommen kannst. Du hättest die ganze Zeit bei mir sein können. Bei mir. Hättest mich halten … mich lieben können. Du hättest mich und ich hätte dich so innig lieben können.« Ihre Stimme stockte, aber sie brachte noch heraus: »Ich bin ein Dieb. Ich habe uns kostbare Zeit gestohlen – zwei Jahre du und ich –, für nichts.«

Ich fühlte mein Herz buchstäblich brechen, als Poppy weinte und meinen Arm festhielt, als hätte sie Angst, dass ich mich abwandte. Ihr musste doch klar sein, dass mich nichts von ihr fortreißen konnte!

»Sch«, tröstete ich sie und ließ den Kopf an ihrem ruhen. »Atmen, Baby«, sagte ich leise. Ich legte Poppys Hand über mein Herz, als sie mir in die Augen sah. »Einfach atmen«, wiederholte ich und lächelte, als sie dem Rhythmus meines Herzschlags folgte, um sich zu beruhigen.

Ich wischte mit den Händen über ihre feuchten Wangen und schmolz dahin, als sie schniefte. Ihr Brustkorb zuckte immer wieder unter Schluchzen. Als ich sah, dass ich ihre Aufmerksamkeit hatte, sagte ich: »Die Entschuldigung nehme ich nicht an, weil es nichts gibt, wofür du dich entschuldigen musst. Du hast mir gesagt, die Vergangenheit spielt keine Rolle mehr. Dass es Momente wie dieser sind, die jetzt wichtig sind.« Ich kämpfte den Aufruhr der Gefühle nieder, um fortzufahren: »Unser letztes Abenteuer. Ich gebe dir herzzerreißende Küsse, mit denen du dein Glas füllen kannst. Und du … bist einfach du. Du liebst mich. Ich liebe dich. Für unendlich …«

Eindringlich und geduldig sah ich Poppy in die Augen und lächelte, als sie den Satz vollendete: »Für immer und ewig.«

Ich schloss die Augen und wusste, dass ich ihren Schmerz durchbrochen hatte. Dann, als ich sie wieder öffnete, kicherte Poppy heiser.

»Da ist sie ja.« Ich drückte ihr einen Kuss auf jede Wange.

»Da bin ich ja«, echote sie, »so absolut verliebt in dich.«

Poppy hob den Kopf und küsste mich. Dann lehnte sie sich zurück und schloss die Augen, vom Schlaf übermannt. Ich betrachtete sie eine Sekunde lang. Bevor ich die Tür schloss, hörte ich Poppy noch flüstern: »Kuss vierhundertvierunddreißig, mit meinem Rune am Strand … als seine Liebe heimkehrte.«

Durchs Fenster konnte ich sehen, dass Poppy bereits eingeschlafen war. Ihre Wangen waren rot vom Weinen, aber selbst im Schlaf zeigten ihre Mundwinkel nach oben und wirkten wie ein Lächeln.

Wie war es nur möglich, dass ein Wesen so perfekt war?

Ich zündete mir eine Zigarette an und inhalierte den Rauch. Das Nikotin wirkte beruhigend, und ich schloss die Augen.

Dann öffnete ich sie wieder und blickte in den Sonnenuntergang. Die Sonne verblasste am Horizont in einem Leuchten aus Orange und Pink. Der Strand war fast leer, bis auf das betagte Pärchen, das ich zuvor schon gesehen hatte.

Doch als ich sie dieses Mal betrachtete, nach all diesen Jahren immer noch so verliebt, erlaubte ich mir nicht, Kummer zu empfinden. Als ich einen Blick zurück auf Poppy warf, die im Wagen schlief, fühlte ich … Glück. Ich. Ich fühlte Glück. Ich gestattete mir, selbst durch all den Schmerz hindurch Glück zu empfinden. Denn … *da bin ich … so absolut verliebt in dich …*

Sie liebte mich.

Poppymin. Mein Mädchen. Sie liebte mich.

»Das ist genug«, erklärte ich dem Wind. »Für jetzt ist das genug.«

Ich warf die Kippe weg, glitt leise auf den Fahrersitz und ließ den Motor an. Der Wagen erwachte zum Leben, und ich ließ den Strand in der Gewissheit hinter uns, dass wir wieder herkommen würden.

Und falls nicht, dann blieb uns dieser Moment, wie Poppy gesagt hatte. Wir hatten die Erinnerung. Sie hatte ihren Kuss.

Und ich hatte ihre Liebe.

Als ich in ihrer Einfahrt hielt, war die Abenddämmerung schon hereingebrochen, und die Sterne erwachten langsam. Poppy hatte den ganzen Heimweg über geschlafen, und ihr leichter, gleichmäßiger Atem war ein tröstliches Geräusch gewesen, als ich über die Straßen nach Hause fuhr.

Ich parkte das Auto, stieg aus und ging zu ihrer Seite hinüber.

Poppy fühlte sich an, als würde sie gar nichts wiegen, als ich sie aus dem Wagen hob und zu ihrer Tür ging. Instinktiv schmiegte sie sich an meine Brust. Ihr warmer Atem strich über meinen Hals. Als ich die oberste Stufe erreichte, ging die Haustür auf. Mr Litchfield stand in der Diele.

Er trat beiseite und ließ mich Poppy hineintragen. Ich sah, dass Poppys Mama und ihre Schwestern im Wohnzimmer saßen und fernsahen.

Mrs Litchfield stand auf. »Geht es ihr gut?«, flüsterte sie.

Ich nickte. »Sie ist nur müde.«

Mrs Litchfield beugte sich vor und küsste Poppy auf die Stirn. »Schlaf gut, Baby«, flüsterte sie. Bei dem Anblick wurde mir das Herz schwer, doch dann nickte sie mir zu, dass ich Poppy in ihr Zimmer bringen konnte.

So vorsichtig wie möglich legte ich sie auf ihr Bett und lächelte, als Poppys Arm ganz natürlich nach mir suchte, auf der Seite im Bett, auf der ich immer schlief.

Als ihr Atem wieder regelmäßig ging, setzte ich mich auf den Bettrand und strich mit der Hand über ihr Gesicht. Ich beugte mich vor, küsste ihre weiche Wange und flüsterte: »Ich liebe dich, *Poppymin*. Für immer und ewig.«

Dann erhob ich mich – und erstarrte, als ich Mr Litchfield in der Tür stehen sah. Er hatte zugesehen … zugehört.

Ich biss die Zähne zusammen, als er mich mit seinem Blick fixierte. Dann atmete ich durch, um mich zu beruhigen, und ging wortlos an ihm vorbei, über den Flur und zurück nach draußen zum Auto, um meine Kamera zu holen.

Als ich wieder ins Haus trat, um die Autoschlüssel im Flur auf den Tisch zu legen, kam Mr Litchfield aus dem Wohnzimmer. Er streckte die Hand nach den Schlüsseln aus.

Ich legte sie hinein und wollte wieder gehen. Doch da fragte er: »Hattet ihr eine schöne Zeit?«

Meine Schultern versteiften sich. Ich nickte. Dann winkte ich Mrs Litchfield, Ida und Savannah zu und verließ das Haus. Als ich die unterste Stufe erreicht hatte, hörte ich: »Sie liebt dich auch, weißt du?«

Mr Litchfields Stimme ließ mich innehalten, und ohne zurückzublicken, antwortete ich: »Ich weiß.«

Ich überquerte den Rasen zu unserem Haus. In meinem Zimmer warf ich die Kamera aufs Bett. Ich hatte vor, die nächsten paar Stunden abzuwarten und mich dann zu Poppy zu schleichen. Doch je länger ich die Fototasche anstarrte, desto mehr wollte ich wissen, wie die Fotos geworden waren.

Die Fotos von Poppy, die am Meer tanzte.

Kurz entschlossen schnappte ich mir die Kamera, huschte hinunter in die Dunkelkammer im Keller und schaltete das Rotlicht an. Ich seufzte, und ein merkwürdiges Gefühl stieg in mir auf.

Denn Poppy hatte recht. Pappa hatte die Kammer für mich vorbereitet. Meine Ausrüstung war genau da, wo sie vor zwei Jahren gewesen war. Die Leinen und Klammern waren bereit und warteten auf mich.

Das Entwickeln der Fotos fühlte sich an, als hätte ich nie etwas anderes gemacht. Ich genoss das Vertraute an jedem einzelnen Arbeitsschritt. Nichts war vergessen.

Poppy hatte erkannt, dass ich das in meinem Leben gebraucht hatte, als ich selbst zu sehr von der Vergangenheit geblendet gewesen war, um es zu sehen.

Der Geruch der Chemikalien stieg mir in die Nase. Auf den Fotos in der Entwicklerlösung bildeten sich zunächst Umrisse heraus und enthüllten dann mit jeder Sekunde deutlicher den auf Film gebannten Moment. Als die Fotos fertig entwickelt waren, hängte ich sie an Klammern auf.

Im roten Licht konnte ich die Wunder erkennen, die ich eingefangen hatte. Als ich an den Reihen aufgehängter Fotos vorbeiging, die das Leben in all seiner Pracht zeigten, konnte ich die Aufregung, die in mir brannte, nicht unterdrücken. Ich konnte das Lächeln auf meinen Lippen – über diese Arbeit – nicht zurückhalten.

Dann blieb ich stehen.

Ein Foto nahm mich gefangen. Poppy, die ihr Kleid raffte und im seichten Wasser tanzte. Poppy die von ganzem Herzen lachte, mit im Wind wehendem Haar. Mit strahlenden Augen und geröteter Haut, als sie mich über die Schulter direkt ansah. Die Sonne, die Poppys Gesicht in einem so reinen und wunderschönen Winkel beleuchtete, dass sie wie ein Scheinwerfer auf ihr Glück wirkte, wie magnetisch angezogen von Poppys Freude.

Ich hob die Hand an das Foto und fuhr mit einem Zentimeter Abstand die Konturen ihres strahlenden Gesichts nach, über ihre weichen Lippen und die rosigen Wangen. Und ich fühlte es. Ich fühlte, wie die überwältigende Leidenschaft für diese Kunst in mir wieder zum Leben erwachte. Dieses eine Foto zementierte, was ich insgeheim die ganze Zeit gewusst hatte.

Es war mir bestimmt, *das* mit meinem Leben anzufangen.

Und es ergab Sinn, dass dieses Foto mir die Botschaft klarmachte – es war das Mädchen, das mein Zuhause *darstellte.* Da klopfte es an der Tür, und ohne den Blick von dem Foto zu wenden, antwortete ich: *»Ja?«*

Langsam wurde die Kellertür geöffnet. Noch bevor ich hinsah, wusste ich schon, wer es war. Pappa kam nur ein paar Schritte in die Dunkelkammer. Ich sah ihn an, musste mich aber wieder abwenden bei dem Ausdruck in seinem Gesicht, als er die Fotos an den Klammern erfasste.

Ich wollte mich nicht der Frage stellen, was das Gefühl in meinem Bauch zu bedeuten hatte. Noch nicht.

Minuten des Schweigens vergingen, bevor Pappa leise sagte: »Sie ist absolut wunderschön, Sohn.« Mir wurde das Herz schwer, als ich sah, wie er das Foto betrachtete, vor dem ich immer noch stand.

Ich antwortete nicht. Pappa trat unbeholfen von einem Bein aufs andere und sagte nichts weiter. Endlich wandte er sich zum Gehen. Als er die Tür schließen wollte, zwang ich mich zu einem scharfen »Danke … für die Kamera«.

Aus den Augenwinkeln sah ich, wie Pappa innehielt. Ich hörte ihn langsam einatmen, und dann sagte er: »Du musst mir nicht danken, Sohn. Ganz und gar nicht.«

Damit verließ er die Dunkelkammer.

Ich blieb länger als beabsichtigt und ließ mir Pappas Antwort durch den Kopf gehen.

Mit zwei Fotos in den Händen stieg ich die Stufen vom Keller hinauf zu meinem Zimmer. Als ich an der offenen Tür von Altons Zimmer vorbeikam, sah ich ihn auf seinem Bett sitzen und fernsehen. Er lachte über irgendwas im Fernsehen.

Ich konnte nicht anders und ging zu ihm hinein. Alton drehte sich zu mir um, und ich fühlte etwas in meiner Brust zerspringen, als ein breites Lächeln in seinem niedlichen Gesicht erschien.

»*Hei*, Rune«, sagte er leise und richtete sich etwas auf.

»*Hei*«, antwortete ich, trat zu ihm und wies mit dem Kopf auf den Fernseher. »Was schaust du denn gerade?«

»*Das Ding aus dem Sumpf.*« Alton legte den Kopf schief und strich sich dann das lange Haar aus dem Gesicht. In meinem Bauch rührte sich etwas bei dieser kleinen Geste. »Willst du ein wenig mitschauen?«, fragte er nervös und senkte dann den Kopf.

Ich sah ihm an, dass er dachte, ich würde ablehnen. Aber ich überraschte ihn und mich selbst, indem ich antwortete: »Klar.«

Altons blaue Augen wurden groß und rund. Unbeholfen legte er sich wieder aufs Bett. Als ich zu ihm kam, rutschte er auf der schmalen Matratze zur Seite.

Ich ließ mich neben ihm nieder und legte die Füße hoch. Dann lehnte sich Alton an meine Seite und schaute seine Serie weiter. Ich sah mit ihm zu, bis ich bemerkte, dass er mich anstarrte.

Als sein Blick meinem begegnete, wurden seine Wangen leuchtend rot. »Gefällt mir, wenn du mit mir guckst, Rune.«

Ich atmete sorgfältig, um das ungewohnte Gefühl, das seine Worte in mir auslösten, zu beruhigen, und wuschelte ihm durchs Haar. »Mir auch, Alt. Mir gefällt es auch.«

Alton lehnte sich wieder an meine Seite. Dort lag er, bis er einschlief und der Timer am Fernseher sich aktivierte und das Zimmer in Dunkelheit tauchte.

Ich stand auf und ging an Mamma vorbei, die uns vom Flur aus schweigend beobachtet hatte. Ich nickte ihr zu. In meinem Zimmer schloss ich die Tür hinter mir ab, legte eines der Fotos auf meinen Tisch, kletterte dann durch das Fenster und lief hinüber zu Poppy.

Als ich in ihr Zimmer kam, schlief sie noch. Ich zog mein Shirt aus und ging um das Bett herum zu ihrer Seite. Dort legte ich das Foto von uns beiden auf ihr Kissen, damit sie es sehen konnte, wenn sie aufwachte. Es war das Foto, wie wir uns am Wasser küssten.

Dann schlüpfte ich in ihr Bett, und Poppy fand mich automatisch im Dunkel, legte den Kopf an meine Brust und schlang den Arm um meine Taille.

Zwei Paar Fußspuren im Sand.

11

Aufsteigende Flügel und verblassende Sterne

Poppy
Drei Monate später

»Wo ist mein Poppy-Mädchen?«

Ich rieb mir den Schlaf aus den Augen und setzte mich im Bett auf. Aufregung durchfuhr mich, als ich eine Stimme hörte, die ich liebte.

»Tante DeeDee?«, flüsterte ich leise. Ich wollte genauer hinhören und sichergehen, dass es tatsächlich ihre Stimme gewesen war. Gedämpfte Stimmen waren aus dem Flur zu vernehmen, und dann plötzlich flog die Tür auf. Ich stützte mich auf die zitternden Arme. Offenbar hatte ich meine schwächer werdenden Muskeln zu sehr beansprucht.

Als Tante DeeDee in der Tür auftauchte, legte ich mich wieder hin. Sie hatte das dunkle Haar zu einem Knoten zusammengefasst und trug ihre Flugbegleiterinnen-Uniform. Ihr Make-up war perfekt, genauso wie ihr ansteckendes Lächeln.

Ihre grünen Augen wurden bei meinem Anblick sanfter. »Da ist sie ja«, meinte sie liebevoll und kam an mein Bett. Sie setzte sich auf den Bettrand und lehnte sich vor, um mich in die Arme zu nehmen.

»Was machst du denn hier, DeeDee?«

Meine Tante strich mir das vom Schlaf zerzauste Haar nach hinten und flüsterte verschwörerisch: »Ich hole dich aus dieser Bude raus.«

Ich runzelte verwirrt die Stirn. Tante DeeDee hatte Weihnachten und Neujahr mit uns verbracht und dann vor zwei Wochen noch einmal eine ganze Woche. Ich wusste, sie hatte im nächsten Monat einen vollen Terminkalender.

Daher meine Verwirrung, warum sie jetzt wieder hier war.

»Ich verstehe nicht«, sagte ich und schwang die Beine von der Matratze. Die letzten Tage hatte ich hauptsächlich das Bett gehütet. Bei meinem Kontrolltermin im Krankenhaus Anfang der Woche hatte sich herausgestellt, dass ich zu wenig weiße Blutkörperchen hatte. Ich hatte eine Bluttransfusion und Medikamente erhalten, um dem entgegenzuwirken. Das hatte auch geholfen, aber es machte mich einige Tage lang müde, und ich musste im Haus bleiben, um mir keine Infektion einzufangen. Meine Ärzte hatten mich im Krankenhaus behalten wollen, doch ich wollte nicht. Ich wollte keine Sekunde meines Lebens verpassen, indem ich sie dort verbrachte. Nicht jetzt, da ich sehen konnte, dass der Krebs mich stärker in seinen Klauen hatte. Jede Sekunde meiner Zeit wurde kostbarer.

Zu Hause war der Ort, an dem ich glücklich war.

Rune neben mir zu haben und seine süßen Küsse zu spüren, das war meine Geborgenheit. Es war alles, was ich brauchte.

Ich warf einen Blick auf die Uhr: Es war fast sechzehn Uhr. Rune würde bald kommen. Ich hatte ihn dazu gebracht, die letzten paar Tage zur Schule zu gehen. Er hatte bei mir bleiben wollen. Aber das war sein letztes Jahr, und er brauchte gute Noten fürs College. Auch wenn er protestierte, dass ihm das im Augenblick völlig egal sei.

Doch das war okay. Denn mich kümmerte es genug für uns beide. Ich würde nicht zulassen, dass er für mich sein Leben auf Eis legte.

Tante DeeDee sprang auf. »Okay, Poppy-Mädchen, hopp, hopp, unter die Dusche. Wir haben eine Stunde, bis wir losmüssen.« Sie betrachtete mein Haar. »Mach dir nicht die Mühe, dir die Haare zu waschen; ich habe ein Mädchen, das sich darum kümmern kann, wenn wir da sind.«

Ich schüttelte den Kopf und wollte noch mehr Fragen stellen, doch meine Tante eilte schon aus dem Zimmer. Ich stand auf und streckte die Muskeln. Dann holte ich tief Luft, schloss die Augen und lächelte. Ich fühlte mich besser als in den Tagen zuvor. Ein wenig kräftiger.

Stark genug, um das Haus zu verlassen.

Ich schnappte mir mein Handtuch, duschte rasch und legte ein wenig Make-up auf. Das ungewaschene Haar band ich zu einem Knoten zusammen, die weiße Schleife fest an ihrem Platz. Dann zog ich ein jägergrünes Kleid an und einen weißen Pulli darüber.

Ich steckte gerade meine Unendlichkeitsohrringe an, als plötzlich die Tür geöffnet wurde und ich das Summen lauter Stimmen hörte, vor allem die von Daddy.

Rune kam herein, und sein Blick suchte sofort meinen. Ich lächelte. Er sah mich forschend an, prüfend, bevor sich sein Gesicht vor Erleichterung aufhellte.

Wortlos trat er zu mir, legte die Arme um meine Schultern und drückte mich an sich. Ich umfing seine Taille und atmete seinen frischen Duft ein.

»Du siehst besser aus«, sagte er.

»Ich fühle mich auch besser.«

Rune trat einen Schritt zurück und umfasste meine Wangen. Er sah mir forschend in die Augen, bevor er lächelte und mir den süßesten aller Küsse auf den Mund drückte. Dann seufzte er: »Ich bin so froh. Ich hatte mir schon Sorgen gemacht, dass wir vielleicht nicht gehen können.«

»Wohin?«, fragte ich, und mein Herz begann zu pochen.

Dieses Mal lächelte Rune, führte seinen Mund an mein Ohr und verkündete: »Auf ein neues Abenteuer.«

Mein schon pochendes Herz ging in Galopp über. »Ein neues Abenteuer?«

Ohne weitere Erklärung geleitete Rune mich aus dem Zimmer. Seine Hand, die meine ganz fest hielt, war das einzige Anzeichen dafür, wie besorgt er war.

Aber ich hätte es ohnehin gewusst. Ich sah die Furcht in seinen Augen, jedes Mal wenn ich mich im Bett rührte und er fragte, ob alles in Ordnung sei. Jedes Mal, wenn er nach der Schule bei mir saß und mich beobachtete, mich *studierte* … und wartete. Um zu sehen, ob es nun so weit war.

Er war wie gelähmt.

Das Fortschreiten meiner Krebserkrankung machte mir keine Angst. Der Schmerz und die nahe Zukunft auch nicht. Aber zu sehen, dass Rune mich so traurig, so hoffnungslos anschaute, ängstigte mich. Ich liebte ihn so sehr, und ich spürte, dass er mich über alle Maßen liebte. Doch diese Liebe, diese seelenerweichende Verbindung, hatte begonnen, das Herz in Ketten zu legen, das ich für dieses Leben freigelassen hatte.

Ich hatte den Tod nie gefürchtet. Mein Glaube war stark; ich glaubte fest, dass es ein Leben nach dem Tod gab. Aber nun kroch langsam die Furcht in mein Bewusstsein. Die Furcht davor, Rune zurückzulassen. Furcht vor seiner Abwesenheit … die Furcht, nicht seine Arme um mich und seine Küsse auf meinen Lippen zu spüren.

Rune warf einen Blick zurück, als ahnte er, dass mein Herz brechen wollte. Ich nickte. Ich war nicht sicher, ob ich ihn überzeugt hatte; in seinen Zügen las ich immer noch Besorgnis.

»Sie fährt nicht!« Daddys kräftige Stimme war durch den Flur zu hören. Rune zog mich an seine Seite und hob den Arm, damit ich sicher darunterschlüpfen konnte. Als wir zur Tür kamen, standen Mama, Daddy und Tante DeeDee vor dem Wohnzimmer.

Daddy war rot im Gesicht. Meine Tante hatte die Arme verschränkt, und Mama strich mit der Hand über Daddys Rücken und versuchte so, ihn zu beruhigen.

Daddy hob den Kopf und zwang sich zu einem Lächeln. »Poppy«, sagte er und kam näher. Rune ließ mich nicht los. Daddy registrierte es und warf ihm einen Blick zu, der ihn auf der Stelle hätte tot umfallen lassen müssen.

Doch Rune zuckte nicht einmal.

»Was ist denn überhaupt los?«, fragte ich und nahm Daddys Hand.

Meine Berührung schien ihn sprachlos zu machen. Ich warf Mama einen Hilfe suchenden Blick zu.

Sie trat vor. »Den Plan gibt es schon, seit deine Tante vor ein paar Wochen hier war.«

Tante DeeDee grinste spitzbübisch.

»Rune hat einen Ausflug mit dir geplant. Er hat deine Tante gebeten, ihm bei der Organisation zu helfen.« Mama seufzte. »Wir hatten nie damit gerechnet, dass deine Werte so schnell sinken.« Mama legte Daddy die Hand auf den Arm. »Dein Vater denkt, du solltest nicht fahren.«

»Wohin denn?«, fragte ich.

»Das ist eine Überraschung«, verkündete Rune neben mir.

Daddy trat ein wenig zurück und sah mir in die Augen. »Poppy, die Zahl deiner weißen Blutkörperchen ist gesunken. Das heißt, die Gefahr ist hoch, dass du dir eine Infektion einfängst. Wenn dein Immunsystem so schwach ist, denke ich, solltest du nicht in ein Flugzeug steigen …«

»Ein Flugzeug?«, unterbrach ich. Ich sah zu Rune auf. »Ein Flugzeug?«, wiederholte ich.

Er nickte, gab aber weiter keine Erklärung.

Mama legte mir eine Hand auf den Arm. »Ich habe deinen Facharzt gefragt, und er meinte« – sie räusperte sich – »er meinte, in diesem Stadium der Krankheit solltest du fahren, wenn du es willst.« Ich hörte den Unterton in ihrer Stimme. *Tu es, bevor es zu spät ist, irgendwohin zu reisen.*

»Ich will fahren«, erklärte ich mit unbeirrter Überzeugung und hielt mich an Rune fest. Er sollte wissen, dass ich das wollte. Ich sah ihn an, und er erwiderte meinen Blick. Lächelnd sagte ich: »Ich bin dabei.«

Rune überraschte mich, doch zugleich überraschte er mich gar nicht, als er mich küsste. Er küsste mich fest und kurz, direkt vor meiner Familie. Dann löste er sich von mir und trat an die Seite meiner Tante. Neben ihr stand ein Koffer. Ohne ein weiteres Wort brachte Rune ihn zum Auto.

Mein Herz pochte in einem aufgeregten Stakkato.

Daddy drückte meine Hand. Seine Berührung brachte mir seine Besorgnis, seine Furcht, wieder zu Bewusstsein. »Poppy …«

Bevor er weitersprechen konnte, lehnte ich mich vor, küsste ihn auf die Wange und sah ihm in die Augen. »Daddy, mir sind die Risiken klar. Ich kämpfe schon lange gegen das hier an. Und ich weiß, dass du dir Sorgen machst. Ich weiß, du willst nicht, dass ich Schaden nehme. Aber in meinem Zimmer gefangen zu sein wie ein Vogel im Käfig, und das noch einen Tag länger … *das* schadet mir. Ich war nie ein Stubenhocker. Ich will das, Daddy. Ich *brauche* das.« Ich schüttelte den Kopf und spürte, wie mir Tränen in die Augen stiegen. »Ich kann die

Zeit, die mir noch bleibt, nicht eingesperrt verbringen, denn ich habe Angst, dass ich mich dann schlechter fühle. Ich muss leben … ich brauche dieses Abenteuer.«

Er holte mühsam Luft. Doch schließlich nickte er. Eine leichte Benommenheit überkam mich. Ich würde verreisen!

Ich sprang auf der Stelle und warf Daddy die Arme um den Hals. Er erwiderte meine Umarmung.

Ich gab Mama einen Kuss und schaute dann meine Tante an. Sie hatte die Hand ausgestreckt. Ich ergriff sie.

»Ich verlasse mich darauf, dass du auf sie achtgibst, DeeDee«, sagte Daddy.

Meine Tante seufzte. »Du weißt, dieses Mädchen ist mein Herzblatt, James. Denkst du, ich würde zulassen, dass ihr irgendwas zustößt?«

»Und die beiden schlafen in getrennten Zimmern!«

Ich verdrehte nur die Augen.

Daddy redete weiter auf meine Tante ein. Doch ich bekam nichts davon mit. Ich hörte nichts mehr, als mein Blick durch die offene Tür zu dem Jungen in Schwarz wanderte, der am Geländer unserer Veranda lehnte. Dem Jungen in Lederjacke, der sich lässig eine Zigarette in den Mund steckte und mich dabei keine Sekunde aus den Augen ließ.

Rune blies ein Rauchwölkchen in die Luft. Dann warf er die Kippe lässig auf den Boden, reckte das Kinn und streckte die Hand aus.

Ich schloss einen kurzen Moment die Augen und prägte mir ein, wie er jetzt, in diesem Augenblick, aussah.

Mein norwegischer Bad Boy.

Mein Herz.

Ich öffnete die Augen wieder und eilte hinaus – geradewegs in Runes ausgebreitete Arme. Er umfing mich, und ich kicherte, als ich den Wind im Gesicht spürte. Rune hielt mich fest, und meine Füße hingen immer noch in der Luft. »Bist du bereit für das Abenteuer, *Poppymin?*«

»Ja«, antwortete ich atemlos.

Er drückte die Stirn an meine. »Ich liebe dich«, flüsterte er nach einer langen Pause.

»Ich liebe dich auch«, sagte ich ebenso leise.

Er schenkte mir ein seltenes Lächeln.

Vorsichtig stellte er mich wieder auf den Boden, nahm meine Hand und fragte noch einmal: »Bist du bereit?«

Ich nickte, drehte mich dann zu meinen Eltern um, die auf der Veranda standen, und winkte ihnen zum Abschied zu.

»Kommt, Kinder«, meinte DeeDee. »Wir müssen ein Flugzeug erwischen.«

Rune geleitete mich zum Auto und hielt wie immer meine Hand. Als wir auf den Rücksitz stiegen, schaute ich aus dem Fenster in die Wolken. Bald würde ich über ihnen schweben.

Ein Abenteuer.

Ein Abenteuer mit meinem Rune.

»New York«, brachte ich atemlos heraus, als ich das Flugziel auf dem Bildschirm an unserem Gate las.

Rune grinste. »Wir hatten ja immer vor, dorthin zu gehen. Es wird nur ein wenig kürzer werden, als wir dachten.«

Vollkommen sprachlos schlang ich die Arme um seine Taille und legte den Kopf an seine Brust. Tante DeeDee kehrte von ihrem Gespräch mit der Frau am Schalter zurück.

»Kommt, ihr zwei«, sagte sie und zeigte auf den Eingang zum Flugzeug.

Wir folgten DeeDee. Als sie uns zu zwei Plätzen ganz vorn in der Ersten Klasse brachte, blieb mir der Mund offen stehen. Ich sah sie an, und sie zuckte mit den Schultern. »Welchen Sinn hat es, für die Erste Klasse zuständig zu sein, wenn ich die Vergünstigungen nicht dazu nutzen kann, meine Lieblingsnichte zu verwöhnen?«

Ich umarmte DeeDee, und sie hielt mich ein wenig länger als üblich fest. »Na, geh schon«, meinte sie und scheuchte mich zu meinem Platz. Dann verschwand sie schnell hinter dem Vorhang zum Bereich der Flugbegleiter. Rune nahm meine Hand.

»Sie schafft das schon«, tröstete er und zeigte dann auf den Sitzplatz am Fenster. »Für dich«, sagte er. Ich konnte das aufgeregte Kichern nicht unterdrücken, als ich mich setzte und dann vom Fenster aus die Leute beobachtete, die unten am Boden arbeiteten.

Schließlich waren alle Passagiere an Bord, und wir rollten los. Mit einem glücklichen Seufzen drehte ich mich zu Rune, der mich musterte. Ich verschränkte die Finger mit seinen. »Danke.«

»Ich wollte, dass du New York siehst.« Er zuckte mit den Schultern. »Ich wollte es mit dir erleben.«

Rune lehnte sich zu mir herüber, um mich zu küssen. Doch ich legte ihm den Finger auf die Lippen. »Küss mich, wenn wir auf zwölftausend Metern Flughöhe sind. Küss mich im Himmel. Mitten in den Wolken.«

Sein Minzatem streifte über mein Gesicht. Dann lehnte er sich schweigend wieder zurück. Ich lachte, als das Flugzeug unvermittelt beschleunigte und wir in den Himmel aufstiegen. Als es sich stabilisierte, fand ich mich plötzlich mit den Lippen direkt an Runes Lippen wieder. Seine Hände umfassten meinen Kopf, während er meinen Mund eroberte. Ich seufzte, während seine Zunge sanft mit meiner spielte.

Als er sich schwer atmend von mir löste, flüsterte ich: »Kuss achthundertacht. In zwölftausend Metern Höhe. Mit meinem Rune … mein Herz wollte fast zerspringen.«

Bis zum Ende des Fluges hatte ich eine ganze Menge neue Küsse für mein Glas.

»Das ist für uns?«, fragte ich ungläubig und sah mich im Penthouse des irre teuren Hotels in Manhattan um, zu dem meine Tante uns gebracht hatte.

Ich blickte zu Rune auf und sah ihm trotz seiner neutralen Miene an, dass auch er überwältigt war.

Tante DeeDee blieb neben mir stehen. »Poppy, deine Mama weiß es noch nicht. Aber, nun ja, ich gehe seit einiger Zeit mit jemandem aus.« Ein liebevolles Lächeln trat in ihr Gesicht. »Sagen wir einfach, diese Suite war sein Geschenk an euch beide.«

Ich sah sie fassungslos an, doch dann erfüllte mich Wärme. Ich hatte mir immer Sorgen um Tante DeeDee gemacht. Sie war oft allein. Aber ich konnte ihr ansehen, wie glücklich dieser Mann sie machte.

»Er hat das bezahlt? Für uns? Für mich?«, fragte ich.

DeeDee zögerte kurz und erklärte dann: »Ehrlich gesagt muss er nicht wirklich dafür bezahlen. Das Penthouse hier gehört ihm.«

Mir blieb der Mund noch weiter offen stehen, sofern das möglich war, bis Rune mir scherzhaft den Finger ans Kinn legte und meinen Mund zuklappte. Ich starrte meinen Freund an: »Du hast es gewusst?«

Er zuckte mit den Schultern. »Sie hat mir geholfen, das alles zu planen.«

»Dann hast du es also gewusst?«, wiederholte ich. Rune schüttelte den Kopf und trug dann unsere Koffer in das große Schlafzimmer rechts. Ganz offensichtlich ignorierte er Daddys Anweisung in Bezug auf getrennte Zimmer.

Als Rune durch die Tür verschwand, meinte meine Tante: »Der Junge würde für dich über Glasscherben laufen, Pops.«

Mein Herz füllte sich mit Licht. »Ich weiß«, flüsterte ich. Aber dieser leichte Anflug von Furcht, der sich an mich anschlich, sickerte langsam in mich hinein.

Tante DeeDee legte den Arm um mich. Ich drückte sie auch. »Danke.«

Sie gab mir einen Kuss. »Ich habe gar nichts gemacht, Pops. Das war alles Rune.« Sie zögerte kurz. »Ich glaube, ich habe in meinem ganzen Leben nie zwei junge Leute gesehen, die sich schon so jung so sehr geliebt haben und dann als Teenager noch mehr.«

Tante DeeDee hielt mich ein wenig von sich, um mir in die Augen zu sehen. »Genieße die Zeit mit ihm, Pops. Dieser Junge liebt dich. Man müsste blind sein, um das nicht zu bemerken.«

»Das mache ich.«

DeeDee ging zur Tür. »Wir bleiben zwei Nächte. Ich bin bei Tristan in seiner Suite. Falls du irgendwas brauchst, ruf mich. Ich bin nur ein paar Minuten entfernt.«

»Okay«, flüsterte ich.

Ich drehte mich um die eigene Achse und sog die Pracht des Apartments in mich ein. Die Decke war so hoch, dass ich den Kopf nach hinten legen musste, um das Muster im weißen Putz zu sehen. Das Zimmer war so groß, dass die Häuser der meisten Leute winzig dagegen wirken würden. Ich ging zum Fenster und hatte einen Wahnsinns-Panoramablick auf New York.

Und ich atmete tief ein.

Mein Blick fiel auf die vertrauten Sehenswürdigkeiten, die ich immer nur auf Fotos oder in Filmen gesehen hatte: das Empire State Building, Central Park, die Freiheitsstatue, das Bügeleisengebäude, Freedom Tower …

Es gab so viel zu sehen, dass mein Herz vor Vorfreude pochte. Hier hätte ich mein Leben leben sollen. Hier wäre ich zu

Hause gewesen. Blossom Grove und Georgia wären meine Wurzeln gewesen und New York meine Flügel.

Und Rune Kristiansen wäre für immer mein Liebster gewesen. Für alle Zeiten an meiner Seite.

Dann fiel mir eine Tür links auf, und ich ging hin und drückte die Klinke hinunter. Als mich eine kalte Brise traf, schnappte ich erst nach Luft, und dann ließ ich den Anblick wahrhaft auf mich wirken.

Ein Garten.

Eine Außenterrasse mit Winterblumen, Sitzbänken und, noch besser, einer wundervollen Aussicht. Ich zog den Reißverschluss an meinem Mantel hoch, um mich warm zu halten, und trat hinaus in die Kälte. Schneeflocken fielen auf mein Haar. Ich wollte sie im Gesicht spüren, also legte ich den Kopf in den Nacken. Kalte Flocken landeten auf meinen Wimpern und kitzelten mich.

Ich lachte, als mein Gesicht feucht wurde. Dann ging ich weiter und strich mit den Händen über die glitzernden Tannenzweige, bis ich an der Wand stand, die einen Panoramablick auf Manhattan bot.

Ich ließ mich von der kalten Luft durchdringen. Plötzlich lagen warme Arme um meine Taille, und Runes Kinn ruhte auf meiner Schulter. »Gefällt es dir, Baby?« Seine Stimme war kaum mehr als ein Flüstern, um unsere kleine Oase der Ruhe nicht zu stören.

Ich schüttelte ungläubig den Kopf und drehte mich zu ihm um. »Ich kann gar nicht glauben, dass du das alles getan hast. Ich kann nicht glauben, dass du mir das geschenkt hast.« Ich zeigte auf die Stadt, die sich unter uns erstreckte. »Du hast mir New York geschenkt.«

Rune küsste mich auf die Wange. »Es ist schon spät, und wir haben morgen eine Menge vor. Ich möchte sichergehen, dass du ausgeruht genug bist, um alles zu sehen, was ich geplant habe.«

Mir kam ein Gedanke. »Rune?«

»Ja?«

»Kann ich dich morgen auch ausführen?«

Er runzelte die Stirn. »Natürlich.« Rune sah mir forschend in die Augen und versuchte herauszufinden, was ich vorhatte. Aber er stellte keine Fragen. Und ich war froh darüber. Wenn er es zu früh erfuhr, würde er nicht mitmachen.

»Gut«, meinte ich stolz und lächelte in mich hinein. Ja, er hatte mir diese Reise geschenkt. Und ja, er hatte Pläne gemacht. Aber ich wollte ihm etwas zeigen, um ihn an seine Träume zu erinnern. Träume, die er immer noch erreichen konnte, auch nachdem ich gegangen war.

»Du brauchst Schlaf, *Poppymin*«, meinte Rune und gab mir einen Kuss auf den Hals.

Ich verschränkte die Finger mit seinen. »Mit dir neben mir im Bett.«

Er nickte an meinem Hals, bevor er noch einen Kuss daraufdrückte. »Ich habe dir ein Bad eingelassen und Essen bestellt. Du badest, dann essen wir, und danach schlafen wir.«

Ich drehte mich in seinen Armen um, stellte mich auf die Zehenspitzen und umfasste seine Wangen. Sie waren kalt. »Ich liebe dich, Rune«, sagte ich leise. Ich sagte es oft. Und ich fühlte es jedes Mal mit ganzem Herzen. Er sollte zu jeder Zeit wissen, wie sehr ich ihn liebte.

Rune seufzte und küsste mich langsam. »Ich liebe dich auch, *Poppymin*«, antwortete er an meinen Lippen, die er kaum von mir löste.

Dann ging er mit mir hinein, und ich nahm mein Bad. Wir aßen. Und danach schliefen wir.

Ich lag in seinen Armen, mitten in einem riesigen Himmelbett. Sein warmer Atem streifte mein Gesicht. Seine Augen verfolgten jede meiner Bewegungen.

Geborgen in seiner Umarmung, mit einem Lächeln im Herzen und auf den Lippen, schlief ich ein.

12

Herzenslieder und gefundene Schönheit

Poppy

Ich dachte, ich würde das Gefühl kennen, wenn einem der Wind durchs Haar weht. Aber nichts ließ sich mit der Brise vergleichen, die oben auf dem Empire State Building durch meine Haare wehte.

Ich dachte, ich sei schon auf jede Weise geküsst worden, auf die man geküsst werden konnte. Aber nichts ließ sich vergleichen mit Runes Küssen unter dem Märchenschloss im Central Park. Mit seinem Kuss in der Krone der Freiheitsstatue. Mitten auf dem Times Square mit den hellen, hektischen Lichtern, während die Leute um uns herumeilten, als hätten sie keine Zeit mehr auf der Welt.

Die Menschen hier waren immer in Eile, obwohl sie jede Menge Zeit hatten. Mir blieb nur noch sehr wenig Zeit, doch ich achtete darauf, dass ich alles, was ich tat, langsam tat. Wohlüberlegt. Bedeutungsvoll. Ich achtete darauf, jede neue Erfahrung zu genießen. Tief Luft zu holen und jeden neuen Anblick, Duft oder Laut einzuatmen und in mich einzusaugen.

Einfach innezuhalten. Zu atmen. Und zu umarmen.

Runes Küsse waren unterschiedlich. Mal waren sie langsam und sanft, sachte und federleicht. Und dann wieder hart, schnell und verschlingend. Beide Arten von Küssen machten mich atemlos. Beide kamen in mein Glas.

Mehr Küsse, eingeprägt in mein Herz.

Nach einem späten Lunch im *Stardust Diner*, wo ich beschloss, dass dies mein drittliebster Ort auf Erden sein könnte, geleitete ich Rune hinaus.

»Bin ich jetzt an der Reihe?«, fragte ich, als er meinen Kragen enger um meinen Hals zog. Er schaute auf die Uhr. Wieso sah er ständig nach, wie spät es war? Rune bemerkte, dass ich ihn skeptisch musterte.

Er schlang die Arme um mich und antwortete: »Du hast die nächsten paar Stunden, danach geht es mit meinem Zeitplan weiter.«

Ich streckte ihm scherzhaft die Zunge heraus, weil er so streng mit mir war. Hitze flammte in Runes Augen auf. Er beugte sich vor, drückte den Mund auf meine Lippen und strich mit der Zunge über meine. Ich quietschte auf und hielt mich an ihm fest, als er mich nach hinten bog, bevor er sich aus dem Kuss löste.

»Bring mich nicht in Versuchung«, neckte er mich. Aber ich sah immer noch die Hitze in seinen Augen, und mein Herz setzte einen Schlag lang aus. Seit Rune wieder zu meinem Leben gehörte, hatten wir nicht mehr getan, als uns zu küssen. Zu küssen, zu reden und uns unglaublich fest zu halten. Er drängte nie auf mehr, doch als die Wochen vergingen, war in mir der Wunsch aufgekommen, mich ihm noch einmal hinzugeben.

Erinnerungen an unsere Nacht vor zwei Jahren liefen wie in einer Endlosschleife in meinem Kopf ab. Die Szenen waren so lebendig, so voller Leben, dass mir die Luft wegblieb. Denn ich erinnerte mich immer noch an Runes Blick, als er sich auf mir bewegte. An die Wärme, die mich durchflutete, als ich ihn so warm in meinen Armen spürte.

Und ich erinnerte mich daran, wie sanft er mein Gesicht, mein Haar und meine Lippen berührt hatte. Doch das Beste von allem: Ich erinnerte mich an sein Gesicht danach, den unvergleichlichen Ausdruck von Anbetung. Den Blick, der mir sagte, dass das, was wir getan hatten, uns auf ewig verändert hatte – trotz unserer Jugend.

Es hatte uns vereint, mit Körper, Geist und Seele.

Und uns wahrhaft Unendlichkeit geschenkt.

Für immer und ewig.

»Wohin gehen wir, *Poppymin?*« Rune riss mich mit seiner Frage aus meinem Tagtraum. Er legte den Handrücken auf meine brennende Wange. »Du bist ganz heiß«, sagte er mit starkem Akzent, und der perfekte Klang durchlief mich wie eine kühle Brise.

»Es geht mir gut.« Ich nahm seine Hand und wollte ihn die Straße entlangführen, doch er blieb stehen.

»Poppy …«

»Es geht mir gut«, unterbrach ich ihn und zog einen Schmollmund, damit Rune wusste, dass es mir vollkommen ernst war.

Mit einem übertriebenen Seufzen legte er den Arm um meine Schulter und ging mit mir weiter. Ich suchte nach Straßenname und Hausnummer, um mich zu orientieren.

»Willst du mir erzählen, was wir tun?«, fragte er.

Ich schüttelte den Kopf. Rune drückte mir einen Kuss auf die Schläfe und zündete sich eine Zigarette an. Während er rauchte, nutzte ich die Gelegenheit, mich umzusehen. Ich liebte New York. Alles daran. So viele unterschiedliche Leute – Künstler, Anzugträger und Träumer –, die alle in dem riesigen Patchwork-Quilt des Lebens miteinander verwoben waren. Die geschäftigen Straßen, Hupen und Rufe waren der perfekte Soundtrack für die Stadt, die niemals schläft.

Der frische Duft von Schnee lag in der kalten Luft, und ich schmiegte mich enger an Rune. »Das würden wir tun«, sagte ich und lächelte versonnen.

»Was?«, fragte Rune, während der inzwischen vertraute Geruch seines Zigarettenrauchs vor uns waberte.

»Das hier«, antwortete ich. »Über den Broadway spazieren. Wir würden durch die Stadt gehen, um Freunde zu treffen, zur Universität oder zu unserem Apartment. Du würdest mich wie jetzt im Arm halten, genau so, und wir würden plaudern. Du würdest mir von deinem Tag erzählen und ich dir von meinem.« Ich lächelte über die Normalität der Vorstellung. Denn ich brauchte keine großen Gesten oder Märchen; ein normales Leben mit dem Jungen, den ich liebte, wäre mir immer genug gewesen.

Selbst in diesem Moment war es alles wert.

Rune sagte nichts darauf. Wenn ich so offen über Dinge redete, die nie geschehen würden, zog Rune es immer vor zu schweigen. Doch das war okay. Ich verstand, warum er sein Herz schützen musste.

Könnte ich es für ihn schützen, würde ich es tun – doch ich war die Ursache seines Schmerzes.

Ich betete nur, dass ich auch die Heilung sein konnte.

Als ich das Transparent an dem alten Gebäude sah, blickte ich zu Rune auf und erklärte: »Wir sind fast da.«

Er schaute sich verwirrt um, und ich war froh darüber. Er sollte noch nicht wissen, wo wir waren, nicht über eine gut gemeinte Geste ärgerlich werden. Ich wollte nicht, dass er sich verletzt fühlte, weil er gezwungen wurde, die Zukunft zu sehen, die die seine werden konnte.

Ich führte Rune nach links zu einem Gebäude. Er warf die zu Ende gerauchte Zigarette auf den Boden und nahm meine Hand. Am Schalter fragte ich nach unseren Tickets.

Als ich bezahlen wollte, kam er mir zuvor. Ich streckte die Hand aus und küsste ihn auf die Wange. »Welch ein Gentleman«, zog ich ihn auf, und er verdrehte die Augen.

»Ich bin nicht sicher, ob dein Daddy auch so von mir denkt.«

Ich konnte das Lachen nicht unterdrücken, das mir in die Kehle stieg. Während ich vor mich hin kicherte, blieb Rune stehen und musterte mich mit ausgestreckter Hand. Ich legte meine hinein und ließ mich von ihm an sich ziehen. Sein Mund drückte sich auf die Stelle über meinem Ohr, und er fragte: »Wieso will ich immer unbedingt ein Foto von dir machen, wenn du lachst?«

Mein Lachen schwand. »Weil du alle Aspekte menschlicher Umstände einfängst – das Gute, das Schlechte, die Wahrheit.« Ich zuckte mit den Schultern. »Denn auch wenn du noch so sehr protestierst und eine Aura von Finsternis ausstrahlst, strebst du doch nach Glück. Du möchtest glücklich sein.«

»Poppy.« Rune wandte den Kopf ab und ließ mich los. Wie immer wollte er die Wahrheit nicht akzeptieren, aber sie war da, tief eingeschlossen in seinem Herzen. Glücklich zu sein war alles, was er je gewollt hatte – nur er und ich.

Und ich wollte nun, dass er lernte, auch ohne mich glücklich zu sein. Auch wenn ich jeden Tag in seinem Herzen neben ihm gehen würde.

»Rune«, drängte ich sachte. »Bitte komm mit mir.«

Er starrte meine ausgestreckte Hand an, bevor er nachgab und sie fest ergriff.

Ich hob die Hände an meine Lippen, drückte einen Kuss auf seinen Handrücken und legte sie dann an meine Wange. Rune atmete hörbar aus. Schließlich zog er mich unter seinen schützenden Arm, und wir gingen durch die Tür, hinter der sich die Ausstellung offenbarte.

Wir kamen in einen riesigen, offenen Raum mit berühmten Fotos an den hohen Wänden. Rune erstarrte, als er erkannte, was er vor sich hatte: eine Ausstellung von Fotos, die unsere Zeit geprägt hatten.

Fotos, die die Welt verändert hatten.

Perfekt eingefangene Augenblicke.

Runes Brustkorb hob sich, als er tief ein- und dann mit erzwungener Ruhe wieder ausatmete. Er warf einen Blick zu mir und öffnete den Mund. Doch kein Laut kam heraus. Kein Wort.

Ich strich mit der Hand über seine Brust, unter der Kamera, die um seinen Hals hing. »Ich habe gestern herausgefunden, dass diese Ausstellung läuft, und ich wollte, dass du sie siehst. Sie geht noch das Jahr über, aber ich wollte hier sein, mit dir, in diesem Moment. Ich ... ich wollte das hier mit dir teilen.«

Rune blinzelte und machte ein neutrales Gesicht. Seine einzige sichtbare Reaktion war ein Zusammenbeißen der Zähne. Ich war nicht sicher, ob das ein gutes oder ein schlechtes Zeichen war.

Ich konsultierte den Katalog und ging mit Rune zum ersten Foto der Ausstellung. Lächelnd betrachtete ich den Seemann, der mitten auf dem Times Square die Krankenschwester nach hinten bog, um sie auf die Lippen zu küssen. »*New York City. 14. August 1945.* V-J Day in Times Square *von Alfred Eisenstaedt*«, las ich vor. Und ich spürte die Leichtigkeit und die Aufregung der Feier durch das Foto vor mir. Es war, als wäre ich da und teilte diesen Moment mit allen, die tatsächlich dort gewesen waren.

Rune studierte das Foto ebenfalls. Sein Gesicht blieb unverändert, aber ich sah, wie sein Kinn sich entspannte und er den Kopf schief legte.

Seine Finger in meinen zuckten.

Ich lächelte wieder.

Er war nicht immun. Und sosehr er sich auch sperrte, er liebte das hier. Das nahm ich so mühelos wahr, wie ich den Schnee draußen auf meiner Haut spüren konnte. Ich ging mit ihm zum zweiten Foto. Meine Augen wurden groß, als ich den dramatischen Anblick erfasste. Panzer, die im Konvoi vorwärtsrollten, und ein Mann, der ihnen im Weg stand. Mit pochendem Herzen las ich schnell die Information dazu vor: *»Tiananmen Square, Peking, 5. Juni 1989. Dieses Foto zeigt den Protest eines einzelnen Mannes, um die militärische Unterdrückung der fortdauernden Proteste gegen die chinesische Regierung zu beenden.«*

Ich trat näher an das Bild heran und schluckte. »Es ist traurig«, sagte ich. Rune nickte.

Jedes Foto schien eine andere Reaktion hervorzurufen. Als ich diese eingefangenen Momente betrachtete, begriff ich wahrhaft, warum Rune so gern fotografierte. Die Ausstellung demonstrierte, welchen Einfluss diese Bilder auf die Gesellschaft gehabt hatten. Sie zeigten die Menschheit von ihrer besten und ihrer schlimmsten Seite.

Sie beleuchteten das Leben in all seiner Nacktheit und in seiner reinsten Form.

Als wir vor dem nächsten Foto stehen blieben, wandte ich auf der Stelle den Blick ab; das konnte ich mir nicht richtig ansehen. Ein geduldig wartender Geier, der hinter einem abgemagerten Kind saß. Das Bild erfüllte mich unmittelbar mit Kummer.

Ich wollte weitergehen, aber Rune trat näher an die Aufnahme heran. Ruckartig hob ich den Kopf und beobachtete ihn, wie er es in allen Einzelheiten studierte. Seine Augen flammten auf, und er ballte die Hände zu Fäusten.

Seine Leidenschaft war durchgebrochen.

Endlich.

»Das ist eines der umstrittensten Fotos, die je gemacht wurden«, erklärte er mir leise, immer noch auf die Aufnahme konzentriert. »Der Fotograf berichtete über die Hungersnot in Afrika. Als er die Fotos machte, sah er dieses Kind, das unterwegs war, um Hilfe zu finden, und den Geier, der in der Nähe wartete, weil er den Tod nahen spürte.« Rune holte tief Luft. »Dieses Foto zeigte das Ausmaß der Hungersnot, und das mehr, als alle zuvor geschriebenen Berichte es je konnten.« Rune sah mich an. »Es brachte die Leute dazu, aufzustehen und dem Ganzen Beachtung zu schenken. Es zeigte ihnen mit all seiner brutalen Härte, wie schlimm die Hungersnot geworden war.« Er wies hinter sich auf das Kind, das zusammengekauert auf dem Boden saß. »Durch dieses Bild wurde die Entwicklungshilfe erhöht, und die Presse hat mehr über den Überlebenskampf der Menschen berichtet.« Er atmete tief durch. »Es hat ihre Welt verändert.«

Ich wollte seine Dynamik nicht bremsen, also gingen wir zum nächsten Bild. »Weißt du, worum es bei dem Foto hier geht?«

Bei den meisten Fotografien musste ich mir Mühe geben, sie anzusehen. Die allermeisten handelten von Schmerz und Leid. Aber für einen Fotografen beinhalteten sie eine Art poetischer Anmut, so schwer und herzzerreißend sie anzusehen waren. Sie transportierten eine tiefe und zeitlose Botschaft, alles eingefangen in einem einzigen Bild.

»Es war ein Protest – gegen den Vietnamkrieg. Ein buddhistischer Mönch hat sich selbst verbrannt.« Rune legte den Kopf schief und studierte die Blickwinkel. »Er hat nicht einmal mit der Wimper gezuckt. Er hat den Schmerz auf sich genommen, um deutlich zu machen, dass Frieden erreicht werden musste. Sein Handeln zeigte ganz unmissverständlich die Not und die Sinnlosigkeit dieses Krieges.«

Und so ging es weiter; Rune erklärte fast jedes Foto. Als wir das letzte Bild erreichten, sahen wir die Schwarz-Weiß-Aufnahme einer jungen Frau. Es war alt, dem Haar und Make-up nach zu urteilen, wahrscheinlich aus den Sechzigerjahren. Die Frau war etwa fünfundzwanzig Jahre alt. Und sie lächelte.

Es brachte auch mich zum Lächeln.

Auch Rune kannte das Bild nicht. Der Titel lautete schlicht *Esther*. Ich suchte im Ausstellungskatalog nach der Information, und als ich sie las, kamen mir augenblicklich die Tränen.

»Was ist?« Sorge blitzte in Runes Augen auf.

»Esther Rubenstein. Die verstorbene Ehefrau des Schirmherrn dieser Ausstellung.« Ich blinzelte und schaffte es endlich, zu Ende vorzulesen: *»Sie starb mit sechsundzwanzig Jahren an Krebs.«* Ich schluckte die Gefühle hinunter, die mich zu übermannen drohten, und trat näher an Esthers Porträt. *»Das Foto wurde von ihrem Ehemann in die Ausstellung aufgenommen, der nie wieder heiratete.* Er nahm das Foto nie wieder ab. Dort steht, dass diese Fotografie zwar nicht die Welt verändert habe, aber Esther habe seine Welt verändert.«

Langsam liefen mir Tränen über die Wangen. Das Gefühl war wunderschön, und die Ehrung atemberaubend.

Ich wischte die Tränen weg und warf einen Blick auf Rune, der sich von dem Bild abgewandt hatte. Mir sank das Herz, und ich stellte mich vor ihn. Er ließ den Kopf hängen. Ich schob ihm das Haar aus dem Gesicht. Die gequälte Miene, die zum Vorschein kam, zerriss mich innerlich.

»Wieso hast du mich hergebracht?«, fragte er mit rauer Stimme.

»Weil es das ist, was du liebst.« Ich machte eine Geste in den Saal. »Rune, das hier ist die NYU Tisch School of the Arts. Die Uni, an die du immer gehen wolltest. Ich wollte, dass du siehst, was du eines Tages erreichen könntest. Ich wollte, dass du siehst, was die Zukunft immer noch für dich bereithalten kann.«

Ich versuchte, ein Gähnen zu unterdrücken.

»Du bist müde.«

»Es geht mir gut«, widersprach ich, denn ich wollte jetzt darüber reden. Aber ich war tatsächlich müde.

Er verschränkte die Finger mit meinen. »Komm, Poppy, ruhen wir uns vor heute Abend noch etwas aus.«

Ich wollte weiter über seine Zukunft sprechen, doch er drehte sich um und sagte leise: »*Poppymin*, bitte. Nicht weiter.« Ich hörte die Anstrengung in seiner Stimme. »New York war unser Traum. Ohne dich gibt es kein New York für mich. Also bitte ...« Er verstummte und flüsterte dann traurig: »Lass es.«

Ich wollte ihn nicht so niedergeschlagen sehen, also nickte ich. Rune küsste mich auf die Stirn. Dieser Kuss war sanft. Dankbar.

Wir verließen die Ausstellung, und Rune hielt ein Taxi an. Und schon waren wir auf dem Weg zurück zum Hotel. Sobald wir in die Suite kamen, legte er sich nieder und nahm mich in die Arme.

Er redete nicht, während ich in den Schlaf sank. Ich schlief ein mit dem Bild von Esther vor meinem inneren Auge und fragte mich, wie ihr Ehemann wieder heil geworden war, nachdem sie heimgekehrt war.

Ich fragte mich, ob er überhaupt je wieder heil geworden war.

»Poppymin?«

Runes sanfte Stimme holte mich aus dem Schlaf. Ich blinzelte in die Dunkelheit im Zimmer und fühlte, wie Rune mit einem Finger sachte über meine Wange fuhr.

»Hey, Baby«, sagte er leise, als ich mich zu ihm drehte. Ich streckte die Hand aus und schaltete die Lampe ein.

Ein Lächeln spielte um meine Lippen. Er trug ein eng anliegendes T-Shirt und ein braunes Jackett darüber. Dazu seine hautenge schwarze Jeans und die üblichen schwarzen Wildlederstiefel. Ich zupfte an den Aufschlägen seines Blazers. »Du siehst richtig elegant aus, Baby.«

Runes Lippen verzogen sich zu einem halben Lächeln. Dann beugte er sich vor und küsste mich sanft auf den Mund. Als er sich wieder zurückzog, bemerkte ich, dass sein Haar frisch gewaschen und geföhnt war. Und anders als an den anderen Tagen hatte er es heute gekämmt – die goldenen Strähnen fühlten sich seidig zwischen meinen Fingern an.

»Wie geht es dir?«, fragte er. Ich streckte Arme und Beine aus.

»Ich bin ein wenig müde von der ganzen Lauferei, aber ich fühle mich gut.«

Rune runzelte besorgt die Stirn. »Bist du sicher? Wir müssen heute Abend nicht ausgehen, wenn du dich nicht gut fühlst.«

Ich schob mich auf dem Kissen weiter vor und hielt nur einen Zentimeter vor seinem Gesicht an. »Nichts könnte mich von heute Abend abhalten.« Mit der Hand strich ich über sein weiches braunes Jackett. »Vor allem nicht, wenn du dich so herausgeputzt hast. Ich habe keine Ahnung, was du geplant hast, aber wenn du dafür sogar deine Lederjacke liegen lässt, muss es etwas wirklich Besonderes sein.«

»Ich denke, das ist es«, antwortete Rune nach einer bedeutungsvollen Pause.

»Dann geht es mir definitiv gut«, stellte ich zuversichtlich fest und ließ mir von Rune in eine sitzende Position aufhelfen, als diese einfache Aufgabe sich als zu schwierig für mich erwies.

Rune kauerte vor mir und sah mir forschend ins Gesicht. »Ich liebe dich, *Poppymin.*«

»Ich liebe dich auch, Baby«, antwortete ich. Als ich mit Runes Hilfe aufstand, wurde ich unwillkürlich rot. Mit jedem Tag sah er besser aus, aber so schön, wie er jetzt war, brachte er mein Herz zum Rasen.

Rune führte mich zum Wohnbereich der Suite. Dort, mitten im Zimmer, wartete eine Dame. Um sie herum lag alles ausgebreitet, was man zum Frisieren und Schminken brauchte.

Erstaunt sah ich Rune an, der sich nervös das Haar aus dem Gesicht schob. »Hat alles deine Tante organisiert.« Er zuckte mit den Schultern. »Damit du perfekt aussiehst. Nicht, dass du das nicht sowieso schon tust.«

Die Dame winkte und klopfte auf den Stuhl vor ihr. Rune hob meine Hand an seinen Mund und küsste sie. »Geh schon, wir müssen in einer Stunde los.«

»Was soll ich anziehen?«, fragte ich atemlos.

»Das haben wir auch schon organisiert.«

Ich setzte mich, nachdem ich mich der Stylistin kurz vorgestellt hatte.

Rune ließ sich auf der Couch gegenüber nieder. Ich war voller Glück, als er die Kamera aus der Fototasche auf dem Beistelltisch holte. Er hob die Linse ans Auge, gerade als Jayne, die Stylistin, anfing, mein Haar zu frisieren. Und während der nächsten vierzig Minuten fing er diese Momente ein.

Selbst wenn ich es versucht hätte – ich hätte nicht glücklicher sein können.

Jayne beugte sich vor, besah prüfend mein Gesicht, lehnte sich dann nach einem letzten Pinselstrich zurück und lächelte. »So, das war's, Mädchen. Alles fertig.« Sie trat beiseite und packte ihre Ausrüstung ein. Zum Abschied gab sie mir einen

Kuss auf die Wange. »Ich wünsche dir einen schönen Abend, Lady.«

»Danke«, antwortete ich und begleitete sie zur Tür.

Als ich mich umdrehte, stand Rune vor mir. Er fasste in mein nun gelocktes Haar. »*Poppymin*«, flüsterte er heiser. »Du siehst wunderschön aus.« Er hob die Kamera und drückte auf den Auslöser. Dann senkte er sie wieder. »Einfach perfekt.«

Er griff nach meiner Hand und führte mich ins Schlafzimmer. An der Tür hing ein schwarzes Kleid im Empire-Stil. Auf dem Plüschteppich darunter standen Schuhe mit niedrigen Absätzen.

»Rune.« Begeistert strich ich über den weichen Stoff. »Es ist so hübsch.«

Er nahm das Kleid und legte es aufs Bett. »Zieh dich an, Baby, dann müssen wir gehen.«

Ich nickte, immer noch ganz benommen. Rune verließ das Schlafzimmer und schloss die Tür. In Minutenschnelle hatte ich mich angezogen. Ich schnappte nach Luft, als ich das Mädchen anstarrte, das mir aus dem Spiegel entgegensah. Mein Haar war gelockt, nicht eine Strähne tanzte aus der Reihe. Meine Augen waren leicht rauchig geschminkt, und – das Beste von allem – meine Unendlichkeitsohrringe leuchteten.

Es klopfte an der Schlafzimmertür. »Komm rein!«, rief ich. Ich konnte mich gar nicht von meinem Spiegelbild losreißen.

Rune trat hinter mich, und mein Herz schmolz dahin, als ich seine Reaktion im Spiegel sah … den überwältigten Ausdruck in seinem hübschen Gesicht.

Er legte die Hände an meine Arme. Dann beugte er sich nieder, schob mit einer Hand vorsichtig mein Haar zurück und küsste mich unter dem Ohr. Seine Berührung raubte mir den Atem, und seine Augen waren immer noch auf meine im Spiegel gerichtet.

Das schwarze Kleid hatte vorn einen kleinen Ausschnitt, der etwas Dekolleté zeigte, und breite Träger an den Schultern. Rune küsste mich auf den Hals, bevor er mir die Hand unters Kinn legte, um meinen Mund zu seinem zu heben. Seine warmen Lippen verschmolzen mit meinen, und ich seufzte vor Glück an seinem Mund.

Dann streckte er die Hand über den Tresen aus und hob meine weiße Schleife auf. Er steckte sie mir ins Haar, warf mir ein scheues Lächeln zu und sagte: »Jetzt bist du perfekt. Jetzt bist du meine Poppy.«

Mein Herz machte beim Klang seiner belegten Stimme einen Satz, und als er meine Hand nahm und mich aus dem Zimmer führte, gleich noch mal. Dort wartete ein passender Mantel auf mich, und wie ein echter Gentleman half Rune mir hinein.

Ich ließ mich von ihm zum Aufzug und zur Tür hinausführen. Eine Limousine wartete vor dem Hotel auf uns, und der elegant gekleidete Fahrer öffnete uns den Wagenschlag. Ich wollte Rune fragen, wie er das alles arrangiert hatte, doch bevor ich dazu kam, antwortete er schon: »DeeDee.«

Ich hielt Runes Hände ganz fest, während wir durch die geschäftigen Straßen fuhren. Durchs Fenster sah ich Manhattan vorbeischwirren, und dann hielten wir an.

Bevor ich aus dem Auto stieg, hatte ich das Gebäude bereits gesehen, und mein Herz hämmerte vor Aufregung. Rune, der schon ausgestiegen war, tauchte an meiner Tür auf und half mir hinaus.

Bewegt blickte ich zu dem riesigen Gebäude vor uns auf. »Rune«, flüsterte ich. »Carnegie Hall.« Ich drückte mir die Hand auf den Mund.

Rune schloss die Tür, und die Limousine fuhr davon. Dann zog er mich an sich und sagte: »Komm mit.«

Als wir zum Eingang kamen, versuchte ich, alle Plakate zu lesen, um einen Hinweis auf die Aufführung zu bekommen. Aber sosehr ich auch suchte, ich konnte nicht entdecken, wer heute Abend auftrat.

Rune ging mit mir durch die große Eingangstür, und drinnen begrüßte uns ein Mann und wies uns den Weg. Rune führte mich weiter, bis wir das Foyer hinter uns gelassen hatten und den großen Zuschauerraum erreichten. Und wenn ich vorher schon atemlos war, dann war das kein Vergleich zu dem, was ich in diesem Moment empfand – als ich in der Halle stand, die mein Traum war, seit ich ein kleines Mädchen gewesen war.

Ich erfasste den riesigen, beeindruckenden Raum: die goldenen Galerien, die roten Polsterstühle und Teppiche – und dann runzelte ich die Stirn, als mir klar wurde, dass wir vollkommen allein waren. Kein Publikum. Kein Orchester.

»Rune?«

Er wippte nervös auf den Füßen und zeigte auf die Bühne. Ich folgte seiner Hand mit dem Blick. Mitten auf der großen Bühne stand ein einzelner Stuhl, und daneben ruhte ein Cello mit einem Bogen darauf.

Ich versuchte zu begreifen, was ich da sah, aber ich konnte es nicht nachvollziehen. Das hier war Carnegie Hall, einer der weltberühmtesten Veranstaltungsorte für Konzerte.

Ohne ein Wort führte Rune mich durch den Gang zur Bühne und blieb vor einer provisorischen Treppe stehen. Ich drehte mich zu ihm um, und er sah mir in die Augen. »*Poppymin*, wären die Dinge anders gelaufen …« Er holte Luft, schaffte es jedoch, weit genug die Fassung zu bewahren, um fortzufahren. »Wäre die Situation anders, dann hättest du eines Tages hier als Profi gespielt. Du hättest hier gespielt als Teil des Orchesters, zu dem du immer gehören wolltest.« Er drückte meine Hand.

»Du hättest das Solo gespielt, das du immer auf dieser Bühne spielen wolltest.«

Eine Träne lief ihm über die Wange. »Aber weil es dazu nicht kommen kann, weil das Leben so verdammt unfair ist … Ich wollte trotzdem, dass du diesen Moment erlebst. Dass du weißt, wie sich dieser Traum anfühlen würde. Ich wollte, dass du deine Chance im Rampenlicht bekommst. Ein Licht, das du meiner Ansicht nach nicht nur als die Person verdienst, die ich auf der ganzen Welt am meisten liebe, sondern als die beste Cellistin. Die begabteste Musikerin.«

Da wurde es mir langsam klar. Das Ausmaß dessen, was er für mich getan hatte, drang langsam zu mir durch und erreichte mein entblößtes Herz. Ich spürte, wie mir Tränen in die Augen stiegen, als ich näher an Rune herantrat und die Hände an seine Brust legte. Blinzelnd sah ich zu ihm auf und versuchte, die Tränen zu verjagen. Unfähig, meine Emotionen zu unterdrücken, fragte ich: »Hast du … Wie hast du … das gemacht …?«

Rune geleitete mich die Stufen hinauf, bis ich auf der Bühne stand, von der ich mein Leben lang geträumt hatte. Wieder drückte er anstelle von Worten meine Hand. »Heute Abend gehört dir die Bühne, *Poppymin*. Tut mir leid, dass ich der Einzige bin, der bei deinem Auftritt dabei ist, doch ich wollte nur, dass sich dieser Traum für dich erfüllt und dass du in dieser Halle spielst. Ich wollte, dass deine Musik diesen Raum durchdringt und dass diese Wände dein Vermächtnis tragen.«

Damit trat er näher zu mir, legte die Hände an meine Wangen und wischte mit den Daumen meine Tränen weg. Dann drückte er die Stirn an meine und flüsterte: »Du hast es verdient, Poppy. Du hättest mehr Zeit haben müssen, um diesen Traum wahr werden zu sehen, aber … aber …«

Ich ergriff seine Handgelenke, als er sich mühte, den Satz zu beenden, kniff fest die Augen zu und vertrieb so die letzten

Tränen. »Nicht«, hauchte ich und hob Runes Hände an den Mund, um einen Kuss auf seinen rasenden Puls zu drücken. »Es ist okay, Baby.« Ich holte Luft und schenkte ihm ein Lächeln unter Tränen. Der Geruch von Holz drang in meine Nase. Wenn ich die Augen nur fest genug schloss, fühlte es sich an, als könnte ich das Echo aller Musiker hören, die je diese Bühne betreten hatten, die großen Meister, die diese Halle mit ihrer Leidenschaft und ihrem Genie beehrt hatten.

»Jetzt sind wir hier«, sagte ich und trat einen Schritt zurück. Ich öffnete die Augen und blinzelte angesichts des Zuschauerraums von meiner erhöhten Position aus. Ich stellte ihn mir voller Zuschauer vor, die alle für einen Konzertbesuch gekleidet waren. Männer und Frauen, die es liebten, die Musik in ihren Herzen zu fühlen. Ich lächelte, als ich das Bild so lebendig in meinem Kopf sah.

Als ich mich wieder zu dem Jungen umdrehte, der diesen Augenblick für mich arrangiert hatte, war ich sprachlos. Mir fehlten die Worte, um angemessen auszudrücken, was diese Geste mit meiner Seele angestellt hatte. Das Geschenk, das Rune mir so reinen Herzens gemacht hatte … mein größter Traum, der wahr wurde.

Also sagte ich nichts. Ich konnte nicht.

Stattdessen ging ich zu dem einzelnen Stuhl, der mich erwartete. Ich strich über das schwarze Leder und fühlte es unter meinen Fingerspitzen. Dann trat ich zu dem Cello, dem Instrument, das sich für mich immer wie eine Erweiterung meines Körpers angefühlt hatte. Ein Instrument, das mich mit einer Freude erfüllte, die man nicht erklären kann, bis man sie wahrhaft erlebt. Eine Freude, die allumfassend ist und eine höhere Form von Frieden mit sich bringt, von Gelassenheit und Heiterkeit; eine zarte Liebe, anders als alles andere.

Ich knöpfte den Mantel auf und streifte ihn ab; zwei vertraute Hände nahmen ihn mir ab und strichen dann sanft über meine Haut. Ich warf einen Blick zurück auf Rune, der mir schweigend einen Kuss auf die bloße Schulter drückte und dann die Bühne verließ.

Ich sah nicht, wo er sich hinsetzte, denn als er von der Bühne ging, wurde aus dem gedämpften Schimmern des Scheinwerfers direkt über mir ein leuchtendes Strahlen. Die Lichter im Saal erloschen. Ich starrte auf den hell erleuchteten Stuhl und empfand eine berauschende Mischung aus Nervosität und Aufregung.

Wie von selbst setzte ich einen Fuß vorwärts, und das Klappern meiner Absätze hallte von den Wänden wider. Das Geräusch ging mir durch und durch, entflammte meine schwächer werdenden Muskeln und brachte das Leben zurück.

Ich bückte mich, hob das Cello auf und fühlte dessen Hals in meiner Hand. In meiner Rechten hielt ich den Bogen, dessen schlankes Holz perfekt in meine Finger passte.

Langsam ließ ich mich auf dem Stuhl nieder und neigte das Cello, um die Spitze in die perfekte Höhe für mich zu bringen. Dann richtete ich das Instrument – das schönste Cello, das ich je gesehen hatte –, schloss die Augen, legte die Hände an die Saiten und zupfte an jeder, um zu prüfen, ob es richtig gestimmt war.

Natürlich war es absolut perfekt.

Ich rutschte an den Stuhlrand und stemmte die Füße auf den Holzboden, bis ich mich vollkommen bereit fühlte.

Dann gestattete ich mir aufzublicken. Ich neigte das Kinn zum Scheinwerfer, als wäre er die Sonne, holte tief Luft, schloss die Augen und hob den Bogen an die Saite.

Und dann spielte ich.

Die ersten Töne von Bachs Praeludium flossen aus meinem Bogen in die Saite, hinaus in die Halle und eilten weiter, um den großen Saal mit den himmlischen Klängen zu füllen. Ich wiegte mich, als die Musik mich umarmte, aus mir herausströmte und meine Seele entblößte, sodass jeder es hören konnte.

Und in meiner Fantasie war die Halle voll. Jeder Sitz war belegt; und die Musikliebhaber hörten mir beim Spielen zu. Einer Musik, die danach verlangte, gehört zu werden. Ich spielte Melodien, bei denen im ganzen Haus kein Auge trocken bleiben würde, und ich strahlte eine solche Leidenschaft aus, dass es alle Herzen erfüllen und jeden Geist berühren würde.

Ich lächelte unter der Hitze des Scheinwerfers, der meine Muskeln wärmte und den Schmerz in ihnen auslöschte. Das Stück neigte sich dem Ende zu. Dann ging ich zu einem neuen über. Ich spielte, immer weiter, bis ich irgendwann spüren konnte, wie meine Finger zu schmerzen begannen.

Stille herrschte nun in der Halle, als ich den Bogen hob. Eine Träne lief mir über die Wange bei dem Gedanken, was ich als Nächstes spielen sollte. Ich *wusste*, welches Stück es sein würde – welches Stück ich spielen *musste*.

Ich hatte immer davon geträumt, dieses eine Musikstück in dieser renommierten Halle zu spielen. Dieses eine Stück, das wie kein anderes meine Seele ansprach und das noch präsent sein würde, lange nachdem ich verschwunden war. Das eine, das ich als ein Lebewohl an meine Leidenschaft spielen würde. Nachdem ich sein perfektes Echo in dieser großartigen Halle gehört hatte, würde – konnte – ich es nie wieder spielen. Es würde kein Cellospiel mehr für mich geben.

An diesem Ort würde ich diesen Teil meines Herzens hinter mir lassen. Dieser Ort musste es sein. Hier würde ich Lebewohl sagen zu der Leidenschaft, die mich stark gehalten hatte und die meine Erlösung gewesen war in den Zeiten, in denen ich verloren und allein gewesen war.

Hier würden die Töne zurückbleiben, um auf ewig in der Luft zu tanzen.

Ich fühlte ein Zittern in den Händen und zögerte kurz, bevor ich anfing. Die Tränen flossen reichlich und schnell, aber nicht vor Trauer. Sie fielen für zwei Freunde – die Musik und das Leben, das sie geschaffen hatte –, die einander sagten, dass sie sich trennen mussten, doch dass sie eines Tages wieder zusammen sein würden.

Ruhig zählte ich den Takt an, legte den Bogen an die Saiten und ließ *Der Schwan* aus *Karneval der Tiere* beginnen. Als meine nun sicheren Hände begannen, die Melodie zu spielen, die ich so sehr liebte, fühlte ich einen Kloß im Hals. Jede Note war ein geflüstertes Gebet und jedes Crescendo eine laut gesungene Hymne an Gott, der mir diese Gabe geschenkt hatte. Die Gabe, Musik zu spielen und in meiner Seele zu fühlen.

Und diese Klänge waren mein tief empfundener Dank an das Instrument, weil es mir gestattete, es mit solcher Anmut zu spielen und seine Pracht zu zeigen.

Weil es mir gestattete, es so sehr zu lieben, dass es zu einem Teil von mir wurde.

Und endlich, als die zarten Takte des Stücks so sanft in den Saal strömten, signalisierten sie meine unendliche Dankbarkeit an den Jungen, der schweigend im Dunkel saß. Den Jungen, der so begabt in Fotografie war wie ich in Musik. Er war mein Herz. Der Junge, der mich so innig liebte, dass er mir dieses Lebewohl schenkte, obwohl er innerlich zerbrach. Der mir, in der Gegenwart, diesen Traum gab, den die Zukunft mir nie geben konnte.

Mein Seelengefährte, der Augenblicke einfing.

Meine Hände bebten, als der letzte Ton erklang, und meine Tränen tropften auf das Holz. Meine Hand schwebte über den

Saiten, und das Ende des Stücks hing in der Luft, bis das letzte Echo in den Himmel stieg, um seinen Platz unter den Sternen einzunehmen.

Ich hielt inne und ließ das Lebewohl ausklingen.

Dann stand ich so leise wie möglich auf. Und lächelnd stellte ich mir das Publikum und seinen Applaus vor. Ich neigte den Kopf, legte das Cello zurück auf die Bühne und den Bogen darauf, so wie ich beides vorgefunden hatte.

Ein letztes Mal hob ich den Kopf in den Lichtschein von oben und trat dann in den Schatten. Meine Absätze waren ein dumpfes Klopfen, als ich die Bühne verließ. Als ich die unterste Stufe erreichte, gingen die Lichter wieder an und vertrieben die Überreste des Traums.

Ich holte tief Luft und ließ den Blick über die leeren roten Stühle schweifen, bevor ich einen Blick zurück auf das Cello warf, das geduldig auf den nächsten jungen Musiker wartete, der mit seiner Anmut gesegnet sein würde.

Es war getan.

Langsam stand Rune auf. Seine Wangen waren vor Rührung gerötet, und Wärme durchflutete mich. Aber mein Herz setzte einen Schlag aus, als ich den Ausdruck in seinem hübschen Gesicht sah.

Er verstand mich, begriff meine Wahrheit.

Rune verstand, dass dies das letzte Mal war, dass ich spielte. Und ich konnte kristallklar die Mischung aus Kummer und Stolz in seinen Augen sehen.

Als Rune mich erreichte, berührte er nicht die Tränenspuren auf meinen Wangen, so wie ich seine unberührt ließ. Er schloss die Augen und küsste mich auf den Mund. Und in diesem Kuss spürte ich all seine Liebe.

Eine Liebe, die keine Grenzen kannte und die alle Zeiten überdauerte.

Als Rune sich wieder von mir löste und mir in die Augen sah, wusste ich, dass dieser Kuss auf einem rosa Papierherz festgehalten werden würde – mit noch mehr Hingabe als alle anderen zuvor.

Kuss achthundertneunzehn war der Kuss, der alles veränderte. Der Kuss, der bewies, dass ein langhaariger grüblerischer Junge aus Norwegen und ein verrücktes Mädchen aus dem Südosten der USA eine Liebe finden konnten, die sich mit den großen Liebesgeschichten der Welt messen konnte.

Er zeigte, dass Liebe Zärtlichkeit in ihrer reinsten Form war.

Rune holte tief Luft und flüsterte dann: »Mir fehlen gerade die Worte … in beiden Sprachen.«

Ich antwortete mit einem schwachen Lächeln. Denn mir ging es ebenso.

Doch die Stille war perfekt. Sie war weit besser als Worte.

Ich nahm Runes Hand und ging mit ihm durch den Gang hinaus ins Foyer. Der kalte Februarwind in New York war eine willkommene Erleichterung nach der Hitze unter dem Scheinwerfer. Unsere Limousine wartete am Bordstein; Rune musste den Fahrer herbestellt haben.

Wir stiegen hinten ein. Der Fahrer reihte sich in den Verkehr ein, und Rune drückte mich an sich. Ich schmiegte mich bereitwillig an seine Seite und atmete seinen frischen Duft ein. Mit jeder Minute, die verging, schlug mein Herz schneller. Als wir das Hotel erreichten, ging ich an Runes Hand hinein.

Auf der Fahrt hierher hatten wir kein Wort gewechselt, und so war es auch noch, als der Aufzug die oberste Etage erreichte. Das Geräusch der Karte, die das elektronische Türschloss öffnete, klang wie Donner im stillen Flur. Ich öffnete die Tür, und meine Schuhe klapperten auf dem Holzboden, als ich in den Wohnbereich ging.

An der Schlafzimmertür blieb ich stehen und warf nur einen Blick zurück, um sicherzugehen, dass Rune mir folgte. Er stand an der Tür und sah mir nach.

Unsere Blicke trafen sich, und ich hob langsam die Hand, denn ich brauchte ihn mehr als die Luft zum Atmen. Ich wollte ihn. Ich *musste* ihn lieben.

Rune holte tief Luft und kam dann zu mir. Er ließ seine Hand in meine gleiten, und seine Berührung jagte mir Flammen aus Licht und Liebe durch den Leib.

Runes Augen waren dunkel, fast schwarz, und seine geweiteten Pupillen verdrängten beinahe das Blau. Sein Verlangen war so stark wie meines, seine Liebe längst bewiesen und sein Vertrauen so vollständig.

Ich führte Rune ins Schlafzimmer und schloss die Tür hinter uns. Die Atmosphäre zwischen uns lud sich immer mehr auf. Rune verfolgte jede meiner Bewegungen mit eindringlichen, wachsamen Augen.

Als ich wusste, dass ich seine ungeteilte Aufmerksamkeit hatte, ließ ich seine Hand los und trat zurück. Mit zitternden Fingern öffnete ich meinen Mantel und ließ ihn langsam zu Boden fallen. Die ganze Zeit über hielten unsere Blicke einander fest.

Runes Kinnmuskeln spannten sich an, als er mir zusah.

Ich schlüpfte aus Schuhen und Nylonstrümpfen, und meine bloßen Füße sanken in den weichen Teppich ein. Ich atmete tief durch, um Mut zu fassen, und ging auf Rune zu. Als ich vor ihm stehen blieb, hob ich den Blick, und meine Lider waren schwer unter dem Ansturm der Gefühle in mir.

Sein breiter Brustkorb hob und senkte sich, und das enge weiße T-Shirt unter seinem Jackett zeigte deutlich seine Muskeln. Ich spürte Wärme auf meinen Wangen, als ich sanft meine Handflächen auf seine Brust legte. Rune erstarrte unter meiner Berührung. Dann ließ ich die Hände an seine Schultern wandern, ohne den Blick von ihm zu wenden, und befreite ihn von seinem Jackett.

Ich machte drei Atemzüge und mühte mich, die Nervosität unter Kontrolle zu bekommen, die mich plötzlich überkam. Rune rührte sich nicht. Er blieb ganz still stehen und ließ mich forschen; ich fuhr mit den Händen über seinen Bauch, die Arme hinunter und nahm dann seine Hand. Ich hob unsere verschränkten Hände an den Mund, und in einer Bewegung, die uns beiden so vertraut war, küsste ich unsere verwobenen Finger.

»So sollten sie immer sein«, flüsterte ich.

Rune schluckte und nickte in wortloser Zustimmung.

Ich trat zurück, einen Schritt nach dem anderen, und führte uns zum Bett. Das Zimmermädchen hatte die Decke zurückgeschlagen. Und je näher ich dem Bett kam, desto mehr beruhigten sich meine Nerven. Frieden breitete sich in mir aus. Denn das hier war richtig. Niemand konnte mir erzählen, dass es falsch war.

Am Bettrand blieb ich stehen. Getrieben von Sehnsucht, zog ich Rune langsam das Shirt über den Kopf. Er half mir dabei, warf es dann zu Boden.

Rune schlief jede Nacht mit nacktem Oberkörper, aber die knisternde Atmosphäre zwischen uns und die Überraschung, die er heute Abend für mich gehabt hatte, machten das hier zu etwas ganz anderem, zu etwas völlig Neuem.

Es war anrührend.

Aber das waren *wir*.

Ich strich mit den Fingerspitzen über das Auf und Ab seiner Bauchmuskeln. Rune bekam Gänsehaut unter meinen Berührungen und atmete hörbar durch leicht geöffnete Lippen.

Während meine Hände seinen breiten Oberkörper erforschten, beugte ich mich vor und drückte einen Kuss über sein Herz. Es schlug so schnell wie Kolibriflügel.

»Du bist perfekt, Rune Kristiansen«, flüsterte ich.

Seine Finger strichen durch mein Haar. Er hob meinen Kopf. Ich hielt den Blick bis zum letzten Moment gesenkt, bis ich schließlich aufblickte und ihm in die kristallblauen Augen sah. Sie glitzerten.

Runes volle Lippen öffneten sich, und er flüsterte: *»Jeg elsker deg.«*

Er liebte mich.

Ich nickte, um ihm zu zeigen, dass ich ihn gehört hatte. Doch der Augenblick hatte mir die Stimme geraubt, die Kostbarkeit seiner Berührung. Ich trat zurück, und Rune verfolgte mit dem Blick jede meiner Bewegungen.

So wollte ich es.

Ich hob die Hand an den Träger an meiner Schulter, stählte meine Nerven und streifte ihn ab. Runes Atmung wurde unregelmäßig, als ich auch den anderen Träger befreite und das Seidenkleid zu Boden fiel. Der Großteil meines Körpers war nun enthüllt für den Jungen, den ich mehr als alles andere auf der Welt liebte.

Ich war entblößt und zeigte die Narben, die ich während der letzten zwei Jahre erhalten hatte. Ich zeigte ihm alles von mir – das Mädchen, das er immer gekannt hatte, und die Narben von meinem unermüdlichen Kampf.

Rune ließ den Blick über mich gleiten. Doch in seinen Augen stand kein Abscheu. Ich sah nur die Reinheit seiner Liebe darin, nur Begehren und Verlangen, und vor allem anderen … sah ich sein ganzes Herz entblößt.

Nur für meine Augen.

Wie immer.

Langsam kam Rune immer näher, bis seine warme Brust

sich an meine drückte. Mit einer federleichten Berührung schob er mir das Haar hinters Ohr, und dann strich seine Fingerspitze über meinen Hals und an meine Seite.

Meine Lider flatterten. Schauer liefen mir über den Rücken. Der Duft von Runes Minzatem stieg mir in die Nase, als er sich vorbeugte und mit seinen weichen Lippen über meinen Hals strich und zarte Küsse auf meine empfindsame Haut drückte.

Ich hielt mich an seinen starken Schultern fest, um einen Anker zu haben. *»Poppymin«*, flüsterte Rune heiser, als sein Mund mein Ohr streifte.

»Liebe mich, Rune«, wisperte ich.

Einen Moment lang war er ganz still, und dann hob er sein Gesicht über meins und fing kurz meinen Blick ein, bevor er seine Lippen auf meine drückte. Dieser Kuss war so süß wie diese Nacht, so sanft wie seine Berührung. Dieser Kuss war anders, er war das Versprechen dessen, was kommen würde, Runes Schwur, zärtlich zu sein … sein Schwur, mich zu lieben, so wie ich ihn liebte.

Seine starken Hände lagen an meinem Halsansatz, während seine Lippen sich langsam auf meinen bewegten. Und dann, als ich ganz atemlos war, legte er die Hände an meine Taille und hob mich vorsichtig aufs Bett.

Von der Mitte der Matratze aus sah ich zu, wie Rune sich ganz entkleidete. Er ließ mich nicht aus den Augen, als er sich neben mich legte.

Die Eindringlichkeit seines schönen Gesichts ließ mich dahinschmelzen und mein Herz im Stakkato pochen. Ich drehte mich auf die Seite, um ihn anzusehen, strich mit den Fingern über seine Wange und flüsterte: »Ich liebe dich auch.«

Rune schloss die Augen, als bräuchte er diese Worte von mir mehr als seinen nächsten Atemzug. Dann schob er sich über mich und eroberte meinen Mund. Meine Hände strichen über seinen starken Rücken und durch sein langes Haar. Seine Finger wanderten über meine Seite herab, befreiten mich dann von meinen restlichen Sachen und ließen sie zu den anderen auf den Boden fallen.

Ich war atemlos, als Rune über mir schwebte, als er mir in die Augen sah und fragte: »Bist du sicher, *Poppymin?*«

Ich konnte mein Lächeln nicht unterdrücken, als ich antwortete: »Noch nie war ich mir einer Sache so sicher.«

Die Augen fielen mir flatternd zu, als er mich wieder küsste, während seine Hände meinen Körper erforschten – alle einst vertrauten Stellen. Und ich tat das Gleiche. Mit jeder Berührung und jedem Kuss verschwand meine Nervosität, bis wir nur noch Poppy und Rune waren – wir hatten keinen Anfang und kein Ende.

Die Luft wurde schwer und warm, je mehr wir einander küssten und erforschten, bis sich Rune endlich auf mich schob. Ohne auch nur ein Mal den Blick von mir zu wenden, machte er mich wieder zu der Seinen.

Mein Körper füllte sich mit Leben und Licht, als er uns vereinte. Mein Herz füllte sich mit so viel Liebe, dass ich fürchtete, es könnte all das Glück gar nicht fassen.

Ich hielt ihn fest in meinen Armen, als wir zurück auf die Erde sanken. Runes Kopf lag an meinem Hals, und seine Haut war glitzernd und warm. Ich hielt die Augen geschlossen und wollte den Augenblick gar nicht loslassen, diesen perfekten Moment. Schließlich hob er den Kopf. Ich sah den verletzlichen Ausdruck in seinem Gesicht und küsste ihn sanft. So sanft, wie er mich geliebt hatte. So sanft, wie er mit meinem zerbrechlichen Herzen umgegangen war.

Seine Arme umfingen mich und schenkten mir Geborgenheit. Als ich mich aus dem Kuss löste, begegnete ich seinem liebevollen Blick und flüsterte: »Kuss achthundertzwanzig. Mit meinem Rune, am bezauberndsten Tag meines Lebens. Nachdem wir uns geliebt haben … Mein Herz wollte fast zerspringen.«

Rune stockte der Atem. Mit einem letzten kurzen Kuss rollte er sich neben mich und nahm mich in die Arme.

Die Augen fielen mir zu, und ich sank in einen leichten Schlaf. So leicht, dass ich fühlte, wie Rune mich irgendwann auf den Kopf küsste und dann aus dem Bett glitt. Als die Tür zum Schlafzimmer zuging, blinzelte ich in das dunkle Zimmer und hörte, wie die Terrassentür geöffnet wurde.

Ich schob die Decke beiseite, zog den Bademantel und die Slipper an, die ordentlich auf dem Boden vor dem Bett standen. Als ich durchs Zimmer ging, lächelte ich, weil ich immer noch Runes Duft auf meiner Haut wahrnahm.

Ich trat ins Wohnzimmer und näherte mich der Tür, die auf die Terrasse führte, doch dann blieb ich wie angewurzelt stehen. Denn durch das breite Fenster konnte ich Rune auf dem Boden knien sehen. Zusammenbrechend.

Es fühlte sich an, als würde mir das Herz buchstäblich entzweigerissen, als ich ihn sah, draußen in der kalten Nacht, nur in Jeans. Sein Rücken bebte vor erschütterndem Schmerz; er weinte.

Tränen trübten meinen Blick, als ich ihn anstarrte. Meinen Rune. So gebrochen und allein im leichten Schneefall.

»Rune. *Baby*«, flüsterte ich, während ich meine Füße zur Tür zwang und meiner Hand befahl, den Griff zu drehen.

Die dünne Schneeschicht knirschte unter meinen Füßen. Rune schien es nicht zu bemerken. Aber ich hörte ihn. Ich hörte sein unkontrolliertes Atmen und, noch schlimmer, sein qualvolles Schluchzen. Ich hörte, wie ihn der Schmerz überwältigte. Ich sah es daran, wie er nach vorn sank und die Handflächen auf den Boden vor sich stützte.

Ich konnte mein Schluchzen nicht länger zurückhalten, eilte vorwärts und schlang die Arme um ihn. Seine bloße Haut war eiskalt. Er schien die Kälte nicht zu bemerken, als er in meinen Schoß sank und sein großer Körper Trost in meiner Umarmung suchte.

Und Rune brach vollkommen zusammen: Eine Flut von Tränen lief ihm über die Wangen, heiseres Schluchzen entrang sich seiner Kehle. Sein Atem bildete weiße Dampfwölkchen in der eiskalten Luft.

Ich wiegte mich vor und zurück und hielt ihn fest. »Sch«, tröstete ich und versuchte verzweifelt, meinen eigenen Schmerz niederzuringen. Den Schmerz, den Jungen, den ich liebte, zerbrechen zu sehen. Den Schmerz, zu wissen, dass ich bald gehen musste, während ich doch dem Heimruf mit ganzem Herzen widerstehen wollte.

Ich hatte mich mit meinem schwindenden Leben abgefunden. Doch jetzt wollte ich darum kämpfen, bei Rune zu bleiben, *für* Rune, auch wenn ich wusste, dass es vergeblich sein würde.

Ich hatte mein Schicksal nicht in der Hand.

»Rune«, flüsterte ich, und meine Tränen verloren sich in seinem langen Haar in meinem Schoß.

Er blickte am Boden zerstört auf und fragte heiser: »Wieso? Wieso muss ich dich verlieren?« Er schüttelte den Kopf, und sein Gesicht verzerrte sich vor Schmerz. »Denn ich kann das nicht, *Poppymin*. Ich kann nicht zusehen, wie du gehst. Ich kann den Gedanken nicht ertragen, dich nicht so bei mir zu haben für den Rest unseres Lebens.« Er schluchzte erstickt, brachte dann aber heraus: »Wie kann eine Liebe wie unsere zerbrochen werden? Wie kannst du mir so jung genommen werden?«

»Ich weiß es nicht, Baby.« Ich wandte den Blick ab, um mich zusammenzureißen. Die Lichter von New York funkelten in meinem Blickfeld. Ich verscheuchte den Schmerz, den seine Fragen verursachten. »Es ist einfach so, Rune«, sagte ich traurig. »Es gibt keinen Grund dafür, warum es gerade mich trifft. Warum nicht mich? Niemand hat das verdient, doch ich muss ... ich *muss* darauf vertrauen, dass es einen höheren Grund dafür gibt. Andernfalls würde ich unter dem Schmerz zusammenbrechen, alle, die ich liebe, zurückzulassen.« Ich holte Luft. »Weil ich dich verlassen muss, besonders nach heute. Besonders, nachdem ich dich heute Nacht geliebt habe.«

Rune starrte mir in die tränennassen Augen. Er gewann seine Fassung halbwegs wieder, stand auf und nahm mich in die Arme. Ich war froh, denn ich fühlte mich zu schwach, um mich zu rühren. Ich war nicht sicher, ob ich von dem kalten, feuchten Boden hochgekommen wäre, hätte ich es versucht.

Ich schlang die Arme um Runes Hals, legte den Kopf an seine Brust und schloss die Augen, als er mich wieder ins Schlafzimmer trug.

Er schob die Decke beiseite und legte mich ins Bett, folgte mir hinein und zog mich an sich, als wir uns auf meinem Kissen gegenüberlagen.

Das Licht der Nachttischlampe fiel auf sein Gesicht. Seine Augen waren gerötet, sein langes Haar war feucht vom Schnee, und seine Haut war fleckig vom vielen Weinen. Ich hob die Hand und fuhr damit über seine Wangen. Seine Haut war kalt.

Rune schmiegte das Gesicht in meine Handfläche. »Heute Abend, auf der Bühne, da wusste ich, dass du Lebewohl sagst. Und ich ...« Ihm versagte kurz die Stimme. »Es hat das alles zu real gemacht.« Wieder traten ihm Tränen in die Augen. »Es ließ mich erkennen, dass das alles wirklich passiert.« Er hielt meine Hand, legte sie an seine Brust und drückte sie. »Und ich kann nicht atmen. Ich kann nicht atmen, wenn ich mir vorzustellen versuche, ohne dich zu leben. Ich habe es schon einmal versucht, und es ging nicht besonders gut. Aber … aber wenigstens warst du am Leben, irgendwo dort draußen. Bald … bald …« Er verstummte, als die Tränen ungehemmt flossen. Rune blinzelte. »Hast du Angst, *Poppymin?* Denn ich habe eine Scheißangst. Ich habe eine Scheißangst davor, wie mein Leben ohne dich aussieht.«

Ich zögerte und dachte ernsthaft über seine Frage nach. Da fühlte ich die Wahrheit, und ich gestattete mir, aufrichtig zu sein. »Rune, ich habe keine Angst davor zu sterben.« Ich senkte den Kopf, und der Schmerz, der mich zuvor nie erfasst hatte, füllte plötzlich jede einzelne Zelle meines Körpers. Ich legte die Stirn an seine und flüsterte: »Aber seit ich dich wiederhabe, seit mein Herz seinen Rhythmus wiederhat – dich –, habe ich alle möglichen Gefühle, die ich zuvor nicht kannte. Ich bete um mehr Zeit, nur damit ich mehr Tage in deinen Armen verleben kann. Ich bete um längere Minuten, damit du mir mehr Küsse schenken kannst. Doch das Schlimmste ist, ich bekomme langsam Angst.«

Runes Arm um meine Taille spannte sich an. Ich hob meine zitternde Hand an sein Gesicht. »Ich habe Angst davor, dich zurückzulassen. Ich habe keine Angst vor dem Tod, Rune. Aber ich habe Angst davor, ohne dich an einen fremden Ort zu gehen.« Rune schloss die Augen und atmete zischend aus, als hätte er Schmerzen.

»Ohne dich kenne ich mich nicht«, sagte ich leise. »Selbst als du in Oslo warst, habe ich mir dein Gesicht vorgestellt und mich daran erinnert, wie es sich anfühlt, wenn deine Hand meine hält. Ich habe deine Lieblingslieder gespielt und die Küsse in meinem Glas gelesen. So wie Grandma es mir gesagt hat. Und ich schloss die Augen und fühlte deine Lippen auf meinen.« Ich lächelte. »Ich dachte an die Nacht, in der wir uns zum ersten Mal geliebt haben, und an das Gefühl in meinem Herzen in diesem Moment – erfüllt … in Frieden.«

Ich schniefte und wischte mir schnell über die feuchten Wangen. »Auch wenn du nicht bei mir warst, warst du in meinem Herzen. Und das war genug, um mich aufrecht zu halten, auch wenn ich nicht glücklich war.« Ich küsste Rune auf den Mund, nur um seinen Geschmack zu genießen. »Doch jetzt, nach all der Zeit, die wir wieder zusammen sind, macht es mir Angst. Denn wer sind wir ohneeinander?«

»Poppy …«, keuchte Rune.

Meine Tränen flossen reichlich und ungehindert, und ich weinte. »Ich habe dich verletzt, weil ich dich so sehr liebe. Und jetzt muss ich ein Abenteuer ohne dich unternehmen. Ich kann nicht ertragen, mit anzusehen, wie weh dir das tut. Ich kann dich nicht so einsam und voller Schmerz zurücklassen.«

Rune zog mich an sich. Wir weinten gemeinsam, teilten unsere Ängste vor Verlust und unsere Liebe. Meine Finger ruhten an seinem Rücken, und ich fand Trost in seiner Wärme.

Als unsere Tränen weniger wurden, schob Rune mich sanft von sich und sah mir forschend ins Gesicht. »Poppy«, fragte er mit belegter Stimme, »wie sieht der Himmel für dich aus?«

In seinem Gesicht konnte ich sehen, dass er es unbedingt wissen wollte. Ich fasste mich und erklärte: »Ein Traum.«

»Ein Traum«, wiederholte Rune, und ich sah im Licht der kleinen Nachttischleuchte, wie sein Mundwinkel nach oben ging.

»Ich habe einmal gelesen, wenn man jede Nacht träumt, dann ist das in Wahrheit ein Besuch daheim. *Daheim*, Rune. Im Himmel.« Ich fühlte die Wärme, die diese Vision mir brachte, und sie breitete sich langsam in meinem ganzen Körper aus. »Wir, du und ich, im Blütenwäldchen, das ist mein Himmel. Wie immer. Für immer siebzehn.«

Ich nahm eine seiner goldenen Haarsträhnen zwischen meine Finger. »Hattest du je einen Traum, der so lebendig war, dass du beim Aufwachen glaubtest, er wäre real gewesen?«

»*Ja*«, sagte Rune leise.

»Das liegt daran, dass es in gewisser Weise so war. Also, wenn du nachts die Augen schließt, dann werde ich dort sein und dich in unserem Wäldchen treffen.« Ich rutschte näher an ihn heran. »Und dann, wenn es Zeit für dich ist, auch heimzugehen, werde ich diejenige sein, die dich begrüßt. Und es wird keine Sorgen, Furcht oder Schmerz geben. Nur Liebe.« Ich seufzte froh. »Stell dir das mal vor, Rune. Ein Ort, an dem es weder Schmerz noch Leid gibt.« Ich schloss die Augen und lächelte. »Wenn ich so daran denke, dann habe ich nicht mehr so viel Angst.«

Runes Lippen streiften über meine. »Klingt perfekt«, sagte er mit starkem Akzent und rauer Stimme. »Ich möchte, dass du das bekommst, *Poppymin.*«

Ich öffnete flatternd die Augen und sah die Hinnahme in seinem anziehenden Gesicht. »So wird es sein, Rune«, antwortete ich mit unbeirrter Sicherheit. »Wir werden nicht enden. Niemals.«

Rune zog mich auf seine Brust. Ich schloss die Augen, eingelullt vom hypnotischen Rhythmus seiner tiefen Atemzüge. Als ich gerade in den Schlaf sinken wollte, fragte er: »*Poppymin?*«

»Ja?«

»Was erwartest du von der Zeit, die uns noch bleibt?«

Ich dachte über seine Frage nach, doch mir kamen nur ein paar wenige Dinge in den Sinn. »Ich will die Kirschblüten ein letztes Mal sehen.« Ich lächelte an seiner Brust. »Ich will beim Abschlussball mit dir tanzen« – ich hob den Kopf und sah, dass er mir zulächelte – »mit dir in einem Smoking und dem Haar aus dem Gesicht gekämmt.« Darauf schüttelte Rune belustigt den Kopf.

Mit einem Seufzen über das friedvolle Glück, das wir nun gefunden hatten, meinte ich: »Ich will einen letzten perfekten Sonnenaufgang sehen.« Dann setzte ich mich auf und schaute Rune in die Augen. »Aber mehr als alles andere möchte ich heimkehren mit deinem Kuss auf meinen Lippen. Ich will ins nächste Leben hinübergehen und dabei immer noch deine warmen Lippen auf meinen fühlen.«

Dann schmiegte ich mich wieder an seine Brust, schloss die Augen und flüsterte: »Dafür bete ich am meisten. Dass ich lange genug lebe, um all diese Dinge zu erreichen.«

»Sie sind perfekt, Baby«, flüsterte Rune und strich mir übers Haar.

Und so schlief ich in seinem Schutz ein.

Ich träumte davon, dass alle meine Wünsche wahr wurden.

13

Dunkle Wolken und blauer Himmel

Rune

Ich malte träge Kreise auf das Papier, während der Lehrer weiter über chemische Komponenten dozierte. Meine Gedanken waren bei Poppy. Da waren sie immer, aber heute war es anders. Seit einer halben Woche waren wir zurück aus New York, und mit jedem Tag, der verging, war Poppy stiller geworden.

Auf meine Fragen, was los sei, antwortete sie mir jedes Mal, dass nichts wäre. Aber ich wusste, da war etwas. Heute Morgen war es schlimmer gewesen.

Ihre Hand in meiner hatte sich auf dem Weg zur Schule viel zu schwach angefühlt. Ihre Haut war zu warm gewesen. Ich hatte sie gefragt, ob sie sich krank fühle, doch sie hatte nur den Kopf geschüttelt und gelächelt.

Sie dachte wohl, dieses Lächeln könnte mich aufhalten.

Normalerweise war das auch so, aber nicht heute.

Das ungute Gefühl wollte mich einfach nicht loslassen. Mir sank das Herz jedes Mal noch mehr, wenn ich an die Pause zurückdachte, als wir bei unseren Freunden gesessen hatten und sie in meinen Armen gelegen hatte. Sie sagte kein Wort, sondern strich nur mit der Fingerspitze über meine Hand.

Der Nachmittag zog sich scheinbar endlos hin, und jede Minute war erfüllt von Sorge, dass es Poppy nicht gut ging.

Dass die Zeit, die ihr noch blieb, sich dem Ende zuneigte. Ich setzte mich ruckartig auf und versuchte, die Panik zu verjagen, die diese Vorstellung mit sich brachte. Aber es half nichts.

Als endlich die Glocke das Ende des Schultages verkündete, sprang ich von meinem Stuhl auf und eilte in den Flur, zu Poppys Spind. Als ich dort ankam, stand Jorie da.

»Wo ist sie?«, fragte ich atemlos.

Jorie zeigte auf die hintere Tür. Ich lief eilig zum Ausgang, und sie rief: »Pops sah nicht besonders gut im Unterricht aus, Rune. Ich mache mir echt Sorgen.«

Schauer liefen mir über den Rücken, als ich hinaus ins Freie stürmte. Meine Augen suchten den Hof ab, bis ich Poppy an einem Baum im Park gegenüber stehen sah. Ich drängte mich an meinen Mitschülern vorbei und lief zu ihr hinüber.

Sie bemerkte mich nicht, denn sie starrte nur geradeaus, tief in ihre Gedanken versunken. Auf ihrem Gesicht lag ein leichter Schweißfilm, und ihre Haut an Armen und Beinen wirkte blass.

Poppys trüber Blick wanderte schwerfällig zu mir, und sie blinzelte. Sie zwang sich zu einem Lächeln. »Rune«, flüsterte sie schwach.

»Poppy? Was ist los?« Ich legte ihr die Hand an die Stirn und riss besorgt die Augen auf.

»Nichts«, antwortete sie wenig überzeugend. »Ich bin nur müde.«

Mein Herz hämmerte, denn sie log. Daran bestand für mich kein Zweifel. Ich wusste, dass ich sie zu ihren Eltern bringen musste, also legte ich den Arm um sie. Ihr Nacken fühlte sich glühend heiß an, und ich unterdrückte einen Fluch.

»Lass uns nach Hause gehen, Baby«, sagte ich leise. Poppy schlang die Arme um meine Taille. Ihr Griff war schwach, doch ich konnte erkennen, dass sie sich an mir festhielt. Ich wusste, sie würde protestieren, wenn ich versuchen würde, sie zu tragen.

Eine Sekunde lang schloss ich die Augen, als wir auf den Parkweg traten. Ich versuchte, die Furcht, die sich in mir festsetzte, zu unterdrücken. Die Furcht, dass die letzte Phase ihrer Krankheit begonnen hatte. Dass das hier …

Poppy schwieg, doch ihre Atemzüge wurden abgehackt und schwerfällig, je weiter wir gingen. Als wir ins Blütenwäldchen kamen, taumelte sie. Ich sah zu ihr herab und spürte, wie alle Kraft aus ihrem Körper wich.

»Poppy!«, rief ich und fing sie auf, bevor sie zu Boden fiel. Ich strich ihr das feuchte Haar aus dem Gesicht. »Poppy? Poppy, Baby, was ist los?«

Ihre Augen verdrehten sich, aber ich registrierte, wie sie nach meiner Hand griff und sie drückte, so fest sie noch konnte. Der Händedruck war kaum spürbar.

»Rune«, begann sie, doch sie musste nach Atem ringen, um etwas Hörbares herauszubringen.

Ich griff nach meinem Handy und wählte den Notruf. Sobald jemand sich meldete, ratterte ich Poppys Adresse herunter und gab die Infos über ihre Krankheit durch.

Dann hob ich sie auf den Arm und wollte schon mit ihr loslaufen, als ihre schwache Hand sich an mein Gesicht legte. Eine Träne lief ihr über die Wange.

»Ich … ich bin … noch nicht so weit …«, setzte sie an, bevor ihr Kopf nach hinten sackte und sie sichtlich darum rang, bei Bewusstsein zu bleiben.

Obwohl Poppys Zustand mir das Herz zerriss, sprintete ich los. Ich trieb mich härter und schneller an als je zuvor.

Als ich an meinem Elternhaus vorbeikam, sah ich Mamma und Alton in der Einfahrt.

Mamma erbleichte bei Poppys Anblick.

In der Ferne heulte die Sirene des Rettungswagens. Ohne Zeit zu verschwenden, stieß ich die Tür zu Poppys Haus auf.

Ich rannte ins Wohnzimmer, doch da war niemand. »Hilfe!«, schrie ich, so laut ich konnte.

»Poppy!« Ihre Mama kam um die Ecke gelaufen, als ich Poppy auf das Sofa legte. »Oh, mein Gott! Poppy!« Mrs Litchfield kauerte sich neben mir nieder und strich mit der Hand über Poppys Haar. »Was ist passiert? Was ist los?«

Ich schüttelte den Kopf. »Ich weiß nicht. Sie ist einfach in meinen Armen zusammengebrochen. Ich habe einen Rettungswagen gerufen.«

Gerade als die Worte über meine Lippen kamen, hörte ich den Krankenwagen in die Straße einbiegen. Poppys Mama lief aus dem Haus. Ich sah ihr nach, während das Blut in meinen Adern zu Eis wurde, ratlos, was ich tun sollte. Eine kalte Hand legte sich auf mein Handgelenk.

Ich richtete den Blick wieder auf Poppy. Sie rang nach Atem. Mein Herz krampfte sich bei ihrem Anblick zusammen. Ich beugte mich näher zu ihr herab, küsste ihre Hand und flüsterte: »Es wird wieder gut, *Poppymin*. Versprochen.«

Poppy schnappte nach Luft, schaffte es aber, die Hand an meine Wange zu legen, und sagte fast unhörbar: »Noch nicht … heim …«

Ich nickte und küsste ihre Finger.

Unvermittelt hörte ich hinter mir die Sanitäter hereinkommen und stand auf, um sie vorbeizulassen. Aber da wurde Poppys Griff um meine Hand stärker. Tränen strömten ihr über die Wangen. »Ich bin genau hier, Baby«, flüsterte ich. »Ich lasse dich nicht allein.«

Poppys Augen sagten Danke. Hinter mir war Weinen zu hören. Als ich mich umdrehte, sah ich Ida und Savannah dort stehen; sie hielten sich in den Armen und schluchzten leise.

Mrs Litchfield ging zur anderen Seite des Sofas und küsste Poppy auf den Kopf. »Es wird alles gut, Baby«, sagte sie, aber als sie zu mir aufblickte, konnte ich erkennen, dass sie selbst nicht daran glaubte.

Sie dachte, die Zeit sei gekommen.

Die Sanitäter streiften Poppy eine Sauerstoffmaske über das Gesicht und legten sie auf eine Trage. Sie hielt immer noch meine Hand und wollte nicht loslassen. Als die Sanitäter sie hinausbrachten, umklammerte sie meine Finger immer noch, sah mich unverwandt an und mühte sich, die Augen offen zu halten.

Mrs Litchfield lief hinter uns her. »Du fährst mit Poppy, Rune. Ich komme mit den Mädchen gleich hinterher.«

Ich sah den inneren Kampf in ihrem Gesicht. Sie wollte bei ihrer Tochter bleiben.

»Ich bringe sie ins Krankenhaus, Ivy, fahr du mit Poppy und Rune«, hörte ich da meine Mamma hinter mir. Ich stieg hinten in den Rettungswagen ein, und Mrs Litchfield folgte mir.

Selbst als Poppy auf dem Weg zum Krankenhaus die Augen zufielen, ließ sie meine Hand nicht los. Mrs Litchfield sank irgendwann weinend neben mir zusammen. Da gab ich ihr die andere Hand.

Ich blieb an Poppys Seite, als sie in einen Raum auf der Onkologie gerollt wurde. Mein Herz schlug schnell und hart; die Ärzte und Schwestern bewegten sich hektisch.

Verzweifelt hielt ich die Taubheit in mir in Schach. Poppy wurde eingehend untersucht – Blutabnahme, Temperaturmessung und vieles mehr. Und mein Baby kämpfte. Als ihre Atmung unregelmäßig wurde, weil sie nicht richtig Luft bekam, blieb sie ruhig. Obwohl die Bewusstlosigkeit sie in die Tiefe ziehen wollte, zwang sie ihre Augen, offen zu bleiben … und mich anzusehen. Sie flüsterte meinen Namen, immer wenn sie fast in die Tiefe sank.

Ich blieb stark für Poppy. Ich würde nicht zulassen, dass sie mich fallen sah.

Sie brauchte meine Stärke.

Mrs Litchfield blieb neben mir und klammerte sich an meine Hand. Irgendwann kam Mr Litchfield hereingelaufen, er wirkte völlig aufgelöst.

»Ivy«, fragte er hastig, »was ist passiert?«

Mrs Litchfield wischte die Tränen von den Wangen und nahm die Hand ihres Mannes. »Sie ist in Runes Armen zusammengebrochen, auf dem Heimweg von der Schule. Die Ärzte glauben, es ist eine Infektion. Ihr Immunsystem ist so geschwächt, dass sie nicht dagegen ankämpfen kann.«

Poppys Vater sah mich an, und Mrs Litchfield fuhr fort: »Rune hat Poppy den ganzen Weg nach Hause getragen. Er hat einen Rettungswagen gerufen und ist mit ihr losgerannt. Er hat sie gerettet, James. Rune hat unser Mädchen gerettet.«

Ich schluckte schwer, als ich Mrs Litchfields Worte hörte. Ihr Mann nickte, ich vermutete zum Dank, und eilte dann zu seiner Tochter. Ich sah, wie er ihre Hand drückte, doch die Ärzte schoben ihn eilig aus dem Weg.

Es dauerte fünf Minuten, bis einer von ihnen mit uns redete. Er stand still da; sein Gesicht war ausdruckslos. »Mr und Mrs Litchfield, der Körper Ihrer Tochter versucht, eine Infektion abzuwehren. Wie Sie wissen, ist ihr Immunsystem schwer geschwächt.«

»Ist das das Ende?«, fragte Mrs Litchfield mit vor Kummer zugeschnürter Kehle.

Die Worte des Arztes sickerten in mein Gehirn. Ich drehte den Kopf weg und spürte ein Augenpaar, das mich ansah.

Die Ärzte hatten etwas Platz geschaffen, und durch den Freiraum sah ich Poppys Gesicht unter der Maske, Infusionsnadeln in den Armen. Aber ihre grünen Augen – diese grünen Augen, die ich so liebte – ruhten auf mir. Ihre Hand hing an der Seite herunter.

»Wir tun, was wir können. Wir geben ihr noch einen Moment, bevor wir sie in den Schlaf sinken lassen.«

Ich hörte den Arzt sagen, dass man sie in ein künstliches Koma versetzen würde, um ihr dabei zu helfen, die Infektion abzuwehren. Und dass wir vorher noch mit ihr sprechen sollten. Aber meine Füße waren schon in Bewegung. Sie hatte die Hand nach mir ausgestreckt.

Kaum ergriff ich sie, sah ich, wie Poppy meinen Blick suchte und schwach den Kopf schüttelte. Ich konnte die Tränen nicht zurückhalten. Poppy gab unter der Sauerstoffmaske ein Geräusch von sich, und ich musste ihr die Maske nicht abnehmen, um zu wissen, was sie gesagt hatte. Poppy verließ mich noch nicht. Ich konnte das Versprechen in ihren Augen sehen.

»Rune, Sohn«, sagte Mr Litchfield. »Können wir einen Moment mit Poppy haben, für einen Kuss und ein paar Worte?«

Ich nickte und wollte beiseitetreten, als Poppy wieder ein Geräusch von sich gab und den Kopf schüttelte. Erneut drückte sie meine Hand, denn sie wollte sie nicht loslassen.

Ich beugte mich vor, küsste sie auf den Kopf, fühlte ihre Wärme auf meinen Lippen und atmete ihren süßen Duft ein. »Ich bin gleich dort drüben, *Poppymin*. Ich lasse dich nicht allein, versprochen.«

Ihre Augen folgten mir, als ich Platz für ihre Eltern machte. Mr und Mrs Litchfield sprachen leise mit ihrer Tochter, sie küssten sie und nahmen ihre Hand.

Ich lehnte mich an die Wand des kleinen Zimmers, während ich mich mühsam zusammennahm. Ich musste stark sein für Poppy. Sie hasste Tränen, und sie hasste es, ihrer Familie all das aufzubürden.

Poppy würde mich nicht zerbrechen sehen.

Mrs Litchfield verließ das Zimmer. Als sie wieder hereinkam, waren Ida und Savannah bei ihr. Ich musste mich abwenden, als ich den Schmerz in Poppys Augen bemerkte. Sie vergötterte ihre Schwestern, und sie würde nicht wollen, dass die beiden sie so sahen.

»Poppy!«, rief Ida und eilte an ihre Seite. Poppys schwache Hand strich über das Gesicht ihrer jüngeren Schwester. Ida gab ihr einen Kuss auf die Wange und wich dann zurück in Mrs Litchfields wartende Arme. Dann kam Savannah zu ihr. Poppy hielt ihre Hand, und Savannah flüsterte: »Ich liebe dich, Pop-Pops. Bitte … bitte geh nicht, noch nicht.«

Poppy schüttelte den Kopf, sah dann wieder zu mir und bewegte mühsam die Hand in meine Richtung. Ich trat sofort zu ihr. In mir tobte ein Sturm aus Finsternis, doch kaum glitt meine Hand in ihre, beruhigte er sich wieder. Poppy blinzelte zu mir auf, und ihre langen dunklen Wimpern flatterten. Ich setzte mich auf den Bettrand, beugte mich nieder und strich ihr das Haar aus dem Gesicht.

»Hei, Poppymin«, sagte ich leise mit so viel Stärke, wie ich aufbringen konnte. Sie schloss die Augen, als sie meine Worte hörte. Ich wusste, dass sie unter der Maske lächelte. Als ihr Blick sich auf mich richtete, erklärte ich ihr: »Sie müssen dich eine Weile in Schlaf versetzen, um dir zu helfen, diese Infektion abzuwehren.« Poppy nickte verstehend. »Du kannst träumen, Baby«, sagte ich und zwang mich zu einem Lächeln. »Geh und besuche deine Grandma eine Weile, während du Kraft sammelst, um zu mir zurückzukommen.« Poppy seufzte, und eine Träne entfloh ihrem Augenwinkel. »Es gibt noch Dinge, die du tun willst, bevor du heimgehst, weißt du noch?«

Sie nickte schwach, und ich küsste sie auf die Wange. Dann wich ich wieder zurück und flüsterte: »Schlaf, Baby. Ich bleibe genau hier und warte darauf, dass du zu mir zurückkommst.«

Ich strich Poppy über das Haar, bis ihr die Augen zufielen, und wusste, dass sie sich dem Schlaf ergeben hatte.

Der Arzt kam eine Sekunde später. »Wenn Sie bitte alle im Familienzimmer warten, komme ich dann mit Neuigkeiten. Doch zuerst werden wir sie vorbereiten.«

Ihre Familie verließ den Raum, aber ich wollte Poppy nicht loslassen.

Eine Hand legte sich auf meine Schulter, und als ich aufblickte, nickte mir der Arzt zu. »Wir sorgen für sie, Sohn, versprochen.«

Ich drückte ihr einen letzten Kuss auf den Handrücken und zwang mich, loszulassen und hinauszugehen. Als die Tür hinter mir zufiel, bemerkte ich, dass das Familienzimmer gegenüberlag. Aber ich konnte nicht zu den anderen gehen. Ich brauchte Luft. Ich brauchte …

Ich stürmte durch die Tür am Ende des Flurs, hinaus in den Klinikgarten. Der warme Wind wehte über mein Gesicht, und ich taumelte zu der Bank in der Mitte des Gartens. Ich ließ mich drauffallen und überließ mich der Traurigkeit.

Mein Kopf sank vornüber in meine Hände. Die Tränen liefen mir übers Gesicht. Ich hörte, wie die Tür geöffnet wurde. Als ich aufblickte, stand Pappa dort.

Ich wartete darauf, dass mich bei seinem Anblick die übliche Wut überrollen würde. Aber die musste unter einem Berg Kummer begraben sein. Pappa sagte nichts. Stattdessen kam er zu mir und setzte sich neben mich. Er machte keine Anstalten, mich zu trösten. Er wusste, dass ich seine Berührung nicht wollte. Also saß er einfach da, während ich zusammenbrach.

Ein Teil von mir war froh, auch wenn ich es nie zugegeben hätte, denn ich wollte nicht allein sein.

Keine Ahnung, wie viel Zeit verging, doch schließlich richtete ich mich auf, strich mir das Haar nach hinten und rieb mir übers Gesicht.

»Rune, sie …«

»Sie kommt wieder in Ordnung«, unterbrach ich ihn. Ich warf einen Blick auf Pappas Hand auf seinem Knie, die sich öffnete und schloss, als würde er mit sich ringen, ob er sie nach mir ausstrecken solle oder nicht.

Meine Kinnmuskeln spannten sich. Ich wollte das nicht.

Die Zeit mit Poppy lief ab, und es war seine Schuld, dass ich nicht mehr hatte als … Der Gedanke verflog. Ich wusste nicht, wie lange ich noch mit meinem Mädchen zusammen sein konnte.

Bevor Pappa etwas tun konnte, trat Mr Litchfield in den Garten. Pappa stand auf und gab ihm die Hand. »Es tut mir so leid, James«, sagte er.

Mr Litchfield klopfte ihm auf die Schulter. »Macht es dir etwas aus, wenn ich eine Minute mit Rune spreche?«

Ich versteifte mich, und jeder Muskel in mir machte sich auf seinen Zorn gefasst. Pappa warf mir einen Blick zu, nickte dann aber. »Ich lasse euch beide allein.«

Er verließ den Garten, und Mr Litchfield kam langsam näher und setzte sich zu mir auf die Bank. Ich hielt den Atem an und wartete darauf, dass er etwas sagte. Als er schwieg, erklärte ich: »Ich lasse sie nicht allein. Bitten Sie mich gar nicht erst zu gehen, denn ich gehe nirgendwohin.«

Ich wusste, ich klang wütend und aggressiv, aber die Vorstellung, Poppy allein zu lassen, war mir unerträglich.

Mr Litchfield versteifte sich und fragte dann: »Warum?«

Überrascht von seiner Frage, drehte ich mich zu ihm um und

versuchte, in seinem Gesicht zu lesen. Er sah mich direkt an. Er wollte es wirklich wissen. Ohne den Blick von ihm zu wenden, antwortete ich: »Weil ich sie liebe. Ich liebe sie mehr als alles auf der Welt.« Ich musste mich räuspern, denn meine Kehle war zugeschnürt. Endlich schaffte ich es zu sagen: »Ich habe ihr das Versprechen gegeben, dass ich nie von ihrer Seite weichen werde. Und selbst wenn es nicht so wäre, könnte ich gar nicht gehen. Mein Herz, meine Seele, alles ist mit Poppy verbunden.« Ich ballte die Hände zu Fäusten. »Ich kann sie jetzt nicht verlassen, nicht wenn sie mich am meisten braucht. Und ich werde sie nicht verlassen, es sei denn, sie zwingt mich dazu.«

Mr Litchfield seufzte und strich sich mit der Hand über das Gesicht. Er lehnte sich auf der Bank zurück. »Als du nach Blossom Grove zurückkamst, Rune, konnte ich nicht glauben, wie sehr du dich verändert hattest. Ich war enttäuscht«, gestand er. Ich spürte, wie mir bei diesem Schlag das Herz schwer wurde, doch er schüttelte den Kopf. »Ich sah dich rauchen, deine Einstellung, und ich ging davon aus, dass du keine Ähnlichkeit mehr hattest mit dem Jungen, der du einst warst. Mit dem, der meine Tochter so sehr liebte wie sie ihn. Mit dem, der – darauf hätte ich mein Leben verwettet – für mein kleines Mädchen durchs Feuer gegangen wäre. Aber so, wie du jetzt bist, hätte ich nie damit gerechnet, dass du sie so liebst, wie sie es verdient.«

Mr Litchfields Stimme klang belegt vor Schmerz. »Ich habe mich gegen dich gewehrt. Als ich sah, wie ihr beide wieder zusammenkamt, wollte ich sie vor dir warnen. Aber ihr zwei wart schon immer wie Magneten, wie von einer unsichtbaren Kraft voneinander angezogen.« Er lachte auf. »Poppys Grandma sagte, dass ihr beide zusammengefunden habt, war Schicksal. Ein Schicksal, das wir nicht erkennen würden, bis es sich von selbst zeigte. Sie war der Meinung, dass eine große Liebe immer einen höheren Grund hat.« Er zögerte kurz, wandte sich dann zu mir und stellte fest: »Und jetzt *weiß* ich es.«

Ich sah ihm direkt in die Augen. Mr Litchfield legte mir die Hand auf die Schulter. »Ihr seid füreinander bestimmt, damit du das Licht bist, das sie durch das alles leitet. Du bist perfekt für sie geschaffen, um diese Zeit zu etwas Besonderem für mein Mädchen zu machen. Um dafür zu sorgen, dass die Tage, die ihr bleiben, voll mit Erlebnissen waren, die ihre Mama und ich ihr nie hätten möglich machen können.«

Schmerz durchfuhr mich, und ich schloss die Augen. Als ich sie wieder öffnete, ließ Mr Litchfield die Hand sinken, brachte mich aber dazu, ihn weiter anzusehen. »Rune, ich war gegen dich. Aber ich konnte sehen, wie sehr sie dich liebt. Ich war nur nicht sicher, ob du sie ebenso liebst.«

»Das tue ich«, antwortete ich heiser. »Ich habe nie damit aufgehört.«

Er nickte. »Ich wusste es nicht, bis zu eurer Reise nach New York. Ich wollte nicht, dass sie fährt.« Er holte Luft und fuhr fort: »Aber als sie zurückkam, konnte ich sehen, dass in ihr ein neuer Friede ruhte. Und dann hat sie mir erzählt, was du für sie getan hast. Carnegie Hall.« Er schüttelte den Kopf. »Du hast meinem Mädchen seinen größten Traum geschenkt, und das nur aus dem einen Grund: weil du wolltest, dass sie ihn erleben kann. Um sie glücklich zu machen … weil du sie liebst.«

»Sie gibt mir noch mehr«, antwortete ich und senkte den Kopf. »Nur indem sie sie ist, gibt sie mir das Zehnfache.«

»Rune, falls Poppy das hier übersteht …«

»Wenn«, fiel ich ihm ins Wort. »*Wenn* sie das hier *überstanden hat.*«

Ich hob den Kopf und sah, dass Mr Litchfield mich ansah. »Wenn«, wiederholte er mit einem hoffnungsvollen Seufzen. »Dann werde ich euch nicht mehr im Weg stehen. Nachdem du weg warst, war sie nie mehr ganz in Ordnung, Rune. Ich weiß, es war schwer für dich, sie nicht in deinem Leben zu haben. Und ich müsste schon ein Dummkopf sein, um nicht zu sehen, dass du deinem Pappa die Schuld an allem gibst. Daran, dass du gehen musstest. Aber manchmal läuft das Leben nicht so, wie man es erwartet. Ich hatte nie damit gerechnet, meine Tochter zu verlieren, bevor ich selbst die Welt verlasse. Doch Poppy hat mich gelehrt, dass ich nicht wütend sein darf. Denn, Sohn«, sagte er, »wenn Poppy nicht zornig über ihr so kurzes Leben ist, wie kann dann irgendeiner von uns es wagen, an ihrer Stelle zornig zu sein?«

Ich erwiderte seinen Blick schweigend. Mein Herz schlug schneller bei seinen Worten. Bilder von Poppy, die sich im Blütenwäldchen drehte, spulten sich vor meinem inneren Auge ab, während sie strahlend lächelte und die duftende Luft einatmete. Ich sah dasselbe Lächeln, als ich daran dachte, wie sie im seichten Wasser am Strand getanzt hatte, die Hände in der Luft, während die Sonne ihr Gesicht küsste.

Poppy war glücklich. Selbst mit dieser Diagnose, selbst mit allem Schmerz und der enttäuschenden Behandlung, war sie glücklich.

»Ich bin froh über deine Rückkehr, Sohn. Du machst Poppys letzte Tage ›so besonders, wie es nur geht‹. So hat sie es ausgedrückt.«

Mr Litchfield stand auf. Mit einer Geste, die ich immer nur an seiner Tochter Poppy gesehen hatte, hob er das Gesicht der untergehenden Sonne entgegen und schloss die Augen.

Dann senkte er den Kopf wieder, ging zurück zur Tür und sagte mit einem Blick über die Schulter: »Du bist hier jederzeit willkommen, Rune. Ich denke, wenn du an ihrer Seite bist, wird Poppy das überstehen. Sie wird es überstehen, damit sie noch ein paar Tage mehr mit dir verbringen kann. Ich habe den

Ausdruck in ihren Augen gesehen, als sie in diesem Bett lag; sie geht noch nicht. Du weißt so gut wie ich, wenn sie entschlossen ist, etwas durchzuziehen, dann zieht sie es auch durch.«

Meine Mundwinkel hoben sich zu einem kleinen Lächeln. Mr Litchfield ließ mich im Garten allein. Ich griff in meine Tasche und holte meine Zigaretten heraus. Doch als ich mir eine anzünden wollte, hielt ich inne. Mit Poppys Lächeln vor Augen und ihrer missbilligend gerümpften Nase, jedes Mal, wenn ich rauchte, nahm ich die Zigarette wieder aus dem Mund und warf sie in den Mülleimer neben der Bank.

»Genug«, sagte ich laut. »Keine mehr.«

Dann atmete ich die frische Luft tief ein, stand auf und ging wieder hinein. Als ich ins Familienzimmer kam, saßen dort Poppys Familie auf der einen Seite und Mamma, Pappa und Alton auf der anderen. Mein kleiner Bruder hob bei meinem Erscheinen den Kopf und winkte.

Ich tat das, was Poppy von mir erwartet hätte, und setzte mich neben ihn. »*Hei*, Kumpel«, sagte ich und verlor fast die Fassung, als er auf meinen Schoß krabbelte und die Arme um meinen Hals schlang.

Altons Rücken bebte. Als er den Kopf nach hinten legte, waren seine Wangen nass. »Ist *Poppymin* krank?«

Ich räusperte mich und nickte.

Seine Unterlippe zitterte. »Aber du liebst sie doch«, flüsterte er, und mir brach das Herz dabei. Ich nickte wieder, und er legte den Kopf an meine Brust. »Ich will nicht, dass *Poppymin* irgendwohin weggeht. Sie hat gemacht, dass du mit mir redest. Sie hat gemacht, dass du mein bester Freund bist«, schniefte er. »Ich will nicht, dass du wieder wütend bist.«

Jedes seiner Worte war wie ein Dolch in mein Herz. Aber diese Dolche ließen nur Licht herein, als ich mich daran erinnerte, wie Poppy mich zu Alton geführt hatte. Ich dachte daran, wie enttäuscht sie wäre, wenn ich ihn jetzt links liegen lassen würde.

Ich drückte Alton an mich und flüsterte: »Ich werde dich nie wieder ignorieren, Kumpel. Versprochen.«

Alton hob den Kopf und rieb sich die Augen. Als er sich das Haar nach hinten strich, musste ich grinsen. Der Kleine lächelte und umarmte mich fester. Er ließ mich nicht los, bis der Arzt hereinkam. Er sagte uns, wir könnten hineingehen und Poppy sehen, doch immer nur zwei von uns auf einmal.

Mr und Mrs Litchfield gingen zuerst zu ihr, und danach kam ich an die Reihe. Ich trat durch die Tür und blieb wie angewurzelt stehen.

Poppy lag in einem Bett mitten im Zimmer, überall um sie herum Maschinen. Es brach mir das Herz. Sie sah so gebrochen aus, wie sie so still dalag.

Kein Lachen, kein Lächeln in ihrem Gesicht.

Ich ging zu ihr und setzte mich auf den Stuhl neben ihrem Bett. Ich nahm ihre Hand, hob sie an meine Lippen und drückte einen Kuss darauf.

Doch ich hielt die Stille nicht aus. Also fing ich an, Poppy von unserem ersten Kuss zu erzählen. Ich erzählte ihr von jedem Kuss, an den ich mich erinnern konnte, seit wir acht waren – wie sie sich anfühlten, welche Gefühle sie in mir geweckt hatten –, denn ich wusste, wenn sie mich hören könnte, würde sie jedes meiner Worte lieben.

Und sie würde jeden einzelnen der Küsse, die ihr so lieb waren, wieder durchleben.

Alle neunhundertzwei, die wir bisher geteilt hatten.

Und die achtundneunzig, die wir noch teilen würden.

Wenn sie aufgewacht war.

Denn sie würde aufwachen.

Wir hatten uns ein Versprechen gegeben.

14

Kirschblüte und erneuerter Frieden

Rune
Eine Woche später

»Hey, Rune.«

Ich blickte von dem Blatt Papier mit meinen Aufzeichnungen auf und sah Jorie in der Tür zu Poppys Zimmer stehen. Judson, Deacon und Ruby warteten hinter ihr im Flur. Ich nickte ihnen grüßend zu, und sie kamen herein.

Poppy lag im Bett, immer noch im Koma. Nach ein paar Tagen hatten die Ärzte gemeint, das Schlimmste ihrer Infektion sei überstanden, und hatten andere Besucher zugelassen.

Meine Poppy hatte es geschafft. Sie hatte gekämpft, genau wie sie versprochen hatte, um sich nicht von der Infektion unterkriegen zu lassen. Ich hatte es gewusst! Sie hatte meine Hand gehalten, als sie mir das Versprechen gegeben hatte, und mir in die Augen gesehen.

Es war so gut wie geschafft.

Die Ärzte hatten vor, sie über die nächsten Tage langsam aus dem Koma zurückzuholen. Sie würden die Dosierung des Narkosemittels schrittweise reduzieren, beginnend heute Abend. Und ich konnte es kaum erwarten. Die Woche ohne sie hatte sich wie eine Ewigkeit angefühlt, alles war mir falsch und fehl am Platz erschienen. So vieles hatte sich in meiner Welt verändert, weil Poppy nicht da war, doch für die meisten anderen lief alles in gewohnten Bahnen.

Die einzige echte Veränderung bestand darin, dass inzwischen die ganze Schule wusste, dass Poppy nicht mehr viel Zeit blieb. Soweit ich gehört hatte, waren alle zutiefst geschockt und traurig. Mit den meisten von ihnen waren wir seit Kindergartentagen zusammen gewesen. Auch wenn sie Poppy nicht so kannten wie unsere kleine Freundesgruppe, hatte die Nachricht doch die Stadt erschüttert. Die Leute aus Poppys Kirchengemeinde hatten sich versammelt, um für sie zu beten, um ihre Liebe zu zeigen. Ich wusste, es würde Poppy das Herz wärmen, wenn sie davon erfuhr.

Die Ärzte waren nicht sicher, wie stark sie sein würde, wenn sie aufwachte. Sie wollten nur ungern eine Schätzung abgeben, wie viel Zeit ihr noch blieb, aber ihr behandelnder Arzt hatte uns gesagt, dass die Infektion sie sehr geschwächt hatte. Er meinte, wir müssten darauf vorbereitet sein: Wenn sie aufwachte, konnte es sein, dass uns nur noch Wochen blieben.

Sosehr dieser Schlag schmerzte und sosehr es mir das Herz aus der Brust riss, versuchte ich, Freude in den kleinen Siegen zu finden. Ich würde noch einige Wochen haben, um Poppy dabei zu helfen, ihre letzten Wünsche zu erfüllen. Ich würde die Zeit bekommen, die ich brauchte, um wirklich Lebewohl zu sagen, um sie lachen zu hören, ihr Lächeln zu sehen und ihre weichen Lippen zu küssen.

Jorie und Ruby kamen zuerst herein und traten an die Bettseite mir gegenüber, um Poppy über den Arm zu streicheln.

Deacon und Judson blieben neben mir stehen und legten mir unterstützend die Hand auf die Schulter. Kaum hatte sich die Neuigkeit von Poppy verbreitet, hatten meine Freunde die Schule geschwänzt, um mich zu sehen. Seitdem waren sie an meiner Seite geblieben.

Sie waren bestürzt, weil Poppy und ich außer Jorie keinem von ihnen etwas gesagt hatten. Aber am Ende verstanden sie, warum Poppy kein Aufhebens hatte machen wollen, und dafür liebten sie sie noch mehr. Sie sahen ihre wahre Stärke.

Während der letzten Woche, als ich nicht zur Schule gegangen war, hatten meine Freunde mir die Aufgaben aus dem Unterricht sowie die Hausaufgaben mitgebracht. Sie hatten sich um mich gekümmert. Deacon und Judson waren entschlossen, dafür zu sorgen, dass ich nicht durch die Prüfungen rasselte, wenn wir alle gemeinsam das letzte Jahr erreichten. Der Abschluss war zwar das Letzte, was ich im Sinn hatte, aber ich wusste ihre Sorge zu schätzen.

Tatsächlich hatte mir diese Woche gezeigt, wie viel sie mir bedeuteten. Auch wenn Poppy mein ganzes Leben war, wurde mir klar, dass ich auch noch anderswo Liebe fand. Ich hatte Freunde, die für mich durchs Feuer gehen würden. Auch Mamma kam jeden Tag, Pappa ebenfalls. Es schien ihn nicht zu kümmern, dass ich ihn die meiste Zeit ignorierte und wir meist schweigend dasaßen. Offenbar war ihm nur wichtig, bei mir zu sein.

Ich wusste noch nicht, was ich damit anfangen sollte.

Jorie sah mir in die Augen. »Wie geht es ihr heute?«

Ich stand vom Stuhl auf und setzte mich zu Poppy auf den Bettrand, verschränkte die Finger mit ihren und hielt sie fest. Dann beugte ich mich vor, strich ihr das Haar aus dem Gesicht und küsste sie auf die Stirn. »Sie wird mit jedem Tag stärker«, sagte ich leise und flüsterte dann nur für Poppys Ohren: »Unsere Freunde sind hier, Baby. Sie sind gekommen, um dich wiederzusehen.«

Mein Herz machte einen Satz, als ich glaubte, ein Flackern ihrer Wimpern wahrzunehmen, doch als ich länger hinsah, wurde mir klar, dass es meine Einbildung gewesen sein musste.

Ich wünschte mir so inständig, Poppy wieder bei mir zu haben, und das seit zu vielen Stunden, um sie zu zählen. Dann entspannte ich mich, denn ich wusste, in den nächsten Tagen würde sie zu sich kommen.

Meine Freunde setzten sich auf das Sofa neben dem großen Fenster. »Die Ärzte haben beschlossen, sie heute Abend schrittweise aus dem Koma zu holen«, erzählte ich. »Es könnte ein paar Tage dauern, bis sie voll bei Bewusstsein ist, doch sie glauben, es ist das Beste, sie langsam zurückzuholen. Ihr Immunsystem hat sich so weit verbessert, wie sie hofften. Die Infektion ist überstanden. Poppy ist bereit zurückzukommen.« Ich atmete aus und fuhr leise fort: »Endlich. Endlich sehe ich ihre Augen wieder!«

»Das ist gut, Rune«, antwortete Jorie mit einem schwachen Lächeln. Dann trat erwartungsvolle Stille ein; meine Freunde tauschten Blicke aus.

»Was ist?«, fragte ich und versuchte, in ihren Gesichtern zu lesen.

Es war Ruby, die antwortete. »Wie wird es ihr gehen, wenn sie aufwacht?«

Mir wurde schwer ums Herz. »Sie wird schwach sein.« Ich wandte mich wieder an Poppy und strich ihr über die Wange. »Aber sie wird wieder hier sein. Mir ist egal, wenn ich sie überallhin tragen muss. Ich will sie nur lächeln sehen. Ich habe sie wieder bei mir, da, wo sie hingehört … wenigstens eine kurze Weile.«

Ruby begann zu weinen. Jorie nahm sie in den Arm.

Ich seufzte mitfühlend, sagte aber: »Ich weiß, du liebst sie, Ruby. Doch wenn sie aufwacht und erfährt, dass alle Bescheid wissen, dann verhaltet euch normal. Sie hasst es, die, die sie liebt, beunruhigt zu sehen. Das ist von allem das Schlimmste für sie.« Ich drückte Poppys Finger. »Wenn sie aufwacht, müssen wir sie glücklich machen, so wie sie alle anderen glücklich macht. Wir dürfen ihr nicht zeigen, dass wir traurig sind.«

Ruby nickte. »Sie kommt nicht mehr zur Schule, oder?«

Ich schüttelte den Kopf. »Ich auch nicht. Nicht bis …« Ich verstummte; ich wollte die Worte nicht aussprechen. Ich war noch nicht bereit, sie auszusprechen und mich alldem zu stellen.

»Rune«, sagte Deacon in ernstem Tonfall. »Was machst du nächstes Jahr? In Sachen College? Hast du dich überhaupt irgendwo beworben?« Er knetete die Hände. »Ich sorg mich um dich. Alle von uns gehen an irgendein College. Und du hast noch gar nichts erwähnt. Wir machen uns einfach echte Sorgen.«

»So weit denke ich gar nicht voraus«, antwortete ich. »Mein Leben ist hier, genau jetzt, in diesem Moment. Alles andere kommt später. Poppy ist mein Fokus. Sie war immer mein Fokus. Mir ist egal, was nächstes Jahr ist oder was ich mache.«

Stille senkte sich über den Raum. Ich sah Deacon an, dass er mehr sagen wollte, aber er wagte es nicht.

»Schafft sie es bis zum Abschlussball?« Mir sank das Herz, als Jorie ihre beste Freundin traurig betrachtete.

»Ich weiß nicht«, antwortete ich. »Sie wollte es, unbedingt, aber bis dahin sind es noch sechs Wochen.« Ich zuckte mit den Schultern. »Die Ärzte wissen es einfach nicht. Auf den Abschlussball zu gehen war einer ihrer letzten Wünsche.« Ich schluckte. »Am Ende ist geküsst werden und auf den Abschlussball gehen alles, was sie will. Das ist alles, worum sie bittet. Nichts Riesiges, nichts, was ein Leben groß verändert … Nur das. Mit mir.«

Ich ließ meinen Freunden einen Moment, als Jorie und Ruby leise zu weinen begannen. Aber ich brach nicht. Ich zählte nur schweigend die Stunden, bis Poppy wieder zu mir zurückkam.

Ich stellte mir den Augenblick vor, wenn ich ihr Lächeln wieder sehen würde. Wenn sie zu mir aufsah.

Und meine Hand drückte.

Nach etwa einer Stunde standen meine Freunde auf. Judson legte einen Stapel Blätter auf den kleinen Tisch neben Poppys Bett, den ich als Schreibtisch benutzte. »Mathe und Geo, Mann. Die Lehrer haben alles für dich da aufgeschrieben. Abgabetermine und so.« Ich stand auf, verabschiedete mich von meinen Freunden und dankte ihnen für ihr Kommen. Als sie gingen, setzte ich mich an den Tisch, um die Hausaufgaben zu Ende zu machen. Ich würde diese Arbeiten beenden und dann mit meiner Kamera nach draußen gehen. Mit der Kamera, die ich seit Wochen nicht mehr abgenommen hatte.

Die Kamera war wieder ein Teil von mir.

Stunden mussten vergangen sein, während ich ein und aus ging und den Tag draußen auf Film bannte. Später am Abend kam Poppys Familie, und die behandelnden Ärzte folgten kurz danach. Ich sprang von meinem Stuhl auf und rieb mir die Müdigkeit aus den Augen. Sie waren gekommen, um Poppy nun langsam aus dem Koma zurückzuholen.

»Rune«, begrüßte mich Mr Litchfield und umarmte mich. Seit Poppy im Koma lag, hatte sich zwischen uns eine Waffenruhe eingestellt, sogar mehr als das. Wir verstanden einander. Aus diesem Grund hatte auch Savannah angefangen, mir so weit zu vertrauen, dass ich ihrer Schwester nicht das Herz brechen würde.

Sie traute mir auch, weil ich nicht ein Mal nach Hause gegangen war, seit Poppy eingeliefert worden war. Meine Hingabe musste bewiesen haben, dass ich sie mehr liebte, als sie alle je geglaubt hatten.

Ida kam zu mir und schlang mir die Arme um die Taille. Mrs Litchfield gab mir einen Kuss auf die Wange.

Danach warteten wir alle, bis der Arzt seine Untersuchung abgeschlossen hatte.

Dann drehte er sich zu uns um und sagte: »Poppys Level weißer Blutkörperchen ist so gut, wie wir in diesem Stadium der Krankheit hoffen können. Wir werden das Narkosemittel schrittweise reduzieren und sie zurückholen. Während sie stärker wird, werden wir sie von einigen der Maschinen nehmen können.« Mein Herz schlug bei dieser Aussicht schnell und hart gegen die Rippen.

»Also«, fuhr der Arzt fort, »zu Anfang wird Poppy immer wieder zwischen Wachen und Schlafen wechseln. Es kann sein, dass sie fantasiert oder durcheinander ist, wenn sie bei Bewusstsein ist. Das liegt an den Medikamenten, die sich noch in ihrem Organismus befinden. Aber schließlich sollte sie über längere Zeit wach bleiben und, wenn alles gut geht, in ein paar Tagen wieder ihr altes, fröhliches Wesen zurückhaben.« Der Arzt hob die Hände. »Aber Poppy wird geschwächt sein. Erst wenn wir sie in wachem Zustand beurteilen, werden wir bestimmen können, wie sehr die Infektion sie mitgenommen hat. Das kann uns nur die Zeit zeigen. Doch es könnte sein, dass sie in ihrer Bewegungsfreiheit eingeschränkt ist und nicht alles tun kann, was sie will. Es ist unwahrscheinlich, dass sie wieder voll zu Kräften kommt.«

Ich schloss die Augen und betete zu Gott, dass es ihr gut ginge. Und falls nicht, so versprach ich, würde ich ihr da hindurchhelfen – ich würde alles tun, um uns nur ein wenig mehr Zeit zu verschaffen. Egal, was nötig war, ich würde es tun.

Die nächsten zwei Tage zogen sich dahin. Poppys Hände bewegten sich manchmal leicht, ihre Wimpern flatterten, und am zweiten Tag begann sie die Augen zu öffnen. Immer nur ein paar Sekunden, aber es war genug, um mich mit einer Mischung aus Aufregung und Hoffnung zu erfüllen.

Am dritten Tag kam ein Team aus Ärzten und Schwestern ins Zimmer und nahm Poppy von den Maschinen. Mit klopfendem Herzen sah ich zu, als der Atemschlauch gezogen wurde. Ich sah zu, wie ein Gerät nach dem anderen weggerollt wurde, bis ich mein Mädchen wiedersah.

Mir ging das Herz auf.

Sie war blass, und ihre sonst so weichen Lippen waren rissig. Aber als ich sie frei von den Maschinen sah, war ich sicher, dass sie nie perfekter für mich ausgesehen hatte.

Geduldig saß ich auf dem Stuhl an ihrem Bett und hielt ihre Hand. Ich hatte den Kopf nach hinten gelegt und blickte wie in Trance zur Decke, als ich spürte, wie Poppy schwach meine Finger drückte. Mir stockte der Atem. Mein Blick huschte zu ihr. Die Finger ihrer freien Hand bewegten sich und zuckten leicht.

Ich griff hinüber zur Wand und drückte auf den Rufknopf für die Schwestern. Als eine hereinkam, sagte ich: »Ich denke, sie wacht auf.« Während der letzten vierundzwanzig Stunden hatte sich Poppy immer wieder ein wenig gerührt, aber nie so deutlich und nie so lange wie gerade eben.

»Ich hole den Arzt«, antwortete die Pflegerin und ging hinaus. Kurz darauf eilten Poppys Eltern herein, die gerade zu ihrem täglichen Besuch ins Krankenhaus gekommen waren.

Der Arzt erschien nur Sekunden später. Als er ans Bett trat, ging ich beiseite und blieb neben Poppys Eltern stehen, damit die assistierende Schwester ihre Vitalfunktionen überprüfen konnte.

Poppys Augen bewegten sich unter den Lidern und öffneten sich dann langsam. Ich atmete tief durch, als ihr Blick die Umgebung zu erfassen versuchte.

»Poppy? Poppy, alles in Ordnung«, sagte der Arzt beruhigend. Ich sah, dass sie den Kopf in seine Richtung drehen wollte, aber ihr Blick blieb unkoordiniert. Sie streckte die Hand aus, und ich spürte ein Ziehen irgendwo in mir. Poppy suchte nach mir. Selbst in ihrer Benommenheit suchte sie nach meiner Hand.

»Poppy, du hast eine Weile geschlafen. Es ist alles in Ordnung, doch du wirst noch einige Zeit müde sein. Du sollst nur wissen, dass alles in Ordnung ist.«

Poppy machte ein Geräusch, als wollte sie etwas sagen.

Der Arzt wandte sich an die Schwester. »Holen Sie etwas Eis für ihre Lippen.«

Ich konnte nicht länger im Hintergrund bleiben, also eilte ich zu ihr. Ich ging zur anderen Bettseite, bückte mich und nahm Poppys Hand. Sofort wurde sie ruhiger, und ihr Kopf bewegte sich langsam in meine Richtung. Ihre Augen gingen flatternd auf. Und dann blickte sie mich direkt an.

»Hei, Poppymin«, flüsterte ich und kämpfte gegen meine zugeschnürte Kehle an.

Und dann lächelte sie. Ganz leicht, kaum eine Andeutung, aber das Lächeln war da. Ihre schwachen Finger drückten meine leicht, und dann glitt sie in den Schlaf zurück.

Ich atmete tief aus. Doch Poppys Hand ließ meine nicht los. Also blieb ich, wo ich war, saß auf dem Stuhl neben ihr und rührte mich nicht vom Fleck.

Ein weiterer Tag verging, und die Momente, in denen Poppy bei Bewusstsein war, wurden immer häufiger. Sie war nicht wirklich klar, wenn sie wach war, doch sie lächelte mir zu, wenn sie sich auf mich konzentrierte. Ich wusste, ein Teil von ihr war sich dessen bewusst, dass ich bei ihr war. Ihr schwaches Lächeln sorgte dafür, dass es keinen Ort auf der Welt gab, an dem ich lieber wäre.

Als eine Schwester später am Tag hereinkam, um ihren stündlichen Check durchzuführen, fragte ich: »Kann ich ihr Bett verschieben?«

Die Schwester hielt inne und hob eine Augenbraue. »Wohin denn, mein Lieber?«

Ich ging zum großen Fenster. »Hierhin. Damit sie hinaussehen kann, wenn sie richtig aufwacht.« Ich lachte leise. »Sie beobachtet den Sonnenaufgang so gern. Und jetzt, wo sie nur noch an die Infusionsnadel angeschlossen ist, dachte ich, das wäre vielleicht okay.«

Ich sah das Mitgefühl in den Augen der Krankenschwester. Ich wollte es nicht. Ich wollte nur, dass sie mir dabei half, Poppy den Sonnenaufgang zu schenken.

»Sicher«, erklärte sie schließlich. »Ich kann mir nicht vorstellen, wieso das ein Problem sein sollte.« Ich entspannte mich. Wir rollten das Bett so, dass es auf den Garten der pädiatrischen Station hinausblickte – einen Garten unter klarem blauem Himmel.

»Gut so?«, fragte die Schwester und drückte die Bremsen.

»Perfekt«, antwortete ich lächelnd.

Als Poppys Familie kurze Zeit später hereinkam, umarmte mich ihre Mama. »Sie wird es lieben«, sagte sie. Während wir um das Bett herumsaßen, rührte sich Poppy von Zeit zu Zeit, aber nie länger als ein paar Sekunden.

Während der letzten paar Tage hatten ihre Eltern abwechselnd die Nacht im Familienzimmer gegenüber verbracht. Einer blieb zu Hause bei den Kindern. Meistens war es ihre Mama, die im Krankenhaus übernachtete.

Ich blieb in Poppys Zimmer.

Jede Nacht lag ich neben ihr in dem schmalen Bett. Schlief mit ihr in meinen Armen und wartete auf den Moment, in dem sie aufwachte.

Ich wusste, dass ihre Eltern davon nicht gerade begeistert waren, doch sie würden es nicht verbieten. Nicht jetzt. Nicht unter diesen Umständen.

Außerdem würde ich sowieso nicht gehen.

Poppys Mama erzählte ihrer schlafenden Tochter von ihren Schwestern, alltägliche Dinge. Ich saß da und hörte mit halbem Ohr zu, als es leise an die Tür klopfte.

Pappa erschien im Türrahmen. Er winkte Mrs Litchfield zu und sah dann mich an. »Rune? Kann ich dich kurz sprechen?«

Ich versteifte mich und runzelte die Stirn. Pappa wartete an der Tür, ohne den Blick von mir zu wenden. Als ich näher kam, trat er auf den Flur hinaus, und ich bemerkte, dass er etwas in der Hand hielt.

Er wirkte nervös »Du hast mich nicht darum gebeten, aber ich habe deine Filme für dich entwickelt.«

Ich erstarrte.

»Ich weiß, du wolltest nur, dass ich sie mit nach Hause nehme. Doch ich habe dich gesehen, Rune, als du die Fotos gemacht hast, und ich weiß, sie sind für Poppy.« Er zuckte mit den Schultern. »Jetzt, wo sie immer wacher wird, dachte ich, du möchtest sie vielleicht bei dir haben, damit sie sie anschauen kann.«

Ohne ein weiteres Wort gab er mir ein Fotoalbum. Es war voll mit all den Fotografien, die ich gemacht hatte, während Poppy geschlafen hatte. All die eingefangenen Momente, die sie verpasst hatte.

Mir schnürte sich die Kehle zu. Ich war nicht zu Hause gewesen. Ich hatte die Fotos nicht rechtzeitig für sie entwickeln können … aber Pappa …

»Danke«, sagte ich heiser und senkte den Blick.

Aus dem Augenwinkel sah ich, wie Pappa sich entspannte. Er hob die Hand, als wollte er mich berühren, und ich verkrampfte mich. Pappa zögerte einen Augenblick, aber dann entschied er sich, legte die Hand auf meine Schulter und drückte sie.

Ich schloss die Augen, als ich seine Berührung spürte. Zum ersten Mal seit einer Woche hatte ich das Gefühl, dass ich atmen konnte. Eine Sekunde lang, in der mein Pappa mir zeigte, dass er bei mir war, konnte ich tatsächlich atmen.

Doch je länger wir dastanden, desto unsicherer fühlte ich mich. Wir waren so lange nicht mehr so miteinander umgegangen. Ich hatte ihn nicht mehr so nahe an mich herangelassen.

Ich musste wieder Abstand zwischen uns bringen, denn ich konnte damit nicht umgehen, also nickte ich und kehrte ins Zimmer zurück. Ich schloss die Tür und setzte mich, das Album auf dem Schoß. Mrs Litchfield fragte nicht, was es war. Sie erzählte Poppy weiter Geschichten von zu Hause, bis es spät wurde.

Als Mrs Litchfield wieder gegangen war, zog ich die Schuhe aus, und wie jede Nacht öffnete ich die Vorhänge und legte mich neben Poppy.

Ich erinnerte mich noch daran, dass ich die Sterne betrachtet hatte, und das Nächste, was ich bemerkte, war, dass eine Hand über meinen Arm strich. Desorientiert öffnete ich blinzelnd die Augen. Die frühen Strahlen eines neuen Tages sickerten ins Zimmer.

Ich fühlte Haar in meiner Nase kitzeln und warmen Atem über mein Gesicht streifen, blickte auf und versuchte, den Nebel des Schlafes abzuschütteln. Mein Blick erfasste das hübscheste Paar grüner Augen, das ich je gesehen hatte.

Mein Herz setzte einen Schlag lang aus, und ein Lächeln breitete sich auf Poppys Lippen aus, das ihre Grübchen auf den blassen Wangen zum Vorschein brachte. Überrascht hob ich den Kopf, hielt ihre Hand und flüsterte: »*Poppymin?*«

Langsam wanderte ihr Blick durch das Zimmer. Sie schluckte und zuckte dabei zusammen. Ich sah, dass sie trockene Lippen hatte, also griff ich zum Nachttisch und nahm das Glas

Wasser, das dort stand. Ich führte den Strohhalm an ihren Mund, und Poppy trank ein paar kleine Schlucke und schob dann das Glas beiseite.

Sie seufzte erleichtert. Ich nahm ihren bevorzugten Lippenbalsam mit Kirschgeschmack vom Tisch und trug etwas davon auf. Langsam rieb Poppy die Lippen aneinander. Ohne den Blick von mir zu wenden, lächelte sie ein strahlendes, wunderschönes Lächeln.

Ich fühlte Licht in meinem Herzen, beugte mich herab und drückte meine Lippen auf ihre. Nur kurz, kaum ein Kuss, doch als ich wieder zurückwich, schluckte Poppy und flüsterte heiser: »Kuss Nummer …« Sie runzelte die Stirn. Verwirrung stand in ihrem Gesicht.

»Neunhundertdrei«, sagte ich.

Poppy nickte. »Als ich zu Rune zurückkam«, fügte sie hinzu, sah mir in die Augen und drückte schwach meine Hand, »ganz wie ich es ihm versprochen habe.«

»Poppy« antwortete ich flüsternd und senkte dann den Kopf an ihren Hals. Ich wollte sie so eng an mich drücken, wie ich konnte, aber sie fühlte sich so zerbrechlich an.

Poppys Finger glitten in mein Haar, und in einer Bewegung, die mir so vertraut wie Atmen war, strichen sie hindurch. Ihr leichter Atem streifte mein Gesicht.

Ich hob den Kopf und sah sie an. Dabei achtete ich darauf, mir ihr Gesicht, ihre Augen, ganz und gar einzuprägen. Ich wollte diesen Moment auskosten.

Den Moment, als sie zu mir zurückkehrte.

»Wie lange?«, fragte sie.

»Du hast eine Woche lang geschlafen. Über die letzten paar Tage bist du nach und nach aufgewacht.«

Poppy schloss kurz die Augen und öffnete sie dann wieder. »Und wie lange … bleibt noch?«

Stolz auf ihre Stärke, schüttelte ich den Kopf und antwortete aufrichtig: »Ich weiß es nicht.«

Poppy nickte kaum merklich. Ich spürte Wärme an meinem Nacken und lächelte. »Du bist mit der Sonne aufgegangen, Baby«, sagte ich.

Sie runzelte die Stirn, bis ich mich leicht zur Seite schob. Und dann hörte ich sie scharf einatmen. Ich blickte in ihr Gesicht und sah die orangen Strahlen, die ihre Haut küssten. Sie schloss die Augen, öffnete sie wieder und lächelte.

»Es ist wunderschön«, murmelte sie. Ich legte mich neben sie auf das Kissen und schaute zu, wie der Himmel sich mit dem Aufziehen des neuen Tages erhellte. Poppy schwieg, während wir dem Sonnenaufgang zusahen, der das Zimmer in sein Licht und seine Wärme tauchte.

Sie drückte meine Hand. »Ich fühle mich schwach.«

Mir sank das Herz. »Die Infektion hat dir schwer zugesetzt und ihren Tribut gefordert.«

Poppy nickte verstehend und verlor sich dann wieder im Anblick des aufziehenden Morgens. »Das habe ich vermisst«, sagte sie und zeigte mit dem Finger zum Fenster.

»Erinnerst du dich an vieles?«

»Nein«, antwortete sie leise. »Aber ich weiß, dass ich das vermisst habe.« Sie sah auf ihre Hand herab. »Doch ich erinnere mich daran, dass ich deine Hand in meiner gespürt habe ... schon komisch. Sonst erinnere ich mich an nichts, aber das weiß ich noch.«

»Ja?«

»Ja«, antwortete sie. »Ich glaube, an deine Hand, die meine hält, würde ich mich immer erinnern.«

Ich hob das Fotoalbum auf, das Pappa mir gebracht hatte, legte es auf meinen Schoß und öffnete es. Das erste Foto zeigte einen Sonnenaufgang durch dichte Wolken. Die Strahlen drangen durch die Zweige einer Kiefer und hüllten die Welt in perfekte Rosatöne.

»Rune«, flüsterte Poppy und strich mit der Hand über das Foto.

»Das war der erste Morgen, an dem du hier warst.« Ich zuckte mit den Schultern. »Ich wollte nicht, dass du deinen Sonnenaufgang verpasst.«

Poppy legte den Kopf an meine Schulter. Da wusste ich, dass ich das Richtige getan hatte. Ich fühlte die Freude in ihrer Berührung.

Ich blätterte das Album durch, zeigte ihr die Bäume, die draußen zu blühen begannen. Die Regentropfen am Fenster an einem der Tage. Und die Sterne am Himmel, den Vollmond und die Vögel, die in den Bäumen nisteten.

Als ich das Album wieder zuklappte, legte Poppy den Kopf in den Nacken und sah mir in die Augen. »Du hast die Momente eingefangen, die ich verpasst habe.«

Ich spürte meine Wangen heiß werden und senkte den Blick. »Na klar. Das werde ich immer tun.«

Poppy seufzte. »Auch wenn ich nicht hier bin … Du musst all diese Augenblicke einfangen.« Mir krampfte sich der Magen zusammen. Doch bevor ich etwas sagen konnte, hob sie die Hand an meine Wange. Die Berührung war nur ein Hauch. »Versprich es mir«, sagte sie. Als ich nicht antwortete, beharrte sie darauf: »Versprich es mir, Rune. Diese Fotos sind zu kostbar, um nie aufgenommen zu werden.« Sie lächelte. »Denk nur daran, was du in der Zukunft alles einfangen kannst. Denk nur an die Möglichkeiten, die vor dir liegen.«

»Ich verspreche es«, antwortete ich leise. »Ich verspreche es, *Poppymin*.«

Sie atmete aus. »Danke.«

Ich lehnte mich zu ihr hinüber und küsste sie auf die Wange.

Dann löste ich mich wieder und drehte mich auf dem Bett zu ihr um. »Du hast mir gefehlt, *Poppymin*.«

Sie lächelte. »Du hast mir auch gefehlt.«

»Wir haben eine Menge zu tun, wenn du hier rauskommst«, sagte ich und sah Aufregung in ihren Augen aufflackern.

»Ja.« Dann rieb sie ihre Lippen aneinander und fragte: »Wie lange noch bis zur ersten Blüte?«

Es zerriss mir das Herz, als mir klar wurde, woran sie dachte. Sie versuchte abzuschätzen, wie viel Zeit ihr noch blieb. Und ob sie es schaffen würde. Ob sie lange genug leben würde, um ihre wenigen noch verbleibenden Wünsche wahr werden zu sehen.

»Deine Eltern glauben, etwa eine Woche, wenn überhaupt.«

Dieses Mal konnte ihr strahlendes Lächeln die übergroße Freude, die sie empfand, nicht verbergen. Sie schloss die Augen. »So lange kann ich durchhalten«, sagte sie zuversichtlich und hielt meine Hand ein wenig fester.

»Du wirst noch länger durchhalten«, versprach ich ihr, und sie nickte.

»Bis zu eintausend Jungsküssen«, stimmte sie zu.

Ich strich mit der Hand über ihre Wange. »Dann werde ich die in die Länge ziehen.«

»Ja«, lächelte Poppy. »Für unendlich.«

Eine Woche später wurde Poppy aus dem Krankenhaus entlassen. Nach ein paar Tagen war offenbar geworden, wie sehr die Infektion sie angegriffen hatte. Poppy konnte nicht mehr laufen. Sie hatte alle Kraft in den Beinen verloren. Ihr Arzt teilte uns mit, dass sie die Kraft wiedergewonnen hätte, gäbe es eine Möglichkeit, ihren Krebs zu heilen. Doch so, wie die Dinge standen, würde Poppy nie wieder laufen können.

Sie saß in einem Rollstuhl. Und wie sie nun einmal war, ließ sie sich davon kein bisschen stören. »Solange ich noch hinauskann und die Sonne auf meinem Gesicht fühle, geht es mir gut«, sagte sie, als ihr Arzt ihr die schlechte Nachricht überbrachte. Sie sah zu mir auf und fuhr fort: »Solange ich noch Runes Hand halten kann, ist mir nicht wirklich wichtig, ob ich je wieder laufen werde.«

Und einfach so sorgte sie dafür, dass ich auf der Stelle dahinschmolz.

Ich hielt die neuen Fotos in der Hand und lief über den Rasen zwischen unseren Häusern zu Poppys Fenster. Ich kletterte hindurch und sah, dass sie schlafend im Bett lag.

An diesem Tag war sie nach Hause gebracht worden. Sie war müde, aber ich musste ihr das zeigen. Es war meine Überraschung. Mein Willkommen zu Hause.

Einer ihrer Wünsche, der wahr wurde.

Als ich ins Zimmer kletterte, öffnete Poppy blinzelnd die Augen und lächelte. »Das Bett war kalt ohne dich«, sagte sie und strich mit der Hand über die Seite, auf der ich für gewöhnlich lag.

»Ich musste noch etwas für dich holen.« Ich setzte mich auf das Bett, beugte mich über sie und küsste ihre Lippen. Der Kuss war innig, und sie lächelte, als ihre Wangen danach gerötet waren. Poppy drehte sich zur Seite, holte ein leeres Papierherz aus ihrem Glas und schrieb etwas darauf.

Ich starrte auf das Glas, als sie das Herz hineinfallen ließ. Bald waren alle Herzen ausgefüllt.

Wir hatten es beinahe geschafft.

Dann drehte sie sich wieder um und setzte sich auf. »Was hast du da in der Hand?«, fragte sie mit Aufregung in der Stimme.

»Fotos«, verkündete ich, und ihr Gesicht leuchtete vor Freude auf.

»Mein Lieblingsgeschenk«, meinte sie, und ich wusste, dass sie jedes Wort ernst meinte. »Deine magischen, gebannten Momente.«

Ich gab Poppy den Umschlag, und sie öffnete ihn. Als ihr Blick auf den Inhalt fiel, schnappte sie nach Luft. Aufgeregt ging sie jedes Foto durch und drehte sich dann mit hoffnungsvollen Augen zu mir um. »Erste Blüte?«

Ich nickte lächelnd. Poppy drückte sich die Hand auf den Mund, und ihre Augen leuchteten vor Glück. »Wann hast du die gemacht?«

»Vor ein paar Tagen«, antwortete ich und sah, dass ein Lächeln auf ihren Lippen stand, als sie den Arm wieder sinken ließ.

»Rune«, flüsterte sie und griff nach meiner Hand. Sie hob sie an mein Gesicht. »Das bedeutet …«

Ich stand auf, ging an ihre Bettseite und nahm sie auf den Arm. Poppy umschlang meinen Nacken, und ich senkte die Lippen auf ihre. »Bist du dabei?«, fragte ich dann.

Mit einem frohen Seufzen antwortete sie: »Ich bin dabei.«

Ich setzte sie sachte in ihren Rollstuhl, zog die Decke über ihre Beine und nahm die Griffe. Poppy legte den Kopf in den Nacken.

»Danke«, flüsterte sie.

Ich küsste ihren lächelnden Mund. »Gehen wir.«

Poppys ansteckendes Kichern hallte durch das Haus, als ich sie durch den Flur und hinaus an die frische Luft brachte. Ich trug sie die Stufen hinunter. Sobald sie wieder sicher in ihrem Rollstuhl saß, schob ich sie über das Gras zum Wäldchen. Es war warm, und die Sonne strahlte von einem klaren Himmel.

Poppy legte den Kopf in den Nacken, um die Wärme der Sonne einzusaugen, und ihre Wangen füllten sich mit Leben. Als sie die Augen öffnete, wusste ich, sie hatte den Duft gerochen, noch bevor sie das Wäldchen überhaupt gesehen hatte. »Rune«, seufzte sie und umklammerte die Armlehnen des Rollstuhls.

Mein Herz pochte immer schneller, je näher wir kamen. Dann, als wir um die Ecke bogen und das Blütenwäldchen vor uns auftauchte, hielt ich den Atem an.

Ein lautes Keuchen kam über Poppys Lippen. Ich nahm die Kamera zur Hand und stellte mich neben Poppy, bis ich den perfekten Blick auf ihr Gesicht hatte. Sie bemerkte nicht einmal, dass ich immer wieder auf den Auslöser drückte; zu verloren war sie in der Schönheit vor ihr. Zu gebannt, als sie die Hand hob und zart und federleicht über ein frisch knospendes Blütenblatt eines tief hängenden Astes strich. Dann legte sie den Kopf nach hinten, die Augen geschlossen, die Arme in der Luft, und ihr Lachen drang durch das Wäldchen.

Ich hielt die Kamera mit dem Finger über dem Auslöser und wartete auf den Augenblick, auf dessen Erscheinen ich so hoffte. Und dann kam er. Poppy öffnete die Augen, ganz und gar hingerissen von diesem Moment, und sah mich an. Ich drückte auf den Auslöser – ihr lächelndes Gesicht war voller Leben, und die Kulisse ein See aus Pink und Weiß.

Langsam senkte sie die Hände wieder, und ihr Lächeln wurde weicher, während sie mich ansah. Ich nahm die Kamera herunter und erwiderte ihren Blick. Die Kirschblüten um ihren Kopf herum waren voll und lebendig – wie ein Heiligenschein. Und dann wurde es mir klar: Poppy, *Poppymin* – sie war die Kirschblüte.

Sie war meine Kirschblüte.

Eine unübertroffene Schönheit von begrenzter Lebensdauer. Eine Schönheit, so extrem in ihrer Anmut, dass sie nicht überdauern kann. Sie ist hier, um unser Leben zu bereichern, und verweht dann im Wind. Doch sie wird nie vergessen. Denn sie erinnert uns daran, dass wir leben müssen. Dass das Leben zerbrechlich ist, aber in dieser Zerbrechlichkeit liegt Stärke. Liebe. Sinn. Sie erinnert uns daran, dass das Leben kurz ist, dass unsere Atemzüge gezählt sind und dass unser Schicksal feststeht, ganz gleich, wie hart wir kämpfen.

Sie mahnt uns, nicht eine Sekunde zu verschwenden. Lebe leidenschaftlich und liebe noch leidenschaftlicher. Folge deinen Träumen, suche Abenteuer … fange Momente ein.

Lebe auf schöne Weise.

Ich schluckte, als mir diese Gedanken durch den Kopf wirbelten. Dann streckte Poppy die Hand aus. »Bring mich durch das Wäldchen, Baby«, bat sie sanft. »Ich möchte das mit dir durchleben.«

Ich senkte die Kamera wieder, trat hinter ihren Rollstuhl und schob sie über den Pfad aus getrockneter Erde. Poppy atmete ein, langsam und kontrolliert. Das Mädchen, das ich liebte, sog alles in sich ein. Die Schönheit des Augenblicks. Einen erfüllten Wunsch.

Als wir an unseren Baum kamen, dessen Zweige von einem pastelligen Pink überzogen waren, nahm ich eine Decke hinten von ihrem Stuhl und legte sie auf den Boden. Dann hob ich Poppy auf meine Arme, wir ließen uns unter unserem Baum nieder, und der Ausblick auf das Wäldchen breitete sich vor uns aus.

Poppy lehnte sich mit dem Rücken an meine Brust. Und sie seufzte, hielt meine Hand, die auf ihrem Bauch lag, und flüsterte: »Wir haben es geschafft.«

Ich schob ihr das Haar aus dem Nacken und drückte einen Kuss auf ihre warme Haut. »Das haben wir, Baby.«

Sie schwieg eine Minute. »Es ist wie ein Traum … es ist wie ein Gemälde. Ich wünsche mir, dass der Himmel ganz genau so aussieht.«

Und statt verletzt oder traurig über ihre Bemerkung zu sein, merkte ich, dass ich mir das auch für Poppy wünschte. Ich wollte so sehr, dass sie das bekam, für immer.

Sie war müde und hatte Schmerzen; ich konnte es sehen. Sie sagte es nie, aber das war auch nicht nötig. Poppy sprach ohne Worte mit mir.

Und ich wusste es. Ich wusste, sie blieb, bis ich bereit war, sie gehen zu lassen.

»Rune?« Poppys Stimme holte mich aus meinen Gedanken. Ich lehnte mich mit dem Rücken an den Baum und hob Poppy auf den Schoß, damit ich sie ansehen konnte. Damit ich mir jede einzelne Sekunde dieses Tages einprägen konnte.

»Ja?«, antwortete ich und strich über ihr Gesicht. Ihre Stirn war sorgenvoll gerunzelt.

Poppy holte tief Luft. »Was, wenn ich vergesse?«

Mein Herz brach mitten entzwei, als ich Furcht über ihr Gesicht huschen sah. Poppy hatte normalerweise keine Angst. Aber davor schon.

»Was vergisst, Baby?«

»Alles«, sagte sie mit leicht brüchiger Stimme. »Dich, meine Familie ... alle Küsse. Die Küsse, die ich wieder durchleben will, bis ich dich eines Tages wiederhabe.«

Ich zwang mich, stark zu bleiben, und beteuerte: »Wirst du nicht.«

Poppy wandte den Blick ab. »Ich habe einmal gelesen, dass Seelen ihr Leben auf der Erde vergessen, wenn sie sie verlassen. Dass sie vergessen müssen, weil sie sonst nicht in der Lage wären, weiterzugehen und im Himmel Frieden zu finden.« Ihr Finger fing an, Muster auf meinen Handrücken zu malen. »Aber das will ich nicht«, fuhr sie fast unhörbar fort. »Ich will mich an alles erinnern.«

Sie sah mit Tränen in den Augen zu mir auf. »Ich will dich

nie vergessen, denn ich brauche dich bei mir, immer. Ich will zusehen, wie du dein Leben lebst. Du wirst ein aufregendes Leben haben, das weiß ich. Ich will die Fotos sehen, die du machen wirst.« Sie schluckte. »Aber mehr als alles andere will ich meine tausend Küsse. Ich will nie vergessen, was wir geteilt haben. Daran will ich mich immer erinnern.«

»Dann werde ich einen Weg finden, dass du sie sehen kannst«, sagte ich, und mit dem leichten Wind, der uns umwehte, schwebte Poppys Traurigkeit davon.

»Wirklich?« Hoffnung lag in ihrer sanften Stimme.

Ich nickte. »Versprochen. Ich weiß nicht, wie, aber ich mache das. Nichts und niemand wird mich aufhalten.«

»Während ich in unserem Wäldchen warte«, sagte sie mit einem verträumten, abwesenden Lächeln.

»Ja.«

Poppy schmiegte sich wieder in meine Arme. »Das wird schön werden.« Dann neigte sie den Kopf und meinte: »Aber warte ein Jahr.«

»Ein Jahr?«

Poppy nickte. »Ich habe gelesen, dass eine Seele ein Jahr braucht, um weiterzugehen. Ich weiß nicht, ob das stimmt, doch falls ja, dann warte ein Jahr, bis du mich an unsere Küsse erinnerst. Ich will es nicht verpassen … was auch immer du tust.«

»Okay«, stimmte ich zu, aber ich musste aufhören zu reden. Ich war nicht sicher, ob ich nicht die Fassung verlieren würde.

Vögel flogen von einem Baum zum anderen und verschwanden zwischen den Blüten. Wir verschränkten unsere Hände, und Poppy sagte: »Du hast mir das geschenkt, Rune. Du hast mir diesen Wunsch erfüllt.«

Ich konnte nicht antworten, denn mir stockte bei ihren Worten der Atem. Ich hielt sie noch fester in den Armen und hob ihren Mund mit einem Finger unter dem Kinn an meinen. Ihre weichen Lippen schmeckten noch immer süß. Als ich mich von ihr löste, hielt sie die Augen geschlossen und sagte: »Kuss neunhundertvierunddreißig. Im Blütenwäldchen, das in voller Blüte steht. Mit meinem Rune … mein Herz wollte fast zerspringen.«

Ich lächelte und fühlte dabei glückseligen Schmerz für mein Mädchen. Wir hatten es fast geschafft. Das Ende ihres Abenteuers war in Sicht.

»Rune?«

»Hm?«

»Du hast mit dem Rauchen aufgehört.«

»Ja.«

»Wieso?«

Ich zögerte kurz, um mir eine Antwort zurechtzulegen, und gestand dann: »Ein Mädchen, das ich liebe, hat mich gelehrt, dass das Leben kostbar ist. Sie hat mich gelehrt, nichts zu tun, um das Abenteuer zu gefährden. Und ich habe auf sie gehört.«

»Rune«, sagte Poppy mit zugeschnürter Kehle. »Es ist kostbar«, flüsterte sie, »so überaus kostbar. Verschwende nicht eine Sekunde davon.«

Sie lehnte sich entspannt an mich und betrachtete die Schönheit des Wäldchens. Dann atmete sie tief durch und sagte leise: »Ich glaube, den Abschlussball werde ich nicht miterleben, Rune.« Ich versteifte mich. »Ich fühle mich wirklich müde.« Sie versuchte, mich ganz festzuhalten, und wiederholte: »Wirklich müde.«

Ich kniff fest die Augen zu und drückte sie an mich. »Wunder können passieren, Baby.«

»Ja«, antwortete sie atemlos, »das stimmt.« Sie hob meine Hand an ihren Mund und küsste jeden meiner Finger. »Ich hätte dich liebend gern in einem Smoking gesehen. Und ich hätte liebend gern mit dir getanzt, im Licht, zu einem Lied, das mich an dich und mich denken lässt.«

Ich spürte, dass Poppy in meinen Armen müde wurde, verdrängte den Schmerz, den die Vorstellung in mir heraufbeschwor, und sagte: »Bringen wir dich nach Hause, Baby.«

Als ich aufstehen wollte, griff Poppy nach meiner Hand. Ich sah zu ihr herab. »Du bleibst an meiner Seite, nicht wahr?«

Ich ging in die Hocke und umfasste ihre Wangen. »Für immer.«

»Gut«, flüsterte sie. »Ich bin noch nicht bereit, dich gehen zu lassen, noch nicht ganz.«

Während ich sie nach Hause schob, schickte ich ein lautloses Gebet zu Gott und bat ihn inbrünstig, ihr nur noch zwei Wochen mehr zu schenken. Danach konnte er mein Mädchen heimholen; sie war bereit, und ich würde bereit sein. Direkt nachdem ich ihr all ihre Träume geschenkt hatte.

Nur lass mich ihr diesen letzten Wunsch erfüllen.

Ich musste das tun.

Es war mein letztes Dankeschön für all die Liebe, die sie mir geschenkt hatte.

Das einzige Geschenk, das ich ihr noch machen konnte.

15

Mondlichtherzen und Sonnenscheinlächeln

Poppy
Zwei Wochen später

Ich saß in Mamas Badezimmer in meinem Stuhl, während sie mir die Wimpern tuschte. Ich betrachtete sie wie noch nie zuvor und achtete darauf, mir jeden Millimeter ihres Gesichts einzuprägen. Sie lächelte.

Die Wahrheit war: Ich schwand dahin; ich wusste es. Ich denke, tief im Inneren wussten wir es alle. Jeden Morgen, wenn ich mit Rune an meiner Seite aufwachte, fühlte ich mich ein wenig mehr müde, ein wenig schwächer.

Doch im Herzen fühlte ich mich stark. Ich konnte hören, wie der Ruf heimzukehren stärker wurde. Ich konnte fühlen, wie mich der Frieden des Rufs durchfloss, mit jeder Minute.

Und ich war fast so weit.

Während der letzten paar Tage hatte ich meine Familie beobachtet, und ich wusste, es würde ihnen gut gehen. Meine Schwestern waren fröhlich und stark, und meine Eltern liebten sie innig, und so wusste ich, dass sie zurechtkommen würden.

Und Rune. Mein Rune, der Mensch, den zu verlassen mir am schwersten fiel … er war gewachsen. Er hatte noch nicht erkannt, dass er nicht länger der düstere, gebrochene Junge war, als der er aus Norwegen zurückgekehrt war.

Er war lebendig.

Er lächelte.

Er machte wieder Fotos.

Aber noch besser: Er liebte mich ganz offen. Der Junge, der aus Norwegen zurückgekehrt war, hatte sich hinter einer Mauer aus Dunkelheit verborgen. Doch jetzt nicht mehr; sein Herz war nun offen. Und deshalb hatte er Licht in seine Seele gelassen.

Es würde ihm gut gehen.

Mama trat an den Schrank in ihrem Schlafzimmer. Als sie wieder ins Badezimmer kam, hielt sie ein traumhaft schönes weißes Kleid vor sich. Ich streckte die Hand aus und strich über den Stoff. »Es ist wunderschön«, sagte ich und lächelte ihr zu.

»Ziehen wir es dir an, wollen wir?«

Ich blinzelte verwirrt. »Wieso, Mama? Was ist denn los?«

Mama machte eine wegwerfende Handbewegung. »Genug gefragt, Kleines.« Sie half mir in das Kleid und steckte dann meine Füße in weiße Schuhe.

Als ich die Schlafzimmertür auf der anderen Seite des Bads aufgehen hörte, blickte ich mich um. Tante DeeDee stand im Türrahmen, eine Hand aufs Herz gedrückt.

»Poppy«, sagte sie mit Tränen in den Augen. »Du siehst wundervoll aus.«

DeeDee warf einen Blick auf Mama und streckte die Hand aus. Mama drückte ihre Schwester, und sie standen da und sahen mich an. Ich betrachtete lächelnd ihre Gesichter und fragte: »Kann ich auch mal sehen?«

Mama schob meinen Stuhl vor den Spiegel, und ich wurde ganz still beim Anblick meines Spiegelbildes. Das Kleid sah so hübsch aus, hübscher, als ich es mir hätte vorstellen können. Und mein Haar … es war zu einem tiefen Knoten an der

Seite gebunden, und meine weiße Lieblingsschleife war darüber festgesteckt.

Meine Unendlichkeitsohrringe waren wie immer deutlich zu sehen, klar und stolz.

Ich strich mit den Händen über das Kleid. »Ich verstehe nicht … es sieht aus, als wäre ich angezogen für den Abschlussball …«

Mein Blick huschte zu Mama und DeeDee im Spiegel, und mein Herz geriet ganz aus dem Takt. »Mama? Stimmt es? Aber der ist doch erst in zwei Wochen! Wie …?«

Das Klingeln an der Tür unterbrach mich. Mama und DeeDee tauschten einen Blick, und Mama bat: »DeeDee, nimmst du den Stuhl? Ich muss Poppy die Treppe hinuntertragen.«

Mama hob mich auf ihr Bett. DeeDee verschwand, und ich hörte unten gedämpfte Stimmen. Alle möglichen Gedanken gingen mir durch den Kopf, doch ich wagte nicht zu hoffen. Dennoch wollte ich so sehr, dass diese Hoffnungen wahr wurden.

»Bist du so weit, Baby?«, fragte Mama.

»Ja«, antwortete ich atemlos.

Ich hielt mich an ihr fest, während sie mit mir die Treppe hinabstieg und zur Haustür ging. Als wir um die Ecke kamen, drehten Daddy und meine Schwestern, die alle im Flur versammelt waren, sich zu mir um.

Obwohl ich mich schwach fühlte, brachte Mama mich zur Tür. Und dort, am Türrahmen, lehnte Rune. Er hatte ein Sträußchen blühender Kirschbaumzweige in der Hand … und er trug einen Smoking.

Mein Herz zerbarst im Licht.

Er machte meinen Wunsch wahr.

Als unsere Augen sich trafen, richtete Rune sich auf. Ich sah, wie er schluckte, als Mama mich in meinen Stuhl setzte. Als sie zur Seite trat, ging Rune in die Hocke, ohne sich darum zu kümmern, wer sonst noch da war, und flüsterte: »*Poppymin*. Du siehst so wunderschön aus.«

Mir stockte der Atem. Ich streckte die Hand aus und zupfte an seinem blonden Haar. »Es ist nach hinten gekämmt, damit ich dein hübsches Gesicht sehen kann. Und du trägst einen Smoking.«

Ein schiefes Lächeln spielte um seinen Mund. »Habe ich dir ja gesagt.«

Rune nahm meine Hand und schob mir so sanft, wie er konnte, das Ansteckstäußchen ans Handgelenk. Ich strich mit dem Finger über die Blütenblätter und musste lächeln.

Dann blickte ich auf in Runes blaue Augen. »Ist das real?«

Er beugte sich vor, küsste mich und flüsterte: »Du gehst zum Abschlussball.«

Eine Träne trübte mir die Sicht und lief dann über meine Wange. Ich sah, wie Runes Gesicht traurig wurde, aber ich lachte. »Das sind gute Tränen, Baby. Ich bin einfach so glücklich.«

Rune schluckte, und ich berührte mit dem Finger sein Gesicht. »Du hast mich unglaublich glücklich gemacht.«

Ich hoffte, er hörte die tiefere Bedeutung meiner Worte. Denn ich meinte damit nicht nur diesen Abend. Ich meinte, dass er mich immer zum glücklichsten Mädchen der Welt gemacht hatte. Das musste er wissen.

Er musste gefühlt haben, dass das die Wahrheit war.

Rune hob meine Hand und küsste sie. »Du hast mich auch unendlich glücklich gemacht.«

Und ich wusste, er hatte verstanden.

Als wir Daddys Stimme hörten, lösten wir die Blicke voneinander. »In Ordnung, Kinder, ihr solltet besser los.« Ich bemerkte seinen schroffen Unterton, und mir war klar, er wollte, dass wir gingen, weil das alles zu viel für ihn war.

Rune stand auf und trat hinter meinen Stuhl. »Bereit, Baby?«

»Ja«, antwortete ich zuversichtlich.

Alle Schwäche, die ich gefühlt hatte, verschwand auf der Stelle. Denn irgendwie hatte Rune meinen Wunsch wahr gemacht.

Ich würde keine einzige Sekunde vergeuden.

Rune schob mich zu Mamas Auto, hob mich aus dem Rollstuhl und setzte mich vorn in den Wagen. Ich lächelte von einem Ohr zum anderen. Genau genommen hörte ich während der ganzen Fahrt gar nicht mehr auf zu lächeln.

Als wir zur Schule kamen, klang uns aus dem Gebäude Musik entgegen. Ich schloss die Augen und prägte mir jedes Bild ein: die Parade der Limousinen, die eine nach der anderen eintrafen, die Schüler, die alle in eleganten Kleidern in die Turnhalle der Schule gingen.

So vorsichtig wie immer hob Rune mich aus dem Auto in den Stuhl, blieb vor mir stehen und küsste mich voller Ernst. Als wüsste er wie ich, dass diese Küsse gezählt waren.

Dieses Wissen machte jede Berührung und jeden Geschmack zu etwas ganz und gar Besonderem. Wir hatten uns fast eintausendmal geküsst, doch die letzten paar Küsse waren noch bedeutsamer als alle anderen. Wenn man weiß, dass etwas ein Ende hat, bekommt es noch größere Bedeutung.

Als er sich zurückzog, umfasste ich sein hübsches Gesicht und sagte: »Kuss neunhundertvierundneunzig. Auf meinem Abschlussball. Mit meinem Rune … mein Herz wollte fast zerspringen.«

Rune holte tief Luft und drückte mir einen letzten Kuss auf die Wange. Dann schob er mich auf die Turnhalle zu. Die Lehrer, die die Aufsicht hatten, sahen uns ankommen. Ihre Reaktionen wärmten mir das Herz. Sie lächelten und umarmten mich – sie gaben mir das Gefühl, geliebt zu werden.

Die Musik dröhnte aus der Halle. Ich wollte unbedingt sehen, wie der Saal geschmückt war. Rune griff nach der Tür und zog sie auf, und ich erhaschte einen ersten Blick auf die Turnhalle … ein Traum in Pastell, Weiß und Pink. Wundervoll geschmückt mit meinen Lieblingsblumen als Motto.

Ich drückte mir kurz die Hand auf den Mund und flüsterte dann: »Kirschblüten.«

Rune zuckte die Schultern. »Was sonst?«

»Rune«, flüsterte ich. Die Schüler, die in der Nähe tanzten, hörten auf, als er mich in den Saal schob. Einen Moment lang fühlte ich mich unter ihren Blicken unbehaglich.

Die meisten unserer Mitschüler bekamen mich zum ersten Mal zu Gesicht, seit die Nachricht von meiner Krankheit sich verbreitet hatte. Aber das Unbehagen war schnell vergessen, als sie zu mir herüberkamen, mich begrüßten und mir alles Gute wünschten. Nach einer Weile schob mich Rune zu einem Tisch, von dem aus man die Tanzfläche überblicken konnte. Rune war nicht entgangen, dass ich völlig überwältigt war.

Ich lächelte, als ich alle unsere Freunde am Tisch sitzen sah. Jorie und Ruby entdeckten mich als Erste. Sie sprangen auf und liefen auf uns zu. Rune trat beiseite, als meine Freunde mich umarmten.

»Heiliger Strohsack, Poppy! Du siehst echt toll aus«, rief Jorie.

Ich lachte und deutete auf ihr blaues Kleid. »Du aber auch, Süße.«

Jorie antwortete mit einem Lächeln. Judson kam hinter ihr heran und nahm ihre Hand. Ich betrachtete ihre Hände und lächelte wieder.

Jorie sah mir in die Augen und zuckte mit den Schultern. »Ich denke, es war immer vorbestimmt, dass es mal so kommen würde.«

Ich war glücklich für sie. Mir gefiel das Wissen, dass sie mit jemandem zusammen war, den sie liebte. Sie war mir eine wundervolle Freundin gewesen.

Judson und Deacon umarmten mich als Nächste, danach Ruby. Nachdem all unsere Freunde mich begrüßt hatten, schob Rune sich vorbei, um am Tisch Platz zu nehmen. Natürlich saß er neben mir und griff sofort wieder nach meiner Hand.

Er ließ mich nicht aus den Augen. Ich drehte mich zu ihm um. »Alles okay, Baby?«

Rune nickte und lehnte sich zu mir. »Ich glaube, ich habe dich noch nie so schön gesehen. Ich kann mich gar nicht an dir sattsehen.«

Ich legte den Kopf schief und sog seinen Anblick in mich auf. »Du gefällst mir sehr im Smoking.«

»Ist okay, denke ich.« Rune nestelte an seiner Fliege. »Das Ding hier war fast unmöglich umzubinden.«

»Aber du hast es geschafft«, neckte ich ihn.

Er wandte den Blick kurz ab und sah mich dann wieder an. »Pappa hat mir geholfen.«

»Wirklich?«

Rune nickte knapp.

»Und du hast es zugelassen?« Ich sah sein trotzig vorgerecktes Kinn sehr wohl. Mit pochendem Herzen wartete ich auf seine Antwort. Rune wusste nichts von meinem heimlichen Wunsch, dass er die Beziehung zu seinem Vater wieder kitten würde.

Er würde ihn bald brauchen.

Und sein Pappa liebte ihn.

Die letzte Hürde, die ich Rune überwinden sehen wollte.

Er seufzte. »Ich habe ihn machen lassen.«

Ich konnte das Lächeln nicht unterdrücken, das sich auf meine Lippen stahl, streckte die Hand nach ihm aus und legte den Kopf an seine Schulter. Dann blickte ich auf und sagte: »Ich bin wirklich stolz auf dich, Rune.«

Seine Kinnmuskeln spannten sich an, doch er antwortete nicht darauf.

Ich hob den Kopf, schaute mich im Saal um und sah zu, wie unsere Klassenkameraden tanzten und Spaß hatten. Und ich liebte es. Ich betrachtete jeden meiner Mitschüler, mit denen ich aufgewachsen war, und fragte mich, was sie wohl aus sich machen würden, wenn sie erwachsen waren. Wen sie heiraten würden, ob sie Kinder bekämen.

Dann blieb mein Blick auf einem vertrauten Gesicht ruhen, das mich von der anderen Seite des Saals ansah. Avery saß dort mit einer anderen Gruppe von Freunden zusammen. Als ich ihrem Blick begegnete, hob ich die Hand und winkte ihr kurz zu. Avery lächelte und winkte zurück.

Ich blickte wieder über den Tisch und bemerkte, dass Rune Avery finster ansah. Als ich ihm die Hand auf den Arm legte, seufzte er und schüttelte den Kopf.

»Nur du«, sagte er. »Nur du.«

Die Nacht schritt voran, und ich schaute vollkommen zufrieden zu, wie unsere Freunde tanzten. Diese Zeit war kostbar für mich. Es war kostbar für mich, alle so glücklich zu sehen.

Rune legte den Arm um meine Schulter. »Wie hast du das gemacht?«, fragte ich.

Er deutete auf Jorie und Ruby. »Das waren sie, *Poppymin*. Sie wollten, dass du den Abschlussball miterlebst. Sie haben das alles organisiert, den Termin vorverlegt. Das Motto umgesetzt, alles.«

Ich beäugte ihn skeptisch. »Wieso habe ich das Gefühl, dass sie es nicht allein waren?«

Röte leuchtete auf seinen Wangen auf, als er lässig mit den

Schultern zuckte. Ich wusste, er hatte eine Menge mehr getan, als er zugab.

Ich schmiegte mich enger an ihn, nahm sein Gesicht in meine Hände und sagte: »Ich liebe dich, Rune Kristiansen. Ich liebe dich so sehr.«

Runes Augen schlossen sich eine Sekunde zu lange. Er holte tief Luft, öffnete dann die Augen wieder und erklärte: »Ich liebe dich auch, *Poppymin*. Mehr, als du je wissen wirst.«

Ich lächelte. »Ich weiß es, Rune … ich *weiß* es.«

Er drückte mich an sich. Dann fragte er mich, ob ich tanzen wolle, aber ich wollte mit meinem Rollstuhl nicht auf die volle Tanzfläche. Zufrieden schaute ich allen anderen beim Tanzen zu, als ich bemerkte, dass Jorie zum DJ ging.

Sie blickte zu mir herüber. Ich konnte den Ausdruck in ihren Augen nicht erkennen, doch dann hörte ich den Anfang von *If I Could Fly* durch den Saal klingen.

Ich erstarrte. Irgendwann einmal hatte ich Jorie erzählt, dass ich bei diesem Song von One Direction immer an Rune dachte. An die Zeit, als er weit von mir entfernt in Norwegen gewesen war. Und mehr als alles andere dachte ich daran, wie mein Rune zu mir war, wenn wir beide allein waren. Ein Liebling. Nur für mich. *Nur für meine Augen.* Während er der Welt weismachte, er sei ein böser Junge, sagte er mir immer nur, dass er mich liebte.

Und er wurde geliebt.

So vollständig.

Verträumt hatte ich Jorie erzählt, dass das unser Lied wäre, hätten wir je geheiratet. Unser Hochzeitstanz. Rune stand langsam auf; offenbar hatte Jorie es ihm gesagt.

Als er sich bückte, schüttelte ich den Kopf, denn ich wollte nicht mit dem Rollstuhl auf die Tanzfläche. Doch zu meiner Überraschung, mit einer Geste, die mir vollkommen den Atem raubte, nahm Rune mich auf den Arm und trug mich hin.

»Rune«, protestierte ich schwach und schlang die Arme um seinen Nacken. Doch ohne ein Wort zu sagen, begann er mit mir in den Armen zu tanzen.

Ich sah ihm in die Augen und wusste, er konnte jedes Wort des Textes und jeden Ton in seinem Herzen hören. Und er wusste, warum dieser Song unser Lied war.

Er drückte mich an sich und wiegte sich sachte zur Musik. Und wie es immer für Rune und mich gewesen war, verblasste auch in diesem Augenblick der Rest der Welt und ließ nur uns beide übrig. Tanzend unter den Blüten, vollkommen verliebt.

Zwei Hälften eines Ganzen.

Als das Lied seinen Höhepunkt erreichte und dann langsam zum Ende kam, beugte ich mich vor und fragte: »Würdest du mich wohin bringen?«

Seine dunkelblonden Augenbrauen zogen sich zusammen, aber er nickte zustimmend. Als der Song endete, zog er mich an sich, um mich zu küssen. Seine Lippen an meinen zitterten leicht. Auch ich fühlte mich von Emotionen überwältigt und gestattete mir eine einsame Träne, bevor ich tief Luft holte und mich wieder fasste.

Als Rune sich von mir löste, flüsterte ich: »Kuss neunhundertfünfundneunzig. Mit meinem Rune. Als wir auf dem Abschlussball tanzten. Mein Herz wollte fast zerspringen.«

Er legte die Stirn an meine.

Als er sich mit mir in den Armen zum Gehen wandte, warf ich einen Blick auf die Mitte der Tanzfläche. Jorie stand ganz still da und sah mich mit Tränen in den Augen an. Ich fing ihren Blick auf, legte mir die Hand aufs Herz und sagte lautlos: *»Danke … ich liebe dich … du wirst mir fehlen.«*

Jorie schloss die Augen, öffnete sie dann wieder und formte mit den Lippen: *»Ich liebe dich, und du wirst mir auch fehlen.«*

Sie hob die Hand zu einem kurzen Winken.

Rune suchte meinen Blick. »Bereit?«

Ich nickte, und er setzte mich in meinen Stuhl und schob mich aus der Halle.

Als wir dann beide im Auto saßen, sah er zu mir herüber. »Wohin fahren wir, *Poppymin?*«

Ich seufzte glücklich und eröffnete ihm: »Zum Strand. Lass mich den Sonnenaufgang vom Strand aus sehen.«

»Unser Strand?«, fragte er, während er den Wagen startete. »Für den Weg dorthin werden wir eine Weile brauchen, und es ist schon spät.«

»Macht mir nichts aus«, antwortete ich. »Solange wir vor der Sonne dort sind.« Ich lehnte mich zurück und nahm Runes Hand, als wir unser letztes Abenteuer zur Küste angingen.

Bis wir den Strand erreichten, war die Nacht weit fortgeschritten. Der Sonnenaufgang war nur noch ein paar Stunden entfernt. Und so sollte es sein.

Ich wollte diese Zeit mit Rune.

Als wir in eine Parklücke fuhren, sah er mich an. »Dir könnte kalt werden, wenn wir im Sand sitzen.«

»Ich habe dich«, antwortete ich. Seine Miene wurde weicher.

»Warte hier.« Rune stieg aus dem Wagen, und ich hörte, wie er Sachen aus dem Kofferraum holte. Der Strand war dunkel, nur vom hellen Mond am Himmel beleuchtet. Im Mondlicht sah ich, dass Rune eine Wolldecke auf dem Sand ausbreitete, und neben ihm lagen ein paar weitere Decken aus dem Kofferraum.

Als Rune zurückkam, löste er seine Fliege und öffnete dann einige Knöpfe an seinem Hemd. Ich sah Rune an und fragte mich, wie ich so viel Glück haben konnte. Ich wurde von diesem Jungen geliebt, und das so leidenschaftlich, dass jede andere Liebe im Vergleich dazu verblasste.

Obwohl mein Leben kurz gewesen war, hatte ich lange geliebt. Und am Ende war das genug.

Rune öffnete die Wagentür und nahm mich in seine starken Arme. Ich kicherte, als er mich an sich drückte. »Bin ich schwer?«, fragte ich.

Er sah mir in die Augen. »Ganz und gar nicht, *Poppymin*. Ich halte dich.«

Lächelnd gab ich ihm einen Kuss auf die Wange und legte den Kopf an seine Brust, als er mich zur Decke brachte. Das Geräusch der sich brechenden Wellen erfüllte die Nachtluft, und ein sanfter warmer Wind wehte durch mein Haar.

Als wir die Decke erreichten, ging Rune in die Knie und setzte mich sachte ab. Ich atmete die salzige Luft tief ein.

Rune wickelte mich warm in die Wolldecken ein. Ich legte den Kopf in den Nacken und sah ihn hinter mir. Er bemerkte mein Lächeln und küsste mich auf die Nasenspitze. Ich kicherte und fand mich unvermittelt in seinen schützenden Armen wieder.

Rune streckte die Beine links und rechts von mir aus. Ich ließ den Kopf nach hinten an seine Brust sinken und fühlte, wie ich mich entspannte.

Er drückte mir Küsse auf die Wange. »Geht es dir gut, *Poppymin?*«

Ich nickte. »Perfekt.«

Rune strich mir das Haar aus dem Gesicht. »Bist du müde?«

Ich wollte den Kopf schütteln, doch da ich ehrlich sein wollte, antwortete ich: »Ja. Ich bin müde, Rune.«

Er seufzte tief. »Du hast es geschafft, Baby«, sagte er stolz. »Die Kirschblüte, der Abschlussball …«

»Alles, was noch fehlt, sind unsere Küsse«, beendete ich für ihn und fühlte, wie er nickte. »Rune?«

»Ja?«

Ich schloss die Augen und hob die Hand an meine Lippen. »Denk daran, der eintausendste Kuss soll sein, wenn ich heimgehe.« Rune versteifte sich. Ich drückte seinen Arm um mich fester. »Ist das immer noch in Ordnung?«

»Alles, was du willst«, antwortete er. Doch an seiner heiseren Stimme konnte ich erkennen, dass meine Bitte ihn schwer getroffen hatte.

»Ich kann mir keinen friedlicheren und schöneren Abschied vorstellen als deine Lippen auf meinen. Das Ende unseres Abenteuers. Unser Abenteuer seit neun Jahren.«

Ich sah ihn über die Schulter an, hielt seinen eindringlichen Blick fest und lächelte. »Und ich will, dass du weißt, dass ich nie auch nur einen Tag bereut habe, Rune. Alles an dir und mir war perfekt.« Ich nahm seine Hand. »Ich will, dass du weißt, wie sehr ich dich geliebt habe.«

Um ihm direkt in die Augen zu sehen, drehte ich die Schulter. »Versprich mir, dass du auf der ganzen Welt Abenteuer unternehmen wirst. Besuche andere Länder und erfahre das Leben.«

Rune nickte, und ich wartete – wartete auf den Klang seiner Stimme.

»Versprochen«, antwortete er.

Ich stieß den angehaltenen Atem aus und ließ den Kopf an seiner Brust ruhen.

Minuten des Schweigens vergingen. Ich betrachtete die Sterne, die am Himmel glitzerten, und lebte den Moment.

»Poppymin?«

»Ja, Baby?«

»Warst du glücklich? Hast du …«, er räusperte sich, »hast du dein Leben geliebt?«

Und ganz und gar ehrlich antwortete ich: »Ich habe mein Leben geliebt. Alles. Und ich habe dich geliebt. Auch wenn es nach Klischee klingt: Das war immer genug. Du warst stets der beste Teil jedes Tages. *Du* warst der Grund für jedes Lächeln von mir.«

Ich schloss die Augen und ließ in Gedanken unser Leben Revue passieren. Ich dachte an die Male, als ich ihn umarmt hatte und er mich noch fester an sich gedrückt hatte. Ich dachte daran, wie ich ihn geküsst hatte und er mich noch inniger wiedergeküsst hatte. Und das Beste von allem: Ich dachte daran, wie ich ihn liebte und er immer danach strebte, mich noch mehr zu lieben.

»Ja, Rune«, sagte ich vollkommen überzeugt. »Ich habe mein Leben geliebt.«

Er atmete aus, als hätte meine Antwort ihm eine Last vom Herzen genommen. »Ich auch«, stimmte er zu.

Ich runzelte die Stirn und sah ihn an. »Rune, dein Leben ist noch nicht vorbei.«

»Poppy, ich …«

Mit einer Handbewegung unterbrach ich, was auch immer er sagen wollte. »Nein, Rune. Hör mir zu. Vielleicht fühlst du dich, als würdest du die Hälfte deines Herzens verlieren, wenn ich gehe, doch das gibt dir nicht das Recht, nur ein halbes Leben zu leben. Und die Hälfte deines Herzens ist immer noch da. Denn ich werde immer neben dir gehen. Ich werde stets deine Hand halten. Ich bin in jede Faser deines Seins eingewoben – so wie du immer zu meiner Seele gehören wirst.« Du wirst lieben, lachen und erforschen … für uns beide.«

Ich hielt seine Hand und flehte darum, dass er mir zuhörte. Er wandte den Blick ab und sah mir dann wieder in die Augen, wie ich es wollte. »Sag immer Ja, Rune. Sag immer Ja zu neuen Abenteuern.«

Runes einer Mundwinkel hob sich zu einem Lächeln, als er meinen entschlossenen Gesichtsausdruck sah. Er strich mit dem Finger über mein Gesicht. »Okay, *Poppymin*. Das werde ich.«

Ich lächelte über seine Belustigung, sagte dann aber in vollem Ernst: »Du hast der Welt zu viel zu bieten, Rune. Du bist der Junge, der mir Küsse geschenkt und meine letzten Wünsche wahr gemacht hat. Der Junge, der nicht aufhört, weil er Verlust erleidet, sondern der sich wieder erhebt, so sicher wie die Sonne jeden neuen Morgen aufgeht.« Ich seufzte. »*Übersteh den Sturm*, Rune. Und dann erinnere dich an eins.«

»An was?«, fragte er.

Die Eisenklammer, die mein Herz umfangen gehalten hatte, löste sich, und ich lächelte. »*Mondlichtherzen und Sonnenscheinlächeln.*«

Rune konnte sein Lachen nicht unterdrücken, also lachte er … und es war wundervoll. Ich schloss die Augen, als sein tiefer Bariton mich umhüllte. »Ich weiß, *Poppymin*. Ich weiß.«

»Gut«, sagte ich triumphierend und lehnte mich wieder an ihn. Mein Herz wurde schwer, als ich die Morgendämmerung am Horizont aufflammen sah. Wortlos griff ich nach Runes Hand und hielt sie fest.

Dieser Sonnenaufgang brauchte keine Schilderung. Ich hatte Rune alles gesagt, was ich zu sagen hatte. Ich liebte ihn. Ich wollte, dass er lebte. Und ich wusste, ich würde ihn wiedersehen.

Ich hatte meinen Frieden gemacht.

Ich war bereit loszulassen.

Als ahnte Rune, was ich empfand, hielt er mich ganz fest an sich gedrückt, als die Krone der Sonne über das blaue Wasser stieg und die Dunkelheit vollends vertrieb.

Meine Lider wurden schwer, während ich zufrieden in Runes Armen dasaß.

»*Poppymin?*«

»Hm?«

»War ich auch genug für dich?« Der schroffe Unterton in Runes Stimme brach mir das Herz, doch ich nickte sanft.

»Mehr als genug. Viel mehr«, bekräftigte ich, und mit einem Lächeln nur für ihn fügte ich hinzu: »Du warst *so besonders wie besonders nur sein kann.*«

Rune atmete bei meiner Antwort scharf ein.

Als die Sonne an ihren Platz stieg, um über den Himmel zu wachen, sagte ich: »Rune, ich bin bereit heimzugehen.«

Er drückte mich ein letztes Mal und schickte sich dann an aufzustehen. Als er sich bewegte, hob ich schwach die Hand und griff nach seinem Handgelenk. Er sah zu mir herab und blinzelte die Tränen weg. »Ich meine ... ich bin bereit *heim*zugehen.«

Rune schloss einen Moment lang die Augen. Er ging in die Hocke und umfasste mein Gesicht. Dann sah er mich wieder an und nickte. »Ich weiß, Baby. Ich fühlte es in dem Augenblick, als du es entschieden hast.«

Ich lächelte und warf noch einen letzten Blick auf den herrlichen Ausblick.

Es war Zeit.

Rune hob mich vorsichtig in seine Arme, und ich betrachtete sein schönes Gesicht, als er über den Sand zurückging. Er wandte den Blick nicht von mir.

Noch einmal drehte ich mich zur Sonne und zu dem goldenen Sand um. Und dann füllte mein Herz sich mit unglaublichem Licht, als ich flüsterte: »Sieh nur, Rune. Sieh dir deine Fußspuren im Sand an.«

Er schaute über den Strand. Dann stockte ihm der Atem, und er sah mich wieder an. Mit bebenden Lippen flüsterte ich: »Du hast mich getragen. In meinen schwersten Zeiten, als ich nicht gehen konnte ... hast du mich getragen.«

»Immer«, brachte Rune heiser heraus. »Für immer und ewig.«

Ich holte tief Luft und legte den Kopf an seine Brust. »Bring mich nach Hause, Baby.«

Und während er fuhr, immer der Sonne hinterher, wandte ich den Blick nicht eine Sekunde von ihm.

Ich wollte mich genau so an ihn erinnern.

Immer.

Bis er endgültig wieder in meinen Armen lag.

16

Versprochene Träume und eingefangene Momente

Rune

Es war zwei Tage später.

Zwei Tage, die ich neben Poppy im Bett verbracht hatte, während ich mir ihre Züge ganz genau eingeprägt hatte. Ich hielt sie in meinen Armen, küsste sie – bis zum neunhundertneunundneunzigsten Kuss.

Als wir vom Strand zurückkamen, war Poppys Bett ans Fenster gerückt worden, genau wie im Krankenhaus. Sie wurde mit jeder Stunde schwächer; aber wie Poppy nun einmal war, erlebte sie jede Minute, die verstrich, von Glück erfüllt. Ihr Lächeln beteuerte uns allen, dass alles gut war.

Ich war so verdammt stolz auf sie.

Von meinem Platz hinten im Zimmer aus sah ich zu, wie jedes einzelne Mitglied ihrer Familie Poppy zum Abschied küsste. Ihre Schwestern und DeeDee sagten ihr, sie würden sich wiedersehen. Ich blieb stark, als ihre Eltern ihrem Mädchen zuliebe die Tränen unterdrückten.

Als ihre Mama beiseitetrat, sah ich, wie Poppy die Hand ausstreckte. Nach mir. Ich atmete tief durch und zwang meine bleischweren Füße, zu ihrem Bett zu gehen.

Ihre Schönheit raubte mir immer noch den Atem. *»Hei, Poppymin«*, sagte ich und setzte mich auf den Bettrand.

»Hey, Baby«, antwortete sie mit einer Stimme, die nur noch wenig mehr als ein Flüstern war. Ich nahm ihre Hand und drückte ihr einen Kuss auf die Lippen.

Poppys Lächeln ließ mein Herz dahinschmelzen. Ein Windhauch wehte durchs Fenster hinein. Poppy holte hörbar Luft. Ich drehte mich um, um zu sehen, was sie sah.

Eine Menge Blütenblätter segelten im Wind davon.

»Sie ziehen davon …«, sagte sie.

Ich schloss kurz die Augen. Es war passend, dass Poppy am selben Tag ging wie die Blütenblätter der Kirschbäume.

Sie geleiteten ihre Seele heim.

Poppys Atem wurde flach, und ich beugte mich vor – ich wusste: Es war das Ende. Ich legte meine Stirn an ihre, ein letztes Mal. Poppy hob ihre Hand an mein Haar. »Ich liebe dich«, flüsterte sie.

»Ich liebe dich auch, *Poppymin*.«

Als ich mich wieder aufrichtete, blickte Poppy mir in die Augen und sagte: »Ich sehe dich in deinen Träumen.«

Ich gab mir Mühe, meine Emotionen zurückzuhalten, und antwortete heiser: »Ich sehe dich in meinen Träumen.«

Poppy seufzte, und ein friedvolles Lächeln zierte ihr Gesicht. Dann schloss sie die Augen, hob das Kinn für ihren letzten Kuss und drückte meine Hand.

Ich senkte mich auf ihren Mund und gab ihr den sanftesten und bedeutsamsten Kuss auf die weichen Lippen, zu dem ich fähig war. Poppy atmete durch die Nase aus, und ihr süßer Duft umfing mich … und sie atmete nie wieder.

Widerstrebend löste ich mich von ihr, öffnete die Augen und sah nun Poppy im ewigen Schlaf. Sie war auch jetzt so wunderschön, wie sie im Leben immer gewesen war.

Aber ich konnte mich nicht losreißen und drückte ihr noch einen Kuss auf die Wange. »Eintausendeins«, flüsterte ich laut. Dann gab ich ihr noch einen und noch einen Kuss. »Eintausendzwei, eintausenddrei, eintausendvier.« Ich spürte eine Hand auf meinem Arm und blickte auf.

Mr Litchfield schüttelte traurig den Kopf.

So viele Emotionen tobten in mir, dass ich nicht wusste, was ich tun sollte. Poppys Hand, die jetzt ganz reglos war, lag noch in meiner, und ich wollte sie nicht loslassen. Doch als ich auf Poppy herabsah, wusste ich, dass sie heimgekehrt war.

»Poppymin«, flüsterte ich und schaute aus dem Fenster auf die davonfliegenden Blütenblätter. Mit einem Blick über die Schulter sah ich ihr Glas mit den Küssen im Regal, und daneben lagen ein einzelnes leeres Papierherz und ein Stift. Ich stand auf, nahm alles aus dem Regal und eilte hinaus auf die Veranda. Sobald ich die Luft in meinem Gesicht spürte, sank ich rücklings an die Wand und versuchte, die Tränen wegzublinzeln, die mir über die Wangen liefen.

Ich ließ mich auf den Boden sinken, legte das Papierherz auf mein Knie und schrieb.

Kuss eintausend
Mit Poppymin.
Als sie heimkehrte.
Mein Herz zersprang ganz und gar.

Dann öffnete ich das Glas, legte das letzte Herz hinein und schloss den Deckel wieder. Und dann …

Ich wusste nicht, was ich tun sollte. Ich suchte um mich herum nach etwas, das mir helfen würde, aber da war nichts. Ich stellte das Glas neben mich, schlang die Arme um die Beine und wiegte mich vor und zurück.

Eine Stufe knarrte. Als ich aufblickte, stand mein Pappa da. Ich sah ihm in die Augen. Mehr brauchte er nicht, um zu wissen, dass Poppy gegangen war. Sofort traten Tränen in seine Augen.

Ich konnte meine Tränen nicht länger zurückhalten, also ließ ich ihnen freien Lauf. Da fühlte ich, wie sich Arme um mich legten. Ich versteifte mich, blickte dann auf und sah Pappa, der mich umfangen hielt.

Aber dieses Mal brauchte ich es.

Ich brauchte ihn.

Ich gab die letzten Überbleibsel des Zorns auf, die ich noch in mir hatte, sank in Pappas Arme und ließ all meine aufgestauten Emotionen frei. Und Pappa hielt mich einfach. Er blieb bei mir auf der Veranda, während der Abend zur Nacht wurde. Pappa hielt mich in seinen Armen, ohne ein einziges Wort zu sagen.

Es war der vierte und letzte Moment, der mein Leben bestimmte – mein Mädchen zu verlieren. Und Pappa wusste es und hielt mich einfach fest.

Ich war überzeugt: Hätte ich dem heulenden Wind gelauscht, hätte ich ein strahlendes Lachen von Poppys Lippen gehört, während sie auf dem Weg nach Hause tanzte.

Eine Woche später wurde Poppy beerdigt. Der Gottesdienst war genauso schön, wie sie es verdient hatte. Die Kirche war klein und sehr liebevoll geschmückt – der perfekte Abschied für ein Mädchen, das seine Familie und seine Freunde von ganzem Herzen geliebt hatte.

Nach dem Gottesdienst entschied ich mich, nicht am Leichenschmaus im Haus von Poppys Eltern teilzunehmen, und ging zurück in mein Zimmer. Keine zwei Minuten später klopfte es an der Tür, und Mamma und Pappa kamen herein.

Er hatte eine Schachtel in der Hand. Ich runzelte die Stirn, als er sie auf mein Bett legte.

»Was ist das?«, fragte ich verwirrt.

Pappa setzte sich neben mich und drückte meine Schulter. »Poppy hat uns gebeten, dir das nach dem Begräbnis zu geben, Sohn. Sie hat es schon eine ganze Weile vor ihrem Tod vorbereitet.«

Mein Herz hämmerte. Pappa tippte auf die verschlossene Schachtel. »Sie hat mich gebeten, dir zu sagen, dass du den Brief darin zuerst lesen sollst. Außerdem sind noch ein paar Schachteln darin. Sie sind in der Reihenfolge nummeriert, in der du sie öffnen sollst.«

Er stand auf. Als er gehen wollte, griff ich nach seiner Hand. »Danke«, sagte ich heiser. Pappa beugte sich vor und gab mir einen Kuss.

»Ich liebe dich, Sohn«, antwortete er leise.

»Ich liebe dich auch«, sagte ich, und mir war jedes Wort ernst. In dieser Woche war es einfacher zwischen uns gewesen. Wenn Poppys kurzes Leben mich etwas gelehrt hatte, dann das: dass ich verzeihen musste. Ich musste lieben, und ich musste leben. Ich hatte meinem Vater so lange an so vielem die Schuld gegeben. Am Ende hatte mein Zorn nur Schmerz gebracht.

Mondlichtherzen und Sonnenscheinlächeln.

Mamma gab mir einen Kuss auf die Wange. »Wir sind draußen, falls du uns brauchst, okay?« Sie sorgte sich um mich. Doch zugleich hatte sich ein Teil von ihr entspannt. Ich wusste, es lag an der Brücke, die ich zu Pappa gebaut hatte, und daran, dass ich von all meinem aufgestauten Zorn endlich abließ.

Ich nickte und wartete, bis sie das Zimmer verlassen hatten. Es dauerte fünfzehn Minuten, bis ich mich dazu durchringen konnte, das Kästchen zu öffnen. Den Brief ganz oben sah ich sofort.

Und es dauerte weitere zehn Minuten, um das Siegel zu brechen.

Rune,
lass mich damit anfangen, Dir zu sagen, wie sehr ich Dich liebe. Natürlich wusstest Du das; ich denke, es gibt keinen Menschen auf der Welt, der nicht sehen konnte, wie perfekt wir zueinanderpassten.
Doch wenn Du diesen Brief liest, heißt das, dass ich daheim bin. Und noch während ich das hier schreibe, sollst Du wissen, dass ich keine Angst habe.
Ich vermute, die letzte Woche war schlimm für Dich. Ich stelle mir vor, dass es anstrengend war, auch nur zu atmen, jeden Tag aufzustehen – ich weiß es, weil ich mich genauso in einer Welt ohne Dich fühlen würde. Aber obwohl ich es verstehe, schmerzt es mich, dass mein Fehlen Dir das antut.
Zuzusehen, wie die, die ich liebe, zerbrechen, war das Schlimmste dabei. Bei Dir war das Allerschlimmste für mich, den brennenden Zorn in Dir mit anzusehen. Bitte lass nicht zu, dass das wieder passiert.
Und wenn auch nur für mich: Bleibe der Mann, der Du geworden bist. Der beste Mann, den ich kenne.
Ich habe Dir eine Schachtel hinterlassen.
Vor Wochen habe ich Deinen Papa gebeten, mir zu helfen. Ich habe ihn darum gebeten – und er hat es getan, ohne auch nur eine Sekunde zu zögern. Denn er liebt Dich wirklich sehr.
Ich hoffe, Du weißt das jetzt auch.
In der Schachtel wird noch ein großer Umschlag liegen. Bitte öffne ihn jetzt, dann erkläre ich es Dir.

Mein Herz raste, als ich Poppys Brief vorsichtig auf mein Bett legte. Mit zitternden Händen griff ich nach dem großen Umschlag. Ich musste unbedingt sehen, was Poppy mir hinterlassen hatte, also brach ich schnell das Siegel. Ich griff hinein und zog einen Brief heraus. Verwirrt runzelte ich die Stirn, doch dann sah ich den Briefkopf – und mir blieb das Herz stehen.

New York University. Tisch School of the Arts.

Ich überflog die Seite und las:

Sehr geehrter Mr Kristiansen,
im Namen des Zulassungskomitees ist es uns eine Ehre und eine Freude, Ihnen mitzuteilen, dass Sie zu unserem Fotografie- und Bildverarbeitungsstudium zugelassen wurden …

Ich las das ganze Schreiben. Zweimal.

Ohne zu begreifen, was da gerade passierte, tastete ich nach Poppys Brief und las weiter.

Glückwunsch!
Ich weiß, dass Du jetzt verwirrt sein wirst. Diese dunkelblonden Augenbrauen, die ich so liebe, werden nach unten gezogen sein, und Du wirst diesen Schmollmund machen, der Dir so gut steht.
Aber das ist okay.
Ich rechne damit, dass Du schockiert bist und Dich erst mal dagegen wehren willst. Aber, Rune: Sei nicht dumm. Diese Schule war Dein Traum, seit wir Kinder waren, und nur weil ich nicht mehr hier bin, um meinen Traum neben Dir zu leben, heißt das nicht, dass Du Deinen opfern solltest.
Denn ich kenne Dich so gut, dass ich eines weiß: In meinen letzten Wochen hast Du alles links liegen gelassen, um an meiner Seite zu bleiben. Dafür liebe ich Dich mehr, als Du je

begreifen wirst. Auch dafür, wie Du Dich stets um mich gekümmert und mich beschützt hast … wie Du mich in Deinen Armen gehalten und zart geküsst hast.
Es gibt nichts, was ich anders machen würde.
Aber ich wusste, dass Deine Liebe Deiner Zukunft im Weg stehen würde. Dass Du Deinen Traum dieser Liebe opfern würdest.
Das konnte ich nicht zulassen. Du wurdest geboren, um diese magischen Momente einzufangen, Rune Kristiansen. Ich habe nie ein Talent wie Deines gesehen. Und ich habe nie jemanden kennengelernt, in dem so viel Leidenschaft für etwas brannte.
Das ist Deine Bestimmung.
Ich musste dafür sorgen, dass es so kommt.
Dieses Mal musste ich Dich tragen.
Bevor ich Dich bitte, Dir etwas anderes anzusehen, möchte ich, dass Du eines weißt: Es war Dein Papa, der mir geholfen hat, Dein Portfolio zusammenzustellen, um Dir den Platz an der Tisch zu sichern. Er hat auch die Studiengebühr für das erste Semester und die Miete für Deine Unterkunft bezahlt. Obwohl Du ihn immer wieder verletzt hast, hat er das alles so selbstlos getan, dass es mich zu Tränen gerührt hat. Er hat all das mit so viel Stolz in den Augen in die Wege geleitet, dass es mich umwarf.
Er liebt Dich.
Du wirst über alle Maßen geliebt.
Und jetzt öffne bitte Schachtel Nummer eins.

Ich schluckte, denn meine Kehle war wie zugeschnürt, nahm die beschriftete Pappschachtel und öffnete sie. Darin fand ich ein Portfolio. Ich blätterte es durch. Poppy und Pappa hatten Fotos zusammengestellt, viele Fotos: Landschaften, Sonnenauf- und Sonnenuntergänge. Fürwahr, die Arbeit, auf die ich am meisten stolz war.

Doch als ich die letzte Seite erreichte, erstarrte ich. Das Foto zeigte Poppy. Es war das Bild von ihr am Strand mit mir, vor all diesen Monaten. Das, als sie sich im allerperfektesten Moment zu mir umgedreht und mir gestattet hatte, sie auf Film zu bannen – ein Foto, das von ihrer Schönheit und Anmut erzählt, mehr als alle Worte es vermögen.

Mein Lieblingsfoto aller Zeiten.

Ich unterdrückte die Tränen und strich mit dem Finger über ihr Gesicht.

Für mich war sie perfekt.

Langsam legte ich das Portfolio nieder, hob Poppys Brief wieder auf und las weiter.

Beeindruckend, was? Dein Talent lässt sich nicht in Worte fassen, Rune. Als wir Deine Arbeiten einschickten, wusste ich, dass Du angenommen wirst. Ich mag kein Experte in Fotografie sein, aber sogar ich konnte sehen, dass Du in der Lage bist, Augenblicke einzufangen wie kein anderer. Dass Du einen vollkommen einzigartigen Stil hast.

So besonders … so besonders, wie besonders nur geht.

Das letzte Foto mag ich am liebsten. Nicht weil es mich zeigt, sondern weil ich die Leidenschaft kannte, die dieses Bild wieder entfacht hat. An dem Tag am Strand sah ich, wie das Feuer in Dir wieder zum Leben erwachte.

Es war der erste Tag, an dem ich wusste, dass Du zurechtkommst, wenn ich gegangen bin. Denn endlich sah ich den Rune, den ich kenne und liebe, wieder durchbrechen. Den Jungen, der ein Leben für uns beide leben wird. Den Jungen, der nun wieder heil ist.

Ich warf einen Blick auf Poppys Gesicht, das mir vom Foto entgegenblickte, und musste an die Ausstellung an der NYU denken. An dem Tag musste sie schon gewusst haben, dass ich angenommen worden war.

Dann dachte ich an das letzte Foto der Ausstellung. *Esther.* Das Foto, das der Schirmherr als letztes Stück ausgestellt hatte. Das Foto seiner Frau, die viel zu jung gestorben war. Das Foto, das zwar die Welt nicht veränderte, doch die Frau zeigte, die seine Welt verändert hatte.

Nichts beschrieb dieses Foto, das ich im Augenblick in Händen hielt, besser als diese Erklärung. Poppy Litchfield war nur ein siebzehnjähriges Mädchen aus einer Kleinstadt in Georgia. Doch seit dem Tag, an dem ich ihr begegnet war, hatte sie meine Welt auf den Kopf gestellt. Und sogar jetzt, nach ihrem Tod, veränderte sie meine Welt immer noch. Bereicherte sie und füllte sie mit einer selbstlosen Schönheit, die für immer unerreicht bleiben wird.

Erneut hob ich Poppys Brief auf und las:

Damit komme ich zu meiner letzten Schachtel für Dich, Rune. Ich weiß, dass Du bei der am meisten protestieren wirst, aber gerade das musst Du durchziehen.
Mir ist klar, im Augenblick bist Du verwirrt, doch bevor ich Dich gehen lasse, musst du etwas wissen.
Von Dir geliebt zu werden, war die größte Erfüllung meines Lebens. Ich hatte nicht lange, und ich hatte nicht annähernd genug Zeit, um so mit Dir zusammen zu sein, wie ich es mir gewünscht hätte. Doch in jenen Jahren mit Dir, in meinen letzten Monaten, habe ich erfahren, was wahre Liebe ist. Das hast Du mir gezeigt. Du hast Lächeln in mein Herz und Licht in meine Seele gebracht.
Aber das Beste von allem: Du hast mir Deine Küsse geschenkt. Während ich das hier schreibe und an die letzten Monate denke, seit Du in mein Leben zurückgekommen bist, kann ich keine

Bitterkeit empfinden. Ich kann nicht traurig sein, weil unsere Zeit begrenzt ist. Ich kann nicht traurig sein, weil ich mein Leben nicht an Deiner Seite leben darf. Aber ich hatte Dich so lange, wie ich konnte, und das war perfekt. Einmal mehr so leidenschaftlich, so intensiv geliebt zu werden, war genug für mich. Aber nicht für Dich. Denn Du verdienst es, geliebt zu werden, Rune.

Ich weiß, als Du erfuhrst, dass ich krank bin, machte es Dir schwer zu schaffen, dass Du mich nicht heilen konntest. Mich retten. Aber je mehr ich darüber nachdenke, desto mehr glaube ich, dass es Dir nicht bestimmt war, mich zu retten. Vielmehr sollte ich Dich retten.

Vielleicht hast Du durch mein Heimgehen, durch unsere gemeinsame Reise, wieder zu Dir gefunden. Das wichtigste Abenteuer, das ich je erleben würde.

Du hast die Finsternis durchbrochen und das Licht hineingelassen.

Und dieses Licht ist so rein und stark, dass es Dich tragen wird … es wird Dich zur Liebe führen.

Ich kann mir vorstellen, wie Du den Kopf schüttelst, während Du das liest. Aber, Rune, das Leben ist kurz. Doch ich habe gelernt, dass Liebe grenzenlos und das Herz groß ist.

Also öffne Dein Herz wieder, Rune. Halte es offen und gestatte Dir, zu lieben und geliebt zu werden.

In ein paar Augenblicken möchte ich, dass Du die letzte Schachtel öffnest. Aber zuerst will ich einfach Danke sagen.

Danke, Rune. Danke, dass Du mich so sehr geliebt hast, dass ich es jede Minute eines jeden Tages fühlen konnte. Danke, dass Du mich hast lächeln lassen, dass Du meine Hand ganz fest gehalten hast …

Danke für Deine Küsse, alle eintausend. Jeder einzelne war mir wertvoll. Jeder einzelne wurde geliebt.

So wie Du.
Du sollst wissen, dass Du nie allein sein wirst, Rune, auch wenn ich gegangen bin. Ich werde die Hand sein, die für immer Deine hält.
Ich werde die Fußspuren neben Dir im Sand sein.
Ich liebe Dich, Rune Kristiansen. Von ganzem Herzen.
Und ich kann es nicht erwarten, Dich in Deinen Träumen zu sehen.

Ich ließ den Brief fallen und spürte die Tränen, die mir übers Gesicht liefen. Ich wischte sie weg. Dann atmete ich tief durch, bevor ich die letzte Schachtel auf mein Bett hob. Sie war viel größer als die vorige.

Vorsichtig öffnete ich sie und nahm den Inhalt heraus. Als mir klar wurde, was es war, schloss ich die Augen. Dann las ich Poppys handgeschriebene Nachricht, die um den Deckel gebunden war.

Sag Ja zu neuen Abenteuern!
Für immer und ewig,
Poppy x

Ich starrte auf das Einmachglas in meiner Hand, auf die vielen blauen Papierherzen darin. Leere Papierherzen, die sich im Glas dicht an dicht drängten. Auf dem Etikett vorne stand:

Eintausend Mädchenküsse

Ich drückte das Glas an meine Brust, legte mich aufs Bett und atmete einfach nur. Keine Ahnung, wie lange ich an die Decke starrte und jeden Augenblick, den ich je mit meinem Mädchen gehabt hatte, wieder durchlebte.

Doch als die Nacht hereinbrach und ich an alles dachte, was sie getan hatte, erschien ein glückliches Lächeln auf meinen Lippen.

Frieden erfüllte mein Herz.

Ich wusste nicht genau, was ich in diesem Augenblick empfand. Aber ich war sicher, dass Poppy mich von irgendwo da draußen beobachtete, mit einem Grübchenlächeln im hübschen Gesicht … und einer großen weißen Schleife im Haar.

Ein Jahr später
Blossom Grove, Georgia

»Bereit, Kumpel?«, fragte ich Alton, als er über den Flur gelaufen kam und seine Hand in meine legte.

»*Ja.*« Er lächelte mit seinem Zahnlückenlächeln zu mir auf.

»Gut, inzwischen sollten alle da sein.«

Ich führte meinen Bruder zur Tür hinaus, und wir gingen zum Blütenwäldchen. Die Nacht war perfekt. Der Himmel war kristallklar und mit glitzernden Sternen übersät; ein voller Mond leuchtete hell und klar.

Die Kamera hing um meinen Hals. Ich wusste, heute Abend würde ich sie brauchen, denn ich würde diesen Anblick einfangen müssen, um ihn für immer zu bewahren.

Ich hatte *Poppymin* ein Versprechen gegeben.

Die Menschen, die sich im Wäldchen versammelt hatten, hörten wir zuerst. Alton blickte mit großen Augen zu mir auf. »Das klingt nach einer Menge Leute.«

»Eintausend«, antwortete ich lächelnd, als wir ins Wäldchen einbogen. Die Kirschbäume standen in voller Blüte, überall leuchtete es pink und weiß. Einen Moment lang schloss ich die Augen und erinnerte mich an das letzte Mal, als ich hier gewesen war. Dann öffnete ich sie wieder und fühlte Wärme durch meinen Körper fließen, als ich die Versammlung der Stadtbewohner sah; alle drängten sich an diesem kleinen Ort.

»Rune!« Idas lauter Ruf brachte mich zurück ins Hier und Jetzt. Ich lächelte, als sie durch die Menge auf uns zurannte und erst anhielt, als sie gegen meine Brust prallte und die Arme um meine Taille schlang.

Ich lachte. Einen Moment lang erkannte ich Poppy in Idas jungem Gesicht. Ihre grünen Augen waren voller Freude, als sie mir ein Lächeln zuwarf – sie hatte auch Grübchen. »Du hast uns so gefehlt!«, sagte sie und trat etwas zurück.

Als ich den Kopf hob, stand Savannah vor mir und umarmte mich sanft. Danach kamen Mr und Mrs Litchfield, gefolgt von Mamma und Pappa.

Mrs Litchfield gab mir einen Kuss auf die Wange, dann schüttelte Mr Litchfield mir die Hand, bevor er mich in eine Umarmung zog. Als er wieder zurücktrat, lächelte er.

»Du siehst gut aus, Sohn. Wirklich gut.«

Ich nickte. »Sie auch, Sir.«

»Wie ist New York?«, fragte seine Frau.

»Gut«, antwortete ich. Da ich sah, dass sie auf mehr wartete, gestand ich: »Ich liebe es. Alles daran.« Ich zögerte kurz und fügte dann leise hinzu: »Sie hätte es auch geliebt.«

Tränen schimmerten in Mrs Litchfields Augen, und dann zeigte sie auf die Menge hinter uns. »*Das* wird sie lieben, Rune.« Sie nickte und wischte dann die Tränen von ihren Wangen. »Und ich habe keinen Zweifel, dass sie es dort oben im Himmel sieht.«

Ich gab keine Antwort. Ich konnte nicht.

Poppys Eltern und Schwestern ließen mich vorbei und folgten mir dann, während Pappa mir den Arm um die Schultern legte. Alton hielt immer noch fest meine Hand. Seit ich zu Besuch nach Hause gekommen war, hatte er sie nicht loslassen wollen.

»Alle sind bereit, Sohn«, teilte Pappa mir mit. Ich sah eine kleine Bühne in der Mitte des Wäldchens, ein wartendes Mikrofon, und ging darauf zu. Doch Deacon, Judson, Jorie und Ruby traten mir in den Weg.

»Rune!«, rief Jorie mit einem breiten Lächeln aus und umarmte mich stürmisch. Die anderen schlossen sich an.

Deacon klopfte mir auf den Rücken. »Alle sind bereit und warten nur auf dein Signal. War nicht viel nötig, um zu verbreiten, dass du das hier vorhast. Wir haben mehr Freiwillige zusammenbekommen, als wir brauchten.«

Ich nickte und ließ den Blick über die Stadtbewohner schweifen, die mit ihren chinesischen Laternen in der Hand warteten. Auf diesen Laternen stand in großer schwarzer Schrift jeder Kuss, den ich Poppy je gegeben hatte. Mein Blick konzentrierte sich darauf, sie aus der Nähe zu lesen …

… Kuss zweihundertdrei, im Regen auf der Straße, mit meinem Rune; mein Herz wollte fast zerspringen … Kuss dreiundzwanzig, in meinem Garten unter dem Mond, mit meinem Rune; mein Herz wollte fast zerspringen … Kuss neunhunderteins, mit meinem Rune im Bett; mein Herz wollte fast zerspringen …

Ich schluckte gegen die starken Gefühle in mir an und blieb stehen, als ich an der Seite der Bühne eine Laterne sah, die auf mich wartete. Ich schaute mich im Wäldchen um, um herauszufinden, wer sie dort hingestellt hatte. Als die Menge sich teilte, bemerkte ich, dass Pappa mich eindringlich musterte. Ich sah ihm in die Augen, und er senkte den Blick, bevor er sich abwandte.

Kuss eintausend … mit meiner Poppy. Als sie heimkehrte. Mein Herz zersprang ganz und gar …

Es war richtig, dass ich diese Laterne zu meinem Mädchen schickte. Poppy würde wollen, dass ich selbst sie ihr schickte.

Ich stieg auf die Bühne, Alton neben mir, nahm das Mikrofon, und Stille senkte sich über das Wäldchen. Ich schloss die Augen, sammelte die Kraft, um das hier zu tun, und hob dann den Kopf. Ein Meer aus chinesischen Laternen, hochgehalten und bereit zu fliegen, starrte mir entgegen. Es war perfekt. Schöner, als ich es mir je hätte erträumen können.

Ich hob das Mikro, holte tief Luft und sagte: »Ich rede nicht lange. In der Öffentlichkeit zu sprechen ist nicht gerade meine Stärke. Ich möchte euch allen nur dafür danken, dass ihr heute Abend hier zusammengekommen seid …« Ich verstummte. Mir fehlten die Worte. Dann fuhr ich mir mit der Hand durchs Haar, gewann meine Fassung wieder und schaffte es weiterzusprechen. »Bevor sie ging, hat meine Poppy mich gebeten, diese Küsse so zu ihr zu schicken, dass sie sie im Himmel sehen kann. Ich weiß, die meisten von euch haben sie nicht gekannt, aber sie war der beste, der wunderbarste Mensch, den ich je kennengelernt habe … sie hätte diesen Augenblick geliebt.« Mein Mundwinkel hob sich zu einem schiefen Lächeln, als ich mir ihr Gesicht vorstellte, wenn sie sie sah.

Sie *würde* es lieben.

»Also macht bitte die Laternen an und helft meinen Küssen, mein Mädchen zu erreichen.«

Ich senkte das Mikro. Altons Augen wurden groß und rund, als überall im Wäldchen Feuerzeuge aufflammten und die Laternen angezündet wurden. Eine nach der anderen schwebten sie in den Nachthimmel hinauf. Eine nach der anderen stiegen sie hinauf ins Dunkel, bis der ganze Himmel leuchtete von Lichtern, die aufwärtsschwebten.

Ich bückte mich, nahm die Laterne neben uns und hielt sie

hoch. Dann sah ich Alton an und fragte: »Bereit, die hier an *Poppymin* zu schicken, Kumpel?«

Mein Bruder nickte, und ich entzündete die Laterne. Sobald die Flamme brannte, entließen wir den eintausendsten – und letzten – Kuss. Aufrecht stehend sah ich zu, wie die Laterne nach oben stieg, den anderen hinterher, in Poppys neues Heim.

»Wow«, flüsterte Alton, legte wieder die Hand in meine und drückte sie ganz fest.

Ich schloss die Augen und schickte Poppy eine stumme Botschaft: *Hier sind deine Küsse, Poppymin. Ich habe dir versprochen, dass sie zu dir kommen. Dass ich einen Weg finde.*

Ich konnte den Blick nicht von dem Lichtermeer über mir losreißen, aber Alton zog an meiner Hand.

»Rune?« Er musterte mich.

»Ja?«

»Wieso mussten wir es hier machen? In diesem Wäldchen?«

»Es war *Poppymins* Lieblingsort«, antwortete ich leise.

Alton nickte. »Aber wieso mussten wir darauf warten, dass erst die Kirschblüten herauskommen?«

»Weil *Poppymin* genau wie die Kirschblüten war, Alt. Wie die Blüten hatte sie nur ein kurzes Leben, doch die Schönheit, die uns Poppy in dieser Zeit schenkte, wird nie vergessen werden. Denn nichts, was so schön ist, kann ewig dauern. Sie war ein Blütenblatt, ein Schmetterling ... eine Sternschnuppe ... sie war perfekt ... ihr Leben war kurz ... aber sie gehörte mir.« Ich atmete tief durch und flüsterte: »So wie ich ihr gehörte.«

Epilog

Rune
Zehn Jahre später

Blinzelnd erwachte ich, und das Blütenwäldchen wurde sichtbar. Ich konnte die helle Sonne im Gesicht spüren und die Blüten riechen, deren reicher Duft meine Lunge füllte.

Ich holte tief Luft und hob den Kopf. Über mir dunkler Himmel, übersät mit Lichtern. Eintausend chinesische Laternen, vor Jahren ausgesandt, stiegen in die Luft, jede perfekt an ihrem Platz.

Ich setzte mich auf und sah mich im Wäldchen um, um sicherzugehen, dass auch alle Blüten voll aufgeblüht waren. Sie waren es. Natürlich waren sie es. Hier war Schönheit von Dauer.

Genau wie sie, Poppymin.

Leiser Gesang drang vom Eingang zum Wäldchen zu mir herüber, und mein Herz begann zu hämmern. Ich stand eilig auf und wartete mit angehaltenem Atem darauf, dass sie erschien.

Und dann kam sie.

Licht erfüllte meinen Körper, als sie um die Ecke bog und die Hände hob, um sanft über die tief hängenden Äste der blühenden Bäume zu streichen. Ich sah zu, wie sie den Blüten zulächelte. Dann bemerkte sie mich in der Mitte des Wäldchens. Und ein strahlendes Lächeln trat auf ihr Gesicht.

»Rune!«, rief sie aufgeregt und kam schnurstracks auf mich zugelaufen.

Ich zog sie lächelnd in die Arme, während sie meinen Nacken umschlang. »Du hast mir gefehlt!«, flüsterte sie mir ins Ohr, und ich drückte sie noch ein wenig fester an mich. »Du hast mir so sehr gefehlt!«

Ich löste mich von ihr, um ihr wunderschönes Gesicht anzusehen. »Du hast mir auch gefehlt, Baby.«

Poppys Wangen röteten sich, und ihre tiefen Grübchen erschienen. Ich nahm ihre Hand. Poppy seufzte und sah zu mir auf. Ich betrachtete meine Hand in ihrer. Meine siebzehnjährige Hand. Wenn ich in meinen Träumen hierherkam, war ich immer siebzehn. Genau wie Poppy es sich immer gewünscht hatte.

Wir waren genau wie damals.

Poppy stellte sich auf die Zehenspitzen und lenkte meine Aufmerksamkeit wieder auf sich. Ich legte die Finger an ihre Wange, lehnte mich vor und zog ihre Lippen an meine. Sie seufzte an meinem Mund, und ich küsste sie innig und sanft. Ich wollte sie nie wieder loslassen.

Als ich mich schließlich wieder von ihr löste, öffnete Poppy die Augen. Ich lächelte, als sie mich zu unserem Lieblingsbaum führte. Wir ließen uns darunter nieder, und ich hielt sie in den Armen, ihren Rücken an meiner Brust. Ich strich ihr das Haar aus dem Nacken und drückte Küsse auf ihre süße Haut. Wenn ich hier war und sie in meinen Armen hielt, berührte ich sie, sooft ich konnte, küsste sie … ich hielt sie ganz fest, denn ich wusste, ich musste bald wieder gehen.

Poppy seufzte glücklich. Ich hob den Blick und sah, wie sie die hellen Laternen im Himmel betrachtete. Ich wusste, das tat sie oft. Die Laternen machten sie glücklich. Sie waren unsere Küsse, Geschenke nur für sie.

Sie lehnte sich an mich. »Wie geht es meinen Schwestern, Rune? Und Alton? Meinen Eltern und deinen?«

Ich drückte sie fester. »Es geht allen gut, Baby. Deine Familie ist glücklich. Und Alt, der ist perfekt. Er hat eine Freundin, die er mehr liebt als das Leben selbst, und er ist gut im Baseball. Meinen Eltern geht es auch wunderbar. Alle sind gesund und glücklich.«

»Das ist gut«, antwortete Poppy erleichtert.

Dann wurde sie still.

Ich runzelte die Stirn. In meinen Träumen fragte Poppy mich immer nach meiner Arbeit – nach den Orten, die ich besucht hatte, und danach, wie viele meiner Fotos kürzlich veröffentlicht worden waren und dabei geholfen hatten, die Welt zu retten. Doch nicht heute Nacht. Heute lag sie einfach zufrieden in meinen Armen. Sie wirkte noch mehr mit sich im Frieden als in meinen anderen Träumen, falls das überhaupt möglich war.

Poppy verlagerte ihre Position und fragte dann neugierig: »Hast du je bereut, dass du nie eine andere Liebe gefunden hast, Rune? Hast du je bereut, dass du in all der Zeit nie eine andere als mich geküsst hast? Dass du nie eine andere geliebt hast? Dass du nie das Glas gefüllt hast, das ich dir gegeben habe?«

»Nein«, antwortete ich aufrichtig. »Und ich habe geliebt, Baby. Ich liebe meine Familie. Ich liebe meine Arbeit. Ich liebe meine Freunde und all die Menschen, denen ich auf meinen Abenteuern begegnet bin. Ich führe ein gutes und glückliches Leben, Poppymin. Und ich liebe und habe mit vollem Herzen geliebt … dich, Baby. Ich habe nie aufgehört, dich zu lieben. Du warst genug für ein ganzes Leben.« Ich seufzte. »Und mein Glas wurde voll … Es füllte sich zur selben Zeit wie deines. Mehr Küsse gab es nicht zu sammeln.«

Ich drehte Poppys Gesicht zu mir, die Hand unter ihrem Kinn. »Diese Lippen gehören dir, Poppymin. Ich habe sie dir vor Jahren versprochen; das hat sich nicht geändert.«

Poppy lächelte glücklich. »So wie diese Lippen dir gehören, Rune. Sie gehörten immer dir, und nur dir allein.«

Ich bewegte mich auf dem weichen Boden, stützte eine Handfläche auf – und plötzlich bemerkte ich, dass das Gras unter mir sich realer anfühlte als bei jedem meiner vorherigen Besuche. Wenn ich *in meinen Träumen zu Poppy kam, fühlte sich das Wäldchen immer so an wie im Traum. Ich spürte das Gras unter mir, aber nicht die einzelnen Halme; ich spürte den Wind, aber nicht die Temperatur; ich fühlte die Bäume, aber nicht die Rinde.*

Doch als ich nun den Kopf hob, heute Nacht, *in* diesem *Traum, spürte ich den warmen Wind über mein Gesicht wehen. Ich konnte ihn* fühlen, *so real wie in wachem Zustand. Ich spürte das Gras unter meinen Händen, die Halme und die raue Erde. Und als ich mich niederbeugte, um Poppys Schulter zu küssen, fühlte ich die Wärme ihrer Haut auf meinen Lippen und sah, wie eine Gänsehaut sie überzog.*

Ich spürte Poppys eindringlichen Blick auf mir ruhen und sah auf. Sie betrachtete mich mit großen, erwartungsvollen Augen.

Und da begriff ich es.

Ich begriff, warum sich alles so real anfühlte. Mein Herz schlug schneller. Denn wenn es real war … *wenn ich das hier richtig erkannt hatte …*

»Poppymin?«, *fragte ich und atmete tief durch. »Das hier ist kein Traum … richtig?«*

Poppy kniete sich vor mich und legte ihre weichen Hände an meine Wangen. »Nein, Baby«, flüsterte sie und sah mir forschend in die Augen.

»Wie?« Ich war verwirrt.

Poppys Blick wurde sanfter. »Es ging schnell und friedlich, Rune. Deiner Familie geht es gut; sie sind glücklich, weil du jetzt an einem besseren Ort bist. Du hattest ein kurzes, aber erfülltes Leben. Ein gutes Leben, wie ich es mir immer für dich erträumt habe.«

Ich erstarrte. »Du meinst …?«

»Ja, Baby. Du bist heimgekommen, heimgekommen zu mir.«

Ein strahlendes Lächeln breitete sich auf meinem Gesicht aus, und eine Flut reinen Glückes überwältigte mich. Ich konnte nicht widerstehen und drückte meine Lippen auf Poppys schon warten-

den Mund. Kaum kostete ich ihren süßen Geschmack, überkam mich tiefer Frieden. Ich wich zurück und drückte meine Stirn an ihre.

»Ich darf hier bei dir bleiben? Für immer?«, fragte ich und betete, dass es so war.

»Ja«, antwortete Poppy sanft, und ich hörte die reine Freude in ihrer Stimme. »Unser nächstes Abenteuer.«

Das hier war real.

Es war echt.

Ich küsste sie wieder, langsam und sanft. Röte trat in ihre Wangen mit den wunderschönen Grübchen, und mit immer noch geschlossenen Augen flüsterte sie: »Ein Kuss für immer, mit meinem Rune … in unserem Blütenwäldchen … als er endlich heimkehrte.«

Sie lächelte.

Ich lächelte ebenfalls.

Und dann sagte sie: »… und mein Herz wollte fast zerspringen.«

Playlist

Es gab eine MENGE Lieder, die mir dabei halfen, diese Geschichte zu schreiben. Aber zwei Gruppen waren im Grunde der gesamte Soundtrack dazu. Normalerweise umfassen meine Soundtracks verschiedene Genres, doch ich wollte der Inspiration treu bleiben und euch die Lieder zeigen, die mir halfen, die Geschichte von Poppy und Rune zu formen.

One Direction

Infinity
If I Could Fly
Walking in the Wind
Don't Forget Where You Belong
Strong
Fireproof
Happily
Something Great
Better than Words
Last First Kiss
I Want to Write You a Song
Love You Goodbye

Little Mix

Secret Love Song Part II
I Love You
Always Be Together
Love Me or Leave Me
Turn Your Face

Andere Künstler

Eyes Shut – Years & Years
Heal – Tom Odell
Can't Take You With Me – Bahamas
Let the River in – Dotan
Are You With Me – Suzan & Freek
Stay Alive – José González
Beautiful World – Aiden Hawken
Der Schwan (Aus *Karneval der Tiere*) – Camille Saint-Saëns
When We Were Young – Adele
Footprints – Sia
Lonely Enough – Little Big Town
Over and Over Again – Nathan Sykes

Danksagungen

Mom und Dad: Danke von Herzen für eure Unterstützung bei diesem Buch. Eure persönlichen Kämpfe gegen den Krebs haben nicht nur mich, sondern auch unsere ganze kleine Familie verändert. Eure Tapferkeit, aber – am allerwichtigsten – eure positive und inspirierende Einstellung im Angesicht von etwas so Schwierigem hat mich das Leben vollkommen anders sehen lassen. Obwohl die letzten Jahre unglaublich hart waren, habe ich dadurch jeden einzelnen Atemzug eines jeden Tages zu schätzen gelernt. Ich habe gelernt, euch beide über alle Maßen wertzuschätzen – die besten Eltern der Welt. Ich liebe euch beide so sehr! Danke von Herzen, dass ich eure Erfahrungen für diese Geschichte nutzen durfte. Sie haben sie wahrhaftig gemacht – echt.

Nanna: Du wurdest uns viel zu jung genommen. Du warst meine allerbeste Freundin, und ich hatte dich zum Fressen gern – immer noch. Du warst urkomisch und stets eine so richtig positive und strahlende Präsenz. Beim Gedanken an Poppys Grandma gab es niemand anders, nach dem ich sie hätte formen können. Ich war dein »Augapfel« und dein bester Kamerad, und auch wenn du nicht mehr da bist, hoffe ich, dass dieses Buch dich stolz gemacht hat! Ich hoffe, du lächelst da oben mit Grandpa, in eurer eigenen kleinen Version des Blütenwäldchens.

Jim, mein verstorbener Schwiegervater: Du warst tapfer bis zum Schluss, ein Mann, zu dem man aufblickt. Ein Mann, auf den dein Sohn und deine Frau so unglaublich stolz waren. Du fehlst uns.

An meinen Mann: Danke, dass du mich ermutigt hast, einen *Young Adult*-Roman zu schreiben. Ich habe dir vor langer Zeit von der Idee zu diesem Buch erzählt, und du hast mich gedrängt, es zu schreiben, obwohl dieses Genre für mich Neuland war. Dieses Buch verdanke ich dir. Ich liebe dich für immer. Für unendlich.

Sam, Marc, Taylor, Isaac, Archie und Elias: Ich liebe euch alle.

Meine fantastischen Beta-Leserinnen: Thessa, Kia, Rebecca, Rachel und Lynn. Wie immer, ein RIESIGES Dankeschön. Dieses Ding war eine harte Nuss, aber ihr habt zu mir gehalten – und das, obwohl ich die meisten von euch zum Weinen gebracht habe. Ich liebe euch alle.

Thessa, mein Star und meine megatolle Assistentin: Danke, dass du meine Facebook-Seite bemannst und mich auf dem Laufenden hältst. Danke für alle Überarbeitungen, zu denen du mich bringst. Aber hauptsächlich danke dafür, dass du mich darin bestärkt hast, den Epilog im Buch zu behalten – wir hatten schon ein wenig Stress wegen der Entscheidung, nicht wahr? Okay, VIEL Stress! Aber du warst bei alldem meine tragende Säule. Ich liebe dich ohne Ende. Du ignorierst nie meine verzweifelten SMS spät in der Nacht. Ich könnte mir keine bessere Freundin wünschen.

Gitte, meine liebenswerte norwegische Wikingerin: Danke, dass du dich mit mir in dieses Abenteuer gestürzt hast! Von der Minute an, als ich dir von meiner Idee zu einem anrührenden *Young Adult*-Roman erzählt habe – oh, und der Typ sollte Norweger sein –, hast du mich darin bestärkt, das Buch zu schreiben. Danke für die vielen Übersetzungen. Danke für die Inspiration – er ist der perfekte Rune! Aber vor allem: Danke dafür, dass du du bist. Du bist eine wahre und fabelhafte Freundin. Du hast den ganzen Weg über hinter mir gestanden. Ich liebe dich, *Bussi, Bussi!*

Kia: Was waren wir für ein tolles Team! Du warst immer die BESTE Redakteurin und Korrekturleserin. Das hier ist die erste von vielen Geschichten, die noch folgen werden. Danke für deine harte Arbeit! Es hat mir die Welt bedeutet. Oh, und danke für all die Musikproben! Meine Kollegin als Golden Bow(er) (zusammen mit Rachel). Wer hätte gedacht, dass uns all die Jahre Cellospielen so gute Dienste leisten würden?

Liz, meine wundervolle Agentin: Ich liebe dich. Auf meinen ersten Ausflug in das Genre *Young Adult!*

Gitte und Jenny (diesmal beide!) vom *TotallyBooked Book Blog:* Wieder einmal kann ich nur sagen: Danke und ich liebe euch. Ihr gebt mir den Mut für alles, was ich tue. Ihr unterstützt jeden Genre-Wechsel, den ich unternehme. Ihr seid zwei der allerbesten Menschen, die ich kenne. Ich schätze und liebe unsere Freundschaft … sie ist »so besonders, wie besonders nur geht«.

Und ein riesiges Dankeschön an all die vielen, vielen wundervollen Buchblogs mehr, die mich unterstützen und meine Bücher fördern. Celesha, Tiffany, Stacia, Milasy, Neda, Kinky Girls, Vilma … Oje! Ich könnte ewig so weitermachen.

Tracey-Lee, Thessa und Kerri: ein riesiges Dankeschön für die Leitung meines Straßenteams, The Hangmen Harem. Ich liebe euch!

Meine @FlameWhores: mit mir durch dick und dünn. Ich vergöttere euch Mädchen.

An die Mitglieder meines Straßenteams: ICH LIEBE EUCH!!!

Jodi und Alycia: Ich liebe euch, Mädchen. Ihr seid mir liebe Freundinnen.

Meine IG-Mädchen: Liebe euch alle!!!

Und zuletzt, meine wundervollen Leser*innen: Ich will euch dafür danken, dass ihr dieses Buch lest. Ich stelle mir vor, wie eure Augen in diesem Moment verquollen und eure Wangen rot sind vom vielen Heulen. Aber ich hoffe, ihr liebt Poppy und Rune so sehr wie ich. Ich hoffe, ihre Geschichte bleibt auf ewig in euren Herzen.

Ich könnte das hier nicht ohne euch.

Ich liebe euch.

Für immer und ewig.

Für unendlich.

Triggerwarnung

Dieses Buch enthält Elemente, die triggern können.

Diese sind:

Lebensbedrohliche Krankheiten und Tod.

Lesejury